危信

张叶 ◎ 著

北方联合出版传媒(集团)股份有限公司

万卷出版有限责任公司

ⓒ 张叶 2024

图书在版编目（CIP）数据

危信 / 张叶著. — 沈阳：万卷出版有限责任公司，
2024.1

ISBN 978-7-5470-6352-1

Ⅰ．①危… Ⅱ．①张… Ⅲ．①长篇小说—中国—当代
Ⅳ.①I247.5

中国国家版本馆CIP数据核字（2023）第147715号

出 品 人：王维良
出版发行：北方联合出版传媒（集团）股份有限公司
　　　　　万卷出版有限责任公司
　　　　　（地址：沈阳市和平区十一纬路29号　邮编：110003）
印 刷 者：辽宁新华印务有限公司
经 销 者：全国新华书店
幅面尺寸：160mm×230mm
字　　数：390千字
印　张：21.25
出版时间：2024年1月第1版
印刷时间：2024年1月第1次印刷
责任编辑：张鸿艳
责任校对：张　莹
装帧设计：亓子奇
封面插画：辉　兔
ISBN 978-7-5470-6352-1
定　价：88.00元
联系电话：024-23284090
传　真：024-23284448

Contents 目录

第一章　红色　白色

一

有一种陌生的意志在我往无尽深处坠落时忽然生发，它浸透了幽怨，熊熊燃烧。它使我想要重新向上。我不能再往下落了，我不能就这样辞别而去。

一个巨大的气泡在我面前升起，气泡中正上演着一场我熟悉的戏，令人不安。我正要甩开脸，气泡破了，所有的视像也跟着消失得无影无踪。我松了口气，刚刚所见不过是虚构的幻象。

只是，恐怕某些虚构正以回忆为依托，笔直地往现实靠近。而那回忆是我的回忆，虚构之戏的作者也是我。我想起来了，我写过一个戏，好像已经写了一半，可我一直没完成它，我需要为它寻找更可靠更真诚的回忆。

肖亮、三角形、键盘……回忆在漂移，我能识别出有关人物原型的种种。肖亮告诉我，密码的设置是有鄙视链的，字母加数字的组合令他不屑。他的密码可以在瞬间完成输入，因为它不是什么难记的字符串，而是形状。在键盘的某个区域画一个正三角形，再画一个倒三角形。至于在什么区域画，是凭着肌肉记忆摸出来的。手指知道它们应该按向哪儿，错误的位置会让指尖感到别扭。"这是我的强口令。当然，如果投放病毒进行键盘记录，还是能推出我的口令，但偷口令的人感觉不到肌肉记忆被触发时的美妙。"他这样说过。

他曾一再地碰我的手肘："来，你试试。"

我的手指在键盘上画着线，直到……大片的红色和白色淹了过来，我看不清肖亮的面孔。

我醒了。此时的我躺在急救病房里，躯干上贴了五枚心电图电极片贴纸。贴纸白色的底上有红色的拼音标明设备生产厂家。对文字和颜色的准确识别，让我意识到我还是我，我仍然存在。我经历了什么，我惦念着谁，我为什么失望，我都明白。

一个单眼皮的医生俯下身，用柔和的声音对我说话。他希望我能想起究竟吞了多少片药，以及那之前的事。他建议我试试双手的灵活性，并让我把解开的上衣扣子扣好。他又问我，喉咙痛吗，毕竟插管洗过胃。我说，没感觉。我感觉自己轻飘飘的，仿佛同空气融为了一体。

我手腕上套着个一次性身份腕带，它白色的底上有红色的条形码，还有淡淡的印刷体字迹：许迢迢，女，二十七岁。

"我相信你自己能把扣子扣好。你扣好了，我就让你母亲进来。她刚才去走廊里跟警察谈话来着。"单眼皮医生一脸在乎的表情，"你不要恨自己，不要觉得自己做错了。"

我转过脸不看他。他大概以为自己说中了什么，以为我很快就会有眼泪流下来吧。"你不想说就不说吧。一个人待一会儿，想哭就哭吧。"他又说。他的双手似乎在床沿上停留了好久，才慢慢移开。

我没有哭。一阵有关陈年旧事的古怪旋风在我的大脑里作乱，我一时不知该继续留在过去，还是面对现在。

然而，老沈，我的妈妈，还是出现了。我用余光瞥她，她正向我走来。我刚侧过脸对着她，就看见她发红的眼睛和锐利的目光。

"警察刚才问我，你怎么回事。我跟他们说，你工作压力大，一时想不开。"

我感激地看看她。我知道，她料想的事实并不如此。

"跟那个个子挺高的男孩有关吧？"她的尾音有轻微的颤抖。

我抿抿嘴。

"你如果真的死了，我也就难受几个月，然后该怎么活还怎么活。这世界上没人会怀念你，因为你不值得。"她吐字的时候嘴唇抖得厉害。

"我没想死，只是觉得累了，想睡过去，越久越好。"我不知道自己的声音大不大，只想尽量把话说清楚，这时才感觉到喉咙的烧灼感和嘴里的酸味。

"你受过什么苦，怎么就累了？可真是有本事！"她迅速抹掉眼角刚流出的泪。

我想伸手碰她，她却躲开了，并用一种复杂的眼神瞪我，而后，不再看我。

又有人来了。脚步声逼近，令我焦躁。赵以的经纪人大崔带来一个果篮，还有一盒包装过度的中药材。

老沈不悦地望着大崔："又没得什么重病，不至于。"

大崔对老沈咧咧嘴："都是赵以让送的。哎呀，这次多亏了他才没出大事。"他忽然凑到老沈耳边，嘀咕了几句。

他们说完话，老沈过来掖了掖我身上的被单："赵以今天忙，明天去家里看你。"

眼下我并没想着赵以，也没想着"个子挺高的男孩"——晏超，我曾以为我会爱到死的人。挺奇怪，我头脑里正不断闪回小时候放学路上的那个小花园。我和我当时最好的朋友肖亮，常常在那里观察蚂蚁。小花园，那里有喜悦，也有警惕……有什么激烈的东西被埋藏在那里。

单眼皮医生突然不合时宜地凑过来："许迢迢，你怎么还没把扣子扣好？你父亲来了！"他的语气不再柔和。

我望向病房门口，果然看到了老许，我的爸爸。我仿佛爱他，又仿佛恨他，在这一点上我十分困惑。比这困惑更糟的是，我不想被他看见。"别让他进来！"我猛地坐起，用尽力气喊道。

单眼皮医生吃了一惊，赶紧摁住我的肩："你要是闹，我就拿纱布把你的手脚固定了。"

我瞥了瞥医生，低头扣好扣子，重新躺平，像个木偶一样一动不动。

"你表哥也来过，帮你送毒理检测报告。你说你，有前途，有模样，这是为什么呢！"他一下子又显得和善起来。

二

我被送去医院时，仅凭我随身物品中的空药盒无法确定我吞下的药物总量。因此，为了制定准确的抢救方案，需要进行毒理检测。然而并不是每家医院都有毒理检测设备，于是医生叫家属把我的血样尽快送到指定医院。老沈当时一个人应付不过来，而老许还在赶往医院的路上。情急之下，老沈只好给我表哥陶帅打电话。陶帅工作的地方正好离我被抢救的医院不远，他立刻开车过来，取血样、送检、等结果。他把检测报告送回来后，又被老沈嘱咐先别把这事告诉家里的其他亲戚。当天，他没再去单位，在车里眯了一觉，就开车回家了。

那份毒理检测报告的结果其实非常简单，它显示我的血液中只有佐匹克隆和劳拉西泮这两种药物的含量超标。劳拉西泮是抗焦虑药，佐匹克隆是安眠药。老沈花了些时间对警察和医生解释药物的来源：由于我曾被诊断患有中度焦虑症，先前我就根据医嘱服用过精神类药物。只是，那种会明显引发心悸、恶心等副作用的药，我吃了几天就不吃了。加上焦虑这事，常常看起来没什么大碍，仿佛自愈了一样。所以到最后，我只留下劳拉西泮。这药在我身上几乎没引起什么不适，就是容易造成依赖。不过我平时还算控制，至少老沈没看出过我有什么异样。而安眠药，除了因焦虑引发失眠时我会去医院开一点，老沈自己也因为神经衰弱常年囤着一盒。偶尔，我的药没续上时，她就给我一两片。

老沈对外人说话时用词慎重，她避重就轻地谈论着眼前的事故："她有时候熬夜写东西，作息不规律，会反复失眠。写不出来的时候又会烦，心情越来越差。最近她人际关系上又遇到些挫折……"老沈尽可能以她知晓的事实拼凑合理的想象，去应对警察刨根究底的询问。

老沈陪我出院后，在家里不怎么说话，也不拿正眼看我，却会默不作声地把我手里刚拧开的冷饮拿走，再递过一杯热水。这种拧巴的气氛直到第二天赵以来找我也没见缓解。

第二天早上，赵以开车到我家楼下，发了个消息，说他买了麦当劳早餐。我告诉他，老沈在我这儿过的夜。我晚上睡不着，她也一样。她后来索性从床上起来，在不开灯的客厅里踱来踱去。现在刚早上七点半，而她才睡下没多久。

赵以觉着现在去我家里必然尴尬，劝我蹑手蹑脚下楼。我给老沈留了张字条，穿着睡衣和拖鞋就出门了。结果，还没等我在赵以车里坐稳，老沈就给赵以打了电话，向他确认我在不在他旁边。赵以挂了电话后，转头笑我："你妈现在不信你了，估计也不太信你身边的人。"

我拿着赵以塞过来的猪柳蛋堡，啃了一口，觉得咽不下去。我又喝了两口咖啡，没味儿。

赵以又在减肥，也不怎么吃。他点了支细细的烟抽起来。见我没食欲，他递过一支烟。

"我不抽这种细的，太淡了。"

"我车里没金砂。"

"没事。"

他抽烟的时间里，我们不再说话。

"你记得咱们看的那个先锋版《霸王别姬》吗？在小剧场里演的，布景全是红色和白色。"我见他的烟抽完了，才开口。

他警惕地看着我："你是不是觉得自己跟虞姬似的？虞姬多惨啊，只有项羽一个人在乎她。你可不是，有很多人在乎你。"

"是吗？"

"别想晏超了，他在不在乎你又怎样？他不重要。"

我不吭声了。

见我不说话，他反而来了精神，一个劲地帮我回忆出事那天的前因后果。他絮絮叨叨，好像在专门强调这场事故里没有他的责任，只有他的功劳。

"你先是给晏超打电话，跟他说你在407房间。他说要去装台，没空见你。他嫌你烦了，你没感觉出来吗？他发现你说话的时候已经反应迟钝了，所以给我打电话，让我劝你赶紧回家。结果我怎么打你都不接。我是真把你当朋友，你呢，把我当朋友了吗？打不通你电话我多着急呀，只好联系前台。他们说你一直没出去，就帮我转到你房间，结果还是没人接。我越想越不对，直觉这时候真管用，我一下子就觉得必须让你妈去找你一趟，然后立马就通知她了。我不得已告诉她，你最近劳拉西泮吃得稍微有点多，我还顺口承认了，我曾经被诊断了轻度焦虑症，有时候也会去医院开劳拉西泮，还会把自己的药分你一些……唉，你妈真是你亲妈，马上就觉得你有事了。我太后悔分给你那些药了，完全没想到……"他盯住我看。

"没想到我要去死。"

"你能不能亲口跟我说一句，你不是想死，只是太难受了。"

"我是很难受，大概难受得想死。我跟晏超说我在407，结果他没聊两句竟问我离职手续办好了吗？那种情况下他跟我聊离职的事。"

"他有毛病，你别理他不就完了。"

"他没毛病，爱我是真的，不爱了也是真的。"

"爱你是真的？"他以一种又鄙夷又惊讶的目光看我。

赵以是河北人。大学二年级的时候，表演系一个大眼睛男孩来我们文学系创作班借剧本。他直接找到班长——一个喜欢把冷血动物当宠物养的河北壮汉，外号"蝎子哥"——问他，谁的小品作业写的是父母闹离婚的，能不能给他一份拿去排练，他想参加校园小品大赛。"蝎子哥"笑了，对他说："我们大半个班都在写父母离婚，好像大家都是因为父母离婚青春期就抑郁了，无处抒发，所以才到戏剧学院来学创作的。"大眼睛男孩撇撇嘴："我要最好的。""蝎子哥"平时跟我关系不近，却当即推荐了我，他实诚地告诉赵以："许迢迢的小品不会得高分，因为她老穿插超现实的东西，不符合作业要求。但我觉得她写得很好，你看看吧。"

我就这么认识了"蝎子哥"的老乡赵以。当时处于阶段性自闭的我，没想到能莫名其妙地多出一个朋友。赵以从小学习不好，但课外书看得多，尤其是跟历史有关的。他申请过旁听文学系的课，比如中国戏曲史或者中国文学史。然而我们系把自己的课程看得跟非物质文化遗产似的，只想传给门徒，忌讳旁听。于是赵以总是请我吃饭，就为了让我给他看看课堂笔记。时间一长，我们除了吃饭，还一起喝酒、唱歌，甚至一起逛街买衣服。

我们分享过不少令人难堪的秘密。我知道迷恋他那张帅脸的女孩们会做出哪些疯狂的事，他知道我爸写的电视剧开播了我会怎么避开同班同学对剧情的讨论。如果不是我还知道他为了获得角色怎么巴结某个女制片人，参加饭局时怎么违心地夸赞擦着厚厚粉底的五十岁女企业家年轻得就像自己的妹妹，我可能也会喜欢他。如果不是他见识过我跟同学一起接活儿，被坑了之后只会认尿，被抄袭了故事大纲也只会呵呵地傻笑，可能，他也会跟我谈恋爱吧。

我们都幻想过自己能在恋爱对象那里有光环。彼此暴露了本真之后，我们只好寄希望于去别人身上寻找光环。

"要不咱们出去转转，顺便买包金砂？"赵以碰碰我的肩膀。

我只觉得有种要命的绞痛感涌上来，突兀地问："晏超他到底怎么了？他怎么就这样了？你说，他怎么了？"

他露出厌恶的表情："晏超那人，一米九的大个儿，平时故意冷个脸，每次演出结束比导演还着急上台发言，压低嗓音谈人生理想，再眼眶一红，说说这几年当制作人怎么不容易，怎么睡工作室吃方便面。他那德行，必然到处收割女粉丝。他现在这样对你，其实我并不意外，意外的是你竟然冲动到要辞职，还糟践自己。"

我一时语塞。

"他有多少个暧昧对象我已经不会吃惊了，"我慢吞吞地开了口，"但是他背着我闪婚，我是真的不明白，他到底怎么了？"

"道理是简单的，但你现在肯定想不明白，因为你总是在想。过几天你就明白了，到时候你就不需要再特意地去想这件事了。等你身体好点了，先回去上班。"

"我已经交了辞职信，还写得很清楚，来说明我的决定是经过思考的。"

"那你打算怎么办？不然找你姨夫说说？"

"跟他一说，又得解释，说着说着，万一说到我进医院的事就麻烦了。我妈肯定不乐意让人知道，哪怕是亲戚，尤其是亲戚。"

他一时间也没了主意。

"我这次醒来后，总想起小时候的事，想起那时候一起玩的人。"

"挺好，想什么都别想晏超了。"

"反正我辞职了，以后不在一个圈子里，也见不着了。"

三

我在家里又休息了三天。

剧院那边，由于我还没办离职手续，部门副主任一天一个电话地催，我只好谎称牙疼。

老沈连着几天没去上班，就在我这里待着，盯着我吃一日三餐。我劝她不用这么紧张，还借机讽刺了几句。我小时候她工作太忙，没什么机会能跟我在家连着吃两天饭，哪怕是周末。大部分日子，她做的都是些快手菜，餐桌上经常只有一荤一素，配着面食，荤菜还总是现成的熟肉。老许比她更忙，也更少下厨。我们一家聚在一起吃饭，从来都是罕见。现在倒好，顿顿丰盛，却让人吃不下了。

老沈白我一眼，假装听不懂我话里的弦外之音。

夜里，不知老沈是不是想起了过去而睡不踏实。我听到她不断起夜。除了内疚自己白天的毒舌，我更觉得不习惯，这房子我一个人住太久了。

这套旧式单元楼里的六十平方米两居室，是老许还在体制内的报社当记者时分的。那时我刚上小学，我们一家还住在老沈单位分的一套小三居里。本来日子过得不赖，可老许已经开始不甘于单位发的那点固定收入，每天下了班就琢磨着给外地的报刊写更赚钱的稿子。慢慢地，跟他对接的报刊多了，他忙不过来，经常凌晨一两点还在书房用针式打印机打稿，吵得我和老沈睡不着觉。打印机的声音有时还会惊扰到楼下常年晚睡的一对夫妻，那位留着络腮胡的丈夫，时不时就会跑上来找老许理论，有几次差点动起手。

老许的单位给他分了房子后，他如释重负。他把这套两居室布置成了工作室，购置了复印打印一体机和传真机，A4打印纸更是论箱买。他又去长安街的电报大楼租了个邮箱——这里说的邮箱就是传统邮箱，一个绿色铁皮信报箱。从此，他开始分批地把打印好的稿子由长安街寄往全国几十个省市的报刊编辑部。

只要不是临近期中或期末考试，每到周末，我都会待在老许的工作室。他写稿、打印，自制细长条形状的地址标签。我帮他糊信封、往信封上贴那些很容易弄混的地址标签。在一张木质的大办公桌上，散落着数不清的白底黑字的标签。有时候我贴错了，不等老许说，我会自己先骂一句"苗苗怎么那么笨啊！"——苗苗是姥姥、姥爷给我起的小名——老许听了会爽朗地大笑，他脸上的皱纹瞬间看着更明显了。

再后来，老许开始写影视剧本，每个周末都参加这个或那个制片公司的饭局，我们的快乐时光也随之减少了。等到他的身边不断出现年轻的大姐姐，她们用温柔的腔调唤他许老师、跑到他的住处请教问题的时候，那个只属于我和老许的工作室也不复存在了。

高中毕业，我考上戏剧学院，老许早已买了新房子，也与老沈分居了好几年。他把这套两居室送给我，也算是对我刚刚启程的成年生活的美好祝愿。可他却不知道，我一个人搬进来，感到多么失落。在这里住得越久，我越确信一件事——我失去老许了。

我毫无节制地回想过去，晚上吃饭时自然和老沈聊起房子，还有老许。我旁敲侧击着某种不幸的源头，老沈忽然说："你到底哪里惨了？因为我是你妈才会可怜你，但你真没什么理由要可怜自己。"她搁下筷子。

客厅的灯光惨白，像是配合着老沈教训我。

"你不知道晏超是怎么对我的。我们谈得好好的，他竟然背着我跟别人领结婚证去了。"我一吐为快。

"那又怎样？男女之间的事栽了就栽了，你换个人喜欢不就好了？又不是第一次谈恋爱。"

"不说恋爱的事……我们部门副主任一直打压我，我跟你说过。如果没有晏超的事就算了，现在加上晏超的事，我真的受不了，我不想去剧院上班了。"我也搁下筷子。

老沈倒是重新拾起筷子："你承受不了也没人能帮你承受。辞不辞职是你的自由，到时候后悔了，别去麻烦小姨和小姨夫。"

"你怎么就体会不到我的心情呢？"

她没马上理我，吃了几口菜，才说："记得我跟杨叔叔是什么时候分开的吗？"

我没想到她会提起杨叔叔。

我考上戏剧学院没多久，老沈和老许就领了离婚证。后来老许身边就多了个天天向他讨教写作问题，最后索性住到他家里去的李小溪。而老沈，经熟人介绍，认识了经济学教授杨叔叔。杨叔叔离异七八年了，有个儿子在德国留学。杨叔叔肤色有些黑，常穿一件藏蓝色衬衫。他性格不算外向，但每次遇到我都会尽量找话题，聊文学和电影。他对老沈很细心，会送她项链和围巾，也会给她做干烧鱼和粉蒸肉这些在我看来十分麻烦的菜。曾经一度我以为他们会结婚，可他们相处了差不多四年就和平分手了。分手的原因我从不细问，因为我心虚。

我十八岁就一个人住了，但那不叫独立。我在生活上与老沈密切得难以分割。她几乎每周都要来我这儿，借着检查家务的名义。她嫌我洗衣服总是不分类，不管颜色深浅都放到一起，也怪我不及时擦卫生间的瓷砖，导致积了水垢。至于落灰的玻璃窗缝、没有喷消毒水的垃圾桶，都是她的眼中钉。我并不欣赏她的洁癖，却也缺不了她的监督。如果哪个星期她有事来不了，我反而会急。她来，我感觉到她爱我，且爱得很具体。她不来，爱就像遁形了一样。我怕早晚会像失去老许一样失去她。所以当她把越来越多的周末交给杨叔叔时，我的反应有些过激。我明里暗里指责她，也用各种幼稚的法子装可怜，甚至给杨叔叔打电话请他把老沈"让"给我两天。我当然知道自己错在哪里，只是仗着与老沈的骨血亲情，我说服自己，我的作为没什么不妥。直到杨叔叔开始与老沈疏远了，直到他们一个月也不见得能约会一次的时候，我想过亡羊补牢，却并没有做出什么对他们的关系有所帮助的事。我真实的意图，也许就是看着老沈如何在两难的选择中证明她爱我。为了获得这种证明，我对她的痛苦熟视无睹。

负疚感令我此刻一言不发地坐在老沈对面，准备接受她的任何指责。

"老杨啊，曾经跟我说，他特别希望有一个完全属于我们的家。言外之意，就是我今后的生活要与你拉开距离。对我来说那可不行，你在很多事上过于天真，在你成熟之前我没法放手。"老沈忽然顿了一下，"其实我怀过他的孩子。"

我想说什么又说不出口，想问什么又没脸问。

"当时的感情，说深的话也很深了。不过都是一把年纪的人了，知道什么问题是难解决的，那就算了。"她淡淡地说。

我一口饭也吃不下去了。

"你记得我们分手后，我怎么过的吗？"她没看我。

我如鲠在喉。我刚上研究生那年，随着老沈和杨叔叔不怎么来往了，我没心没肺地窃喜。尽管她一夜之间脸上冒出许多色斑，还经常闷闷不乐地坐在餐桌前发呆，我却不觉得她遭遇了多大的损失。

有一天她突然告诉我，她要去美国考察食品加工厂和有机农场。我那时又要上课，又跟同学一起接了个电视剧的活儿，生活被填得满满的，根本没在意她出这趟远门的由头。我还夸夸其谈地对她说，等我拿到稿费就给她买商务舱的机票，让她舒舒服服地去美国。结果那个电视剧的活儿拖泥带水，没做成，而老沈的飞机早就起飞了。她从容地去，潇洒地回，回国后，有条不紊地把考察经历整理成书。书出版了，她烫了个新发型，穿着平整的套装接受采访，和经济学家们在新书发布会上谈笑自如。

没人知道老沈的内心有过怎样的起伏，即便是我，也没去关心她。

老沈的旧事重提对照出我的低能，眼下我既不够尊严，又缺乏坚韧。

"辞职的事你真想好了，就做吧。"她打破我的沉思，"你不是挺要强的吗？小姨夫当时帮你介绍工作我就没觉得有多合适。这工作太按部就班了，与你的个性冲突。"

"嗯，我还是想写剧本。"

"那你就别管别人怎么说，辞就辞了。小姨夫那边我帮你说。你也可以出去散散心，或者先做做心理咨询。"

在她提到"心理咨询"的那一刻，我向她坦白，刚开始在精神科做诊断的时候，在填写答案之前，我已经被爱情冲昏了头，也受了负面的暗示，填表的过程中挑了不少极端的选项，自己都不太相信量表提供的结论。而在面无表情的医生面前，我也怀疑他们并不真的想知道我为什么痛苦。

"我没跟你说诊断和开药的事。据我所知，科室医生不负责情绪疏导。我说的是找心理咨询师，就是每周去跟人家聊聊天。"老沈冷着脸，语气却很温和。

我提醒老沈，我以前写刑侦题材的电视剧剧本，主要人物涉及长期为犯罪嫌疑人做心理咨询的咨询师。为了写得真实，我花了几千块钱，在线上、线下接触不同的心理咨询师。他们有的态度友善，却一味地劝我改正对爱情的苛求，比如我就是看中伴侣的忠诚，咨询师却说，绝对化的信念会导致我在亲密关系中不断产生不良感受。道理是挺辩证的，可在辩证之外，我对某种圆滑的处世之道感到失望。如果爱也要靠装傻来成全，还有什么意思。有的咨询师倒是不去纠正我的恋爱观，而是一板一眼地帮我剖析自我，然而对谈中越来越多的质疑和反问，终于将我们所谈的内容引向高高在上的评价，使我局促不安。有一天我在网上查资料时发现，有些心理咨询师从考证到上岗，也就看过一些基础教材，所掌握的疗法也十分有限。怪不得网友们会抱怨，碰到一个对的咨询师比找个好对象还难。

"还有那种心理学博士办的工作室呢，你多试试。"老沈还是坚持。

"我还是写剧本吧，只有这件事能帮到我自己。"

"万一写得不顺……"

"我要写。"我打断她。

那天晚上，等老沈睡了，我翻出书柜底层一个牛皮纸盒。打开盒子，我摸出一台早已没电的文曲星。这是肖亮留给我的，它曾汇集了肖亮的智慧，如今再无实际的用途。它暗淡的液晶屏反映出屋里昏暗的光，使我所有的想法都变得慢悠悠、乱糟糟的。往事中不仅有羞耻，还有怨恨，这些情感原本已被埋到记忆深处、被安全地处置，现在却突然引发剧烈的痛，我既不能驱散它，也不能甩掉它。

四

赵以要去剧院面试个角色，他打电话问我还去不去上班了，去的话，他开车捎我。

我知道剧院最近哪个戏在筹备并对外招募演员，却没想到赵以会感兴趣。

"怎么想起来演话剧了？"

"你们那儿演员培训中心的一个老师跟我认识，让我去试试。我不算戏剧圈的，估计没结果。不过大崔觉得我应该去，跟那些戏剧导演混个脸熟。"

"挺好的。"我有点蔫，好像他提到的不是我熟悉的地方似的。

"你呢，到底去不去？"

我沉默了。按理说，离职手续还没办，我是得再往剧院跑几趟。可我这么多天没去，不免会有人胡乱揣摩。我和晏超的事平时也有同事看在眼里，如今要装作平安无事，挺难。

"走吧，没准儿去转一圈，你又不想辞职了。"赵以撺掇道。

他全然不知我的难处。我挺想发火，但此时生气也不在理上，只好答应。

我上学和工作的经历在外人看来挺顺利，从戏剧学院本科一口气读到研究生，波澜不惊。研究生毕业，小姨夫把我的简历递给他的老友，也就是现在剧院的院长，探问有没有哪个是非少一点的部门还缺人。院长说，研究部就不错，跟我的专业也算对口，反正学文学的，除了创作也要研究。那之后，我参加了一个入职考试，游刃有余地回答了诸如"古希腊三大悲剧之父分别是谁""《雷雨》的主要情节是什么"之类的问题，并当场写了一篇戏剧评论。接着我又去见了研究部的主任和副主任。一个月后，我就去上班了。

研究部的主任是个慈眉善目的大叔，没两年就要退休，不怎么管下面具体的事，所以我的领导实际上是副主任刘老师，一个伶牙俐齿的中年女人。她身材瘦小，剪个娃娃头，笑起来有四个酒窝。巧的是，她还是我大师姐，比我早十几年从戏剧学院毕业。

研究部的事看起来水并不深，日常无非是整理剧目资料，组织规模不大的剧目研讨会，编辑院刊，策划与经典剧目有关的图书。工作中接触的人也都是戏剧圈的，动辄就见到戏剧学院的老师和校友，开个会常常变成熟人聚会。

刘老师每天给我的任务并不少，可我不觉得累。按她的说法，等我老了会打心里感谢她对我的磨炼，这说法我赞同。因此在旁人以为应该十分清闲的研究部，就算常常加班到夜里十一点，我也没有异议。

有时老沈会问我，什么事要加班到那么晚。我就如实解释，刘老师想以部门名义办个剧评家茶话会，还要请媒体来拍照，或是，她想起草个计划书，去搞点社会上的赞助，出一套豪华精装版的剧评集，又或者，她想把院刊封面做成立体版的，一翻开就有个剧院的建筑模型跳出来……而这些点子，都需要我来写成方案和报批文件。老沈听了，往往会皱着眉说，怎么净是些哗众取宠的事。我嫌老沈年纪大了，又隔了行业，看不懂我工作中的门道。

有那么一天，我应邀参加其他剧院的研讨会时，正好遇到了本科时的班主任。班主任问我现在在谁手底下做事，我说了刘老师的全名。"哦！"班主任意味深长地叹了一声，"好好干，尽量多坚持一些时间。"这话当时我觉察不出内涵，后来才恍然大悟。

在剧院工作不到一年的时候，我就已经写过几十份华而不实、写完就被搁置的计划书，还不知不觉变成了刘老师的专职秘书。为她起草报批文件和院刊审稿意见成了我的家常便饭。有时我还需要把报批件送到她家里交给她签字。至于她为什么来不了剧院，理由花样百出：一会儿是家里的水管漏了，一会儿是她的车开到半路抛锚了，一会儿是她老家来了亲戚需要她带着看病……总之，各种特殊情况，一个月至少会有个七八回。

对刘老师的不满，我不好意思说给家里听，生怕显得自己弱小无能。而刘老师每每见我有所为难，却还会冲我扬扬眉，好像她做的每一件事都无比正确。我想这也难免，剧院里上上下下，别说戏剧学院的毕业生，连大艺术家的后代都多了去了，指望她给我一星半点额外的关怀是毫无道理的。这类烦心事，我只有找晏超倾诉。他听了，总是摸着我的头让我别担心。后来他提议，不如由他去找刘老师谈谈。我虽有顾虑，最终还是将希望寄托在他身上了。

晏超因为工作原因，平时就常来剧院，有时是谈演出场地，大部分时候则是去演员培训中心索要年轻演员的资料。戏剧学院校友兼先锋戏剧制作人的身份，使他从培训中心的老师那里博得了不少好感。他满腔热情地介绍他的剧团，又设身处地为培训中心那些一时半会儿无戏可演的演员着想。剧院里有不少人都喜欢和他来往，刘老师也不是没听说过他的名字。

没多久，他真跟刘老师搭上了话。他请刘老师喝了几次咖啡，聊了两三回就称姐道弟了。十天半个月下来，晏超的公关效果立竿见影，刘老师交代给我的琐事明显变少了。她不再找我，而是去找别人帮她写报批件和院刊审稿意见了。我快意盎然，对晏超也更依赖了。所谓好景不长，就是这个样子吧：晏超和刘老师因这个剧院、因我而熟络，可现在我却要离开了。

我和赵以到了剧院，没等他停好车，我自己先进了办公楼。怀着不祥的预感，我磨磨蹭蹭地爬楼梯到三楼，再慢腾腾地挪到办公室。刚进门，我就听见一个无比熟悉的声音。我感到太阳穴旁轰隆隆地响，仿佛有幻听。如果是幻听就好了，可那真真切切是晏超的声音。我望向办公桌，只见晏超一如往常的打扮，卡其色衬衫的袖子卷到了上臂。他背对着我，跟另一个人并排，一同坐在刘老师的对面。

"简历您收好了，有什么问题随时给我打电话，多晚打给我都行。"他把几页纸递给刘老师。

什么简历？我心头一紧，这才想要看清晏超旁边坐着的人。我看到一个扎马尾辫的女孩的背影，她衣服上的花纹弯弯绕绕。她的语气恭敬极了："刘老师，我是真的热爱戏剧，如果有幸……"她有意无意地侧了侧脸，忽的一下注意到了我的目光，随即扭了一下头。这下我有机会看清她的模样了：瓜子脸，眉毛细长，薄嘴唇涂着粉色的唇膏。

刘老师抬起头，看到我，不说话了，装模作样拿起杯子喝水。晏超的身子动了动，似乎准备回头。"别回头，晏超，千万别看我。"我心里默念着，逃一般地转身就走。

我从防火梯一口气跑到一楼，再跑出办公楼。在楼外的院子里，我大口大口地呼气，给赵以打电话。

"我看见晏超带着一个女孩……你不知道……他们来找刘老师……"我语无伦次，好不容易才把我刚刚所见描述了一番。赵以那边说话不太方便，他"嗯、啊"了两句就挂了。

我浮想联翩。绝不是此时的我太敏感，而是以前的我太不敏感了。我忽然明白在407房间给晏超打电话的时候，为什么他对感情的话题反应冷淡，却一个劲地问我离没离职。

我僵在原地不动，希望自己早就死了。

晏超，他一向仗义，帮刚来剧团的演员搬家，给家里有困难的灯光师预支工资……他帮人找工作也是再正常不过的事。可我没想到，有一天他帮别人的时候需要踩在我的心坎上。也许某些更加刺激的事还未发生，但必然会发生。我不知晏超还会做出什么事让我难过。晏超，我因为你差点命都没了。和你谈了两年恋爱，我曾以为你那么爱我，而我也那么爱你，直到上个月你背着我和你口中的"助理"朱慧领了结婚证，那么多人都知道，我却像个傻子一样被蒙在鼓里。好在有些人实在看不下去了，才小心地把真相透露给我。我痛苦而困惑，什么都做不下去，还在办公室跟刘老师吵了架、摔了杯子。事后我虽向她道了歉，却还是递交了辞职信。而在那之后，407房间、药片、医院……一切都发生得仓促而不真实。晏超，你至今都没来看望过我，现在你却找个女孩来填我在剧院的坑。你已经结婚了，那么她又是谁呢？是你哪一个情人呢？

愤懑一下子控制了我的手脚，我迈开大步跑回办公室，推开门，晏超和那女孩却已不见踪影。刘老师正和一个同事说着话，我径直走过去，无礼地打断他们。

"刘主任，你根本就是只长着獠牙的野兽！"我顾不上斟酌措辞。

刘老师诧异的眼神里竟有一丝笑意，从那笑意里我见不到任何慌张的迹象。她让我先坐下来，有什么意见慢慢讲。

我依然站着，哑着嗓子说："放心吧，我肯定走。我走后，谁愿意来，随便来。"

说完，我怕自己后悔，于是三两下从办公桌上拾了自己的几样东西，就撤出屋子，不敢回头看。

我刚走到楼道里，赵以就打来电话，告诉我他刚才遇到了晏超和一个女孩，顺便聊了聊。原来那女孩是朱慧的妹妹朱洁，晏超是帮小姨子找工作。

这算好消息还是坏消息？晏超背叛我的方式比我想象中的还要残酷。是啊，他结了婚，要考虑自己的家人，至于是不是填我的空，他用不着在乎。

出了剧院，我不知道自己要往哪里去。我隐约看到不远处晏超的车停在那里。我怕自己认错了，使劲抹了抹眼睛，看清了车牌，是他的车。理智全然不在了，我拿出手机，给晏超打电话。他不接，我继续打。他依然不接，我就向他的车跑去。

赵以不知什么时候追上我，一把抓住我的手："你要干吗？他给家里人帮忙，那是天经地义，你以后少跟他接触不行吗？！"

我不理他，却也没挣脱他的手。我眼睁睁看着晏超的车开走，从我的视线消失。我这才回过神，使劲推了赵以一把："他们太阴了，我还不能找他们理论吗？朱慧是不是早就在计划把妹妹塞进来了？还要填我的空？我还没离职呢！"

"人不就是这样吗，你少见多怪什么！这么个剧院，现在多出来一个位置，有多少人想进来你自己心里没数？"赵以说着，从裤兜里掏出烟，点上火。

北京十二月的寒风，真冷。

抽完烟，赵以靠近我，想了想，说："要不，你就用你小姨夫的关系守住自己的位置，让填坑这事的可能性变成零。毕竟朱洁不是应届生找工作，如果不是你腾了个地方出来，她也很难进来。"

"有什么意义呢？什么工作、爱情的，都没意思透了。"我心里一阵空虚。

他哈着白气，到底也没能说出什么安慰的话。

五

我一个人去了"球屋"。

"球屋"藏在一条胡同的深处，门脸极其不好找。找到门脸，推门进去，里面黑漆漆的，摸黑穿过一条窄道，才能找到大屋。这其实是一间酒吧，不到天黑不营业，通常晚上十点后客人才会多一些。不过，如果跟伙计混熟了，有时白天也能进来坐坐。

"球屋"有许多长线吊灯，装着低瓦数的黄光灯泡，用拉绳控制开关。吧台上摆着兔儿爷泥人和铁皮青蛙玩具。晏超是八十年代初生人，他以前很喜欢带我来这地方。他觉得坐在这儿，让人浑身舒坦。

我二十五岁时认识了晏超。那会儿我研究生刚毕业，顺水推舟地去剧院上班，眼里的世界变得越来越小，小到去哪里都能遇到校友，都聊着差不多的戏。我也曾觉得时间或长或短，都没有什么区别。二〇一二年已过去好几年了，既没有世界末日也没有生离死别。

我在一个戏剧导演的工作室里收集资料时，第一次见到晏超。他盘腿坐在一个懒人沙发上，和几个还没毕业的导演系学生聊着天。他的嗓音特别浑厚，说话声却很轻。谈到一出德国表现主义戏剧的悲惨结局时，他说："你们不要替主人公悲伤，他虽然死了，但死得很圆满，你们的悲伤是一厢情愿的误读。"

有个娇小活泼的姑娘在一旁招呼大家。她去厨房用微波炉鼓捣了一会儿后端了一盘撒着芝麻粒的绿茶饼出来，正要递给我时，晏超忽然站起来拦住她："你没看人家穿得那么素净吗，这样容易弄脏她的衣服。"

那天我穿了件袖口有飘带装饰的白衬衫，配着灰色的长裙，头发编成一根鱼骨辫，绑头发的皮筋上有一朵指甲盖大小的银色雏菊。我后来才知道，他一下子就记住了我身上的每一处细节，包括我喷的香水，是药草混合了沉香的气味。

他拿过盛绿茶饼的盘子，冲我笑笑："还是到桌子那儿去吃吧。"

他真细心，也挺迷人，可我并没怎么跟他说话。只是过了几天，我在剧院又碰到了他。他跟几个演员从办公楼西侧的小剧场出来，远远看到我便认出了我，立即大声喊起来："小许老师！"

他向我走近，旁边的演员都在笑，其中一个说："你应该叫她师妹，你们是校友。"

"什么师兄师妹的，太江湖了。人家比我水平高，就该叫老师。"他大方地说。

我很不好意思。

那一次，我们也没多说话。

再碰到，是在剧院的一个自制剧目演出结束后。散场时，我正在剧场门口和票务中心的一位同事说话。晏超不知从哪里冒了出来，他从磨出毛边的军绿色帆布背包里拿出一张折弯了的名片，问我借了支笔，在名片上写下时间和地点。

"我想请你去看我跟导演程子新做的一个戏。我读了你在院刊上的所有文章，一直想找你聊聊。你一定要去看看我们的戏，提提意见。"他把名片递给我。

又是这样，他看似在给我面子，实则却让我不好意思。

他离开后，同事憋着笑问："这是要追求你了吧？"

"不可能。"我回答得很快，却感到心跳加速。

他的确有我喜欢的样子：朴实的打扮，肤色有些暗，高大，声音低沉，会默默观察别人，该细腻时细腻，该爽朗时爽朗，每天为自己的理想忙忙碌碌。可是，真遇到了喜欢的人，我凭空多出各种担心：怕他的动机浅薄，怕我自作多情，怕碰到的只是爱情的幻影。

然而，晏超在剧院里和我一次次擦身而过。每一次他对我笑，跟我打招呼，向别人打听我，都增加了我的信心。他用报纸包着一大捧雏菊送到我办公室；用八十多张绘着花草藤蔓的书签誊写为我作的诗，再把那些书签放到一个他亲手刻了我名字的马口铁盒子里……他勤勤恳恳地追了我三个多月。后来，我们恋爱了。

恋爱之后，我的烦恼却更多了，原因无非是他身边总围绕着漂亮女孩，而他不主动，也不直接拒绝。有时他还特别乐于助人，尤其是帮助女人。对此我无话可说，只有接受。因为他就是这样，温柔，仗义，怜香惜玉。

他也会做许多体贴入微的事使我安心：在我因牙髓炎腮帮子肿得比小笼包还大时，他把手里的活儿全都放下，送我去医院、陪我打点滴；我加班晚了，他来接我，还给一起加班的同事每人买一杯奶茶；我家里的灯坏了或是热水器点不着了，哪怕导演程子正拉着他开会，他也要先来我家看看，以至于有几次，程子为了保持思路连贯，只好上了晏超的车，在车里继续开会，顺道也来一趟我家。那些时刻，我相信晏超是属于我的。

可矛盾还是避免不了。我们在同一个圈子，花边八卦总是不胫而走：他哪天在演出结束后送哪个女观众回家了，哪天深夜去了哪个单身女剧评人的家……这些事应接不暇，轮番挑战我的耐心。争吵越来越多，他却总有办法让我投降。每次吵过架，当我生气不见他的时候，他就跑到我家附近最便宜的宾馆住下。他是社交大师，跟宾馆前台的姑娘很快就搞好了关系，每次他来，都能如愿以偿地住进他偏爱的407房间。

为什么是407房间，我问了他几次，他一开始故作神秘，不回答。有一天，他忽然主动对此做了浪漫的解释："从那个房间看你家阳台的角度最好。你不见我，我只能盼着你去阳台抽烟，那样我就能远远地望着你。"

"如果不是跟你吵架，我也不会去阳台抽烟。"我哭笑不得。

"我们互相牵制，分不开的。"他吻吻我，并递给我两片淡蓝色的小圆药片，"这是劳拉西泮，一种镇静剂，它能让你冷静下来，不那么爱生气。实话告诉你吧，这个药我也吃。我记得哪个熟人跟我说过，赵以也吃。"他倒了杯水。

"赵以怎么没跟我说过？"

"他怕破坏自己的形象呗！当演员的，就那样。"

"是吗？"我不知是在怀疑某一个细节还是在怀疑一大堆问题。

"只要注意用量，对身体危害就不大。你吃不吃随意，我只是不想看你伤心动气。对我来说，你的心情比较重要。"他用双手捧住我的脸。

当他手心的温度传过来，我不再犹豫了。

第一次吞下劳拉西泮，不知是不是心理作用，我顿时就放松下来，嫉妒与怒火皆被平息了。在那时的我看来，爱，还是美好大于折磨的。

过了几天，晏超又带着我去医院做了焦虑自评量表和九十项症状清单量表。事先他已告诉我那些量表大致的问题和评分标准。他拉着我的手说，他的爷爷和奶奶退休前都是北京知名医院的医生，他从小耳濡目染，医学的事，听他的没错。他又慢悠悠地对我讲了许多忧虑和伤感的话，提示着我性格中的敏感与脆弱。于是，在做量表时，我自然而然地倾向于选择那些负面的答案。

诊断的结果并没出乎晏超的预料，我被诊断为中度焦虑症。同样在他意料之中的是医生为我开了一盒劳拉西泮。除此之外，医生还开了一种叫作艾司西酞普兰的药，只是这种药，我吃了三天就全身不舒服。与晏超商量后，我果断把艾司西酞普兰扔进垃圾桶，留下了劳拉西泮。

至于我到底有没有焦虑症，与晏超在一起的时候，我常常觉得这并不重要。只因我的恋人希望我在与他有摩擦时情绪依然平静，那么我就需要控制情绪的药物。爱，使我想去做所爱之人希望我做的事。而那些小圆药片，的确能令我在每一次嫉妒心发作时及时切换至沉静平和的状态。

我们的爱，依托着镇静剂带来的和睦，又维持了很久。

在我已经把晏超当家人的时候，我带他见了老沈。我没带他回家，而是听老沈的，在外面的饭馆里由他请老沈吃饭。老沈呢，整个过程说话不咸不淡，对我们的感情不予评论。

吃完饭回到家，老沈对我说："等你们再谈个一年还没分手，那时就可以带他回家了，现在一切尚早。"

我对老沈的刻薄很反感，示威般地告诉她，晏超制作的一个戏挣了些钱，他给我办了张银行卡，存了好几万进去。再说，他不光情人节、七夕节跟我在一起，中秋节、端午节、大年初一都要与我相伴。这不是家人，还能是什么？

"你啊……等着瞧吧。"老沈那时对我翻了个白眼。

她的白眼算是翻对了，我和晏超真没坚持到她说的那个时间。

"我永远爱你，爱你，爱你，爱你。"我想起晏超伏在我耳边说过无数次的话，只是再多的表白也抵不过他数次行踪不定之后我的灰心，但我那时仍不觉得我们的关系到了破碎的边缘。我试着用分手来施压，他便一如既往地求我原谅。他说，他是因为接了电影剧组的活儿，画故事板挣外快，所以才少了见我的时间。我不再怀疑，却也没有轻易收起怒火。我依然拒绝见他，他就再一次住进407房间，一直等我。他在那里连住了五天，一边画故事板一边给我发长长的信息。五天后，我终于给了他回复。我是爱他的，我依然爱着他。我根本就没想过要放弃他，尽管不安时时烦扰着我。

可是后来，他又莫名其妙地消失了三天。我不解、焦急、彻夜难眠。在我崩溃地吃了一片又一片劳拉西泮，精神恍惚地去上班时，一个师弟特意去剧院等我下班。他支支吾吾地告诉我，晏超结婚了。

怎么可能？我差点没给师弟一巴掌，叫他别胡说八道。

"真的，他这三天是去给老婆补过蜜月去了。他们结婚是裸婚，什么都没有。他不陪老婆出去玩三天，太说不过去了。"师弟挺怕我的，他说完，还哆嗦了两下。

"不可能！"我觉得师弟肯定是疯了。

"师姐，真的，我没骗你。你看不到晏超的微信朋友圈吗？我们好多人都觉得奇怪，你为什么还不知道他结婚的事？十月十号那天，晏超领完证，发了一条朋友圈，不过第二天就删了。"

我说不出话，好像所有的话语都失去了意义，又好像任意一个词都可以让我毁灭。

我和晏超是说好了不加对方微信的。十月十号，我想起来了。那天早上，晏超把我送到剧场门口，吻了吻我，说："今天阳光真好。过了今天，也许很多事都会不一样。"我当时还品了品他的话，巧合地联想到了结婚。我以为他是在委婉地提及婚姻，暗示他就要向我求婚了。

这世界真是要多荒诞有多荒诞，要多惊奇有多惊奇。

师弟怕我仍不愿相信，赶紧从手机里翻出其他人发给他的截图，让我亲眼看看晏超在结婚当晚发过的那条朋友圈。只见红色的背景，白色的衬衫，两个人整齐地挨在一起。等一下，这照片里的女孩不是晏超的助理朱慧吗？我脑袋里嗡嗡地响。红色，白色。当我看到那张照片时，忽然觉得，更刺激人的已不仅仅是晏超结婚的事，而是更遥远的事……红色，白色……难以言喻的压迫感通过大脑中某根隐秘的神经猛烈地传导过来……

我回了神。此刻的"球屋"像一个交叠了无数记忆的空间，我感到天旋地转。

"师姐。"有人在唤我，我难辨真假。

"师姐。"真的有人在唤我。

我晃了晃头，使劲聚焦目光。

"鲲鹏！"我惊异地叫出来，"怎么是你！"

"怎么不能是我？"他笑笑，又露出一丝担忧，"你没事吧？见到我有那么可怕吗？"

"挺可怕的，我刚刚正想到你！"

在"球屋"里遇到鲲鹏，真是鬼魅的巧合。当初就是他告诉我晏超结婚的事。

鲲鹏是戏剧学院舞美系的，比我大一岁，却比我晚两年入学。因为这个原因，他坚持叫我师姐。他有一张娃娃脸，厚刘海盖过眉毛，跟人说话总是特别客气。我认识他和认识晏超的情形有点像，在学校的时候并不知道对方，到剧院上班后因为工作才有了接触。

年初的时候，剧院的院刊对外征集舞美设计类别的稿件，主要是因为舞美的稿子特别稀缺，院内的舞美师们不是太忙就是不善文字。我跟刘老师商量，不如对外征稿。刘老师一开始很怀疑征稿的成效，结果不出一星期我们就收到了鲲鹏发来的一万多字的投稿。那是他研究生毕业后的第一个舞台设计，探讨"何谓死亡"的一台小剧场荒诞剧。他把整个舞台设计成了太平间，用扣子、针线、娃娃这些元素来凸显生命被操纵的感觉。他的稿子洋洋洒洒，从与导演一起读剧本写起，又写到他的梦、写到他被梦境启发的灵感，甚至连他做设计时生了几场病，装台时出了什么意外等都事无巨细地记录了下来。这篇稿子作为专业稿件是不合格的，像流水账，可它的真实让我动容。我对稿件进行了大幅的删减，把其中舞美的专业内容提炼出来，分出层次，再分别起了副标题，交给刘老师。一向对稿件要求苛刻的刘老师，这回竟夸了鲲鹏几句，让稿件通过了。

我发邮件通知鲲鹏他的稿子被录用了，并解释了我大刀阔斧编辑的过程。他直接给研究部办公室打了个电话，跟我聊了半小时。电话里，我听出他的兴奋，怕他期望太高，赶紧告诉他我们的稿费特别低。他倒是不在意。他越不在意，我越怕亏了他，毕竟一万多字的文章被砍到三千字，谁心里没有个落差呢。所以当我给他发稿费的时候，顺便还送了他两张戏票，请他来剧院看一台新戏。

演出那天，我掐着时间，开演前三十分钟去剧场门口迎他。我在人群中找到他时，他却是一个人来的。他打扮得挺精神，表情却有些尴尬。这是我们第一次在现实中相见，寒暄了一阵，我发现他的那股尴尬劲始终挥之不去。我给他拿了杯饮料，陪他在剧场外闲逛。他终于含糊地说，女朋友放了他鸽子，没来。我倒松了口气，本以为多严重的事，不过是情侣吵架罢了。我于是陪他看了整场演出，又送了他两张票，让他下次带女朋友来。

可还没等到下次，他们就分手了。

分手的消息是鲲鹏当面跟我说的。有一天他打电话给我，说要等我下班，想请我吃饭。听到他失落的语气，我就知道他有事。一顿饭下来，我听到的净是他哀伤的倾诉，他失恋了。我没什么好建议可以给他，毕竟我和晏超的问题也不少。我只能陪他坐在饭馆里，直到打烊。

那以后，鲲鹏总说我对他好。我不觉得，赵以却说："你就是对他好。机会是挺贵的东西，你给过他。耐心也是挺贵的东西，你也给过他。"

"这么说，我还挺大方？"

"你是挺大方，但不是什么人都知道回报。"

赵以错看鲲鹏了，鲲鹏算是有良心的。只是我们都没想到，鲲鹏对我的回报会与晏超有关。

在"球屋"里，再怎么遮遮掩掩，我与鲲鹏还是谈起了晏超。鲲鹏忙不迭地道歉，说他当时真该想个更好的方式告诉我，那样一棒子打过来，太突然了。

"没事，挺教育我的。以前晏超跟我说好了，不加对方微信。他微信好友两千多人，不加我，我就不算芸芸众生中的某一个。你知道那种感觉吗？就是，他把我放到一个特别的位置上。有什么事，我打一个电话，永远能找到他，他也永远会在第一时间来到我身边。这就是特别的位置。现在我知道了，这真傻。"

"师姐，其实我挺烦晏超的。他是导演系的，可也没见他导过什么好作品。什么制作人啊，不就是个大忽悠吗，真浪费了当初导演系给他的名额。师姐，他配不上你。"

他说话有一股学生气，将我和晏超的问题说得浮于表面。

我没有回应。

"师姐，你是不是挺排斥网络的？"他忽然问。

"不是啊！我和晏超互不加微信，可不代表我不喜欢上网。"

"我没别的意思，"他青涩地笑，"我最近新交了个女朋友，网上认识的，挺好。我在一个交友App上放了自己的照片，还有设计稿和舞台模型什么的，然后就碰到一个对我感兴趣的女孩。没聊多久，我就跟她好上了。"

他的新恋情，我现在真的没兴趣。

"你也用用吧，那个App叫'灵伴'，我教你下载。"他从我对面站起来，拿着手机坐到我身边。

我硬着头皮，在他的注视下下载了"灵伴"。他感觉不到我内心的抗拒，一直眼神发亮地向我比画着在哪里上传照片。

"你多放几张自拍啊！师姐，其实你优点挺明显的，你差不多……身高一米七，体重有九十斤？"

"嗯……体重不到九十斤，这能算优点吗？晏超说过我身材不行。"

"别信他的。你现在就是有点憔悴。"

我在手机上鼓捣了一会儿"灵伴"，心里不禁唏嘘，这上面能找到男朋友？现实生活中跟一个圈子里的人谈恋爱都谈成这鬼样子，跟网上的人又能有什么结果？我侧过脸，看看鲲鹏，看到他满面春风的样子，转念一想，大概正因为跟同行谈恋爱才会有灾难般的下场，换个方向或许就柳暗花明了。

六

老沈总算回自己家住了。我还以为她对我放心了，然而她每天晚上还是要来做顿饭，并且做一些难吃但健康的菜，比如芹菜叶炒胡萝卜丝，或者洋葱拌木耳。她说这样吃排毒，不只排掉我血管里残存的毒素，最好把我脑子里的毒也排排。

"你怎么天天有空来做饭？机关政研室的工作就那么闲吗？"我故意说。

"来看看你是死是活。"

我自讨没趣地回了句："镇静剂我最近不吃了。"

"我以为你一辈子不会再碰呢！我有过好几年的神经衰弱，怎么没像你这样乱吃药？你以为那是糖豆呢？"

我放下筷子，收拾餐桌，准备去厨房洗个碗。

"你歇着吧。"她抢过我手里的碗筷。

我心里不是滋味，沉默地跟着她去厨房，看她洗碗。

她洗完碗，泡了杯茶递给我："都辞职了，你怎么还在外面晃悠到那么晚？"

我没吱声。

"你爸找你。他说打你家里座机，没人接。你是不是一直不理他？要不然他不至于打座机。"

"我特别忙，没注意。"我撒谎道。

"忙什么？写剧本？"

"嗯……除了写自己想写的，还想找活儿。"

"什么活儿？"

"还不知道。"

她瞟了我两眼，忽然把水龙头开得特别大，水溅了我一身。

我从厨房退出来，到客厅查看座机的未接来电，一共五个电话，其中两个是老许打来的。老许今天其实还给我的手机打过电话，我没接。他在微信上也给我发了消息，问我这两天怎么样，我也没回。他打到我家里的座机，结果我也没接着。我不回复他，最多被他视为如往常一般的父女间的生疏。不是我不渴望他的感情，是我太渴望了，所以反而回避。而他对我的关心也总像隔了层纱，看不清也摸不透，但若我把这层纱当成保护膜，让我们相安无事地各自站在原地，也不失为一种保持平衡的方法。

另外三个电话，都是我本科时的同班同学乐乐打来的。我思量一会儿，给乐乐回了过去。

电话一通，我就听到乐乐熟悉的大嗓门。她语速飞快地说，微信好友太多，一时半会儿翻不到我，也没记我现在的手机号，就打到我家座机上碰运气。她有个电视剧剧本的活儿，想找人一起写。想来想去，她认识的人里面最合适的就是我。

"你居然还没搬家？"她大惊小怪地问。

"是啊，没搬。"

"咱们班可都有人用卖剧本的钱在三环买大平层了，还有买游艇的，你也努努力啊！"

"我不需要什么游艇，也不需要大平层。"

"说什么呢，你怎么那么消极！你不会还在剧院上班吧？"

"没上了。"

"想通了吧，那种工作有什么意思！既然自由了，就来跟我一起写剧本吧！"

"我想想……"我一时半会儿做不了决定，不是因为写剧本，而是因为乐乐这个人。

"你也太优柔寡断了！咱们见面说吧，把这事定下来！"

"我还是再想想。"

"别想了，见个面，就这两天吧，别磨蹭了！"

我没什么推诿的空间，只好迁就乐乐，约了见面的时间和地点。她一句废话也没有，很快就挂了。

虽说跟着乐乐写剧本不是我自主的选择，却还是让我产生了被雪中送炭的感觉。这不是正好吗，我说服自己，现在是人生低谷，哪壶水都没烧开，有挣钱的事找上来，我应该庆幸。

我把乐乐的邀请跟老沈说了两句。她一听到乐乐的名字，便黑着脸说："我记得你们关系不怎么样啊！"

我干咽了咽嗓子。

她不留情面地继续说："不就是借你的作业抄，结果把水洒到作业纸上，还大大咧咧地接着跟你借的那个女同学吗？"

"洒的是咖啡，不是水。"我下意识地纠正。原来，我记得那么清楚。

"那她就更坏了。"

"没那么严重，她又不是故意的。"

"你好好想想吧！"老沈不再理我。她收拾完厨房，便回自己家了。

我和乐乐的关系不能说好，也不能说不好。她是北京女孩，我们那一届文学系北京人不多，所以从军训开始，我俩就走得挺近。

乐乐在班里以人脉资源丰富著称。她从小在空军大院里长大，爷爷奶奶、姥姥姥爷那一代，再加上父母那一代，都是军人。这两代人的战友，退役后遍及各个行业，其中不乏在影视圈已站稳脚跟的。她经常挂在嘴边的是一位挺有名的电视剧制片人王天凡。王天凡和乐乐的三叔以前是一个营的地空导弹兵，据说情同手足，把乐乐当自己亲侄女一样。

王天凡转业后做过房地产和金融，人到中年去美国留了个学，学影视制作。他回国后跟几个朋友成立了影视公司，拍过两部名不见经传的悬疑剧，都赔了。后来，他开始拍都市情感题材电视剧，连着几部都赚了。我们本科三年级时，王天凡公司拍的一部电视剧，里面的主角一水儿的一线明星，剧情又是惨烈的爱情又是凶险的商战，收视率很高。王天凡于是信心十足，想要拍回他偏爱的悬疑剧，只不过这一次，他在成本上考虑得更慎重了。他联系了乐乐，让她找几个脑子快、手脚勤的同学，先出个剧本大纲。之所以找在校生而不找成熟编剧，一是他认为年轻人的想法还没被模式化，天马行空；二是编剧的价格能够压低，因为初出茅庐的学生更想要实践机会，不会太在意稿酬。

乐乐挺让我意外的，她没找别的同学，单单找了我和她一起去见王天凡。她坦言，由于自己写作功夫不到位，所以前面的人物小传和情节设置主要就靠我了。假如今后要写台词本，则我们一人出一半的力，到时候署名署我们两个人，稿酬也对半分。对此我没意见，至少她对自身的优劣有自知之明，而且这个活儿，如果没有她的资源，整件事对我来说根本就不存在。

乐乐在写作上确实缺乏想象力，但她也没偷懒。我设计情节点时，需要查什么资料，她会随时配合。连着忙活了两个星期，我交出了分量十足的剧本大纲，王天凡也与我们爽快地签下了合同。又过了三个多星期，我写完二十多集的分集大纲，改了两遍后，全部通过了。这个活儿，虽然最后因为某些影视圈内稀松平常的"不可抗力原因"而终止，但我还是挺满足的。一个暑假赚了几万块钱定金，不用退回，还积累了实战经验，我没什么怨言。

但乐乐的野心比我大多了。开学后，她对于项目的终止耿耿于怀，想叫我跟她一起去找王天凡，看看有什么转机。我很想劝她别惦记了，有时候七十多集的历史正剧，台词本全都写完了，编剧已经拿到八成的稿酬，项目却还是黄了，这样的事屡见不鲜，何况我们这个匆匆忙忙搞出来的悬疑剧呢！可我没跟她说什么，因为那个七十多集的例子中，编剧不是别人，是老许。

我那时对王天凡的悬疑剧项目并无巨大的失落感，只好奇一件事，为什么乐乐找了我？因为我们都是北京人？以乐乐的成熟精明，她应该不会因此而做决定。还是说，我写作水平高？不可能，我们班有的是比我文学造诣深厚的编故事天才。那是因为我态度认真吗？也不应该啊。认真这种品质，在文学系最不稀奇。

乐乐的回答让我吃惊。

"因为你大方！"我记得她笃定地说。

"大方？就因为我愿意把作业借给你抄？"

她摆摆手，告诉我，因为我们的戏剧史作业全部要求手写，她借我的作业去抄的时候，本来也想过，要不别喝咖啡了，万一洒了，这纸质的作业可就毁了，我还得重新誊写一遍。结果她熬夜赶作业，还是忍不住冲了杯咖啡喝，没承想，还真就洒了，而且一洒就洒了整整三张纸，有些段落甚至被洇湿到字迹完全模糊。事后我虽然生气，可埋怨了她几句后也没再追究。过了几天，她又试着找我借作业抄，我竟然答应了，而且还是把手写稿直接借给她。她本以为，出了上次的事，我会直接拒绝，或借机数落她一顿，最好的结果也只可能是把手写稿复印一份给她。尽管她已经有这些假设，但怀着一种侥幸，还是问我借了。令她讶异的是，我没说出任何她想象中的恶毒话，只是把作业掏出来，苦笑着提醒她，这次可别把咖啡洒了。

她很感动。对于她这样把大部分时间都花在与各种影视公司打交道而懈怠了学业的人，我没偏见还不计前嫌，把她感动坏了。

赵以对她的评价却是："感动归感动，利用归利用。"

我倒不觉得乐乐如何利用了我。经过那次与王天凡的合作，她有什么活儿都想到我。她几次邀请我去她在酒店的临时"工作室"看看，那儿环境虽高档，我们谈论的话题虽动辄就涉及丰厚的稿酬，可惜我对题材和公司总是挑挑拣拣，就没再跟她一起写过东西。

眼下乐乐又来找我，这活儿我做还是不做？我正想着，座机又响了。我一看，是老沈，赶紧接了。

"我到家了，洗洗睡了，你也别太晚了。工作的事，你想干什么就干吧，自己把握好。"

我沉默着。

"其实你爸……他有个戏要开机了。他真的挺关心你的，想让你有空去找他一趟。"

"算了吧。"我一听这些，无名火蹿了上来，"又不是没进过他的剧组，我可不想看见李小溪。"

"他们也差不多该结婚了。你别把李小溪当外人，早晚要面对的。"

"你怎么还帮着他们说话呢！你忘了当年他们是怎么勾搭上的？"我有些急了。

"就事论事好不好！"老沈也急了，"自己亲爹的资源不用，以后在社会上被坑了，可别让家里人为你操心！我早该劝你爸别管你了。你把他从医院赶走了，他还拿了些钱要给你，怕你不收，就把钱塞给我。你怎么那么白眼狼呢！"

"我不花他的钱，你自己花吧！"我挂了电话。

七

老沈再来我家的时候，我发现她的黑眼圈深了，眼睛里全是红血丝。我的心软了下来，却想不出安慰她的办法。

她忽然盯着我说，老许想见我，想让我去他家一趟。

唉，又来了。我心里烦透了，可老沈一味地坚持，我无法视而不见，只好答应她，我会去找老许。

在我初中被送到一所重点中学的住校部后，老沈和老许便分居了。等我考上大学，他们就正式离了婚。离婚前，老许就因为工作的缘故频频接触那些对写作事业心怀抱负的女青年。他离婚后，那类女青年越来越多，李小溪就是其中一个。

李小溪当时从师范学院研究生毕业没两年。她是学新闻的，却没找个电视台或报社上班，而是在家做自由撰稿人，专写些关乎男女情感的散文。

其实李小溪的外表并不讨人厌，她长相周正，平时打扮很是得体，待人接物也颇有一套，话里话外特别遵循逻辑，偶尔还会露出一种高深莫测的表情。

据老许说，他跟李小溪是在作家协会举办的一次笔会上认识的。我有些纳闷，李小溪又不是作协会员，怎么参加的笔会？我由此以恶意揣度过她，还跟老沈讨论过。老沈却眼也不抬地说："不管怎么样，她住进你爸家里了。有本事，你去找她聊啊！自己在这里说闲话，没劲。"

我很泄气，我的确没有找上门去的勇气。

我本科还没毕业时，李小溪就住进了老许家。她一本正经地来拜师学艺，要跟老许学写剧本，可学着学着就开始在老许家里扫地、熨衣，再自然而然地留宿。从结果来看，编剧她似乎没学会，倒是跟着老许接触了一个又一个影视公司，渐渐地跟那些影视制片人打成一片。老许后来写的剧，只要拍出来的，李小溪都或多或少参与了制片。所以我特别不愿意到老许担任编剧的剧组工作，因为不知什么时候就会在组里遇到李小溪。

不管在什么情形下，让我同时拜访老许与李小溪，还不如直接杀了我。可我答应了老沈，就得硬着头皮去一趟。

第二天，我磨磨蹭蹭出了门。到了老许家楼下，我又磨叽了一会儿才上楼。

进了老许的家门，一股陌生的气息扑面而来。从玄关到客厅，从餐厅到卫生间，到处都是李小溪的生活痕迹。她的艺术照、毛绒玩偶钥匙链、镶着金色走马灯的香薰蜡烛、粉色瑜伽垫……我勉强收起目光，却又屡屡忍不住再用余光打量这些物件。

"迢迢来了，吃水果。"李小溪主动招呼我。老许在一旁和蔼地笑，可他那笑脸，似乎更多的是对着李小溪。

我接过李小溪递来的一整个橙子。

"不吃了。没切开，太麻烦。"我把橙子放回桌上。

"我去切，你们聊。"老许拿起橙子去了厨房。

李小溪慢条斯理地跟我说话。她语调越温柔，我越紧张。她的发丝不经意地从耳后滑到脸颊，眼睛眨了又眨。我看着鲜活的她，坐立不安。

"迢迢，你没事吧？"她注意到我的异样，摸了一下我的手。

我的身体下意识地抖了一下。

"其实，我有件事想跟你商量。"她靠得离我越来越近。

"是我爸有个戏要开机了吗？我妈跟我说过了……是不是需要我进剧组干活儿？"我心里开始为如何拒绝这份嗟来之食打草稿。

"不是剧组的事，是关于你自己的事，我也不知怎么开口……"她歪着脸，抿了抿嘴。

"你说吧。"

"你知道'冬眠疗法'吗？"

"什么疗法？"

"是一种治疗精神疾病的方法，我一会儿发些资料给你，你也可以自己上网查查。你知道，精神受过极大刺激的人，会暂时进入一种不能自控的状态，一心求死。为了帮助这样的人走出极端消极的状态，精神病院的医生会建议使用'冬眠疗法'。就是呢，你先住到医院里，由医生为你制定用药方案。一开始会用比较强效的药，让你昏睡，每天睡十几个小时。你会感到彻底地放松，什么都不用想，什么都不用做，完全地休息。你懂我的意思吗？"

我理解不了她的话。或者说，我能理解，但是我不相信她这是在跟我说话。我感到了威胁和冒犯，挪了挪身子，最后索性站了起来。

"你说什么呢？！你是在跟我说话吗？"我瞪着她。

"你冷静点，坐下来听我说呀……"

"我很好，不需要住院！"我看着她平静的脸，觉得她是在故意折磨我。

"我只是建议嘛！"她也站起来，试图拉我的手。

"别碰我！"我甩开她的手。

"迢迢，你爸爸有多担心，你知道吗？我们都希望你好起来。你不要对这种治疗方法太排斥了，先了解一下，也没什么损失，不是吗？"她的语调依然柔和。

"你觉得我傻吗？我写剧本的时候，写过跟精神病院的电击治疗有关的情节。你是想让我死在医院，还是变成傻子？"我脑袋里闪过无数个令人惊惧的念头。

"'冬眠疗法'也不一定非要电击呀！只是让你休息，让你多睡觉。"她的语气一点没变。

"不一定？也就是说可能会有了！"我开始死抠字眼。

"你别这么激动，快坐下来。你看，你这是典型的反应过度。真的，我建议你还是去医院住一段时间……"

"用不着，我现在很好，能吃能睡能谈恋爱能接活儿，你管得着我吗？你管我爸还不够，还要管我！"

"我们都是为了你好呀！"

"我们"，这个词真刺耳。李小溪和老许是"我们"，而我却是外人了。他们对外人的关心，就是把人送到精神病院里，我要崩溃了。

"迢迢，你别乱发脾气好吗？！"老许可算说了句话，却不是向着我。

我回头看他，见他脸上显出分明的不满，好像等同于对我的弃绝。

"我没发脾气，但是李小溪也太过分了。"我尽量压低声音。

"我了解过'冬眠疗法'，你再好好想想，可以试试。我们不是逼你去医院，只是你太让人担心了。"他长叹一口气。

我想起自己在医院对老许的态度，不吭声了。我现在受到的惩罚，都是活该。

"知道了，"我颤抖着说，"我会考虑的。没什么别的事，我先走了。"

老许深深地皱着眉，不再说话。

我才注意到，他切好的橙子整整齐齐地码在盘子里，放在桌子上。可我，是没机会吃了。

八

我与老许和李小溪的不欢而散很快就传到了老沈耳朵里。她听说了"冬眠疗法"，既不指责李小溪，也没有特别地去体恤我。她的中立令我孤独，我赌气叫她别来我这儿了，她倒也不坚持，真的没有来。

晚上快十二点了，陶帅忽然给我打电话。嘘寒问暖后，他说起急救那天的事。

"放心吧，你的事我没跟我爸妈说。"他宽慰我。

他又告诉我，那天他赶到医院取血样时，老沈哭得满脸都是泪，可等到要面对我时，她就把眼泪全擦干净了。

他的话像是在帮倒忙。我自责道："我还是没让她省心，我刚去过我爸那边，吵了架。"

"吵架这事，如果你不想吵是吵不起来的。"

"真不怪我，我爸跟他女朋友商量着要把我送到精神病院。"

"那恭喜你，离成为大师不远了。"

"别逗了，成为大师就要先成为疯子？"

"是可以这么想啊，你看，你喜欢的那个画家罗斯科不就挺疯的？总之，你别烦了，要不明天晚上出来兜风？"

"好吧。"

第二天，陶帅赶在交通晚高峰之前到了我家。我们叫了外卖当晚饭。等晚高峰彻底过去，我们开车上了五环。

陶帅有一辆湛蓝色的蝴蝶门跑车。我不喜欢坐这车，觉得上下车很不方便。而且，他去年开这车出过车祸，虽然人没事，但也曾闹得家里人心惶惶。

"这车有什么好的？它的意义也就是炫耀。"我没直接提及车祸。

"人生嘛，能炫就炫吧。"

我撇撇嘴。小时候他喜欢自己在家玩，就炫耀模型和游戏机。青春期他喜欢交朋友，就炫耀夏令营友谊赛里赢得的各种奖章。长大了他对烹饪感兴趣，就炫耀本烧厨刀。时间长了，我对他炫耀的东西已经麻木，却意识到他很少炫耀他的家庭。小姨夫是建筑工程师，盖的楼从国内到国外，不少都成了地标性建筑。小姨本来是小姨夫的同事，后来退居二线，大部分时间都用来教育陶帅。

陶帅打小就聪明，高中考上了市重点中学的重点班，就是高三那年不知怎么回事，几次模拟考的总分都在一本线附近徘徊，要上清华可有些悬。小姨是个保守又情绪化的人，她天天发愁，总把陶帅的处境往严重了十倍想象。

临高考前，陶帅的成绩提上去不少，但离北大清华还是差一点。他是个乐天派，仍然觉得自己上清华没问题。小姨担心他沉迷于精神胜利法，到时候一旦第一志愿没考上，弄不好就只能上个三本。在陶帅毫不犹豫地将第一志愿填了清华后，她愣是跑到学校，找校领导诉苦，偷偷地把第一志愿给改成了理工大学。陶帅当然不知道发生了什么，只顾铆足了精神参加高考，结果超常发挥，高出清华的录取线二十多分。这下小姨傻眼了，又是哭又是求，只希望陶帅能原谅她。陶帅却既没吵也没闹，只是一言不发地打了一个多星期的游戏。然后，像个没事人一样，笑嘻嘻地等着接理工大学的录取通知书。

上了大学，他变化挺明显：留长发，玩乐队。在学校开演唱会的时候，他把吉他摔了，还把眼镜摘了扔到地上踩碎。他忽然而至的疯狂，被小姨夫和小姨视为理所应当的报复。然而本科一毕业，他就老老实实地去英国留学了，读完博士才回来，之后他进了一家医疗企业做技术工程师。看来，他阶段性的叛逆无伤大雅。想到这儿，我在副驾驶偏头看他。这些些年，他还是喜欢以一副好脾气示人。大方炫耀的背后，会不会有残存的怨念，我不知道。

开了二十多分钟车，我跟陶帅找了个加油站的便利店，买了零食和饮料。我不想回车里，太挤。

"你这么瘦还嫌挤，我都没嫌挤。等你以后吃胖了，想在车里吃喝都没机会了。"他把一包薯片打开递给我。

"以后？"我跟吃药似的嚼了一口薯片。

"对，等你结了婚，生了孩子，人变得圆了两圈的时候。"

我僵硬地咧咧嘴。

他见我吃也吃不下，便从我手里拿过薯片，自己吃起来。

"哎，"他舔了一下指尖，"你记得我那次出车祸吗？"

"这种事谁能不记得？因为车祸，小姨都不想让你开车了。"

"是，她半年没让我碰车。"

"她怕你不长记性。"

"我其实是太长记性了，我感触太大了。"他的语速慢下来。

我从没听他说过车祸的感触，此刻看到他眼里的深沉，我有些意外。

"我现在都能想起来那个罪魁祸首，那个司机，他怎么从应急车道突然并入主路，然后我们后面一连串车就都追尾了。我后边是个重型厢货，急刹车没刹住，就直直地向我撞上来。我眼瞅着后视镜里那辆货车撞上来，就呆住了。然后我就听见破碎声，离我的耳朵那么近，就跟从我内脏里发出的声音似的。我想我的尾翼应该被撞飞了，整个外包围也应该都瘪了，我本来还在想这些很现实的事，但是忽然之间，忽然一下，我非常迅速地从实际的灾难中脱离了。我觉得那种感觉肯定不能说是镇定，也不是傻了，是一种没经历过的人不会明白的感觉。就是，你一下子超然了。那么一瞬间，你感到离死亡很近，那是特别原始的体验。那个时刻的含义其实特别深，虽然是一个很危险、很吓人的时刻，但是感觉没那么糟糕。人因为死亡而再生，我是说，你因为靠近了死亡而重新活了过来。活人才会死，死人，就有了生。这种哲理是经历了车祸后我慢慢想明白的。"

"你比我想象的还要活得明白。"半晌，我才说了一句。

"我是觉得你会有类似的感觉。重生的感觉太可贵了，带着这种感觉，特别适合给自己找条新路。"

"你现在走哪条路了？"

"我打算把跑车卖了。"

"为了不让家里担心？"

"主要是不想让一个女孩担心。"

"你找女朋友了？"

"嗯，一个烹饪大师，做菜特别好吃。"

"大师？"

"对，她是那种……正常的大师。"

"哦，我是不正常的大师？"

他按了一下我的肩膀："你在通往大师之路上，在慢慢熬一锅好汤。"

那天回到家，我翻开活页笔记本，拿出彩色笔，开始梳理关于肖亮的故事。肖亮……红色……白色……死亡的象征……深夜一点了，我却被乱麻般的想法缠住，毫无困意。我放下笔，打开"灵伴"，划拉了半天，忽然发现了一个和随机匹配对象进行语音聊天的按钮。我按下去，几秒钟之后，接通到了一个小男孩那里。说是小男孩，因为他的声音听起来实在太稚嫩了。他吐字很轻，好像不方便说话。

"你旁边有人吗？"我不禁问。

"对的，我在宿舍。"

"要不你先休息，我不打扰了。"我想，这样的结束语还算客气吧。

我又匹配了几次，每次都挺尴尬，总是跟对方话不投机，说不到一分钟就挂了。我觉得很滑稽，打算再玩一次就不玩了。

我接通了一个上来就不吭声的人。

已经快凌晨两点了，但我还在卧室里放着音乐，是佩尔戈莱西的《圣母悼歌》。音乐声使我走了神。

"你听的是什么，教堂音乐？"对方说话了，他的声音挺沉。

"《圣母悼歌》。"

"我很喜欢，可以让我听清楚一点吗？如果你愿意。"他彬彬有礼。

"当然可以。"我把手机听筒凑近音响。

我们听完了整首曲子。

"非常美。"他轻轻地说。

"是啊。"我不知该如何将对话继续，有点想挂了。

"你等一下，好吗？"他好像知道我在想什么似的。

"为什么……"我犹豫着。

"对不起，我只是感觉你可能想挂了。如果你真的想挂，那我尊重你。谢谢你，给我机会听那么美的音乐。"

他太有礼貌了，让我都不好意思挂了，可我又实在没话题可聊，只好在手机旁愣着。

"你没挂。"

"对……"我含糊着。

"知道我在想什么吗？"

"什么？"

"我真幸运。"

我陷入了沉默。

"你其实还是想挂了，那你挂吧，我不该强求。"

"那好吧。"

我正准备挂，他忽然又说："可以答应我一件事吗？能不能不要消失？"

我挺吃惊，但没说话。

"在你挂之前，能不能先加我为好友？不加好友，我就看不到你的信息，你也看不到我的，语音通话结束后什么都会消失不见。加了好友，我至少知道你叫什么。我想记住这个夜晚，还有你的名字。"

"只是个网名。"我扫了一眼自己在"灵伴"上的昵称，"空瓶子"，是我随手起的，没什么特别含义。

"网名对我也很重要。"

"好吧。"我加了他为好友。

"空瓶子，我记住了，晚安。"

挂掉语音，我看了看他的资料，他的名字挺有趣，叫"第零号"。年龄、所在地，他都没有写。相册里也一张照片都没有，跟我半斤八两。我的相册里只放了两张马克·罗斯科的画。

他的声音，回想起来竟有些熟悉。我不情愿地想，他的声音和晏超的真像啊，不知道他长什么样。

我在床上翻来覆去，怎么也睡不着。

我闭上眼睛，企图在梦里跨越当下的烦恼。白色、红色、肖亮、强口令……快让往事包裹住我吧，让重生的感受蔓延到记忆的边缘，把我送到一扇有光的窗前，给我一些至关重要的启示吧。

第二章 "第零号"

一

"绿精灵",一种产自西班牙的苦艾酒,兑一倍的水,加几块冰,闻着浊化的液体散发出的怪味,送入口中,一股烧牛肉用的大料味充满了口腔。

天黑以后,我在"等等"酒吧见到赵以。我喝"绿精灵",他喝"螺丝刀"。他让调酒师多放橙汁,伏特加只搁那么一点。

"你直接喝果汁算了。"我讥笑他。

"吃镇静剂的时候别喝酒,你又不是不知道。"

"你每天吃那两片也算吃?晏超告诉过我,你也吃镇静剂,他倒是没骗我。只是你一点都不像有事的样子,好着呢。"我阴阳怪气地说。

"我真被诊断过轻度焦虑,有一年不是挣不到钱嘛,就是从那年开始的。"赵以斜了斜眼睛。"得个病还要攀比谁更严重吗?我就是轻度,所以当时也没主动跟你说,没必要。后来你不是知道了嘛,圈子太小,只要有一个人知道,所有人就都知道了。"他垂下眼帘。

"其实我自己有多严重,我也不清楚。我好像是被晏超忽悠的,他总是给我暗示,让我觉得自己特别脆弱,特别容易激动。我以前太爱他了,觉得他说什么都是对的。"

"你以后少提他吧。"

我不吭声了。好吧，那就想想别的，比如眼前的环境。"等等"是我和赵以从大学时就常来的地方。它早期是个书店，后来连年亏损，快经营不下去了，就改成了酒吧。老板是个喜欢戴报童帽的中年文艺男。客人少的时候，他会把音乐从爵士忽然切换成昆曲，吓别人一跳。赵以偏偏喜欢这一出，他一听到拖着好几个拍子的"水磨腔"就开始亢奋。

今晚没有昆曲，只有爵士小号。我们的时间过得也不像曾经那样散漫，而是被种种事由推着，难以抽身。赵以聊了聊他最近的工作，又问我记不记得徐浩然。我当然记得这个名字。徐浩然，我对他的印象还停留在他做场记时。

大四那年的寒假，赵以在宁波拍一部古装戏。那是他第一次拍古装，饰演的角色在一众配角中不算大也不算小，台词少，打戏多。巧的是，老许那年写了部戏，在横店开机。我硬着头皮，顶着"文学编辑"的头衔，为老许的剧本做了些琐屑的修改工作后，又被他劝说去现场跟着制片组学习。随着李小溪频频出现在片场，我实在做不好情绪管理，见了她连打招呼都不自然。心烦的时候，我就给赵以打电话。赵以得知我烦恼的根源，干脆叫我去找他。我像投奔救星一样去了宁波，结果看到赵以煞白的脸和换衣服时露出胳膊上被威亚线勒出的大血道子，我傻眼了。我意识到了自己的矫情，一下子收敛了许多，一边琢磨怎么跟老许解释，一边在赵以那剧组蔫不吭声地观察其他工作人员的辛苦。

徐浩然在那时进入了我的视线。他是场记之一，挺年轻，不会超过二十五岁。他讲一口广式普通话，浓眉大眼，身材壮实。他不怎么爱笑，话很少，干起活儿来特别认真板正，以至于跟摄影组的小哥还有生活制片大哥都黑过脸。我问过赵以，徐浩然这人怎么回事，怎么总要吵架。赵以说，徐浩然死心眼，不够圆滑，组里的人都看不惯他，有意打压他。

本来一个剧组那么多人，大家来自大江南北，性格迥异，发生口角并不稀奇，可徐浩然与别人的矛盾后来竟闹大了。

一开始，只是某个摄影小哥在工作人员微信群里发了一些群众演员的照片。那些照片令人难堪，无一不是将长相正常的群众演员故意往丑里拍。大家看了只是笑笑，没人提出异议。小哥见势，得寸进尺，又发了些配角的照片，每一张都角度奇葩，面目扭曲，可依然没人敢说小哥一句不是。据说这位小哥是总制片人家里的亲戚，还是国外电影学院毕业的高才生，没人愿意惹他。唯独徐浩然看不下去了。一天吃午饭的时候，摄影小哥又开始在群里发照片发得不亦乐乎，徐浩然愣头青一样，先是在群里发了长长的一段话，有板有眼地指出小哥的行为会影响部分演员的工作情绪，严重的话，将妨碍正常的工作秩序。见小哥不仅对他的话视而不见，还继续发照片，徐浩然放下手机，直接走到小哥面前理论。只能说，那小哥的蛮横劲，是个正常人都会难以忍受：他翘着脚，耍赖似的假装听不懂徐浩然的普通话，更大声嚷嚷着，叫徐浩然学会说中国话再找他。冲动这事只需几秒，徐浩然挥拳便往小哥脸上打去。小哥见状赶紧偏过脑袋想躲开，但太晚了，他下颌骨还是中了一拳。

这下热闹了，旁边有人夸张地大呼小叫，也有人装模作样上去查看小哥的伤势，还有拍照录像的，有低头走开的，有报警的……

我和赵以看着这一幕，预感到，接下来必定是个悲剧。悲剧不在于摄影小哥受伤有多重，看他那能走能跳能瞪眼的样子，就知道他挨的那拳没多疼。悲剧在于，势单力薄的徐浩然该怎么收场。

几个副导演以及制片组的一群人逐渐围了上来，像盯着十恶不赦的罪犯一样盯着徐浩然。那一双双眼睛射出的无情目光让徐浩然这耿直汉子泄气。警察过来后，现场没有一个人替徐浩然说话。心好一点的，说自己没看清楚刚刚什么情况；心狠的，直接添油加醋，把徐浩然说成一个平日里就有暴力倾向的社会混混，是不择手段混进剧组当上的场记。我默默看着他们，不寒而栗。

在我想要上去为徐浩然说句话时，赵以使劲扯住我的衣摆，小声说："别掺和这种破事，寡不敌众。"

"怎么就寡不敌众呢？"我心有不甘。

他世故地撇撇嘴："这世界，就是这样的。"

警察告诉徐浩然，他有两条路：要么被拘留，一辈子都有案底；要么接受调解，该赔钱赔钱。谁都知道，即使选择第二条路，徐浩然也会被赶出剧组，并且拿不到工资。

徐浩然选了第二条路。他自然不是什么社会混混，只是一个想在影视圈谋生的普通人。他怕有案底，怕被逼上绝路，怕得罪狠角色。路见不平而生出的义愤填膺，需要他付出的代价比他想象得要大。

当我看到他穿着一件钻出来好多根羽毛的旧羽绒服，把几叠厚厚的人民币递给摄影小哥并鞠躬道歉时，我很想冲上去劝他：就算道歉，也没必要弯腰啊！我再一次被赵以拦住了。那时我差点哭出来，比自己受了委屈还要难受。"为什么？"我问赵以。他叹口气，只会说："就是这样的，就是这样的。"

徐浩然不但没拿到一分钱工资，还被剧组罚了八千块钱。他收拾行李离组的那个早上，我让赵以陪我，给他送了一万块钱现金。我跟徐浩然并不熟，他可能连我的名字都记不清。我简单跟他说了几句，说这钱算我借他的，等他找到新活儿了，挣着钱了再还我。

后来他真的还钱了。赵以知道了，还挺意外，说我运气好。我不意外。我有种感觉，徐浩然是个极度认真的人，他不会随便收人的钱。如果收了，就会有个交代。

见我愣神，赵以在我眼前晃了一下手，尝了一口我的"绿精灵"。他告诉我，徐浩然现在不做场记了，做副导演了。

前两天，赵以在一个聚会上碰见他。徐浩然问起我，他发现我的旧手机号已经不用了，但也没有我别的联系方式。很久不见，他挺想联系上我的。

"要不你去他现在的剧组散散心？他们下个月在福建那边开机。我觉得他挺想报恩的。"赵以瞅瞅我。

"算了，先不去了。乐乐跟我约了见面，有活儿找我。"

"乐乐？那老狐狸你玩得过她吗？"

"她比我还小几个月，怎么就老狐狸了？"

"唉，你看着吧，跟她混，有你受的。"赵以的嘴巴歪向一边。

我有点烦躁，并不想说话。赵以于是移开话题，说起自己新接的戏，现代都市情感题材电视剧，他演个配角。

"我演一个从法国留学回来的甜点师。"他露出欣快的表情。

我想起来了，最近大崔发的微信朋友圈，婉转地提起赵以要在一部电视剧里出演男三号。

"你快出头了，都男三了。"

"算不上男三，大崔虚张声势呢，也就算个男五、男六吧。不过戏份挺重的，公司很重视，给我找了个法语老师。"

"你还真说法语？不是后期配音吗？"

"是后期配音，但是大崔想着，等这戏火了，我到时候参加节目、接受采访，说两句法语，能那个什么……"他有点不情愿说下去。

"能吸引更多粉丝。市场不就是这样吗？你用不着觉得难堪。"

"跟个卖艺的似的。"

我拍拍他的肩膀，哄他说："你是表演艺术家。"

他领了我的好意，跟我显摆起刚学的知识，什么歌剧院蛋糕、国王饼，光懂得这些还不够，他眼睛一眨一眨地讲："甜点师其实特别有文化。我还得了解历代法国国王的名字，还有地理知识，得知道亚眠和里昂在什么省。"

"这都是法语老师告诉你的？可以啊！"

"是，这姑娘可不简单。"

"姑娘？"我故作怀疑地看着他，"你不会……喜欢上她了吧？"

"没，人家有男朋友。大崔认识她男朋友，所以才能介绍给我当老师。大崔跟她男朋友是小学同学，哈尔滨老乡。"

我有些羡慕："瞧，你过得多好……"

"我介绍你和双闻认识吧，你们真该认识一下！"

双闻，赵以的法语老师。他讲起她的与众不同，她的神秘。她研究塔罗牌，还给赵以翻过一次牌，翻出一张小丑。赵以当时很吃惊，觉得这也太准了。他那天刚跟大崔吵过架，原因是大崔让他去参加一个综艺节目，需要在节目上跳性感舞蹈。他不想去，觉得自己像个小丑。

在赵以看来，与双闻这样有灵性的女孩沟通，比跟心理咨询师聊天管用多了。赵以曾经也去做过心理咨询。与我为积累写作素材的动机不同，他当时是真想缓解焦虑。然而，与我的遭遇差不多，他在咨询师那里也只体会到了失望。反过来说，在咨询师眼里，可能我们也都属于比较难搞的求助者。赵以因为工作原因，常常无法遵守咨询时间和咨询设置。他又特别爱提问题，总是把谈话的重心放到咨询师身上而不是自己身上。而我则是喜欢为自己辩护，或习惯于回避敏感话题。尽管如此，我并不认为与一个懂塔罗牌的女孩说说话，会比做心理咨询的效果好多少。

我嘲笑赵以不仅对神秘主义的玩意儿少见多怪，还对气质神秘的女孩没有抵抗力。

他摇摇头："我是被人家的底蕴吸引。你一定要认识一下她，她比你还有文化呢！"

我喝了口酒，怀着好胜心卖弄起来："你知道我为什么爱喝苦艾酒？有一幅画叫《喝苦艾酒的女人》，出自法国印象派画家埃德加·德加之手。我小时候第一次在画册上看到那幅画，就想，长大后一定要尝尝这酒。你知道印象派诞生于什么年代吗？十九世纪六十年代。印象派之后，马塞尔·杜尚的'小便池'登场，前卫艺术运动兴起……"

"行，"他打断我，"你也有文化，行了吧。所以我才觉得你和双闻能成为朋友。你平时不也会说点法语吗？À la recherche du temps perdu……"

"不错啊，你这发音。"我对他刮目相看，"我也就知道些人名和作品名，可不想班门弄斧。再说这些东西不提也罢，不是我的本行。我还是想写剧。"

他忽然凑近我："写剧？要跟你爸做同事了？"

"没有，还是先跟乐乐一起干吧。"

"不撞南墙不回头。"他开始叹气。

"其实，我还想写个自己的东西，不是活儿，就是自己一直想写的。"

"什么题材？"

"我小时候的事。"

"你要搞非虚构吗？"

"不是，是根据小时候的经历去编……我也没想清楚。有的事我本以为不会再想，可这次在医院醒过来，不知怎么的，总忍不住回忆以前的事。"

他一听我提到医院，赶紧拍拍我："你慢慢来吧，创作的事急也没用。你真的可以跟双闻认识一下，她挺神的。要不让她给你翻张牌，看看你这个故事该不该写？"

"别逗了，不管翻出什么牌，我肯定是要写的！"我把杯子里的酒喝完。

二

无论是在打字时心如止水，还是怀着强烈的情绪，以肖亮为原型的故事都太难写了。

我曾写过一个电影故事大纲，叫《小亮与猎刀》。我没让乐乐知道，而是单独拿给王天凡看。那份大纲的后面还附上了一些已经填好台词的段落。王天凡问我这里面的场景与我的实际经验有关吗，那是我非常想回避的问题。

肖亮在故事里化名为小亮，他与故事中的"我"是要好的朋友。小亮从小母亲不在身边，与父亲相依为命。他矮小、瘦弱、性格孤僻，头脑却极度聪明。小学五年级，我们放学后经常去学校附近的一个小花园观察蚂蚁。他向我解释蚂蚁之间如何依靠信息素交流，又如何规划行进路线。五年级的下半学期，他已经能解出高中代数中的难题。不久，他求着父亲给他买了一台二手台式电脑。有了电脑，他跟我去小花园的时间明显少了，每天一放学他就盼着早点回家玩电脑。我以为他沉迷于电脑游戏，他的父亲也这样想。为了不让他玩电脑，他父亲时常把键盘和鼠标锁起来。他表面上不反抗，却开始频繁地去市图书馆查阅与计算机有关的书籍，做了厚厚几本笔记。几个月后的某一天，小亮从图书馆回来，在自己的小屋里鼓捣半天，把他手里的一台文曲星电子词典的内置程序给破解了。他把里面有关词典的内容删掉，安装了电脑游戏。

"计算机语言是一种纯洁的语言，不像人类的语言，总是伤人。"小亮对我说。

我问他，他那么聪明，可为什么看起来总是心事重重。他从不直接回答。

"我觉得我永远也不会幸福。"有一天，他忽然对我说。

"你为什么会这样想？"

"生命需要很多的爱来支持，可我觉得我得不到爱。我妈，她有了新的家庭，她不想要我。没人要我。我爸也只是可怜我。等我长大了，他也不会要我。"他平静地说。

"不是还有我吗？我们不是朋友吗？我会永远把你当成最好的朋友。"

他用黯淡的眼神看着我："还没到时候。到了时候，会失望的。"

"什么失望？"

"对我失望。人总是对别人有期待，尤其对朋友。然后有一天，就会失望。"他的口吻一点也不像他这个年纪的人。

那不是小亮说过最丧气的话。他用更严重的语调提起过自己想象中的死亡，很具体，很生动："下大雪的时候，如果人死了，流血的那种，鲜红色将与白色搭配在一起，异常醒目。我愿意选择在雪地里死去……我愿意让漫天雪花和自己的血液同时自由落体，最后在雪地里变成一朵血花。"

我没想到，对死亡的想象是那个故事大纲里最吸引王天凡的部分。王天凡似乎被十一二岁孩子的忧愁迷住了。他在办公室读完大纲后，打开音响，放了段音乐给我听。是马勒的《D大调第一交响曲》。我说出曲名。他摸摸下巴："你喜欢马勒？"

"喜欢，写东西的时候总听。"

"你喜欢古典音乐？"

"喜欢。我记得好像是伯恩斯坦说过，全部现代音乐都不及柴可夫斯基《第一钢琴协奏曲》第二乐章第三小节。"

"我知道伯恩斯坦。"他顿了顿，"其实，你是不是不喜欢和乐乐写的那些东西？"

"没什么喜恶，就是一个活儿。"我坦白道。

"这个小亮的故事才是你真正想写的？"

"是，这才是我想写的。我还是说了吧，这故事里有一些虚构，也有一些真实。关于破解文曲星内置程序的情节是真的，我亲眼见过。甚至，我还得到了那台文曲星，有人将它送给了我。"

"哦！所以故事里的'我'就是你自己？在现实中，小亮的人物原型，把文曲星作为礼物送给了你？"

我没有回答。

"我看你还是再想想吧！"他意味深长地说。

我不解地望望他。

"你这故事情节是关于一个外表毫不起眼的男孩，从小没了母亲，又与父亲关系紧张。他不顾别人的眼光，自学一些看起来偏门的东西，同时性格又很悲观。他小学时有一个好朋友，就是故事中的'我'，他们互相安慰，彼此鼓励。后来他搬了家，就与这个'我'断了联系。再后来，他成为一名网络安全专家，你用的词是'白帽黑客'，挺有意思。他编写的程序获了奖，又偶然间遇到了小时候的好朋友，发现好朋友成了一个专门写心理推理小说的作家。在好朋友的帮助下，他剖析了自己的心理，重拾对亲情的信心。而那个时候他已经多年没有联系过父亲了，但在好朋友的劝说下，他拿着父亲很久以前送他的一把猎刀，回到内蒙古老家，找到父亲，父子关系最终和解。这故事逻辑上没什么问题，起承转合你也设计得比较到位，就是感觉遮遮掩掩的，好像有一些东西你捂着没说。"

王天凡的评价听来发自肺腑，我还挺愿意听的，只是，我半晌都没有给他反应。

"如果故事的灵感源于你真实经历过的事，你可能还有什么问题拖到现在都没解决。"他微笑着说。

"其实……大部分素材都是虚构的，小部分来自于真实。"我为自己找台阶。

他还是笑笑："我不瞎打听你的过去，你别慌。不过我比你年长，有些体会可以告诉你。就是，如果曾经的一个问题，你跳过去了，不解决，那这个问题在将来还会出现，会以另一种面貌出现。所以，早晚还是要解决。"

那个故事大纲，从程序上来说并没有通过。王天凡说，如果哪一天我想好了，把这个故事完善了，可以再联系他。我以为他只是在客气，并没把他的话当真。故事大纲一直安静地躺在我电子邮箱的草稿箱里，没有再发给任何人。后来，我和王天凡的联系少了。他会在元旦和春节时给我发个信息，我就当他是群发时没有漏掉我。我总是礼貌地回复他，从来也不多聊。但我一直记得他跟我说过的话，以前的问题如果不解决，将来还是会出现的。这是经验主义者得出的人生哲学，还是不容置疑的普遍规律，我不知道。而肖亮这个人似乎已经从我的生命中消失了。仅仅凭回忆，无从说清我与他的全部过往，因为回忆本身就是不确切的，回忆有时甚至还会自欺欺人。

肖亮的智慧、悲观，还有那把刀……在那个故事大纲里，那是把象征亲情的猎刀。在现实中呢？在现实中，其实并不是那样……在故事里，我究竟为虚构留出了多少空间？小亮的故事，我又真的有能力把它讲述完整吗？可怕的不是才华不够，而是不真诚，这也许就是王天凡所说的"遮遮掩掩"吧。

当我一个人在407房间，坐在桌边倒了半杯水时，当我把手里所有的劳拉西泮和佐匹克隆一片片从铝制药片板中抠出，放在水杯旁时，我内心一片空白，只知道盯着那些小圆片看。它们似乎成了我的依靠。一时间，没有人与我精神上有联结，我倍感孤独。我的手伸向那把小圆片，不再犹豫，一股脑儿把它们全部塞入口中。我想我可以安静一会儿了，外界的喧嚣和当下的痛苦至少会在接下来的若干个小时烟消云散。

从那个时候起，肖亮的形象诡异地出现了。在我逐渐进入睡梦时，他的脸，他的声音，都出现了。我好像听见过他呼唤我，很多次。他好像在说，请我原谅他。

肖亮，你记得我当初为什么怨恨你吗？你的下巴，后来留下伤疤了吗？你什么时候再出现一次？你知道怎么找到我吗？知道的话，请来找我吧。因为我找不到你，只有等你来找我了。

三

白天，肖亮的故事像一捆绳索将我绑在桌边，我把文字删了又改，改了又删，备受折磨。老沈临时叫我去她单位吃个饭，我直接说不想去。

"剧本写不出来，现在最不想去的就是人多的地方。"

"是去单位旁边的饭馆，人不多。我请了个诗人来，你跟他聊聊，兴许就能写出东西。"

拗不过老沈的坚持，我还是答应了。

到了老沈单位附近的淮扬菜馆，只见一个穿休闲西装外套的中年男人，戴着一副无框眼镜，大脑门，方下巴，正与老沈热络地聊天。

我逐渐感到自己上当了。

这位名叫汉乙的男人，是某官方媒体的记者，业余时间发起了一个公益项目，每年举办两次活动，都是全程免费的训练营，专为来自贫困山区的中小学校长进行头脑风暴。我听老沈和汉乙说了半天训练营的事，老沈话里话外都在恭维汉乙，我不禁揣测老沈是不是骗我来相亲。这时，汉乙忽然对我说："听说你写剧本？我平时会写写诗，汉乙是我的笔名。你可以上网搜搜我的诗。"

我尴尬地跟汉乙聊了几句写作，就借口去洗手间，趁机用手机搜索了一下。他还真的是诗人，作品在正儿八经的文学刊物上发表过。他是七十年代末生人，做了十几年记者，其中有一半时间是被派到国外。

我正盯着手机看，老沈使劲拍了我后背一下："躲在这儿干吗！"

"没躲，就是正常上厕所，你不是也来了？"

"我一会儿先回单位，你跟汉乙接着聊。"

"这算相亲吗？他是不是老了点？"

"就是认识个人。怎么发展，顺其自然。"

我苦笑着嘟囔："我害怕谈恋爱了。上一次谈，人家劈腿都劈成一字马了。"

"不是都分手了吗？他不是跟别人领证了吗？分就分痛快了，别太难看。"

我绷着脸跟她回到座位上。

她和汉乙继续谈天说地，我却连插话的兴致都没有。

"听沈老师说你正在休假？要不旅旅游吧？我们这个公益项目的志愿者遍布全世界十多个国家，像英国、意大利、比利时，这些地方都有。你要是去欧洲，我介绍他们给你认识。"汉乙挺热情，他大概是注意到我难看的脸色，才找了这个话题。

"我没兴趣做什么志愿者。"说完，我觉得自己有些过分，于是又补充道："现在状态不行，社交能力直线下降。"

"明白，我也有过这种时候。有一次我休了一个月的假，去了美国，在西海岸自驾游，一路上想想心事，也挺好。"他和气地说。

"可我没驾照。"我抿抿嘴。

"那就散散步，逛逛博物馆，转转二手书店。"他脸上始终挂着笑。

不愧是诗人，没建议我去购物和拍短视频。我暗中愉悦，嘴上什么也没说。

老沈看不惯我挂在脸上的冷漠，斜了我几眼。也许是为了给汉乙面子，她接着他的话说：

"说起美国，迢迢，你记得小时候，咱们楼那个跟你一起抓蝌蚪的姐姐，小华吗？她最近从美国回来。我跟她妈妈说起你正在家闲着。她妈妈说，小华刚好也问起你。"

"小华姐？美院雕塑系那个？"我放下筷子。

"对，她毕业后不是去美国了吗？"

"嗯……"我回想着那个爱穿皮夹克、总梳个油头的邻居，有些不安。老沈不会跟小华姐的妈妈乱说我的事吧。

"那姑娘在美国做什么的？是艺术方面的吗？"汉乙饶有兴趣地问。

"我同事的孩子，比许迢迢大几岁，现在是个装置艺术家，在纽约有自己的工作室，特有出息。"老沈瞥我一眼。

"是比我有本事。"我也瞥了她一眼。

"许迢迢，你可以去纽约找这个好朋友啊！"汉乙一双笑眼看向我。

"也不算好朋友吧。"我低下头。

"许迢迢倒是可以去看看人家的工作室，学习学习，别当个井底之蛙。你去当个免费劳动力，看小华要不要你。"老沈冷笑了一下。

"沈老师，您知道纽约的酒店有多贵吗？小华姐不可能给我提供食宿吧？"我想噎老沈一下。

"我可以资助你。"老沈夹了个虾仁添到我碗里。

去纽约是个诱人的计划，可我也真的没钱。我脑子里一下子闪过老许的脸，想起他给的钱，心情复杂。

不知老沈是受不了我始终僵硬的表情，还是要留给我和汉乙单独相处的时间，她只吃了半碗饭就借故离开了。

老沈走后，汉乙倒是一点都不觉得尴尬，他忍不住又讲起那个公益项目。

他似乎是个理想主义者，有溢于言表的激情，也有深思熟虑的考量。他说起人的抱负以及人对周围环境所负有的责任时神采飞扬。

见我总是沉默，汉乙又开始讲他在欧洲的经历，讲到奥地利、茨威格、玛丽·安托瓦内特。

"茨威格写过安托瓦内特的传记。"我总算接过他的话。

"对，你知道安托瓦内特有个情人是瑞典人吗？茨威格的书里也写过。"

"知道。安托瓦内特有一枚戒指，内圈刻着'一切都使我想起你'，就是为了纪念他们之间的感情。"

"是吗？我还真没注意。你看书比我细致多了。"

"其实我也记不得是在哪里看的，也忘了到底是不是茨威格写的了。"

"就是因为你的阅读量太大了，才记不清。"

"你说，戒指里的刻字，是法语还是拉丁文？"我想为难他一下。

"这我不知道，我可是刚刚从你这里听说有那么一枚戒指呢！"

"可能是德语，可能是瑞典语。"

他看看我，轻轻地笑了。

"笑什么？我是不是很做作？"我直接问，反正我无意留下什么好印象。

"没有，你关注的东西挺特别的。你用的香水也是。"

"哦。"我没想到他会谈及我的香水，这可不是个容易聊的话题。

然而，我忘记了他游历过世界各地，见多识广。

"这味道让我想起中东一带的集市。"他淡定地说。

我有些惊喜，主动告诉他这款香水的名字叫"黑色阿富汗"，制作灵感来自中东的药草和香料。

我开始卖弄我对中东的了解，无非是些从书里读到的碎片。他耐心地听我说完，慢慢地说了句："你应该来参加公益项目。"

"又来了。"

"不管参不参加公益，你去各地转转，见见不同的人，是有好处的。"他顿了顿，"要多一些怜悯心，对他人的，对自己的。而我认为怜悯心的前提，是能够原谅。"

我闭紧了嘴巴，觉得他的话有言外之意，正好戳在了我的心口上。

他忽然爽朗地笑了一声："今天最大的收获是'黑色阿富汗'，我没准儿能就此写首诗。"

四

我在城北的一间书吧见了乐乐。

地方是我选的，以前跟乐乐见面也约过这里，恐怕她已经忘了。书吧的空间挺宽敞，灰色调的墙壁上挂着戈登·帕克斯的黑白摄影作品，是不是原版不知道。这儿常年没什么客人。有几位住在附近小区的老人，总喜欢坐在放历史书籍的架子边，翻书或发呆，他们通常能从下午一直坐到傍晚。

乐乐出现在安静少人的书吧时，格外扎眼。她一米七五的个头儿，穿一双细高跟长靴，及腰的长发烫成大波浪，脸上化着浓重的妆。大冬天的，她似乎一点都不怕冷，落座前潇洒地脱去大衣，里面只穿了件紧身无袖针织衫，露出肌肉结实的手臂。

她并不见外，紧挨着我坐下来，凑近我的脸看了看，说："还行，没怎么老。"

我赶紧往边上挪了挪，她又把注意力放到我身边的包上。她仔细看着黑色的手提包，甚至用指甲刮了一下骷髅头形状的金属锁头挂饰，大声说："你这包不太行。现在你不背个几万元的包怎么出门啊！你谈着事，人家心里却想，哎，这女的背个便宜的包，挺好应付的，我不用花高价买她的剧本。"

我被她说得不自在，想理论几句，又怕说不过她。

还好，她不啰唆，立马说起手头的活儿：她正给一位挺有名的编剧打下手，做刑侦题材电视剧剧本。故事大纲和人物小传都弄好了，现在需要人写台词本，至少得写五十多集。台词本只要能通过，价格是一集一万，如果写二十集以上，肯定给署名权，写少了就不好说。

听起来，她这活儿就是奔着挣钱去的。署名权的事也就是暂时说个好听的话，让大家面子上过得去，到最后署不署名很难说。不过这种没什么空间自主发挥的活儿，一般价钱谈好了，付款又及时的话，其他都是次要的。

珍惜自己写作价值的人，宁可过一段穷日子也不会写这种台词本。我本科一位写作课老师经常在课堂上说："如果你们实在穷得活不下去了，可以接一下这种活儿。干多了，人会废掉的。"

我暂时还没穷到活不下去的程度，但我当乐乐是朋友，还是耐着性子跟她聊下去。

"所以，五十多集的分集大纲也做好了吗？现在就等着往里塞台词了？那你随便找谁做不行？"我问她，顺便看了看她随身带的包，包身上有个巨大的H形标识。

"没分集，第一编剧不管写分集，分集你得自己写。"她摸摸自己浑圆的大腿，又改口道，"分集，得咱们写。"

"没分集大纲我怎么写？就靠一个故事大纲，主线、副线怎么往前推？难道编剧都听我的？"

"其实这个剧的主线和副线都不是很重要，主要看分集里的案子。每一到三集一个案子，那种小案子，懂吗？跟《柯南》那个动画片似的。这对你来说还不简单？你只要设计一个嫌疑人，再加上一个瘆人的死法，警察办案的时候再绕个两三道弯，最后锁定真正的凶手，就齐活儿了！"她的大嗓门震得我脑袋疼。

"真不是你说得那么简单。"我望向不远处落地窗附近的光影，盘算着怎么推掉这活儿。

"对你来说就是简单。"她拍了一下我的大腿，嗔怪起来，"哎呀，你怎么一点肉都不长！"

我无奈地按了按她的手："编一个案子，我得设计作案工具、作案方法，光这些就不容易。锐器致死和钝器致死，伤口完全不一样。然后呢，法医怎么鉴定，现场怎么提取脱落细胞，这些细节如果写得不专业就会很傻。再说刑侦那边，办案思路、嫌疑人的锁定和抓捕，涉及的场景也不能太单一，比如上一个案子要是以室内戏为主，下一个案子我可能就要设计成以室外戏为主。还有犯罪动机，动机写着写着，一不注意就会重复，那就没意思了。还有受害者的身份、社会地位也要多样化，可以是菜市场卖菜的，也可以是音乐家。对了，还得有些高智商犯罪，比如入侵电梯控制系统，造成被害人在乘坐电梯时死亡，这都需要查阅大量资料，搜集专业知识，不然漏洞百出，犯罪经过从逻辑上就不成立。所以，没有分集的话，真的不容易。这不就等于是我们自己凭空编吗？这编剧也够懒的，顶着第一编剧的头衔，全指望别人干活儿。"

她笑了，眼睛弯弯的："你看，你说着说着，情节不都说出来了嘛！电梯那个好！是不是马上就可以写两集出来？"

我连忙摇头："刑侦剧一集差不多得写两万字，为了这两万字我要做多少功课？光查法医学论文就得两天吧，一个星期能写完一集都悬。"

我心里基本有了决定，这活儿不接了。

然而，乐乐开始用加价来诱惑我。

"要不，一集一万五吧？"她又抠了抠我手提包上的锁头。

"你说了算吗？第一编剧那边怎么想？"我怀疑她为了让我加入，开始随口承诺。

她没马上吭声，低头摆弄起手机来。

我估计她是去问第一编剧的意思了。我趁机也拿起手机给赵以发消息，跟他讲了讲大概情况。他知道我今天跟乐乐见面，还特意嘱咐过我别心软。见我发的消息，他马上回复："一集三万，等她还价。"

"这合适吗？"我一边打字，一边瞄了一眼乐乐。她正好也在看我，我紧张地对她眨眨眼。

赵以发过来一大段话："怕什么，你值这个价。而且，万一她在别的事上蒙你怎么办？如果要接这个活儿，你让她每十集付一次款，别拖到最后。夜长梦多，你至少要保证赚到钱。"

我给赵以回了个"OK"，放下手机。

"跟小情人商量什么呢？"乐乐笑着问。

"哪有什么小情人。"我对她的玩笑话感到不爽，偏了偏头。

"怎么样嘛？一万五这个价格我觉得真的可以了。你放心，我来说服第一编剧给这个价。"

"那你自己呢，也是一万五一集？还是你这次不干，全让我干？"我才想起这些要紧的问题，又问，"第一编剧是谁？"

她将将头发："嗯，是个挺年轻的编剧。哎，我自己肯定也干啊！你先说你干不干吧，干的话，咱们把价格定下来。你还有什么不放心的，我能蒙你吗！"

"倒不是不放心……"我迟疑了一下，"我不太想做这个，没劲。"

她像是看什么怪物一样看我："怎么了，在戏剧圈混了混，觉得电视剧俗了？"

"有的剧是挺俗的。"

她继续盯着我："那你在戏剧圈混出来了吗？"

我被她看得鸡皮疙瘩都快冒出来了。

"你那点事谁不知道？"不等我回答，她又说。

"什么事？"

"那个戏剧制作人啊，是叫晏超吧？"

"哦？"我试图做最后的挣扎，也就是装傻。

"他不是宁可娶个小助理也不娶你吗？"她声音不大，似乎在表示她已经很给我面子了。

我不知该说什么，一只手悄悄地攥紧了。

"晏超不也是戏剧学院的吗？我也认识他们那届的啊，这事传来传去就传开了。你知道他们说什么吗？说你缠着他，幻想他浪子回头。但你没那么大本事，傻不拉叽的。他那个小助理倒是很有手段。哎，事实到底是怎么回事呀？你还不至于恨嫁吧？"

她说的每一个字都像子弹似的打在我身上。

"我？缠他？"我一句完整的话都说不利索。

她仿佛全然不知我已被戳到痛处，又问："到底是不是你缠着他啊？"

"是个屁！"我脱口而出，"你这活儿我真的不想接，没别的事我先走了。"我不敢再看她，有些费劲地站起来，拿起包和外套，迈着大概十分难看的步子离开了。

走出书吧的门，我按按自己的胸口，给晏超打了个电话。

他不接。我又打了一个。他还是不接。我再打，依然没人接。

是啊，他已经结婚了，怎么会接我的电话？就算他接了又如何？听我质问他，为什么会有这样那样的传言？他用得着跟我解释吗？他需要负什么责任吗？

我冒着冷风，找了家便利店，买了包金砂和一个防风打火机，在风里连抽了三支烟。

当爱情被粉碎的时候，原来是那么不公平，只有一方会被重击，另一方却安然无恙。

回到家，我还是憋闷极了。我打开电脑，点开"肖亮的故事"那个文件夹，想写点什么，思维却被一种锤击感打散了，什么都写不出来。

一些绝望的意象杂乱无章地交织，使我幽灵般地晃来晃去。我不断从书架上取书，翻开大开本画册，再不断地把画册丢到一边。

白天怎么会这么禁不住郁闷的消耗，眼泪还没掉下来，天都黑了。地板上摊开的一页画册上是罗斯科的巨幅壁画，红色像鲜血一样耀眼，占据我所有视线。

我打开"灵伴"，再次往相册里传了一张罗斯科的画。我无聊地划着屏幕，忽然发现那个叫"第零号"的网友正在线。他这几天竟留了十几条消息给我。每天早、中、晚，甚至凌晨，他都在问候我，就算我没有回音。

这就是网友的好处吗？我开始纳闷。网友会比现实中的人更热情，所以那么多人喜欢在网上交友？我正想着，"第零号"已经向我发起了语音通话邀请。我想了想，还是接了。

"嗨。"我嗓子有些哑。

"你还好吗？"他还是那种低沉的声音。

"挺好的。"我敷衍道。

"真的吗？我感觉你嗓子都哑了，要不要先喝口水再聊天？你在哪里，北方吗，是不是很干燥的地方？"

"我在北京，你呢？"他真会关心人啊，我不禁想。

"我有时在江浙沪，有时在珠三角，做金融咨询的工作，总是到处跑。不过，还是以南方城市为主。我家是南方的。"

"这样啊……"尽管他把自己交代得颇为具体，我还是找不出话说。

我沉默了很久。

"罗斯科，是我很喜欢的画家啊！"他忽然说。

"你看我相册了？"

"对，我发现很奇妙，这正好也是我喜欢的画。你这照片看起来不像是从网上下载的图片，有一点反光，好像是对着书上的插图拍的……是你自己的书吗？是画册吗？你有很多画册？"他表现出极大的好奇。

"嗯，我有挺多画册。"我特意又去翻了翻自己相册里的照片，罗斯科那些满目皆红的壁画他竟然也喜欢，怎么会那么巧。

"你是学艺术的吗？"他又问。

"嗯……你真的喜欢罗斯科？"我不想直接回答他，于是把话题移到罗斯科身上。不知不觉，我越讲越多。我讲起好几年前，一部获托尼奖的话剧是关于罗斯科的。陶帅当时已经去英国留学了，我让他帮我在英国的书店找找，有没有这部话剧剧本的单行本。他买到后，在给我寄国际快递之前，先扫描了一份传给我，这样我就能尽快读到。因为实在太喜欢罗斯科，我几乎能把里面的台词背下来。我说着，一口气背出一大段英文台词。"第零号"听完，轻呼一声"Bravo！"他又说，觉得我的英文口音很特别，问我老家是哪里的。

"你刚才说你在北京，你说话也像北京人，但我不能确定。"他补充道。

我承认，我是北京的。至于我的英文口音，由于夹杂了北京话的味道，所以有些奇怪。我问他，是不是听着挺土的。

"比加州的小混混说得好听。"

我不介意他的调侃，笑了起来。

"我是认真的，我在加州生活了二十几年，我有发言权。"他的口吻变得有些严肃。

"好吧，"我生出疑问，"那你回国几年了？"

"两年了。我准备去分江市上学，我想更了解中国。"

"难道你不是中国人？"

"我是，可我很小就开始在国外漂泊。我去过很多国家，但只把中国当成自己的家，我十八岁的时候就想回来了。"

"那你现在多大了？"我有些犹豫地问，毕竟对一个网友，我没必要了解那么多。

"二十八。"他爽快地回答，"你呢？"

"我们差不多。"

"不会吧，我觉得你还是小姑娘呢。"

"怎么会，我离三十也不远了。"

"我感觉你很单纯啊，傻乎乎的。"他的声音愈发温柔，那低沉的音调与晏超的声线十分相似。

我的倾诉欲突然间不可遏制地冒出来。我从罗斯科说到对艺术的看法以及对艺术行业的纠结。我说得越来越细，说起我或许还是想离父亲所在的行业近一些，因此才会去考戏剧学院。当年我参加艺考时，老许本来一点都不知情。三轮考试结束，我拿到了文考证，这才扭扭捏捏地告诉了老许。老许得到消息的那天很激动，做了一桌子菜，还喝了酒。我以为，我们之间的疙瘩由此也会解开，我也能够谅解他那些年与女人们的是是非非。后来我发现，其实我做不到。

即便我没有说出老许真实的姓名，然而吐露了这一大通陈年旧事，我还是感到后悔。为什么要讲那么多？我赶紧收了口。

"我非常能理解你。"他听到我忽然沉默，用宽慰的语调说，"我想你的工作应该与影视相关。那个圈子充满了诱惑，但赚钱对你来说不是最重要的，对你来说重要的是充实感还有与你父亲的关系。你知道为什么我能理解吗？因为我感同身受。我从小不缺钱，反而很厌恶钱。我努力读名校也好，全年无休地做金融咨询的工作也好，这些，都是因为我爸爸。我希望他看到我的努力，我希望在心灵上离他近一些。我的家庭，我爸爸和妈妈的关系，是很复杂的……"

没想到他会跟我这般掏心挖肺。互相暴露隐私的感觉似乎也没那么可怕，反而有些动人。这熬人的生活，如果有人能与你共情，那是多大的安慰。如果这个人的声音像极了你曾经的爱人，那又是何其幸运。话说多了，人变得越来越兴奋，我瞄了一眼墙上的时钟，竟然已经是凌晨一点半。

五

与"第零号"聊出好感的第二天，晏超竟然给我回了电话，约我去"球屋"见面。我故意说，恐怕没时间。他说没关系，会一直在"球屋"等我，从晚上等到天亮。

好吧，见总是要见的。很多话，还是要当面问他的。

我花了一个小时化妆，又仔细涂了指甲油。虽然心里急，却还是拖到晚上十点后才出门。

走到"球屋"门口，想到就要看见晏超那张脸，我心里像被刀劈开了几道裂缝。

远远地看到他，我就感到嘴唇发干，十个手指神经质地绷紧。他就坐在我们以前常坐的位置，读一本他永远会随身带着的《人类简史》。看到我来了，他抬头，露出仰慕的神情，几乎令我相信他还深爱着我。

"迢迢，"他伸手摸摸我的发梢，"外面冷不冷？"

这熟悉的亲昵令人迷惑，好像什么都没改变，我们还是情侣，夜深了，还会在同一张床上相拥而眠。其实什么都变了，他却装作没有。

我坐在他对面，身体向椅背靠去。我打断他不痛不痒的关心和问候，开始给他讲，我那天在407，怎么吞药，怎么被送到医院抢救。

他久久不作声，嘴唇微微张开。见他好像想要开口说什么，我抢先一步，直截了当地说："我不要迟来的安慰。我现在只想知道，你为什么让朱洁去填我的坑？"

他怔了一下，想了想，才说："你听赵以断章取义地瞎说什么了？刘老师觉得你肯定要走，她主动找的我，让我推荐个靠谱的人，最好是女孩，踏实肯干的。"

难道是我错怪晏超了？我脑子里像有气流在打转。

他继续说："而且那工作对你来说也就那么回事，对朱洁来说，可能很重要。你要是不走，谁也顶替不了你，问题是你如果真的不干了……"他顿了顿，"你不要的东西，得允许别人追求。"

他说话时仁义的口气，我多么熟悉。我克制着，尽量用平稳的语调问："为什么要背着我结婚？"

他的嘴唇忽然间剧烈颤抖。过了好一会儿，他才回答："婚姻其实是一件很无情的事，它迫使你面对生活最苍白的部分。你的选择必须符合那些苍白的部分，你也必须忘记自己心里最深切的情感。你就像一个傀儡，去向生活本身下跪。"

他露出峻刻的表情，逐渐地，嘴角又浮出一种怪异的慈祥笑容："十月十号去领证那天，我比你更难受。想到你有一天会知道真相，想到你会怎么伤心、怎么哭泣，甚至崩溃，我也受不了。只能尽量不去让你知道，或者晚几天也好。我是太不想伤害你了。"

我仰起头，叹了口气。"球屋"里的灯光明明挺昏暗，却照得我眼睛发花。

"我坐在这里听你的解释，很荒诞。"

"过日子这件事就是很荒诞。"

"你现在说服我的方法，如果让朱慧知道了，她也会伤心的。我知道你仗义，你想对谁都好，但爱情是不可能在好几个人之间取得平衡的。"我因为愤懑而感到脸上发热。

"说真的，朱慧不会怎么样的，她特别懂事。"他伸过手，想要抓住我的手腕。

我躲开他的手，不可思议地瞪着他："你说什么呢？哪怕你告诉我，你有多么爱朱慧，不娶她就活不下去，我心里还能好受一些。"

"某种意义上说，我不娶她是活不下去。你还是不懂生活。"

我愣了愣，瞬间想通了什么似的，不再一味地觉得他可鄙。

我与晏超，哪怕相处得最如胶似漆的时候，因为他的事业，也会闹别扭。当他拉不到投资，或者谈不下场地，或者给哪个媒体发了红包对方却没帮他发稿时，他都会垂头丧气地嘟囔个没完。我总是抱抱他，亲亲他，以为这样他的烦恼就会淡去。可他依然会整夜皱着眉，盘腿坐在角落，一直抽烟。

我想过为了晏超去找老许。老许虽不是戏剧圈的，但毕竟以前在文化部工作，也认识不少文化投资集团的这个董事长、那个总经理。可我并没有去找老许，因为我还没做好准备跟他以正常的心态交流。我也怪自己，因为和老许那别扭的关系，没帮上晏超的事业。

后来晏超找了朱慧，简直是理所应当的事。朱慧名义上是制作人助理，其实更像个义工。就算在晏超的剧团经营困难、发不出工资的时候，她也照样干活儿。在我的印象中，她就没有过完全放下工作的日子。她设计海报，去咖啡馆和书店散发剧团的宣传册，演出的时候在剧场门口接送剧评人和记者。有一次演出前，舞台监督忽然闹肚子，在厕所蹲了一个多小时也没出来。当大家都措手不及时，是朱慧自告奋勇替补了舞台监督的位置。一场演出下来，她竟一点错都没出。

朱慧，一个名牌大学外贸专业的姑娘，从普通的戏剧爱好者做到晏超的左膀右臂，随便想想就知道这里面感情是多大的驱动力。她放弃了出国留学和到外企上班的机会，死心塌地跟着晏超。就算是我，也打心里佩服她。

如果我和朱慧，只有一个人遇到晏超那该有多好。我懊丧不已，半天没说一句话。

"你的沉默，全都是有机停顿。"晏超微笑着说。

听他恰到好处地使用专业词汇，我感到一阵隐隐的眷恋，以及潜伏在其中的痛惜。

"你记得吗，你给我做过饭，虽然一共不超过三顿，但是我特高兴。你能做饭给我吃，不容易。"他提起那些要命的往事。

"好像是五顿吧！"我苦笑着回忆。

"绝对没有五顿。不过，还真挺好吃的。可你每次做饭都要花至少两个小时，饿得我都想吃方便面了。再说你买的食材也太贵了，这以后要真过日子，我可养不起。"

我无言以对。

"迢迢，"他收起下巴，"你像块玉，但我不是收藏玉的人。我能收藏一口袋石头，可是玉不行。玉的话，我得找个金屋子放，我发现我还做不到，我没那条件。我不是说想让你像朱慧那样，不是，你就不是那种人。但我需要石头。"

"你这么说挺无耻的。"

"你说我什么都行。我希望你以后能找到收藏玉的人。但是我也提醒你，收藏玉的人跟收藏石头的人有时候是一样的，他们都收藏不止一块。"

他真坦诚，坦诚到不需要我指摘他的不是，他已经把自己的龌龊指给我看。

我怀着一丝明智，撇下他先离开了"球屋"。

见过晏超后，回到家，我无论如何也睡不着。凌晨三点多了，我仍然放着音乐，心情无法平复。

我打开"灵伴"，下意识地寻找"第零号"。这个点了他竟然还在线。我赶紧跟他打招呼，问他怎么还不休息。

"我随时在。我怕你有事找我，我不在就不能安慰你了。"他说。

"你怎么知道我需要安慰？"

"我能感觉到，感觉到你最近都在伤心。"

深夜被人道破心情，我不再顾及任何体面，直接流下眼泪。见我半天没回复，他拨了语音。我不想接，可他继续打。打到第五次的时候，我接了。接通后，我流着泪说不出话。

"你怎么不说话？"

我不吭声。

"你是不是在哭？"

我咬咬嘴唇。

"你一定是哭了。没关系，你哭吧。"

我不再隐忍，开始抽泣，心里顿时像打开一道闸门。

他的低声细语拂过我耳边，比劳拉西泮的功效要好。我开始喃喃自语与晏超的往事：晏超和程子的剧团换了一茬又一茬的演员、那一次次来之不易的首演、小剧场旁边云南菜馆的消夜、第一次有媒体打算用整版刊登对晏超的采访时我给他买的新衬衫、第一次我把他介绍给老沈、他第一次给我劳拉西泮……说到药，我猛然回过神，意识到自己说得太多了。

"没事，你不用担心说了什么不该说的。"他似乎察觉到我戛然而止的背后藏着的惶恐。

听不到我的反应，他又宽慰道："我不会伤害你的，如果我无意中说了什么伤害到你，你就提醒我。"

"为什么你这么有耐心？"

"我也不知道为什么，也许我们有太多的共同点吧！"

"你根本不认识我。"

"但是你却告诉了我这么多事，你不觉得很神奇吗？其实我很理解你的痛苦，因为我经历的痛苦比你更多。在加州的时候，我有个女朋友，我们在一起三年多，最后像家人一样相处。但是后来，因为一些原因，她总是跟我吵架，用恶毒的语言骂我，还砸烂了家里的东西。最后，她问我要了一笔钱就走了。"他的语气诚恳而平静。

"那……"我一时找不到合适的措辞，"那后来，你应该遇到了对你好的女孩吧？"

"没有，我很久没恋爱了，身边的朋友都问我为什么。这没有什么为什么，我就是不想随随便便为了谈恋爱而谈恋爱。恋爱是需要用心的，而我一旦付出就会不计后果。"

我有些震惊，生怕任何草率的回应会刺激到他。我只想认真倾听，把夜晚的时间默默交给他。

天快亮了，我仍无困意，"第零号"竟然也没有。他中间去了一次厕所，但请求我不要挂掉。我则去厨房接了两次热水，也被他劝说着，没有挂断。

两个失意的人不眠不休地交换了不幸的秘密，一种亲密感开始发酵。这亲密感威力十足，既愉快又羞耻。随着天越来越亮，羞耻心占了上风，我情愿自己从来不曾与一个陌生人这样毫无分寸地说过话。我想以后应该少玩"灵伴"，至于"第零号"，就让他忘了我吧。

六

火速办理了离职手续后，我并不惦记乐乐的刑侦剧。我成了闲人，大部分时间都在家里虚耗。

我的电脑倒是永远开着。肖亮的故事，我每天往下写几行，写得磕磕绊绊，费劲极了。

少了社交，没了同事，我变得寡言少语。经历过的事，亲近过的人，像夜空里划过的闪电，会骤然出现在脑海，给心脏重重一击。那一击之后，我往往更加茫然。

我没有再去医院开镇静剂。写不出东西一筹莫展时，我只是抽几支烟。失眠严重的时候，我会试着问老沈要几片安眠药，她一般都拒绝，还要再骂我两句。偶尔地，她会冷着脸给我带半片佐匹克隆。

很快到了春节，看着亲戚们在节日的气氛中怡然自得，我只有配合着强颜欢笑。在小姨和姨夫面前，我轻描淡写地谈及辞职的事，编出一套有关人生规划的合理说辞，并未受到质疑。幸好陶帅仍在帮我和老沈保密，不该说的一律没说。

大年初三，陶帅单独来找我。他没开跑车，而是开着平时上下班的代步车。我问他是不是真的把跑车卖了，他笑着承认，一脸陷入爱河的憨样。

他是抱着一个橙色大盒子来的，说是给我买了个包，当新年礼物。我看着包装，知道这东西很贵。打开盒子，发现这只包的造型像个大号的牛奶盒，容量很大，挺实用。只是，包是米色的，不太禁脏。

他对我的顾虑不以为然，撇撇嘴："深色的东西倒是禁得起脏，可看不出问题也不是什么好事。希望你以后表面一尘不染，心里也跟明镜似的。"

这双关语里净是好意。我笑笑，嘴上怪他不知人间疾苦。

过了初八，我翻了翻微信朋友圈，发现大家该上班的上班，该恋爱的恋爱，该进剧组的进剧组，该交剧本的交剧本。欣欣向荣都属于别人，与我无关。

老沈估计对我的萎靡看不下去了，向我提起小华姐又回国了，回来过春节，元宵节后才走。她撺掇着让我和小华姐见一面。

我与小华姐见面的地方是一间会员制的中式茶楼，叫"花朝"。地方不大，有两层，楼下五张散桌，楼上不到十个包间。

我向服务员报了小华姐的名字，被领到了其中一个包间。

我本以为这次见面的开场会很冷淡。没想到，我刚看见穿着皮裤、戴着两个亚克力大耳环的小华姐，还没来得及打招呼，她就扑上来给了我两个贴面吻。

桌上的正山小种已泡开，她大方地叫我凑到杯口上闻闻。

我小心地问："这不会是我妈找的地方吧？"

"你真小看我！我不像会喝茶的人吗？这是我姐们儿开的店。"她露出两颗虎牙。

她的热情免去了我的紧张。我们回忆起童年时光，她的记性可比我好多了。她说起我们小时候一起抓蝌蚪，说我想象力丰富，给她即兴编了一个蝌蚪的故事：蝌蚪被恶魔封闭在灯笼里，被迫迅速成长，释放出一种叫"成长素"的能量，使灯笼发了光。她后来甚至以此为灵感，做了一个装置作品。

　　我对这个故事完全没印象了，被她过分地夸奖，我反而失落起来。往昔越是闪光，越显得现在黯淡。

　　"你怎么看着不高兴？失恋了吧？"她眨眨眼睛问我。她乌黑的短发闪着光泽，丹凤眼上描着浓重的眼线。

　　见我扭捏着不回答，她直接说："失恋就失恋呗！我听你妈说你最近不太顺，我也没问是什么事。你爱说就说，不爱说就不说。"

　　"没什么，就是被男人坑了，人家背着我结婚去了，然后我把工作也辞了。现在，我啥也没有。"

　　"嗨哟，你懂什么叫有，什么叫没有吗？这可是哲学问题。"

　　我抿起嘴，觉得自己是挺粗浅的。

　　小华姐叫来服务员，点了一款甜点。

　　"这里的特色其实不是茶，而是甜点。我姐们儿请了日本的甜点师，每年设计十款甜点，都是独家配方，别的地儿吃不到。我刚才点的是一种豆腐乳蛋糕，叫'三生三世情'，是在玫瑰慕斯里面加入豆腐乳，很绝。你猜这配方有什么寓意？"

　　我琢磨了一下，说："意思是，三百多年前豆腐乳就存在了，这是在变着法子弘扬传统文化？"

　　她笑着摆摆手："其实这里的寓意是：爱情即使臭了，也还能吃。不是吗？虽然爱情不新鲜了，下饭还是可以的。"

　　"真的假的，不会是你现编的吧？"

　　"你爱信不信。"

　　甜点被端上桌，我用小勺挖了一口，把鼻子凑过去，一股香臭混合的怪味蹿入鼻孔。我抿了一下勺子，有点咸。

　　小华姐直接吃了一大勺，满意地说："这就是爱情的味儿。"

　　"是眼泪味儿吧。"我小声说。

　　她睥睨着我，慢条斯理地说："我给一个客户设计过一套硅胶制作的内衣。客户是个职业模特，那套内衣只是用来拍照的。内衣上面要刻上密密麻麻的电子元件符号，还必须保持一定的透明度。我当时太耿直了，先给她看了一个完美的效果图。结果样品出来后，只要与效果图上的颜色有一点差别，她就要求退货。我来来回回改了十几次，她才满意。所以说，人是被落差左右着的。你把一件事想象得特别完美，那无论怎么样发展都会是悲剧。如果你把一件事看成一本书里的一个章节，它消耗了你一些时间，最后你发现不好看，但肯定也收获了什么，这样想你就不会觉得，哎呀，我怎么又悲剧了！"

我不知道她是随意感慨还是有意说给我听，我没回应。

"你不是学戏剧的嘛，应该比我更明白，过于美好的事只能来自虚构。人的落差感都是自己给自己设的套，现实是比较中庸的，不存在那么多极端美好的东西，只有小孩子才把童话当真。如果大人也相信童话，那是巨婴。"

"你说话可有点损。"

"你觉得损，可能是被我说中了什么。你是不是长那么大，对爱情的幻想还跟小孩似的？"

"也不是……哎，你不是做装置艺术的吗，怎么还做内衣呢？"我有意避开敏感的话题。

"我那工作室，说是做装置艺术，也不全是。因为我还得挣钱啊，我得付房租啊！我还想在纽约买房呢，那我不得接点挣钱的活儿啊！别说内衣，给有钱人的豪宅里设计个垃圾桶也是常有的事。"

"豪宅里的垃圾桶什么样，镶钻的？"

"你土了吧！我用人造石通过热力塑型弄成沙漏的形状，再融入不规则的纹样装饰。那个富豪客户对曲线有偏爱，家里有一只大蜗牛，用树脂做的，是托尼·杜奎特的作品。餐椅是S形的，维奈·潘顿设计的。"

她提到的名字我都没听说过。我赶紧埋头喝茶。

"所以呢，真想要完美，可以在作品里寻找。想较劲的话，就在创作的时候较劲。"她的嗓音清亮，"我过两天就走了，欢迎你去纽约找我。到时候给你看我做的灯笼啊，新做的，用海带做的！"

"海带？吃的海带？"我以为我听错了。

"对，就是那个海带。当然，需要点技术加工才能用来做东西。怎么样，去找我呗！"

我确实心动。树脂蜗牛、人造石垃圾桶、海带灯笼……像磁铁一样吸引着我。

"那我可真去了。"我望着她说。

她挖了一大勺"三生三世情",送到自己嘴里。

七

元宵节过完,我开始跟老沈商量去纽约的事。由于自己的存款少得可怜,出这趟远门所涉及的费用我只能跟她合计。

我去她家规规矩矩地吃了顿晚饭,把我的计划讲了。她听完,扶着我的肩膀使劲晃了两下。

"我可以支持你,但你瘦得跟难民似的,哪像准备好旅游的样子?再说你没去过纽约,到了那边万一有什么事,也没个人能管你。"

"有小华姐在,能有什么事?"

"她是搞艺术的,能管好你吗……"

"不是你让我去找她学习吗?"我对她的前后不一有些恼火。

她一言不发。

我觉得这气氛让人难以聊下去,就先回家了。

过了几天,老沈一大早给我打电话,颇有些神秘地说,她找了个人带我去纽约。听到她语气中的兴奋,我反而提不起精神。

"你管得也太严了,还专门找个人。"我埋怨道。

"你就感谢我吧,这人不是别人,是小韩。"

"哪个小韩?"

"韩大夫啊!人家在新泽西待了好多年了,现在在创业,国内国外两头跑。他这几天人就在国内,还有一周多回美国,从北京坐飞机,正好。"

"我跟他也不算熟。"

"怎么不熟,你那么小就认识他了呀!"老沈提高了嗓门。

"好吧,那就……跟他一起去……"我支吾着,"等到了那边,你不会让他天天看着我吧?"

"你别自作多情了,他忙着呢。主要是你身体不好,他又是医生嘛。"她似乎是在给我面子,没往深了说。

"明白了。"我领了她的情。我只能用时间来证明我不会再出事了。

老沈说的小韩，也就是韩医生，没比我大几岁。我高中的时候，数学成绩惨不忍睹。那时我尚未定下要考艺术类院校的目标，即使定下来也没打算立即告诉老沈或老许，因此，数学作为主科，成绩太差势必影响高考。我们班主任比我还急，家长会的时候劝老沈让我课下加餐，找个一对一的家教补习。

我一连试了几个家教，效果都不怎么样。无非都是在两个小时的时间里，我一脸绝望地做题，而对方比我更绝望。他们问我理不理解、懂没懂的时候，我常常连个"嗯"字都不说，只会咬牙。

韩医生的出现是个转机。那时的韩医生还不是韩医生，他既没有取得博士学位，更没有做过一台手术。他刚刚读大二，是我们那栋楼的家长们互相推荐的一个大学生家教。他是某年西南一座小城的理科高考状元，北大医学院在读，圆脸，理个平头，戴一副大方框眼镜。

他来给我上的第一节课就和别的家教不一样。其他家教都是让我做练习册或课本上的题，他则不是。他从双肩包里拿出一个活页笔记本，拆出几页，上面全是他手写的题。

"如果你完全没思路，那就是这些题不适合你训练。最好是你有一点思路，但是卡住了，这样我就能根据你的情况来调整题目。你不能处于完全被动的状态，否则思维没法被激活。我不能剥夺你任何主观能动的机会，我只是来帮助你自我训练。"他当时对我说的话大意如此。接着他又跟老沈说了些心理学的理论，言之凿凿，但言语间没有一丝骄傲。

跟着他学了一个学年，我的数学成绩总算稳定了。

高考之后，老沈带上我请他吃了顿饭。由于那一年戏剧学院在录取时并不计算考生的数学成绩，我面对韩医生时不免尴尬。他倒是一笑而过，对我说，学习又不是只为了考试。

老沈后来一直跟他保持着联系，还会把他当人生模范在我面前提起：韩医生去某家著名三甲医院上班了，韩医生做了几例开胸手术了，韩医生辞职去美国读书了，韩医生在美国工作了……我从来都只是听听，没想过我和韩医生在现实中还会有交集。

老沈似乎担心我对她的安排有抵触，当天晚上十一点多，她又给我打了个电话，说起韩医生的耐心与善良，以及让她好感十足的专业素养。她竟已向他咨询了镇静剂和安眠药的用量，顺便还提了提我的焦虑症。韩医生告诉她，现在的人生活节奏快、压力太大，顶不住压力时，在医生开具处方的情况下，短时间适当地服用劳拉西泮没什么问题。在国外，许多工作强度大的上班族多少都有劳拉西泮或其他镇静剂的服药史。劳拉西泮属于苯二氮䓬类药物，直接作用于焦虑所在的边缘系统和脑干系统，起效很快，确实有用。但鉴于它有成瘾性，要避免长期服用。另外，他不建议吃安眠药，认为绝大部分安眠药对身体的伤害较大。他又特别地嘱咐了一下，尽量不要轻易开始服用诸如艾司西酞普兰、帕罗西汀等SSRI类药物，这类药虽然也能够稳定情绪，但对情感表达没有明显改善，服用后常表现为木讷、呆滞，甚至麻木不仁。而一旦持续服用，就不能突然断药，因为戒断反应会非常强烈。对于做创作型工作的人来说，SSRI类药物尤其不合适。他觉得让我出去走走，暂时换个环境，转移注意力，会有助于改善睡眠和焦虑心境。

老沈拿着她专门记的笔记，把韩医生的话复述完，就把他的微信号推给了我。我反正也不困，就马上加了他为好友。他神速地通过了好友验证。

他跟我并不生分，好像还是每周都会见面的家教和学生，说出的话极其自然。

"沈老师为了你可下血本了，我回美国的那趟航班经济舱没票了，只剩商务舱。结果，她就给你买了商务舱的票。"他发来微信。

我愣了一下，心里不是滋味。为了越过这个话题，我问起韩医生的工作。他聊了几句创业项目，关于心内微创手术用的导管，考虑到我对此事可能兴致不高，他很快切换了话题，让我给他讲讲写剧本的事。

"我又不是什么知名剧作家，就不讲了吧。"

"我记得你小时候就特别特别喜欢写作。"他打了两遍"特别"这个词。

我有些意外，不知道自己高中时做过什么能让家教都注意到我的爱好。

"我现在都记得，你有时候问我医学院的事，问我解剖课怎么上。我一开始讲，你就打开一个小本子，把我讲的都记下来。你说你要积攒素材，哈哈哈哈。"

我想起来了，是有这么回事。

"你最近在写什么呢？我给你讲的导管是不是也要被当成素材？"

我笑出了声，看来以后问他什么，都要被视为一种职业病。

许迢迢，你在写什么？我不禁问自己。关于肖亮的故事怎么办，还写吗？写，肯定要写。可既然一时半会儿写不下去，不如先去小华姐那里看看。她今天还给我发了信息，又说起她的灯笼。

自己的灵感枯竭了，那就去体会别人的灵感吧。

无论如何，去纽约的事定下来了。

第二天，刚起床，我就给老沈毕恭毕敬地打了电话。

"谢谢你给我买的机票。怎么不跟我商量一下？挺多钱的。"

"你天天神不守舍的，跟你商量也是白费。"她哼唧着，"对了，你爸知道你要去美国，托我给你买了一套行李箱。"说完，她在微信上发了张照片过来。只见三只尺寸不一的箱子，颜色一致，都是墨绿色的箱体、米色的护角和手柄。

"我不需要，你退了吧！"我紧张起来，好像平白无故又欠了谁的一样。

"他不就是想关心一下你嘛！"

"我现在需要的是这种关心吗？我的问题不是花钱就能解决的。"

"知道啊！"她大声说，"那你也别怕他给你花钱啊！以后你挣了钱，加倍地还回来不就行了？"

我被她噎住了。话说回来，那套箱子真是格外漂亮。挂了电话，我没出息地琢磨起箱子的配色。人类的虚荣心实在可怕，不管我怎么抗拒，还是忍不住生出各种与搭配有关的念头。箱子上米色的护角和手柄，倒是与陶帅送的包挺配的。

八

我提着陶帅送的包去找了孟星飞。

孟星飞是以前剧院外聘的海报设计师，后被刘老师挖过来，给研究部的院刊免费设计过一年的封面兼做内页排版。她当时刚生完孩子，还没想正式上班。作为有十年从业经验的设计师，她不愁找不到活儿，只想凭自己的喜好做点有情怀的事。那时剧院的演出中心正面向社会征集一台新剧的海报设计，她一个人交了五个方案，令演出中心的总监爱不释手，同时要了她三个方案。海报设计的酬劳给得不多，她之所以愿意跟剧院有接触，是觉得戏剧和美术有共通之处，她对属于艺术范畴内的事，态度都是敞开的。

孟星飞的才能被刘老师看在眼里。刘老师煞有介事地对她讲了一通研究部的重要性：在这里能接触到国宝级的老艺术家啦，能翻看无比珍贵的历史资料啦……她似乎都听进去了，老老实实地给研究部当了几个月义工。

一开始，她还能笑着干活儿，毕竟刘老师平时只会让我们这些正式员工加班，没什么名正言顺的理由把她留到很晚。可没过多久，刘老师就舍不得把她早早放回家了。随着几次被刘老师哄着修改封面细节，一直改到夜里十二点，而往往第二天早上还要去印刷厂盯着工人调试颜色，她的脸色越来越不好看。她性子柔和，从不与人争执。我跟她一起在清晨的印刷厂门口啃过几次面包后，她开始向我抱怨刘老师的不是，说刘老师提出要她帮忙美化几张私人照片。那所谓的"几张照片"通过电子邮件发过来，她打开压缩文件夹一看，足足有一百多张。那一刻，她真的受不了了。很快，她就找借口离开了剧院。

孟星飞离开后，我俩反而成了真正的朋友，比做同事时交往得还密切。

做了朋友我才知道，她也太低调了。她的大部分成就都没写入当初交给剧院的简历中。生孩子之前，她参与过国际时装周的现场布景，还设计过首饰和钱包，甚至有个我经常路过的地铁站的内墙图案也源于她的构思。我曾经问她，这些闪耀的经历为什么不往简历里搁，她笑呵呵地说："没必要，不是特别需要的话，我不喜欢提这些。"我当时挺震惊，以"美"为工作内容的一个人，竟然没什么虚荣心。

我在城东边的一家买手店见了孟星飞。她穿着浅粉色的茧型大衣，甩甩棕色的直发，笑盈盈地对我说："你怎么还那么瘦啊！"

"活得郁闷就瘦。"

"哎，今天就是给这个包搭配合适的衣服吗？"她没回应我的丧气话，而是看着我手里的包说。

我点点头。

她指着买手店的里间说："这是我大学同学开的店，比较小众，但也有不少珍品。我给你找件Erdem前几年出的款。"

我呆呆地看着她。

"是个英国牌子，反正就是能配你这包的衣服，但是你预算要充足。"她直接说道。

我犹豫着，把对挥霍的顾虑说给孟星飞听。

"不只是说，乱花钱不好……而且，忽然间大手大脚，是不是显得我很像刚刚受了什么刺激？"我问她。

她并不细问发生了什么，只是轻轻地说："这是一个阶段，体验物质带来的信心。你接下来可以努力超越这个阶段，因为这种信心终归是十分有限的。"

我忽然意识到，她在人们面前表现出的云淡风轻，大概是经过了某些并不云淡风轻的阶段才修炼出来的。

"哎，你去纽约的话，有空帮我去修道院博物馆转转，买个纪念品回来吧。"她挽着我的胳膊。

"没问题，什么博物馆？"

"修道院博物馆。"

"噢……什么纪念品？"我有些蒙。

"帮我看看有没有十五世纪尼德兰瓷罐的复制品。"

"行。但是，那可不好背回来吧。"

"就看你有没有那份心了！"她轻松地笑着，好像全然相信我是个讲情义的人。

九

我告诉赵以，我要去纽约。

他啰啰唆唆地发了十几条信息。我看出他的意思：他想让我在去纽约之前见见他的法语老师。

我拿着手机，心里一阵退缩。

我们继续聊了一会儿，无论怎样都岔不开他要我去见法语老师的话题。

于是，像完成任务一样，我跟双闻联系上了。

我不知道她的全名，赵以似乎也不知道。我加了她的微信，在跟她说话前先翻了翻她的朋友圈。她的朋友圈里没有照片，只分享了一些歌，摇滚、爵士、古典，什么都有，品位不俗，但也不算稀奇。奇怪的是她随歌配的文字，像某种暗语："今天，四十四"或者"今天，五十"。

我还在琢磨这个神秘的女孩，她倒先跟我打了招呼。没有什么寒暄，她直截了当地说："赵以挺关心你的。"

我不知该怎么接这话。

"你怎么看出来的？"过了一会儿，我才发过去一句。

"他让我用塔罗牌给你算算，你该不该去纽约。"

我感觉赵以跟她说了不少我的事。

"你想算吗？咱们见个面吧，这样也算完成任务了。"她说。

"任务"。她这么用词，我一点也不生气。我正好也把与她的见面当成赵以给的任务呢，因此反而萌生了一种心有灵犀的愉快。

隔天，我在"等等"见到了双闻。天还没黑，她比我先到，坐在靠墙的位置。我一进门，就认出了她。

我想那一定是她。她是那种天生皮肤很白而头发有些黄的人。她是齐刘海，刚刚到肩膀的发梢自然地弯曲。我看不出她到底有没有化妆，像是素面朝天。她穿着长及脚踝的米色针织裙，身后的椅背上撂着米色的外套。

她似乎也认出了我，一眼向我看过来。

"许迢迢。"她果断地唤我，她的声音比我想象得要粗和低沉。

她给我说不出的舒服感，尽管如此，我还是颇为紧张地坐到她对面。

"赵以给我看过你的照片，你比照片上好看。"她盯着我说。

赵以真不公平，也没事先给我看看双闻的照片。

她喝着一杯鲜榨橙汁，这让我很纳闷："等等"的酒水单上什么时候有果汁了？见我疑惑的样子，她主动解释道："我跟服务生说，我不喝含酒精的饮料，也不喝碳酸饮料。我问他有没有低因咖啡，他说没有。后来，好像是老板来了，我们聊了聊，说到他们新买了一台破壁机，可以榨果汁，我就点了橙汁。"

我暗暗佩服她的社交能力，嘴上却没说什么，按习惯点了苦艾酒。

"绿精灵"端上来后，她使劲看我的酒。

"这是'绿精灵'，一种苦艾酒。"我以为她大概缺乏这方面的知识。

她面无表情地说："你这酒是西班牙产的，大料味太重。法国的'火箭'香味更浓一些。"

"原来你喝酒啊！"

"自己在家喝。"

一些矛盾的气质在她身上糅合，令她难以捉摸。

"你朋友圈的那些数字是什么意思？"我直接问。

"赵以也问过同样的问题，我没回答。我不想撒谎，所以最好就是不回答。"

"但是你发出来了，人人都能看到。"

"明白的人会明白的。你要算塔罗牌吗？我不按照牌阵来翻牌，我只翻一张。"她迅速转移了话题。

"我知道赵以担心我去纽约的事，可我已经定下来了，肯定去。"

"那就算着玩吧！"她翻开大大的帆布包，低头找塔罗牌。我看到一本书从帆布包里露出半截，封面上都是英文字母。

"那是，彼特……拉克？"我犹豫着问，生怕自己记错文艺复兴大文豪的名字。

她有些期待地望向我："你看过《胜利》？"

"看过一部分，没看完，就记住'爱之胜利'了。我看的也是英文版的，但是我的英语一般，看着费劲。"

"怪不得赵以说咱们有的聊。"

"我肯定没你有文化。"

"别虚伪了。"她露出两颗大门牙。

如果不是看着她的表情，我差点以为她在严肃地指责我。然而，即便她咧嘴笑着，我还是感到一丝诡异的气质从她的眼神里流露出来。

塔罗牌仿佛变得不重要了。她手里拿着牌盒，却迟迟不把牌取出来。

"我不打算用塔罗牌解答你的任何问题了。"她忽然说。

"怎么了？"

"其实塔罗牌就是个遮挡物，是我为了避免和人深度交流披的一层外衣。而且，赵以他不懂塔罗牌，才会觉得准。"

我盲从地点点头。

她沉思了一会儿，说："算的牌、给出的答案，呼应的是你当时心里真正的疑问，却不一定是你说出口的那个问题。人总是戴着面具，有时候忘了摘下来，问的问题也言不由衷。"

她的橙汁快喝完了。我悄悄注意她的目光，竟看出一种没有希望的悲伤。

她是机敏的人，大概对我的观察有了戒备，有意无意地提到接下来还有别的事要忙。于是，天黑了没多久，我们就互相告别，各自离开。

一个人回家的路上，我被双闻的与众不同弄得有些恍惚，脑子里全是些感性而不着边际的想法。

刚进家门，手机就收到短信，提示我"灵伴"上有好友频繁访问我的主页，并希望和我聊天。我这才发觉，这段时间我差不多快把"第零号"给忘了。

　　真是有些日子没登录"灵伴"了，然而这个时代，什么软件都要绑定手机，其好处显而易见，那就是当你快要忘记什么的时候，立马会被提醒。其坏处也显而易见，如果你真想忘掉什么，也会被提醒。

　　我打开音响，《圣母悼歌》的曲调有些压抑，我眼前不禁浮现出双闻的脸。我竭力想避开某种沉重，便揉了揉脸，甩了甩头。我又想起第一天和"第零号"通话时那个熟悉的情景：那天我也在听《圣母悼歌》。

　　我自然而然地打开"灵伴"，看到"第零号"竟已发了满屏的信息。我粗略地数了数，至少有上百条。除了"你去哪里了？""你怎么消失了，好担心你！""回复我一下，让我知道你过得还好"这类关切的话，还有不少长段的、数百字的信息。我认真读完了最长的那几条："我还记得我们聊罗斯科的晚上……""我时常想起你放的音乐……""今天忽然想到你读剧本的英文口音……"，每一个句子里，他都在回忆那些温情的片段，而他要表达的意思也非常明确，他沉浸在强烈的思念之中。我无法对此视而不见，忽然觉得有些难过。我试着给他打语音电话，很快就接通了。

　　"你去哪里了？"他直接问我。

　　"没去哪里，就是不怎么登录了。"

　　"我每天都在想你，你知道吗！"他的声音骤然变大，"我发了那么多信息给你，而你不打声招呼就消失了，你太残忍了！"他说完就挂了。

　　他的话令我愧疚，想起他在我情绪低落时给予的陪伴，那简直是一种无私。我怪罪着自己，关掉音乐，烦闷地翻了一会儿书。十几分钟后，他在"灵伴"上又给我打了语音，我赶紧接了。这回，他恢复了往日的耐心，轻声问我的近况。得知我要去纽约后，他忽然喊起来："你不要去，你去了又会消失！"

　　"不会的，我以后经常登录不就行了。"

　　他沉默了，不知在想什么，发出粗粗的喘气声。

　　我家门禁的铃声响了，吓了我一跳。我随手挂了跟"第零号"的通话。

　　原来是赵以。

　　"怎么不打个招呼？"我一脸不快地给赵以开了门。

"给你发了好几条信息，你没看见啊？"

"我没回你，你就先别过来啊，大晚上的。"

"怎么了，你屋里有人？"他夸张地做出张望的动作。

我不打算跟他说网友的事。

"我是给你送东西来的，送完我就走了。大崔把我明天一天都给安排满了，我要早点回家敷面膜。"

我给他倒了杯热水。

"我今天见了双闻，我们聊得挺好。"我想让他安心。

他果然眉头舒展，笑着把水喝了。

他从随身的包里掏出一个蓝丝绒盒子，示意我打开。我打开，见盒子里卧着一个手掌心大小的银色折叠化妆镜，外壳上有火焰样式的浮雕。我取出镜子，把玩起来，发现镜子里面有一层薄薄的空间。

"不是只有晏超那种垃圾堆里捡的情人会送你礼物，朋友也会送。"他说。

"你干吗提他？"我瞪了他一眼，"唉，你们要是不认识就好了。"

"希望你下一个男朋友用不着让我认识。"他也瞪我一眼。

"为什么？"

"有一天你找到真爱，最好不是圈内人。那个人能跟你踏踏实实地生活，你自然会跟我淡了，甚至都不跟我联系了。"

我听了，虽然心里不是滋味，却也觉得他的话颇有道理。

"这化妆镜特别适合坐长途飞机的时候带着，空隙里可以放一颗褪黑素。"他别有深意地看着我，"你别再吃那些药了。我以后也不吃了，以身作则。心静不下来可以靠毅力克服，不过失眠这事有时候真的不好办，特别是第二天有一堆事等着的时候。你实在要解决一下失眠的时候呢，可以吃褪黑素。我现在就吃这个，今天也给你带了，德国进口的。"

我默默地点头，接过他递过来的一盒褪黑素。

他又喝了半杯水，看时间已不早，便着急回家敷脸去了。

虽然已临近晚上十二点，我还是打算给"第零号"回个信。果然，他一直在"灵伴"上等我，并且发了若干信息，问我在做什么，为什么要那么匆忙地挂掉通话。

我告诉他，有朋友来找我，刚走不久。

"你的朋友是男的吗？"他立马问。

我想了想，觉得没必要撒谎，于是简短地答："嗯。"

他打了语音过来，一接通就焦急地问："没出什么事吧？这么晚了，你朋友还去你家找你，还是个男的？"

"他是演员，有时一天的工作结束就到夜里了，晚点来找我也正常。再说，我现在是单身，不忌讳这个。"

一段长长的沉默，持久到我几乎想挂了。良久，他终于开了口："你知道我在想什么吗？"

"不知道。"我莫名地紧张。

"我想去找你，我想去北京，想见你。在你去纽约之前，我一定要去见你一次。"他一字一句说得很清楚。

"为什么一定要见我？"

"我不希望你再消失了，你对我很重要。"

那些本来已在晏超身上退却的激情，仿佛在一瞬间奔涌回来，紧紧攫住我的身体。这真是种惬意的感觉，可为什么偏偏要发生在我与一个网友之间呢，毕竟我在不久之前还看不起所谓的交友软件。在让人不甘心的巧合背后，或许有注定逃脱不掉的必然性，我说服自己，既然某种东西已触动神经，那就闭眼迎接吧。

第三章　吴建

一

停留在想象层面的事，会让人的决定变得随心所欲。我发现，我之所以接受了"第零号"来看我，是因为我并不太相信他真的会来。我们是网友，彼此都披着一个网名，互动时不乏冲动，可一旦离开了网络，再回味起来，什么都像被过滤了一遍，味道也跟着减淡。

然而不出一个星期，"第零号"留言说，他就要来北京了。我尚未觉得与他见面是件板上钉钉的事，真逼到眼前，我确实慌了。

我找赵以商量，在电话里跟他说了个大概。他调侃道："网友都是见光死。"

"你怎么知道，你见过？"

"我可不见网友，帅哥连现实生活中的姑娘还应付不过来呢！"

"你别恶心了，有的帅哥有涵养，在现实中苦于没有知音。"

"你也别恶心了，你成谁的知音了？"

我们互相讥讽一番，没聊出个结果。

真的要见"第零号"吗？我开始左右摇摆，万一他面目狰狞怎么办？万一他其实岁数很大了怎么办？万一他在现实中说话特别让人不舒服怎么办？即便整天胡思乱想，我还是难以启齿问他要一张照片。如果看了照片我立马失望怎么办？我又为什么要在乎失不失望呢？也许是因为他讲的许多话都打动过我。唉，如果一切都停留在"灵伴"上就好了。

"第零号"倒显得很淡定，他也不刻意多问什么，而是直截了当地发来他即将到达北京的时间和入住的酒店信息。我一看，是城西的一家五星级酒店。紧接着，他又发过来一个手机号，我发现号码归属地是畋城。

"你是畋城的？"我在"灵伴"上问。

"是，我目前家在那里。"

"那你会说粤语吗？"我知道畋城那边有很多人是讲粤语的。

"当然。"他随即说了几句粤语。

我没听懂，我对粤语的了解仅限于流行歌曲的歌词。

"我刚才提到了我的名字哦！"他提醒我。

"是吗，我没听出来。"

"吴建。"

"哪两个字？"

听他一解释，我心里踏实了不少。反观自己，至今连名字都不愿告诉他，显得有些小气。

"你是不是还不放心？"他问我。

"没有，等见了再说吧。"我刚发出这行字，就咬了一下嘴唇。我为何还是同意见面了？我犹犹豫豫，终于还是把手机号给了他。

怀着一种复杂的忧急，我在微信上跟双闻说了"第零号"的事。她是女孩，应该能明白我在担心什么。而我和她并不熟，她给出的意见大概会比较公允。

"我现在不知道该不该去见他，不然你给我算个牌吧？"我几乎想放弃做决定了。

"我估计你是想去的，我无论翻出什么牌，你都会解读为'应该去'。"

"你是怎么判断出我想去的？"

"见你那天，我感受到你身体里的某些欲望，欲望是能传递出信号的。"

我挺惊讶。

"我不是说单纯的性欲望。"她又加了一句。

我回了四个字："愿闻其详。"

"也没什么。我猜，你很想把自己的能量对象化。你其实是很有能量的人，你平常应该总喝烈酒，并且酒量不错。你牙齿有点黄，我觉得你可能抽烟。不过你的皮肤光泽感很好，口气也很清新，所以说，你身体底子挺好。你学习能力大概也不错，看过不少书，保持着求知的热情。你说话的时候，很动情，尽管你表面会做出收敛的样子，但你的语气中有掩饰不住的感性和激情。总的来说就是，你蕴藏着很大的能量，而这些能量随时都需要释放出去，并落到具体的对象身上。否则，你会很难受的。"

我更惊讶了，她观察得真细啊。

良久，我才问她："赵以是不是说了好多我的事？"

"并没有，我只是凭自己的感觉描述你。"

"双闻，你大学学的是什么专业？"

"法语。"

"哪个学校？"

"国关。"

"我挺想知道，你以前是做什么工作的？"

"翻译。"

"哪种翻译？"

"以后再说吧。"

"嗯，那我先不问了……也许双闻都不是你的真名。"

"双闻是个有效的名字，你可以上网搜索，能搜到几本法国人写的小说。"

我当即用手机搜了一下，果然，双闻是三本法语小说的翻译者。我正对着搜索结果沉思，她忽然换了个话题："在彼特拉克的《胜利》里，征服人类的先后是爱情、纯洁、死亡、名誉、时间和信仰。为什么你对爱情的段落印象那么深？"

我想了一会儿，说："我记得那个段落里提到了好多被爱折磨的人，有虚构的人，也有历史人物，比如美狄亚、克利奥帕特拉、但丁。"

"我倒觉得这里面所说的爱，不是很高尚的爱情，而是一种情欲。这种情欲的受害者，有被美女剪掉头发而失去战斗力的参孙，还有掳走珀耳塞福涅但最终还是失去了她的普鲁托，还有暴君尼禄的妻子，她死得挺惨的，有一种说法是，她是被尼禄一脚踹死的。"

我没有马上回复她。

她又发过来几行话："道理我不多说，你肯定也明白。情欲带来的伤害是超乎意料的，想避免这种伤害并不容易，它是很公平的，袭击别人的时候，不分高低贵贱。"

我打了一些字，删删减减，却没有发出去。我想起她身上散发出的悲伤，不知那种悲伤与她现在谈论的主题有着怎样的联系。这类疑问，我终于还是没问出口。

二

吴建到达机场后，给我的手机发来一条短信："落地了！"那一刻，他不仅仅是"灵伴"里的"第零号"了，而变成了一个真实的人。

"每分钟都在忙工作，要比较晚才能跟你见面了！"他又发来一条短信。眨眼间，一张微信聊天截图也通过短信传过来，截图上一个名叫Rita的女人用英文聊着关于发展客户的事。

"咱们要不要交换微信号？"他随即问我。

我犹豫了。他是一个真实的人，但还只是个陌生人。我的微信好友不多，平时也不随便加人。

见我半天没回复，他打了三个字："尊重你。"

他的体谅，不能说不及时。我反而放松下来，劝他别着急，忙完工作再说。

整个下午，他断断续续发来短信："真希望工作赶紧结束！""好煎熬，还没结束！""时间过得太慢了！"蓝色的信息条在手机屏幕里渐渐堆起来，越堆越满。

待他忙完，已是晚上十点多。他先是道歉，说第二天中午有个饭局，下午又有个会议，问我愿不愿意今晚去他入住的酒店一层的咖啡厅见面。或者，等到明天傍晚，约个离我家近点的地方。

我后天上午的飞机去纽约，如果拖到明天晚上见，时间太紧。想了想，那就今晚在酒店一层见吧。

我很忐忑，兴奋中夹杂着担心，怎么也静不下来，只好给赵以打了电话。他正在开车，听我说了两句就嚷嚷起来："你要去酒店见他？这人是有多大魅力？"

"你别大惊小怪好吗？"

"我今晚要去一个饭局，大崔已经到了，我倒是可以稍微晚点再过去……这样吧，正好也顺路，我先把你送到酒店。"

"算了，我还是自己去吧。"我心跳忽然变快，说不清到底在紧张什么。

"还是咱们一起过去吧。"

"我还能被人拐了？"

"真有可能。"

我嘀咕了几句，还是答应了赵以来接我。

等赵以过来的工夫，我找出一条浅蓝色的连衣裙，化了个简单的妆。我照照镜子，叹口气，我没有双闻的那种素雅。这种时候，好像素雅的样子能让我更接近幸福似的。我忽然被自己吓了一跳：去见个网友，我竟开始憧憬幸福。

赵以接上我之后，我把自己混乱的念头都说了出来。

"你被晏超坑了，现在肯定意难平，心里憋着一股劲。"赵以在驾驶座上，直视前方，"要不，现在给你这个网友打个电话，说你临时有事，今天不去了。"

"为什么不是个折中的方案，比如，我去一层大堂跟他打个招呼……"我支吾起来。

"你今年多大了，真傻假傻？不要自欺欺人。"

我不作声了。

"让他追你几个月，你观察观察。"他扭头瞅了瞅我。

我还在考虑赵以的话，吴建就发来短信："我很紧张，真的，好怕自己会让你失望啊！"他越是恭谦，越让人不忍拒绝。

"我们之前聊了很多，挺走心的，我好多不该说的话都跟他说了。"我看向赵以。

"你不会把家底都告诉他了吧？"

"没有。"我翻开车上的遮光板，用遮光板上的小镜子照了照脸，"我的妆还行吧？"

"我说你怎么那么期待啊？不至于吧！"

"是挺期待的。"我咧开嘴。

"那我也不劝你了，难得你心情这么好，你去一探究竟吧。"他忽然拽了一下我的胳膊，"你们聊完，如果太晚了，别让他送你回家，别随便让人知道你家住哪儿，别提自己父母的事。"

我一个劲地点头。

"如果万一控制不住，直奔主题的话……"他顿了顿，"算了，我不说了，你随便吧。"

我们已经开到了地方。然而听赵以这么说，我没有马上下车。

赵以看我冷静了几分，拿出烟和打火机，自己先推开车门："我抽支烟，再去大堂看看。你可以再好好想想。"

看着赵以走远的背影，我忽然降下车窗，喊道："你有吸油纸吗？我没带！"

"在后座，你找找。看来你还是想见他啊！"

"你别管啦！"

我在车后座找到一个化妆包，翻出吸油纸，小心翼翼地整理妆面。我的妆太淡了，没有什么美化的空间，我后悔莫及。

我还在盯着自己脸看的工夫，赵以回到车里，手里拿着张房卡。

"房间开好了，就一晚，我提前付款了。"他把房卡塞进我手里。

"啊？"我张着嘴看他。

"你要是看对了眼，今晚想留下来，就住自己开的房间。别掉价，掉价没好处。而且，我给你开的房间，你应该不忍心太乱来吧？你现在的情况，乱来的后果不是你能承受的……"

我无奈而感激，觉得他的安排蛮横却又周到。

"咱俩为什么一直很纯洁？"我冷不丁问他。

"你没长在我的审美点上。"

"你喜欢妩媚的、唱大花旦的那种，是不是？"我笑呵呵地碰了他一下。

他低了低头："迢迢，你总能让我感觉不那么孤独。我还记得第一次看完河北梆子版的《美狄亚》演出录像时，我特别激动，但是找不到别人聊，只有跟你聊。"

"嗯，希腊戏剧里的歌队，到了河北梆子里，就变成了'帮腔'。你特喜欢那形式，一排旦角举着水旗，很漂亮。"

"是。我觉得河北梆子的唱腔很悲凉，用来表现《美狄亚》里的情节并不违和。"

我看着他，他也看着我。

"但是我好像不是那个能让你觉得不孤独的人。"

"两回事。"我干咽了一下，"现在这样的关系挺好。如果不是现在这样，不知道什么时候咱们也会互相伤害。我这么说是不是挺虚伪的？"

"你知道就好。"他说完，伸手到车后座，把化妆包递过来。

"这里有便携装的洗面奶、精华、粉底液，是平时我自己用的，你都带上吧。"他叹着气，"我真像送亲妹妹进狼窝。"

"别乌鸦嘴了。"

"好吧，希望他是个成熟稳重的爷们儿。"

我下车前，他又嘱咐我不需要解释为什么自己开了个房间。"他要问你，你就说，管得着吗？"

我冲他翻了个白眼。

到了酒店大堂，我一眼就认出来了吴建：一个年轻人，瘦高个儿，穿着黑色的高领毛衣和西装外套，双手插袋，左顾右盼地站在大堂咖啡厅入口的不远处。

我刚停下步伐，他立即就注意到了我。他一动不动地注视了我好一会儿才犹犹豫豫地走过来。

"空瓶……"他不知是因为紧张还是别的什么原因，连我完整的网名都报不出来。"是我，吴建。"他索性直接报上自己的大名，伸出一只手。

我握了握他的手，好凉。

"先去喝杯东西吧？"他僵硬地做出一个邀请的姿势。

看来他比我还慌，我心想。

咖啡厅还在营业，只是咖啡师已经下班了。我点了一杯热牛奶，他跟我要了一样的。

坐在软垫椅上，他自在了些，腿脚伸展开，双臂交叠在腹部。他的身形可真像晏超，身量细长，有些单薄。不过他的面孔可比晏超敦厚多了：厚嘴唇，单眼皮，宽下巴。他的头发理得短短的，下巴的胡茬剃得很干净，泛着青。

"你是不是嫌我丑？"他有些勉强地笑笑。

"没有啊。"

"那为什么一直看我，好像还挺嫌弃的？"

我不好意思地抿抿嘴，拿起牛奶杯，想挡住自己的目光。

"我还在想，这一切是真的吗？"他捏了一下自己的手背，"你真的是那个跟我说自己和父母有矛盾，跟我说自己很不开心的女孩？你看起来不像有什么烦恼。"

我猛然意识到，在网络上我们其实已经非常亲近了。

眼下，是该更真诚一些了。

"我叫许迢迢，千里迢迢的迢迢，真名，跟你说过的烦恼也是真的，都是真的。"我放下牛奶杯，"我记得你应该是二十八岁，我比你小一岁。"

他的眼睛骤然亮了起来："你还记得！对了，家里有没有规定你几点回家？"

"没，我跟我妈分开住。"我脱口而出。

"噢。"他若有所思。

完了，我说错了什么？

"我也是和妈妈一起。"他看着我，慢慢地说。

"啊？"我不安地搓搓手指，有些没反应过来。

"没事，只是想告诉你，我是和妈妈一起的，我父母不在一起过，我以为我们情况差不多。抱歉，可能是我乱想。"

"没有，"我干脆地说，"咱们情况是差不多，我爸妈也没在一起了。"

"不说这个了。哎，你这两天还听教堂音乐吗……"他善解人意地换了话题。

令人熟悉的温柔源源不断地在话语间弥漫。时间怎么流过，全然没有人在意了。一下子，我们聊到了十一点五十五分。

"不好意思，让你待到这么晚。"他炯炯有神地看着我，"接下来的计划是什么？"

"没想好。"

我们僵持着，谁也没显示出要告别的样子。我一直在想，要不要回家。

"我其实舍不得你走。"他大呼一口气，"啊，没想到我会对女孩子说这样的话，好多年没有这种厚脸皮的感觉了。"

他不知所措的样子，使我忽然想开个玩笑，于是我说："其实我挺累的，我回自己房间睡觉去了。"

"回哪里？"他吃惊地问。

"回房间，"我指指上方，"就在这儿。"

"在这个酒店？"他摸摸自己的脑门。

"没错。"我起身往电梯的方向走去。

他跟着我进了电梯，口齿不清地说："我……把你送到房间门口吧。"

我笑了："行。"

他沉默地跟在我身后。我刷卡进了房间，只见他在门口傻站着。我正想着此刻应该说些什么，却听见一阵电话铃声，我房间里的座机响了。我瞪瞪眼睛，接了电话，竟然是赵以。

"打你手机也不接，静音了吧！"他说话声很大，背景声音挺乱。

"可能吧，我没注意……"

"怎么样了？回房间好好待着呢？"

"是。你怎么那么晚了还打给我？"我语调不太自然，扫了吴建两眼。

"我有点不舒服，刚去了趟卫生间，就想着问问你那边怎么样了。"

"你照顾好自己，有什么事明天再聊吧。"

"你说话怎么那么做作？"

我尴尬地"嗯"了一声。

"我想起一件事，你有没有随身带安全套？"

"别逗了，用不着。"我慌忙挂了电话。

我发愁地看着吴建，生怕他从我跟赵以的通话中感觉出某种粗俗来。

"我必须向你道歉，刚才……我还以为你是骗子。"他的表情十分别扭。

"骗子？"

"对，我以为你有搭档，你们一起在房间里给我设了陷阱。"

我寻思了一下，反应过来后，笑出了声："哈，我刚才是很像个骗子！没提前跟你说一声就自己开了房间，是挺吓人的。"

"这个人那么晚给你打电话，一定是很关心你的人。而且他还知道你在这里，跟你肯定很要好吧？"

我赶紧撒了个谎："是我表哥，他怕我乱来。"

"你都这么大了，还被家里当作小朋友！"他忽然捏了捏我的脸。

这突如其来的亲昵，让我不禁往后退了一步。他顺势往前挪了两步，进了门。

我顿时无比紧张，胡乱说道："没有，我挺独立的，家里现在也就在吃药……"完了，我差一点要说"也就在吃药这件事上管我"。

"你的表情像做错了事的小孩子。"他柔和地笑笑，"可以告诉我是什么事吗？"

"什么？"我慌了。

"你在害怕什么？"

"没有啊！"

"你在害怕，"他抚着我的肩膀，"你在发抖。"

我的确在发抖。回忆填满了大脑。在医院醒来后的自责和沉重感，原来并未真的消除过。一种委屈的心酸涌了出来，要把一切都宣泄出来的情绪迫在眉睫。

"怎么了？以前发生了什么不好的事给你压力了？"他的声音很低，"是某个前任的事，还是别的什么事？你刚才说吃药，是什么药？精神类药物吗？镇静剂吗？相信我，我都懂的。我在外面漂泊那么多年，什么都见过。"

我错愕而欣慰，却一句话都说不出。

"没事的，不要难过了。无论发生过什么，都不是你的错。"他继续说。

几滴眼泪从我的眼角冒了出来。

"我明白那种感觉，压力很大的感觉。"他摸摸我耳边的头发。

我的眼泪再也止不住了。他看到后，用双臂环住我。

我完全靠进了他的怀中。

夜里，已经不知是凌晨几点，我们并肩躺在床上，有一句没一句地聊着。聊到终于有了困意，我们才和衣而睡。

我侧过身，用后背对着他。

"嗨，你睡了吗？"他轻轻唤我。

我假装闭眼，其实并没有睡着。

"你真的睡了？"他碰了碰我的后背。

我装也装不下去了，索性睁开眼，转过身，面对着他。昏黄的壁灯映照着他的脸，他含着笑意与我对视。

半晌，他郑重而缓慢地说："我在想一件事。我想去纽约找你。"

"啊？"我轻呼一声。

"我想去照顾你。"

"不用，真的，我在那边有朋友。"

"你的朋友知道你的那些秘密吗？"他把手放在我脸上。

我心跳得快极了，心虚地问："你指什么？"

"我猜……你是不是依赖镇静剂？"他以极其和善的口吻问道。

我闭了闭眼睛，没回答。

"告诉我，最近还吃吗？"他拉着我的一只手，轻声问。

"没吃了。以前吃，现在不了。"我终于不想再掩饰。

"你需要有人在你身边。"他握紧我的手，"我是在美国长大的，相信我，纽约很乱，我怕你保护不好自己。"

"我有朋友在，真的没事。"

"你没听出我的意思吗？"

我睁大眼睛。

"我想去找你。"他的嘴唇贴着我的耳廓，"我不想那么早提某些词，我怕被你看作骗感情的人。我只是觉得一切很神奇，我愿意接受命运神奇的安排。"

我也紧握住他的手，感到一丝平静。平静之下，困意袭来。我把脸贴在他的毛衣上，放心地睡了。

当有刺眼的光从窗帘缝里透进来，他先起了身。他取来什么东西，又轻推了一下我的肩膀，把东西塞给我。我揉揉眼睛，一看，是一本美国护照。

"这是我的证件，"他翻开内页，"这是我的全名，WU JIAN，和我的中文名字是一样的。"

我迷迷糊糊地把护照还给他，搓搓脸，坐了起来："不用给我看，我知道你不是坏人。"

"那现在可以加我了吧？"

"什么？"我迷糊地问。

他拿过自己的手机，调出他的微信二维码。我懂了，话不多说，找出自己的手机加他为好友。他的微信昵称很简单，叫Jian，头像是个看起来三岁左右的小男孩。

加了好友，他点开我的微信头像，凝视着。

"没什么好看的，就是一大片红色，我的头像其实是罗斯科的一幅画的局部。"我向他解释。

"我知道，我和你都喜欢的画家嘛！"他摸摸我的头发。

他执意留我吃了早餐再走，没容我决定，他就先回自己的房间洗漱去了。

一夜过去，我看起来邋遢极了。赵以让我带的化妆品我也没顾上用。我去卫生间洗了把脸，尽量把妆卸干净，素面朝天地等着吴建来敲我的门。

二十分钟后，我的门铃响了。才这么一会儿，他就把自己收拾得干净利索，换了一身蓝色西装，头发抹了发蜡，脸上搽了面霜，整个人温润清香。

"你很漂亮。"他夸赞我的同时给了我一个拥抱。

我不自信地缩起肩膀，他似乎要鼓励我一般，将我抱得更紧。

"你真的很漂亮！"他松开我，认真地盯着我说。

我们牵起了手，准备去吃早餐。去餐厅的路上，他用英语接了个电话，我听懂了大概意思，有人催他去某个办公室，他不得不赶过去。

他挂了电话，一脸委屈地看着我。

"那就先不吃饭了，你去忙吧！"我心情芜杂。

"你回家后，就把我的名字告诉你妈妈，好不好？"他忽然说。

没等我回答，他又凑近我："还是我主动给她打电话吧。把她的电话给我，我会向她做自我介绍，说我要去纽约找你！"

我发着呆，被他吻了吻脸颊。

三

吴建确实给老沈打了电话。看来，既然我敢给他老沈的电话，他就敢打。一切都那么敞亮，敞亮到让人笃信有条新的出路摆在眼前，走上这条路，就能找到快乐的源泉。

老沈对我的"新关系"却表现出一种鄙夷。在她看来，这是我在人生低谷中的冲动心绪在作怪，这种关系将如风般飘忽不定。我稍微反驳了两句，她就睥睨着我说："才认识没多久，不知道哪天就会绝交，还是别让他去纽约找你了，要欠多大的人情呢！"

"我可没让他去，是他自己特别想去。"

"越是这样，越不能纵容。哪天要是分手了，他就会计算自己当时付出了多少。"

"分手？我俩还没谈呢！"

"没谈？我看你乐颠颠的。你告诉我，你没想谈？"

我答不上话来。

对吴建究竟有多少喜欢，我顾不上琢磨。很快，我就要带着三个行李箱漂洋过海了。

韩医生要先坐一大早的飞机从外地赶到北京，与我在机场会合。他迟迟没到，我只好在机场休息室等他，想着，万一他迟到，弄不好我只能自己坐飞机走了。

所幸，去纽约的飞机晚点了。眼下我有充足的时间等韩医生，同时也有充足的时间跟吴建说话。

吴建真的很黏人，从早上开始就一直给我发信息。得知我已经在休息室，他直接在微信上拨了语音通话。

我问他跟老沈聊得怎么样。

"你妈妈很严格，她问我的学历，读的什么学校。知道我和你一样是硕士，她应该没什么意见了。不过，我本来也不怕这些问题，好歹也是读过美国迪索大学的！"

"嗯……"我并不是很上心他的学历，而是担心老沈有没有乱说我的事。

"我到现在都不知道你妈妈的名字，只知道她的姓，通讯录里都不知道怎么标记她。"

"你就写沈老师吧。"

"她是老师？"

"不，她是机关里上班的。那她说我什么了没有？"

"没有。你怕什么？"

"没什么。"我其实很心虚。

"难不成你还结过婚、生过孩子？"他笑着问。

"你看我像吗？"听到他不着边际的联想，我反而松了口气。

他撒了个娇，那讨好的语气不同于他以往的深沉。"我衣服上还有你的香水味呢！"他说。

"那是Extrait de Parfum，就是香精，浓度很高，留香时间特别长。"

"你还会法语？"

"只知道一些单词，发音也不准。"

"那就算会了。你好厉害！"他恭维道，"你的香水名字叫什么，也是法语吗？教我念念吧，我真的很喜欢！既不是花香，也不是水果香。"

"你不觉得味道奇怪吗？"

"不奇怪，就是好闻。快告诉我呀，这香水叫什么？"

"以后再告诉你。"我卖起关子。

他又说了些动听的话。他是真的喜欢我，是这样的，没错吧？我暗自想着。等到他不得不挂电话时，我有了不舍的感觉。

韩医生终于到了，他一眼看到我的登机箱，夸道："真好看，我哪天也要买个墨绿色的登机箱。"

哪怕只是一件东西被人认同都会有愉悦感，假如自己由内到外都被另一个人欣赏，会产生多大的愉悦感？如果这个人是个刚认识的人，那么愉悦感又伴随着新鲜感，快感是加倍的。但这是恋爱吗？我有些茫然。

十几个小时的飞行，在进食、如厕、阶段性的睡眠中过去了。我没吃赵以给的褪黑素，上了飞机我才意识到，这回出门根本就忘了带褪黑素。临走之前，我在家仓促地收拾行李，难免丢三落四。唉，都是因为遇到了吴建。可他的出现，难道不是一个莫大的安慰吗？我看着机舱小窗外的云层，憧憬着不久以后的时光。

住进位于威廉斯堡的酒店，我没心思跟韩医生一起吃饭，于是劝他别顾及我，尽管回新泽西的霍博肯——他居住的地方。

我住的酒店离小华姐的工作室挺近。我给小华姐发了个信息，跟她说，由于要倒时差，今天就不去拜访她了。我又给老沈打了电话报平安，然后谎称自己急需补觉，赶紧挂了。

好了，现在我可以高枕无忧地接吴建的电话了。实际上，从我的飞机落地、手机有了信号的那一刻起，他就不停地发微信过来，催我尽快与他通话。

"我想你！"这三个字一遍遍出现在手机屏幕上，频率之高让我一度怀疑自己是不是眼花了。

当他的声音在手机那边响起，直白的思念被他一股脑儿地诉说。时差带来的困倦与他的爱意连在一起，在安逸中，我渐渐睡着了。

一觉醒来已是纽约的凌晨，通话在我睡着后被吴建悄悄挂断。我翻着手机，发现老沈给我打了几个电话，我完全没有听见。

我给老沈回电话，她小题大做地开始担心，说我没带洗澡用的塑料拖鞋，也没带秋裤和厚围巾。她想让吴建把这些东西给我捎过来，问我知不知道他的地址。

"他到时候会从哪个城市坐飞机过去？不是从北京吧？那我只能把你的东西发个快递给他了。他家是住畋城吧？"

"再说吧……"我有些不耐烦。

"什么叫再说啊？"

"我们才认识多久，我可不知道他的具体地址。而且，你不是不看好我们吗，还问这些？"

"就算是一般的熟人也可以帮忙捎个东西啊，你问问他家地址呗！"

"你不是有他的号码嘛，自己问吧！"

她听出我的不悦，不再提地址的事，而是问起我的回程机票。

"还没买。等吴建来了，我跟他商量一下回去的时间。"

"你安排你的，他安排他的，没必要绑在一起。"

她的言外之意让人不舒服，我急不可耐地结束了这通电话。

夜深了，拉开窗帘，能看到那些彻夜不灭的霓虹灯发出五彩斑斓的光。我在这座城市里等来的，无论如何不会比以前差吧？过去实在是差到了底，未来怎样都会更好吧？

我考虑了一下措辞，给吴建发了微信，说了老沈要寄东西的事。

"捎东西当然可以啦！我还没见过女生的秋裤呢，会不会奇形怪状的？"他发了一个搞笑的表情包。

我无奈地打着字："说真的，我可不想让她给你寄东西。"

"别在意这种小事啦，其实缺什么，在那边买不就行了？对了，你哪天去逛第五大道啊？"

"不逛，我又不是为了购物来的。"

"那是为了打卡拍照吗？"

"你在说什么？"我不太高兴，放下了手机。

仅仅是几分钟我没有再打字，他就敏感起来："生气了？别气啦！你的香水味还在呢，就在我衬衫上！"

"你有点不要脸。"我用语音回复道，嘴角浮起了笑容。

过了一会儿，他才用文字回答："面子这东西，你有就好了。"

如果这不是恋爱，那是什么？我正想着，只见他的消息一条接着一条，刻意把每个短句独立出来："我恋爱了！""真的。""这就是恋爱的感觉！""我很久没有过了！"

他好像总是知道我在想什么。也许，如他所言，这就是恋爱。

"你还不想承认吗？"他突兀地发问，接着又打出一排问号。

"承认什么？"

"承认你有男朋友了。"

我一阵窃喜，飞快地回了一个字："嗯。"

四

走进小华姐的工作室，我一开始挺失望的。

这是一间五百多平方米的厂房，几乎看不出有房间的区隔，一排排堆叠起来的木箱随意地划分着空间。斑驳的墙壁和水泥地板，在射进来的自然光下显得更加残旧。到处是来不及打扫的木屑、罐装化学试剂、废弃的模型。我走在其中，生怕自己的皮靴落了灰。

"你下次来应该穿一身睡衣，特别旧的那种。"小华姐见我忸怩的样子，不禁嘲笑道。

"我以为装置艺术家的工作室是什么样呢，谁知道是这样啊！"我耷拉着脸。

可当我看到海带灯笼时，所有的不满都烟消云散了。

所谓的海带灯笼，其实是由海带加工成的亚克力板材拼贴在一起，组成一个足有一人多高的墨绿色卵形发光装置。它的内里放置了龙骨，拇指大小的灯泡均匀分布在龙骨的上、中、下三个部分。当灯泡亮起来的时候，墨绿色透出黄色的光晕，原始的色调在不同的观看角度下产生丰富的变化，极其自然又无比复杂。

"这真的是海带做的？"我傻愣愣地问。

"看着不像吧？"小华姐一脸自豪。

"想象不出里面是真的海带。"

"年轻人，多学习吧！海带经过洗涤和晾晒之后，要结合它的物理性质进行化学处理，用凡士林涂抹，再用含磷化氢的制剂浸泡。这配方可是我的商业机密。"

"看起来像个巨蛋！"

她打了个响指："就是蛋！这灵感来自古埃及的创世传说，世界始于一个蛋，这个蛋从原始水中生成，光明之神从蛋里脱壳而出。我觉得海带那种浓厚的暗色，有深海的感觉。"

"光明之神……所有的宗教好像都涉及光明与黑暗的对抗。海底是漆黑一片，光明从漆黑中流溢出来。"

"有那个意思。但是黑暗中到底诞生出什么，我埋个伏笔，不去具体表现它。光亮背后究竟是什么形象，不一定，那个形象也许很丑陋呢！"

"你觉得……"我揣摩了一下，"艺术的尽头是不是要达到某种美好？倒不是说创作一定要富含真善美，而是一个作品的最终诉求是不是需要表现让人类产生适宜感的东西，也就是一种抚慰呢？"

"你是把创作都当成诗了吧？"她露出不置可否的表情，"但就连诗歌也绝不可能只是令人愉快的虚构。所谓艺术家的构思和想象，并不是随意捏造出什么事物的形式，而是对世界的一种特殊观照，是'观看'的'观'。观照，是通过艺术的透镜去再现真实的思考。神话思维中的许多思考都是基于现实环境里迫在眉睫的问题的。如何面对黑暗，如何运用光明，都不是什么浪漫的问题，是挺沉重的题目。"

"你真厉害。"我抿起嘴，烦恼于自己语言上的匮乏。

她听了，笑也没笑，只是转过头，专注地看着自己的作品。

我羡慕她的状态。她在艺术的形式王国里漫游，让头脑与双手完美地配合。她用一些形状和色彩，将心灵中痛苦的认识都解放了吧？

我看看周围其他或完成或制作了一半的作品，忍不住给吴建发了几句话。

他只回复了一个卡通表情包。哦，我差点忘记了时差这回事，他现在该睡觉了。我于是不再打扰他，继续参观小华姐的工作室。

接下来连着三天，我都早出晚归。我一头扎进小华姐的工作室，忘了时间是怎么流动的。

即使小华姐大部分时候都与同事忙于修改图纸或给模型上色，无暇照应我，我也不觉得有什么大碍。工作室里有数不清的可爱玩意儿：钢丝圈制成的南瓜，干瘪的篮球摞成的沙发，像两条蛇一般弯曲变形并缠绕在一起的银质餐勺和餐刀。它们也许没什么实际用途，也许是装饰物，也许是作废的艺术品，不论是什么，都能唤起我朦胧的情感。

在一大堆物件中，最令我喜爱的是一尊还未喷漆的象牙色塑像。塑像只有大约一尺高，是树脂做的样本件，很轻。我认出塑像的造型，是古希腊神话中的蛇发女妖美杜莎。与神话情节相冲突的是，她提着英雄珀尔修斯的头。珀尔修斯的后脑勺上，用涂鸦式的圆体英文标注着他的名字，像个恶意的玩笑。这塑像完全将神话故事反过来了。故事里明明是珀尔修斯骁勇善战，最终杀掉了美杜莎。

"看，古希腊神话被颠覆了。"我全方位给塑像拍了照，发给双闻。

"美杜莎看起来像个女神，连蛇发都处理得很优雅。"她立即回复。

"确实很优雅，一点都不像女妖。"我顺着她的话说。

她推荐我去大都会艺术博物馆看一幅画：老卢卡斯·克拉纳赫的《朱迪斯与赫罗弗尼斯的头颅》。我在画册上看过同题材的画。朱迪斯是天主教传说中的女英雄，为了保卫自己的祖国以色列，使用美人计将亚述大军的统帅赫罗弗尼斯灌醉，并将其杀死。

"大部分绘画作品中，朱迪斯提着敌人头颅的场面都挺血腥的。"我在微信上对双闻说。

"是血腥，但我看腻了绘画中女性温顺柔美的样子。"

"那平静呢？我看一些中世纪绘画里，女人的脸常常面无表情，很平静。"

"对于大部分人来说，很多平静都属于虚假的平静。因为无能为力，所以人们强迫自己平静。"

她的语言好像暗示着某种愤懑，我不知该如何接她的话。为了回避这种别扭，我没再多聊。

我并没放下手机，而是翻起聊天记录。我这两天把小华姐的海带灯笼、模型制作设备接二连三地发给吴建看。他回复得并不勤，有时只打出一两个表示惊叹的词。

我挺失落，却仍抱着希望把美杜莎塑像的照片发给他。我目不转睛地盯着手机，直到他有所回应。

"哇，这是什么吓人的东西？"他这次回复得倒是很快。

"你有时间回信息了？"我强压着不满。

他嘻嘻哈哈地哄道："呵呵，别生气啦！工作实在太忙了。等我尽快干完手里的活儿就去找你！"

然而没聊几句，他又不再吭声了。

我丢开手机，把目光移到美杜莎塑像身上。现实中的情感，哪有戏剧中的那么爱憎分明，往往是界限模糊的情愫，不清不楚。

五

怀着对吴建的期待与害怕期待落空的惶恐，我的焦虑愈发强烈。为了分散注意力，我接受了韩医生的晚餐邀请。

韩医生提前一天问我是否愿意出来吃饭，他言辞中的礼貌让人感到安全，我想了几分钟就答应了。

第二天晚上，韩医生如约而至。他穿了件浅咖色的休闲西装，蓝衬衫，米色灯芯绒长裤。

"你真会搭配，比我会多了！"我由衷地说。

"以前去欧洲出差的时候总被嘲笑穿得不行，后来也学了学。"他挺谦虚。

为了图省事，我直接套了一条孟星飞为我选的Erdem连衣裙，藕荷色底上有花卉刺绣，穿了双黑色高跟鞋。我就带了这一双高跟鞋，没得选。我披上大衣，跟韩医生坐电梯下至酒店大堂，感觉腿真冷。等到上了他的车，我只好支支吾吾地拜托他把空调热风开大。

"你不能白受冻了，一会儿到餐厅，我给你拍几张照片，你赶紧发朋友圈！"他半开玩笑地说。

"就不发了吧，我不爱玩朋友圈。"我低下头。韩医生不知道，因为晏超不是我的微信好友，这两年我都没什么动力在朋友圈发照片。反正认识我的人总能在现实中见到我。

我们去了SOHO区的一家意大利餐厅。餐厅不大，吊灯的光线昏昏暗暗，每张餐桌上都点着蜡烛。我辨认出墙壁上的画，是《圣罗马诺之战》的复制品，我依稀记得这幅画的真迹在伦敦。我对着墙壁拍了几张照片。

"我也给你拍一张！"韩医生把我举着手机的样子抓拍下来。

落座后，我们开始研究菜单。满页的意大利语令我咂舌，幸亏每道菜名旁边都附带简短的英文说明，至少我知道哪个是鱼，哪个是虾，哪个是蔬菜。

韩医生一个词一个词地教我认菜单，他用有些蹩脚的意大利语读出来，我对他刮目相看。

"你一个学医的，都会意大利语了？"

"以前不是需要去欧洲出差嘛，什么都要学一点吧。其实德语我也学了学。我在美国辞去第一份工作后，歇了半年，才开始创业。那半年我学了德语，还有滑雪。"

我不禁惭愧。相比之下，我真是差多了。我沉思的时候，他又给我拍了几张照片。

"这裙子很漂亮！"他把照片发给我，"人也是！"

我一看，在光线和角度的配合下，我的脸显得饱满，目光动人。

"快发朋友圈啊！"他鼓励道。

我尴尬地笑笑，磨磨蹭蹭，最终还是发了。

我们吃了无花果烤茄子、火腿拼盘、蘑菇烩饭和煎鱼。很久没有一口气吃下那么多食物，我摸摸自己的小腹，心情放松极了，等着吃最后一道甜品：榛子碎香草冰激凌。

冰激凌吃了一半，吴建忽然在微信上问我："你出去吃饭了？我看到你发的朋友圈了。"

"是啊。你有空了？"

"最近一直忙工作。"他随即又发过来两张截图，都是与Rita的对话。嗯，这个Rita，我已经熟悉了。

等韩医生准备结账了，我才拍了张餐桌的照片给吴建发过去。他注意到被我拍进去的韩医生的胳膊肘，立即问："坐你对面的是位男士？"

"对，是朋友。菜单上都是意大利文，幸亏他教我认了半天，不然我就是睁眼瞎。"

"他是外国人？"

"中国人，我们认识好多年了……"

我还没打完字，吴建就拨了语音，我犹豫着接了。

"别乱吃东西，我怕你在外面吃坏肚子，那边可不像在国内那么方便，你还是注意一下。"

"别担心了，我朋友是医生。"

"噢。那你什么时候回酒店？等你回去了我给你打电话，陪你到你睡着。"

我不确定一会儿与韩医生的安排，只是再说了一两句就挂了。

韩医生还得赶回新泽西，准备第二天早上的电话会议。商量了一下，他决定直接把我送回酒店。分别前他嘱咐我："晚上睡不着的话，可以把你床头的蓝牙收音机调到FM105.9，那是古典音乐频道。"

回到酒店房间，我第一件事就是去调收音机。德沃夏克的《诙谐曲》传了出来。像无数个在北京家里度过的夜晚，有古典乐的陪伴总是自在许多。

我冲了个澡，回到床边，收音机里的音乐已经变成了肖邦的《小狗圆舞曲》。手机响了一声，打开一看，只见吴建给我发来了机票订单：下周二从香港飞纽约。

我顿时雀跃起来。没几天了，一个惦念我的人就要不远万里来看我了。不管我有几分喜欢他，也不管他是不是喜欢我，他要来找我，他要见我，这都是真切的。

"你订了哪间酒店？"我问他。

"还没订呢。"

"为什么？"

"我正在想，是和你住同一家，还是住在你附近。住你附近的话，就可以有时我去找你，有时你来找我。换着酒店待一待，免得单调。"

他考虑得真周到。

纽约已经凌晨一点了。我站到窗边，发现玻璃上布满了细密的水珠。

"下雨啦！"我对他说。

"我知道，我每天都看纽约的天气预报。等我去了，我们一起在雨中散步……对了，我今天跟我家人说起你。因为我要去纽约找你，所以要和家里说一下。我妈妈问，你是不是我女朋友。我说是呢！再跟你确认一下，我不是在一厢情愿吧？"

我听出他语气中透着委屈。我的畏缩不前或焦急不安，此时都显得自私而愚蠢。我曾以为眼前的麻烦，只是我一个人对突如其来的爱恋怀有的抗拒，却没考虑我给他带去的困扰。我甚至感到抱歉，只因为晚上与韩医生吃了顿饭。

"嘿，你知道吗？"他忽然问。

"什么？"

"我一定要去找你，不管别人怎么想，不管你把我当作什么。"

雨下大了，雨点砸在窗户上的声音，是天然悦耳的节奏。

"那我就等你。"我对他说。不知他能不能感觉到我口吻中的严正。

六

在大都会艺术博物馆，我看到了双闻推荐的那幅《朱迪斯与赫罗弗尼斯的头颅》。画中的朱迪斯被描绘得极其雍容华贵，她头戴着缀了羽毛的红帽子，金项圈上镶满五颜六色的宝石。她的右手举着赫罗弗尼斯的长剑，左手搁在赫罗弗尼斯被斩下的头颅上。她那双半睁着的细长眼睛，在红润的脸上显得有些慵懒。这是种奇怪的感觉，一个女人守着敌人的首级，表情没有胜利的狂喜，也没有强者的傲慢，竟透出倦意。

如果进攻无法带来喜悦，那么被进攻时又如何反击呢？我想起双闻身上那些令我困惑的东西，实在捉摸不透。

还是想想自己好了。我开始不着边际地假设：忍受痛苦和折磨的程度，也许是意志力的体现。如果我能承受住某些折磨，不仅代表了一种自我战胜，这种承受的意义还在于，接下来，冥冥之中，命运会给你奖励。

在博物馆里，我又转了几个厅。看到雕塑《丘比特与普赛克》时，我顿时被吸引了。丘比特的双翅竖起，弯下腰，伸手搂住半卧在地上的普赛克。普赛克仰起头，双臂伸向丘比特的头顶，形成一个优美的圈形。他们四目相接，鼻尖快要碰上，嘴唇也像是即刻就要吻在一起。在一个呼之欲出、尚未尘埃落定的情形中，人物保持着永恒的动态。

"爱意是活泼的。"我忽然冒出这样的念头。爱意能使人重新朝气蓬勃。在沉坠之后，在被无力感压垮之前，必定有什么外力会降临到我身上，填补我由于挫折产生的那些空洞。

看了一下时间，国内已是半夜。我还是忍不住把雕像拍了照，发给吴建。他竟然立马就回复了。

"你一个人去的博物馆，还是跟朋友去的？"

"我一个人。这里很大，展品看不过来，我打算天天来。"我没提韩医生把大都会的年票借给了我。

"等我去了陪你一起逛，我们一起看罗斯科的画。"

"那还得去华盛顿。纽约这边，大都会里只有一幅，还是以黄色调为主。"我脑子里过了一下罗斯科的画散落在哪些博物馆。

"等我过去，不仅陪你去华盛顿，你想去西海岸都行！"

我心满意足地笑了。

由于心情好，从博物馆出来后，我散了一会儿步才回酒店。

回到酒店，我发现自己感冒了。晚上睡觉时，后脑勺沉甸甸的，鼻涕特别多。

接下来的两天，感冒症状有增无减。我的两个鼻孔都不通气，头痛从未断过，喉咙灼热，连吞咽都变得困难。

即便不断灌下热水，又尽量早睡早起，感冒也没见好。我在电话里向吴建诉苦，他问我酒店附近有没有药店。

"街对面就有，"我有气无力地说，"我去过了，买了一些维生素，主要是维C。我朋友……就我那个学医的朋友说，让我补充维生素。"

"那有什么用？你还是会难受呀。他真是学医的吗？"

"你放心，他读过哈佛。"

"那也没用，他能给你开处方、给你消炎药吗？"

我不说话了。头痛一下子发作得厉害，我哼了一声。他叹了口气，竟轻声问我最近有没有吃镇静剂。

"当然没有，怎么会吃呢！"我有点生气。

"可你现在生病了，情绪可能会烦躁，会需要那类药吧。"他格外自然地说。

我故意不接他的话茬。

"我告诉你一件事，但你不要跟你的医生朋友说。"他低声说。

"什么事？"

"有一种药水可以让你舒服很多，美国的药店基本上都有卖的，不需要处方。"

"那是感冒药吗？"

"是。"他念了一个字母D开头的单词，"这个牌子做的药水最好喝，我把具体的英文拼写发给你，你写个字条，去药店给店员看一下，他们会拿给你，应该是橙色包装。我在美国的时候，身边的朋友感冒了都喝这个。"

"可为什么不能跟我的朋友说？"

"医生嘛，喜欢摆出一副专家的样子来凶你。尤其是你朋友，他读过那么好的学校，总归要秀一下优越感。他没有告诉你的药，你自己买了，他会不高兴的。估计他会说一大堆吓唬人的话，唉，那种语气我都能想象出来。"他随即怪腔怪调地说了两句教训人的话。

我乐了。我跟韩医生很多年没怎么来往，我并不算了解他。他是个好人，是个关心我的人，但保不齐会像老沈那样，心怀好意却让人不爽。

吴建又交代道："你先去买感冒药吧，听我的没错。我最近工作比较忙，几个城市到处跑。我不知道去香港坐飞机之前还来不来得及回敀城的家，恐怕行李准备起来会很仓促。你可不可以帮我买些东西？保湿霜和剃须膏，药店就有。"

"这没问题。"

"好好睡觉，等你有一些精神了，就赶紧去趟药店吧！"

"我太难受了，睡不着。"我只觉得喉咙的肿痛越发厉害。

"特别难受吗？"

我不想说话。想起以前，晏超在我睡不着的时候会读书给我听。我开始翻手机里的文件，我记得我保存了一份PDF版的《追忆似水年华》。

"你在干吗呢，怎么不说话了？"

"找本书看，能催眠的。"

"什么书？你告诉我，我给你念。"他竟说出我心里所想。

"《追忆似水年华》。"我慢慢地说，生怕他不知道这书。

"英文叫什么？"

"*In Search of Lost Time*。"我脱口而出。这本书的英文版我买过，就是没看完。

"我已经在网上查到了电子版，我给你读英文版的吧！"

我已没什么力气说话，"嗯"了一声，算是答应。

他按照顺序，从第一章开始，读了两三段。我忽然打断他："从中间读吧，有段情节我很喜欢。"

"好，听你的。"

我让他从作家贝戈特去看维米尔的画那里读起。熟悉的情节，熟悉的声音，他的音调太像晏超了。不知是不是我生病的缘故，今天听他的声音，与晏超的已不是相似，而是几乎完全一样。我已经完全没在意他读的内容以及那些听不懂的单词，只去聆听那声音本身。在他的朗读声中，我终于入睡了。

七

到纽约一个多星期了，没想到，一场感冒让我的处境骤然变糟。

头痛一点没见好，由阵痛变成了无时无刻不在发作的剧痛。我躺在床上时，感觉天花板像要压下来一般。鼻涕刚擤过，立马又有新的堵住鼻孔，我只好一直张着嘴呼吸。口腔里呼出的气像着了火，提醒我喉咙还在肿着。

小华姐让我去工作室看个新作品。收到她发过来的一连串图片，我说不出推辞的话，只好挣扎着从床上爬起来，裹紧大衣就出门了。

到了工作室，我发现那件作品不过是个拳头大小的摆件，像极了草间弥生的波点南瓜，一眼看去并无特别之处。

见我提不起精神，小华姐使劲拍了我一下，说："哟，不会是觉得这东西不新鲜吧！"

我挤出一丝笑。

"造型虽不新鲜，但我用的技术可不一般。你看南瓜上那些圆点的光泽，还有底色。"

我装模作样地看了看，呆呆地问："怎么了？"

她对我的麻木很有意见："你也是学艺术的，怎么那么不重视细节！要认真看啊！"

"哦！"我弯下腰，眼睫毛快挨到了南瓜上。

"有没有觉得这种金属色很复古？"

我愣愣地看着小华姐。

"我这是一层一层上的漆，底色用了高反光亮漆才能有这种效果！"她嘴里又念出几个我全然不熟悉的漆料名称，神采飞扬地说起上漆的技术。

我完全插不进话。

"你真没劲！"她见我没有互动，怪笑了一下。

我心里对她发怵，怕再听到她的抱怨，便哼哼哈哈地客气了两句。她又问我，晚上要不要去海边逛逛，和几个艺术家一起。

"我感冒了，不太舒服。"我吸着鼻子说。

"感个冒就那么娇气？多呼吸一下新鲜空气就好了。"

"今天还是不去了。"

"你可别后悔啊！我有个朋友上周布展的时候把胳膊摔骨折了，打着石膏还要出门呢！"

"改天吧，改天……"

我拿感冒做借口，早早告辞，在小华姐颇为不满的眼神下狼狈地出了工作室。她对人的态度大概一贯如此，嘴上厉害，心里应该是暖的。只是现在她的锐利像一道沟壑拦在我面前，让我感到这个城市的人都身披铠甲，而我是只没有壳的蜗牛。

回酒店的路上，在出租车里，我给赵以打了电话。也许是时差的缘故，他没有接。是啊，他应该忙着新戏呢！我叹着气，透过车窗看着路上的行人，他们皆与我没有关系。我忽然对我此行的目的感到了怀疑。我是来疗伤的还是来学习的？我真的不确定了。能确定的是，吴建会来找我，而我会等他。

我在一家药店门口下了车。一进药店，我先帮吴建看了一下润肤霜和剃须膏，选了两件。我又瞄了瞄不远处站着的白人店员，她对我笑笑，我也对她笑笑。我走过去，把写了药品名称的字条给她看。她把我领到一个货架前，指给我看一排药水。果然，橙色的包装，和吴建告诉我的一样。我简单读了一下包装上的说明，这是一种能够快速缓解咳嗽症状的糖浆，一次喝两瓶盖，一天可以喝多次。我有些困惑，我虽然患了感冒，但并不怎么咳嗽，这药对症吗？然而，吴建低沉的声音回响在我的耳边。他的建议应该没错吧？我想着，随即从货架上拿了一瓶药水。

我买的这瓶是葡萄味的。刚结了账，我就拧开瓶盖闻了闻，香味挺诱人，我直接喝了一口。往下咽的时候，喉咙里冰凉舒爽。我忍不住又喝了两大口。

回到酒店，我打开收音机，调到古典音乐频道。钢琴的声音像水滴一样流畅。

不知是不是心理作用，没一刻钟时间，我感到头痛逐渐从头皮上散去。嗓子里留有一股清甜，喉咙的热气不那么明显了。慢慢地，我心里陡然感到一种平静，继而又有一些欣快。伴随着欣快，我的身体不那么沉重了。尽管感冒带来的乏力和困倦使我没有食欲，我只想躺着，连洗漱都懒，然而这些都只是小事罢了。我只需静静地等待，等我的恋人到来。我很放松，一瞬间扔掉了所有负担，只想等待。

我也不知道自己是什么时候睡着的。醒来时一看时间，已经是第二天早上。

看来这药水真的管用。只是，一股眩晕感挥之不去，也许是我没吃饭的缘故吧。我轻飘飘地来到卫生间，洗了把脸。我嗓子干涩，头天喉咙里的清甜感早已不在。顾不上烧水，我一口气喝了半瓶冰凉的矿泉水下肚。胃里灌满了水，我一点都不觉得饿。

我又喝了几口药水，躺回床上，动也不想动。收音机里的音乐声没有断过。我打着哈欠，大脑里影影绰绰。我不想再思考，抚着自己的胸口，心安地闭上眼睛。

我基本上是在床上度过了两天。

当打扫客房的棕皮肤女孩每天把本应该放在枕边的巧克力直接递给我时，我都尴尬地对她笑笑。她肯定会奇怪，为什么有人到纽约来，整日不出房间。

赵以给我打过电话，但我困意正浓，不想接。他发来信息，我也只是简短地回了几个字。老沈的信息，我则不敢不认真回复，只好如实告诉她我感冒了。听说我安分地在酒店休息，她也算放了心。

吴建这两天不再长时间地给我打电话，只是每天在微信上问问我在做什么。我对他说，我喝了药水，舒服多了，但是很困，每天就在酒店躺着。

"你尽量不要说话，多休息，少看手机。"他叮嘱道。

另一边，韩医生打电话问我有没有好一些，有没有补充维生素，我皆给了肯定答复。他告诉我，晚上可以过来看我。他又说起老沈，言外之意是只要我在纽约，他就对我负有责任。这种充满道德意味的话，使他的关心仿佛出于一种刻板的义务，让我在病痛中格外心烦。

"我挺好的，不用来看我。不说了，我继续睡了。"我不想啰唆，挂了电话。

又迷迷糊糊地过了一天。我的生活没什么内容，只剩感觉。其实大部分时候，连感觉也快没有了，只有睡眠。我已判断不出感冒是不是好了，朦胧的触感盘绕在身体之上，说不出好还是坏。

这时候，吴建告诉我，他出了点事，正在咨询律师。

"怎么了？"我躺在床上懒懒地接他的电话。

"我不是持美国护照？我来中国的签证出了一点小问题，有些信息在上次入境的时候没更新。"

"噢……"我搞不清楚他所指的情况。

"我怕不能按时上飞机，也许要改签。"他说着，咳嗽了起来，"而且，我也感冒了，比你还严重呢，我都发低烧了。"

"那怎么办？"我六神无主，开始捋头发。

"这是心灵相通，你感冒，我也感冒。"他轻笑着。

"那签证的事呢？"

"那是我该操心的事，你别乱想。你好好休息，等我过去！"

我告诉他，那药水喝完就困，能睡很长时间。醒来后，仍然感觉晕晕乎乎的。

"感冒嘛，本来就晕晕乎乎的。"他轻松地说。

像以往一样，他久久地不肯挂电话。

"你会不会觉得，这样陪着我，时间很空？"我问他。

"两个人在一起就是这样的，不需要太复杂。"

"嗯……你也多休息吧，你不是还在发烧吗？"

"和你通话就是一种休息。听你的声音，哪怕只是你的呼吸声，也能让我感觉好一点。"

他的话让我重新平静下来。我觉得整个人都很轻，渐渐地，我看到红色与白色的色块交叠着出现。那些颜色有些复古。复古？这是小华姐说过的词吗？我想起几天前的事。不对，我想起的不是几天前的事，但肯定是以前的事。我想起了几年前的事。也不对，我想起了很多年前的事。我忽然全身发紧，不禁抠住床单。我开始嘟囔。那声音仿佛根本不是从我的嘴里发出，而是另一个人在说话。我絮絮叨叨，说起小时候经常去的那个小花园，那个我和肖亮一起看蚂蚁的小花园。

"有一天在小花园里，发生了一件事。有一群大孩子，就是，不好好上学的……他们走过来……我真希望肖亮能帮我，但是他没有。他是我当时最好的朋友，却没有帮我。我因此恨他……"我的牙齿咯咯地打战。

我咬着牙，住了口。我似乎哽咽了。我意识到，对肖亮的某些情绪越来越清楚，越来越活跃。我需要出口，我需要写出来。可那情绪又太沉重，我的抒发受到了阻碍。是恨，是怨恨干扰了我。我怎么才能将怨恨了结？

电话那边，吴建已经半天没有讲话，可他的呼吸声却很重。

"你知道我有什么感觉吗？"他问。

"什么……"

"你受过很深的伤，你需要一个人彻底治愈你的伤。我要是能早几年认识你就好了，就不会等到现在，等到你的伤变得那么深。"

我吸着气，不敢回应。

"先休息吧，好好的，等我，我的迢迢。"

听到他这么说，我又松弛了下来。

八

韩医生约我去大都会听歌剧。由于是临时起意，没有提前订票，能挑选的座位都不挨着。

"不过，如果买站票的话，我们倒是可以站在一起。"他很自然地说。

"大都会歌剧院还有站票？"

"有啊！我一个人站着听过《茶花女》，也不累，因为完全被音乐吸引了，只顾着欣赏。周围都是学生模样的年轻人，站在他们中间，感觉不错，好像自己也年轻了。"

"是不错。"我言不由衷地应和着，又客套了一下，便说身体不舒服，还是不去了。

身体也的确不太行，我正通着电话，一个趔趄，摔了一跤。

"你怎么了？"他赶紧问。

"感冒之后特别虚，走路不太稳。"

"你最近好好吃饭了吗？"

"没什么胃口。"

"我去看看你，我马上出发。"

话说到这份儿上，我只有答应了。

挂了电话，我躺回床上，只觉得由内而外地枯竭，精神上仅剩的热情都被什么东西耗干了一般，整个人被笼罩在一种阴森的气氛中。

韩医生来到酒店，看到我的一瞬间，那表情像见到什么形容可怖的动物。我不禁望了一下玄关的穿衣镜，也蒙了。只见我的脸惨白而浮肿，眼眶深陷，显得眼珠凸出。他去卫生间找来秤，让我称个体重。这一称，我们都吃了一惊。想不到一个人短短几天能掉十斤肉。

他又像问诊一样，问明白了我这几天的饮食起居。

我老老实实地告诉他，我一直都没怎么吃饭。

"你现在营养不良。你得吃东西，不想吃也得吃。"他看到我床头的药水，一脸狐疑，"你在喝这个？"

"朋友推荐的，说管用。"

他冷眼瞥了瞥我："你这朋友是真朋友吗？推荐你这种药，也太不负责任了。这药是能缓解某些感冒症状，尤其是咳嗽，但这种药是针对美国人研发的，其中有效成分磷酸可待因的浓度非常高，并不适合亚洲人，尤其不适合基础体重较轻的亚洲人。再加上你又不好好吃饭，不配合合理的膳食，这药的副作用在你身上就会特别明显。"

他走过来，扶了扶我的胳膊，接着说："美国这边就是存在滥用药物的问题……说起来，这药的配方，在我看来就不适合任何人种。你说，是我现在把药水直接收走，还是你自己扔到垃圾桶？"

"都行。"我连连打着哈欠。

"唉，你怎么搞成这个样子！"

"可我还真觉得不怎么难受了。而且，心里面也不难受了。"

"你只想睡觉，正常思维能力直线下降，还难受什么？心里的难受是需要清醒的意识的！"他的口吻严肃无比。

我的手机响了，是吴建的语音呼叫。韩医生在，我不知该不该接。手机一直响个不停，我还是接了。韩医生挺识趣地去了卫生间。

吴建一上来就发出痛苦的音调："我还在发烧……你呢？怎么样了？"

"晚点再说吧，我也不太舒服，我朋友在照顾我。"

"什么朋友？"

"那个医生朋友。"

韩医生忽然从卫生间走出来，直接冲着我说："要不晚上叫个中餐外卖？你那么不舒服，喝碗热粥吧。"

我摆摆手。

他耸耸肩，从包里拿出几个谷物棒，放到床头柜上。

吴建听着我这边的动静，立即问："他来你房间很久了吗？"

"有一会儿了。"

"孤男寡女共处一室？纽约那边可已经是晚上十点了。"

"我们认识好多年了。而且他还得回家，不会留太晚。"

吴建咳嗽了几声，缓缓地说："都是我不好，没能去陪你。"

我听出他的声音发蔫，担心地问："你不是病得很严重吗？还能来吗？"

"发着低烧呢！不过，这有什么不能来的？只是估计你要亲自去机场接我了。"

"我肯定去接……你的签证没问题了？"

"为了见你，我把问题用最快的速度解决了。"

"那我就等你来了。"

放下手机，我发现韩医生正看着我。我还在想怎么解释，他倒是先开了口："男朋友吗？"

我无声地笑了笑。

"看得真紧啊，都要来美国找你了？"

"是……"我支吾着。

"也好，我过两天就忙了，顾不上来纽约。"他说话的腔调瞬间与我生疏起来。

我说了两句领情的话，顺便当着他的面把药水瓶丢进了垃圾桶。

他走出房门之前，忽然转身，说："其实两张站票我都买好了，下次有男朋友，提前告诉我啊！不过，最好也别有下次啦！"

我抿抿嘴，生硬地笑笑。

韩医生一走，我如释重负，然而一阵头晕使我伏倒在枕头上。我闭上眼睛，总能看到吴建的脸。

我给他拨了语音通话，他立即接了。

"你朋友走了？"他怪声怪气地问。

"走了。他再不走我就要疯了，我想你了。"我毫不犹豫地说。

"能有我想你想得多吗？"

我乐了，轻轻地在床上翻了个身，让自己的耳朵紧贴着手机。

"我喜欢听你分享过去的事。"他的声音忽然压得很低，"你怎么被人欺负的事，我会当自己的事一样，永远记得。"

我不再笑了，想起曾糊里糊涂地把小花园的事说出来，我只有懊悔。我说得详细吗？我努力回想着。

"你不会后悔告诉我你以前的事吧？"他切中要害。

"其实挺后悔的。"

"不要后悔，知道为什么吗？因为我也把我以前的许多事、许多秘密告诉过你，你还记得吗？"

可不是吗！他如何被前女友折磨、他的家庭、他的忧愁，我也都知道。

我抱着枕头，听他一句接着一句的劝慰，踏实多了。我不知什么时候挂的。我后来睡着了，睡了很久。

醒来，我依然像泥巴一样瘫在床上，感觉和思维无法聚拢。我已经把药水扔了，可朦胧感尚在。我的知觉中，全是吴建说话的声音。我格外想念他。

我挣扎着起身，拿起手机，给他打电话。

电话一直打不通。

我心里空落落的，像抓住过什么却依然无可寄托。我抓耳挠腮地焦灼。

一个小时。

三个小时。

五个小时。

十个小时。

十五个小时。

……

十九个小时过去了，电话一直不通，微信上没有回复。一种绵延的恐惧冒出来，好像我失去了对我生活至关重要的东西。

给他买的润肤霜和剃须膏还在，手机里还存着他的机票订单，他还要我去机场接他。他一遍遍地让我等他，给我读《追忆似水年华》，还说要跟我去看罗斯科的画。

他不可能让我找不到他。不可能。

我给双闻打了电话，一下就打通了。

"双闻，"我说话几乎带着哭腔，把自己都给吓着了，"我打不通吴建的电话……就是那个网友，我跟你说过的那个。"

"是'第零号'吧？"她马上反应过来。

"对，我们说好了，他来纽约找我，我每天都在等他……"我干咽了咽。

"你别急，慢慢说。"

她静静地听我讲了最近发生的事。我的叙述断断续续，顺序混乱。她很少提问，只是恳切地重复："嗯，懂了。"

"双闻，为什么我觉得时间过得这么慢？已经二十个小时了，就算有时差，他也不会那么久都不回复。他是夜猫子，经常半夜不睡觉，守着手机跟我说话……我甚至怀疑，我是不是产生错觉了，他怎么会一直没音信……"

她轻声打断我："他到底是什么吸引了你？"

"我说不清。"

"你是陷入错觉了，但不是你以为的那种错觉，是一种概率错觉。你可能觉得，因为之前经历了不好的事，接下来该遇到好人了，也该交好运了，这就是概率错觉。就像一个人抛硬币，几次都抛出他不想要的结果，这时他就会产生一种错觉，认为下一次肯定会抛出他期望的结果。其实这是错的。每一次抛出硬币，得到正面还是反面，概率都是百分之五十。"

"你为什么觉得我之前经历了不好的事？"

"你太悲伤了，这谁看不出来？"

我没说话。

她继续说："知己不是那么容易遇到的。你放在吴建身上的幻想太多了。还有，那药水对你不健康，你的医生朋友不是也说了吗？我觉得药水的副作用加重了你的情绪。至于吴建，我劝你把他拉黑，不要再联系了。"

我没想到她会提出那么决绝的建议。

"你是不是舍不得？你还在等他的消息？"

"我肯定是要等的！"

"那我现在说什么你都不会听的。你这种状态真的很危险，你自己完全意识不到吧！"

我的确听不进去她的话。我一直用手搓着手机的边沿，好像这样就能让吴建的信息忽然冒出来似的。

"迢迢，我也给你读普鲁斯特吧。你不是说吴建给你读《追忆似水年华》吗？我也给你读。"

"什么？"我心不在焉。

"你听着，我给你读法语版，你别等他了行吗？别等了！"她嚷了起来。

我第一次听她那么大声地说话，愣住了。

"听不懂你也听着。还有，我个人认为，普鲁斯特的英译版还不如中译版呢。"她那边传来点击鼠标的声音。

她用轻软的声音流畅地念起法语，我不知道那是不是普鲁斯特的句子，我根本听不懂她在念什么，只是听着她的颚擦音，体会到这阅读中的怜悯。

我寄托了多少情感在一个陌生人身上？我的期待，荒唐可笑却又切实可循。煎熬的同时，我无法对残存的希望放手，仿佛放手了我将会失去更多。

"我还是想等他来，他会来找我的。"我忍不住打断双闻。

"你别再想了。"

"为什么别再想了？"

她长长地呼着气，似乎不屑于回答。

九

超过两天没有吴建的音信了。

我的感冒还没好，浊重的热气从口鼻里呼出，痛感从头顶蔓延到膝关节。

我又给吴建打了十几个电话，都没有人接。我给他发了一条又一条信息，收不到任何回复。手机有时响，有时不响，与平常没有什么两样。只是现在，手机每每响起，只要发现不是吴建找我，我就开始埋怨联系我的任何人。

我开始想，我的手机是不是坏了？于是我用酒店的座机给他打电话，一个，两个，三个……十个，依然无人接听。我请求双闻帮我给他打个电话。双闻再怎么不情愿，也还是帮了我的忙。然而她打过去的结果是一样的。

"一定是有什么原因，他肯定是有什么难处！"我在电话里对双闻说。

"能有什么事呢？"双闻语气平缓，"说到底，他就是不想去纽约了吧。"

"不是的，他是真的要来！他订了机票，还让我帮他买护肤品，还说要跟我去华盛顿。"

她叹起气。此时她的叹气声是那么的刺耳，让我想要发狂。

"算了，不说了。"我气呼呼地挂了电话。

我为什么要这么激动？我愣坐了好久，而后环顾四周，恨不得地面出现一个巨大的深坑让我跌下去，让我能够摆脱每时每刻的企盼。

曾经在我与吴建身上产生过的纤细到骨头缝里的共情，还有那些心灵的契合，都被一股外力推得远远的。好像什么都没有改变，我还是那个被晏超伤透了心、辞去工作的失败者。好像吴建未曾步入过我的生活。一切都没意思极了。强烈的自我厌恶敲击着我的内脏，我腾的一下从床上坐起来，口腔溢出一股酸味。

我跑到卫生间，呕出几口酸水，之后却又什么都吐不出来了。我是一具空空的躯体，什么也没有，什么都不是，忽然间我看不到任何自己存在的价值。

我光着脚走回床边，站在床尾。我意识到不该继续待在这个清冷寂寞的房间，任由情绪吞噬我。可廉耻心又告诉我，不能再去麻烦韩医生。在胆怯和顾虑之中，我又熬过了一天。

第二天傍晚，小华姐跟同事聚餐后顺路来看我。她带了一小份西蓝花乳蛋饼，大概是吃剩的。

看到我的惨样，她不惊讶，只是细细地打量着我，叫了一声："这是要干吗？"

"感冒了，我跟你说过的。"

"你绝食减肥呢？减肥还是要科学，不能自虐啊！"她把乳蛋饼递给我。我一摸，还是热的。

"本来我要带回去当明天的早饭的，你吃吧！"

"我吃不下。"

"人有的时候病好不了，不是因为病得有多重，是因为自己不想好。我还说带你去工作室看看我新做的东西呢！"

"我想回家了。"

"回北京？"

"对。"

她眼睛看着地，仿佛不经意问："你想不开过？"

我瞄了她一眼，没说话。

她没有紧接着再问我什么。她走到窗户前，用手指敲了敲窗框，自顾自地说："人要是想不开，身上的味道都不好闻。就是那种特别丧的气味。所以，一个人有没有精气神，走近了闻闻就能判断出来。"

我只是听着，不吭声，也不做任何动作。

"我瞎说的，你别往心里去啊！"她忽然转身，"我也想不开过。推己及人嘛！"

"你是因为什么想不开？"

"你呢？你是为什么？"她狡黠地反问。

"前段时间的事了，其实我也不确定我是不是真的要死，就是想彻底地失去意识，不想被困在现实中了，所以就吃了好多好多的药。我现在倒是觉得，万一我死了，然后有机会重活一次，没准儿会活得更好吧？"

她大笑一声，说："跟我想的差不多嘛！我曾经想的是，我得让生命重来一遍。我相信有下辈子，这辈子不如意，那就指望下辈子吧！可是后来我又想，要真自杀成功了，会发现下辈子更可怕。知道为什么吗？因为强行缩短生命是不对的。你强行缩短，就等于背了债，下辈子要还的。然后呢，到了下辈子，你会发现，你讨厌的人还在身边，而你拥有的资源比上辈子还少。你可能每天要蹬三轮去送货，吃方便面还要选最便宜的。这是你该受的，谁让你不好好过上辈子呢！"

我真佩服她琢磨出的道理。只是她的话，无法让我立马变通透。

见我仍没精打采，她不作久留，带着乳蛋饼离开了。

能猜中你经历的人，不一定给你安慰，可能只会劝你坚强。理解本就不是寻常的事，很多时候，理解是奢侈品。

小华姐走后，我跟老沈通了话，想告诉她一声，我要回去了。

我刚说几句，让她千万别再麻烦韩医生照顾我，她忽然打断我："你怎么听着那么虚？"

她不由分说先挂了，随即要求跟我视频。我硬着头皮接了。

"怎么瘦得脱形了？你干吗了？"她在视频里眼睛瞪了起来。

"没事。"我咧咧嘴。

"你到底干吗了？别是做了什么坏事吧？"

"真没事，只是感觉又失恋了。"

她扑哧一声笑了，转眼又板着脸说："失恋，跟谁？"

"吴建。他……没来纽约。"

"这算失哪门子恋？而且，我一早就知道他不会去纽约。"

"怎么会呢？"我纳闷地看着她。

"因为他不敢接你的东西啊！我要给他寄你的秋裤，他找理由让我别寄，说什么怕把你的东西弄丢啦，弄坏啦！他肯定是早就想好了不会去纽约，所以才不敢接东西。"

"不会的……他真的要来，真的，他连机票都订好了。"

"唉！"她重重地叹道，"机票订好了也可以退嘛！网友说的话能当真？你别告诉我，你真的因为他失恋了，如果是那样就太可笑了！"

"不跟你说了，说不清。"

"你快回家吧，别在纽约丢人现眼了。"她看我的眼神像看一个废物。

我只想躲开她的注视，匆匆挂了视频。

我刚挂，她又打来语音。

"可别再训我了。"我接了之后恳求她。

"不训了，要训也是等你回家了再训。哎，你都这样了，回来也坐商务舱吧，躺一路比较保险，别再弄个在飞机上忽然昏厥，给别人添堵。"

我哭笑不得，她的好意被她刻薄的措辞给抵消了。

"你决定吧。"我扯着头发说。

夜里，不久之前那些隐约的快乐和当下的气恼使我怎么也睡不着。我索性把疑问写成碎碎的句子，在微信上给吴建都发了过去。没过一会儿，他竟然回复了。我心头怦怦直跳，盯住手机屏幕，准备深切品味一下欢乐的转折。然而，看到他的话，我心里体验到了极寒。

"两天没回复你，你就脑补了那么多东西出来，我真的服了！还有，你不停地给我打电话就算了，你还让你朋友也给我打电话，我猜后来打给我的陌生号码是你朋友的吧？这真的让我很烦。你很病态，你知道吗？你的脑子是不是有什么问题？我现在不知道还能不能去纽约了，应该不去了。"

我的脑袋像被钝器敲了一下。我看着手机，又惊异又难过。对他的等待，顿时显得万分滑稽。我反复读了几遍他的话，无法相信这是他打出的字。

双闻、老沈，她们说的都是对的，还有赵以……我痛心地想，双眼一下子模糊了，是眼泪。我使劲抹了抹脸。

我在微信上把吴建拉黑了。拉黑之后，我把手机丢得远远的，把脸埋在枕头里。窒息感给我一丝怪异的安慰，好像当呼吸被限制时，头脑就不会不受控制地乱想，身体也不会做出令自己后悔的动作。

我强迫自己入睡，睡不着就假装在睡。天黑还是天亮都无关紧要，因为什么都是无从指望。

再次看手机的时候是清晨五点多，我的心情平复了一些，觉得房间里静极了，好像有什么脆弱的东西已经被悄无声息地扼死了。

吴建几个小时前发来一条长长的信息："你把我拉黑了？不沟通就拉黑吗？好吧！我知道你在生气，但是你也应该考虑到我的情况。我有工作，又在生病，这你都是知道的。还有我妈妈，她的事也会烦到我，我家的情况很复杂。总之，很多事不是你能想象的。我是想你的，我想见你，想亲口告诉你，我是多么喜欢你，但现实不如我所愿。迢迢，我真的很喜欢你，实际上比喜欢还要强烈……你明白吗？"

我苦笑一下，再读一遍，也读不出曾经想要珍惜的意义。

十

老沈没听我的，她还是向韩医生开了口，拜托他送我去机场。

都要走了，我才想起孟星飞提到的修道院博物馆。我小心翼翼地问韩医生能不能早点来，先带我去一趟博物馆。他倒也没有为难，只是就事论事地说："The Cloisters，修道院博物馆，在曼哈顿岛上，属于大都会的一个分馆。时间很紧，就算上午十点一开门咱们就进去，参观完了去赶你下午的飞机，也悬。"

我说明了要给孟星飞买纪念品的诉求。

"你这时候还想着朋友呢？"他很意外，"好吧，那地方确实值得一去，但是咱们进去后得先去纪念品商店买你要的东西，就别想着还能在里面慢慢地逛了。"

"好，那就随便看两眼。"我没什么力气，说话很简短。

于是，在纽约的最后一天，我去了曼哈顿北端的崔恩堡公园。到了公园，上到山顶，就是修道院博物馆。

博物馆的入口是一个阴森森的拱形门楣，整个建筑由颜色陈旧的石砖砌成，圆拱结构随处可见，不论是窗框还是回廊。

"这些柱子和石材都是从欧洲买的，一砖一瓦运过来，盖成一个真正的中世纪风格修道院。"韩医生陪我走在坚硬的石板路上，指着旁边的拱脚柱说。

"你常来吗？"

"以前周末的时候会来这里待一个下午，假装一下在欧洲嘛！"他停下脚步，用手机给我抓拍了一张照片。

"别拍了，我现在肯定很难看。"

"不难看，有种柔弱美。"他把照片发给我。我看了一眼，心里发愁，我在幽暗的回廊里真像个女鬼。

我们匆匆走进纪念品商店，转了一圈，没找到孟星飞要的东西，只好买了几本书、一本画册，还有一些印着名画的书签和明信片。

韩医生见还有富余的时间，让我赶紧去展厅看看。

我们经过一个吊着巨大木质十字架的半圆形后殿，又穿过一排中世纪西班牙贵族的石刻棺材，进入一个铺着木地板的小屋。忽然间，气氛温馨了起来，这里有色彩鲜艳的热熔玻璃窗、漆着清漆的木质家具、装饰着动物浮雕的壁炉、古铜色的水盆和大水壶、白底蓝纹的大肚子花瓶。

"这儿真漂亮，有生活之美！"我转身看看韩医生。

"你会挑地方，这间屋里有镇馆之宝《梅罗德祭坛画》。"他示意我往里看。

我看到一组三联祭坛画，画的中幅是典型的《圣经》题材，描绘着天使加百列向圣母玛利亚报孕的情景。只是在这幅画里，人物的神情不太寻常。加百列穿着白衣，单膝跪地，侧身靠近玛利亚。玛利亚身着宽大的红袍，坐在地上翻书，眼帘垂下，目不斜视。她好像完全没注意到加百列的存在，而加百列的视线也并没有集中在她身上，他的眼神越过她的头顶，看向不知什么地方。尽管玛利亚的衣摆边沿已经挨到了加百列的白衣一角，可他们看起来并无交流。一张小桌隔在他们中间，桌上的一支蜡烛似乎刚刚熄灭，一缕青烟从烛芯处飘起，形成卷云般的纹路。

这画很怪，怪得让我挪不开眼睛。

"苗苗。"

我听见有人唤我，竟是用我的小名。我打了个寒战，一回头，看到韩医生的笑脸。

"怎么了？很喜欢这画吗？"他问我。

"你刚才叫我什么？"

"我没说话啊？"他愣了一下。

是我弄错了？刚才是幻觉吗？我又看向画里的人。穿红裙的玛利亚，是不是有意要避开穿白衣的天使，因为她不想接受既定的命运。

怀着一种诡异的沉重感觉，我走出博物馆。

"迢迢，你到底有没有男朋友啊？"去机场的路上，韩医生唐突地问我。

"没有了。"

"没有了？"他把重音放在最后一个字。

"是啊！"我扭头往窗外看。

他不再问什么，我这才把头扭回来。我拿出手机，看了一眼微信，想起已经把吴建拉黑了，我无声地叹了口气。他并没有用手机给我发短信。我咬咬牙，又把他的手机号屏蔽了。

卡着时间，我顺利登机了，终于可以回家了。尽管还是很虚弱，然而一靠到商务舱的座椅上，我感到惬意极了。我将厚重的大衣交给空姐，再脱掉靴子，把毯子盖到胸口，并不打算吃饭，准备先躺几个小时。

我的位置左侧靠窗，右手边坐着一个男人，看起来跟我差不多年龄。他高鼻梁小眼睛，戴着机械手表和徽章戒指，一副少年老成的模样。

他刚落座，空姐就来跟他熟稔地聊天。不一会儿，又有一个空姐来跟他打招呼："高先生，这次也是去北京捐款？"

"是。"他淡淡地答，顺便要了一杯香槟。

"早餐还是脱脂酸奶？不要坚果对吧？"空姐满脸堆着笑。

"对，老样子。"

我瞟了他一眼，心里犯起嘀咕："这人不会特别事儿吧……"他竟和善地对我笑了一下，我赶紧收回眼光，从包里拿出一本书，挡住脸。

"你是学艺术的吗？"他开口问道。

"啊？"我把书挪开一角，只见他神态自若的大脸。

"你看的书是和绘画有关的。"

"我刚才在修道院博物馆买的，随便看看。"我不去看他的眼睛。

"修道院博物馆？在哪儿？"

"在崔恩堡，就是那个Fort Tyron公园。"

"我来纽约好几年了，都没去过这个博物馆呢！"

我勉强笑了一下。

"你是来纽约出差的？"他大概是意识到我的紧张，问话的时候不再注视我。

"不是。"

"那你是去北京出差？"

"也不是。"

他顿了顿，忽然说："你很讨厌被搭讪吧？"

我咧咧嘴。

他爽朗地笑了一声，不再说话。

我转过身，读着一知半解的英文句子，困意逐渐袭来。

等到舱内灯光变暗，周围的乘客都躺了下去，高先生也睡着了。我之所以确定他睡着了，是因为他的鼾声如雷贯耳。那好，就趁他睡得正香，我去上个厕所吧。我起身，打算悄悄把腿抬高，迈过他的身体，一步跨到过道里去。正当我要跨过去的时候，他猛然翻了个身，我一个趔趄，差点没摔倒在过道上。

一只大手及时地扶住了我。

"小心啊！"他竟然醒了。

"我以为你睡着了。"我小声说。

"我打呼声虽大，其实睡得不死。"他坐了起来，"你下回想上厕所，直接把我叫醒，这样你也方便。"

"不用。"

"没事，你要是觉得别扭，就让空姐把我叫醒。"他干搓了一把脸。

上完厕所回来，我看到他已经把座椅靠背立了起来，双腿并拢，膝盖偏向过道，端正地坐着。

"我暂时不去了，你接着睡吧。"我坐回座位上。

他笑呵呵地摇摇头，见我从包里掏出护手霜，他忽然直勾勾地看过来。

"你用这个啊！我说怎么刚才一直闻到股熟悉的橘子味儿，原来咱俩用的是一样的！"

我呆住了，没反应过来他的意思。

他腾地站起来，从一个带编织纹的洗漱包里找出一支白色的铁皮管，和我手里拿的一模一样。

"这款护手霜是不是叫Blanche？我发音不准啊！"他摸摸自己的额头。

"是叫这个……我也读不好法语。"

"太巧了！这概率能有多大？"他兴奋起来，索性打开了话匣子。

他话一多，深沉的气质便再也不剩，讲话的样子像个还在上中学的小男孩。他家在温哥华，老家在佳木斯，小学上到一半就随父母移民了。他今年刚过完二十五岁生日，从哥伦比亚商学院毕业后，在华尔街找了份金融分析师的工作。他小时候喜欢弹钢琴，最喜欢肖邦的《即兴幻想曲》，但由于一心想着早点挣钱，回报父母，所以压根没想过搞艺术。

"我没那个命，能把艺术当职业，得是多大的福气。"他感慨着，又看看我，"你是做什么的？"

"以前在剧院上班。现在，闲着。"我轻声说。本来没想透露自己丝毫，可听到他快把家底都讲出来，我再藏着掖着，有些说不过去。

"剧院？那就是搞艺术的啦！你一看就没什么压力，不用为生存发愁。"

"我压力可大了！"我没好气地说。

"算了吧，妹妹，你可别跟一个在华尔街上班的人比压力。"

"我比你岁数大。"我翻了个白眼。

他忽然靠近我，说："我来北京给儿童福利院捐款，捐完了就得回纽约上班。趁着咱俩都在北京，约个饭吧？"

"别逗了！"我把脸挪了挪，想离他远点。

他还是和善地笑着，没有半点尴尬。

后半程，我没再吭声，哪怕要去上厕所，我也不打招呼，直接起身，挤着他的膝盖出去。结果还是出了意外，某一次我上完厕所回来，只见空姐站在过道慌神地看我。

"许小姐，真对不起！"空姐一双水灵灵的眼睛不安地对我眨着，"刚才给高先生送香槟的时候，飞机正好颠了一下，不小心把香槟洒到您座椅上了。我给您找了一个新座位，您看……"空姐指指商务舱最后一排的一个靠窗空座。

我望了一眼自己的座位，看到座椅边沿有一摊水渍，不大不小。我想了想，说："好吧，那我换吧。"

"要不这样，我有个办法。"高先生忽然站起来，看着我的座位，"拿一床毯子垫在座位上就没事了。"

我和空姐不约而同地看向高先生。我十分费解。

"我来坐她的座位，然后她换到我的座位上，这多方便呀！"他挺着胸，好像自己想出了什么高明的主意。

空姐为难地看着我："您觉得呢？"

还没等我回答，高先生已经坐到了我的座位上，摸摸座椅，说："也不怎么湿啊，没什么大问题啊！再拿条毯子来垫上，这样就一点问题都没有了。"

"许小姐，您说呢？"空姐求助般地问我。

我望着高先生，只见他露出一排白牙，对着我笑。"那我就坐他的座位吧。"我对空姐点点头。

这算权宜之计还是机缘巧合？我心想着，嘴上没再跟高先生说什么。我不主动，他也不打扰，就这样安安静静地到了终点。

飞机停稳后，大家都各自忙着穿衣、拿登机箱。等待出机舱门的那一会儿工夫，高先生站到我身后，拍拍我："看在我坐了你湿座位的分儿上，能不能加个微信？"

我听见旁边其他乘客的窃笑。估计这一路的戏，都被别人看在眼里。我没回答，犹豫起来。他嘿嘿地笑，有点憨。

出了机舱，一直到行李大厅，他都与我保持着两米开外的距离。一会儿稍近，一会儿稍远，我总能瞥见他的身影。

在行李大厅，有个穿着工作服戴白手套的大叔专门来帮他提行李。我瞟了他一眼，发现他也在看我。

"还不加我微信哪！"他笑着凑过来。

"别加了。"我想给他一个下马威，"我有病你知道吗？"

"没事，艺术家都有病。"他保持着憨笑。

行李箱开始陆续出现在传送带上，我认出了我的两只大箱子，随即开始发难：想要自己把它们从传送带上搬下来可挺费劲的。

"我帮你！"高先生对我的处境心领神会。转眼，他指挥着大叔帮我取下箱子，又放到推车上。

"一会儿我帮你推，反正我的箱子有人推。"他扬了一下脸，"有人来接你吗？"

"有，我妈。"

"那就好。我还说，要是没有的话，我让司机送你一下呢！我真笨，听你说话就该知道你是北京人，肯定有人来接。"

我点点头。

"能加我微信了吧？"他又问。

我歪着头看他，拿出手机，算是同意了。

"我找你聊天的时候，别假装没看见啊！"加了微信后，他大声对我说。

我们并肩通过了"到达"出口，他很快就找到举着牌子接他的一小队人，于是兴高采烈地挥起手来。我见状，赶紧让他把推车交给我，道了声再见，就分开了。

在人群中找到老沈后，只见她疑神疑鬼地看着我："我看见和你一起出来那男的了，帮你推行李的，是谁啊？"

"不是谁，飞机上认识的。"我飞快地说。

"你看你都瘦成什么样了，尖嘴猴腮的。"她搂住我的胳膊，"这样都能有艳遇？这世界真怪了。"

第四章　从纽约回来

一

从纽约回来，我歇了五天，完全没出家门。我慢慢告知该告知的人，我回来了。

我还没来得及约孟星飞，她倒是先约我了。她点名要去市中心的一家粤菜馆。我无心在吃食上发表意见，便随她去了。

见到她，她的头发变了个模样，染回了黑色，长不过肩膀，发梢整齐如书页。

我把在修道院博物馆买的画册递给她，她很开心，没提尼德兰瓷罐的事。

"你知道你哪一点最靠谱吗？"她翻着画册。

"哪一点？"

"跟你说什么，你都会放在心上。"

"别这么说，我没买到你要的罐子。"

"别纠结具体的东西了，你有没有放心上我能感觉得到。"她鼓励似的对我用力点着头。

她兴许是真的满意，一边把菜单塞过来，一边用手指弹了弹桌子，说："今天我请你。"

"还是你来点吧。"我把菜单推给她。

清炒淮山、清蒸海鲈鱼、猪肺汤……等菜上了桌，我才发觉她现在越发地注意饮食了。

我用勺子捞出猪肺汤里的鸡爪子，自嘲道："和你比起来，我跟野人似的，我可不会点这种用料复杂的汤。"

她抿了一口汤，又仔细看看我，问："你在美国玩得好吗？"

"就那样吧。"

"我看你像有虚火，我给你叫一份薏仁香茅茶吧。"

她叫来服务员，添了一份茶。见我在一旁发蔫，她又说："你的能量场被破坏了，需要修补。"

我放下勺子，疑惑地看她。

她讲起，以前在剧院与我共事的时候她就找过催眠师。催眠的大概过程，是她靠在一张沙发椅上，闭上眼睛，听催眠师念一段词，想象有一列火车将她带往一个无比静谧的白色房间。她闲散地在白色房间里转悠，会想起某些人……

循着催眠师的指引，她找到了自己工作时力求完美的强迫症的形成根源，实际上来自儿童时期家长的严厉要求。

"找到根源后，你能纠正什么？"我问她。

她翻了翻白眼："有什么可纠正的？只不过了解到问题的罪魁祸首，今后就可以理所当然地把责任推到别人身上，而不是怪自己，这也算一种释放吧！"

她笑了笑，我却笑不出来。

"我感觉你的精气神没了，你被什么不好的东西干扰了。"她又盯着我说。

"去纽约前我不就是这样？"

"还是有些不一样的。你被一种……与你根本不是一回事的东西……被一种特别能消耗你的异物干扰了。"

"你真信这些玄学的东西？"

"你如果有想要变好的意识，就有东西能帮到你。你没有那意识，就没办法。"

我想起小华姐的话，如果我不想痊愈，那么就会一直生病。

"你试试量子催眠吧，就是有点贵，几千块钱一次。我做过一个疗程，还是挺有用的。"她说着，吃掉了鱼眼睛下面的那块肉。

"量子催眠？怎么个量子法？"

"就是由一个在国外做过量子物理研究的专家来给你催眠。人家还有专门的量子催眠证书。"

我忍不住想笑，为了掩饰笑容，只好埋头喝汤。

她注意到我的表情，说："一开始我也觉得可笑，但想想还是挺有道理的啊！咱们人体的能量场和宇宙随时都在接通。"

她随即又说起诸多关于人体磁场的理论，我听得云里雾里。

良久，我问她："你的生活也需要修补？"

"怎么不需要？老公的事，孩子的事，父母的事，工作的事……我受的刺激都是叠加型的。"她撇撇嘴，又叫来服务员，给自己添了一份和我一样的茶。

孟星飞的丈夫是她的小学同学，两人高中开始恋爱，大学毕业后没两年就结婚了。她丈夫是自由摄影师，相貌堂堂，前几年给不少影视明星拍过杂志封面，收入可观。以前在剧院加班晚了，他经常来接孟星飞，顺便把我送回家。他总是在车里放好热水和水果，那份体贴和细心给我的印象很深。

有这样的伴侣，也需要做量子催眠？我开始愣神。

"跟你说件事吧。"她碰了碰我的手，眼神闪烁。

我有种不好的预感。

果然，她告诉我，剧院资料室的小田告诉她，刘老师找了两个特约编辑来编一本书，书名拟定为《回声：二十世纪五十年代剧院导演工作方法》，编书依据的材料主要是我入职第一年在院刊发表的一系列老艺术家访谈。

我懂了。估计特约编辑编书时，少不了对那些访谈稿进行洗稿。而最终的成书，很可能完全看不到我的名字。

"想起来，那些访谈做得也是不容易，都是你去退休演员和导演家里采访，有好几次还把我拉去充当摄像。那大热天的，刘老师也不给咱们报销车费和餐费。"她的回忆撞击着我的心口。

"是，大部分采访都是夏天做的，都是周末去采，没有任何补助。"我接着她的话说，"有一位老演员在郊区的养老院住着，耳朵已经不好使了。那次采访是最难的，需要靠他的家人在旁边帮他把话说明白，他自己还不停地用手比画，沟通特别费劲。就算是这样，收获的素材也很多，很珍贵。哪怕是几句闲话，也透露了以前排戏过程的细节。"

我挺心酸，想起每次采访结束后，刘老师都一个劲地催我整理采访录音。那年夏天，我没有休过周末。十几位艺术家的访谈陆续完成后，我每天下了班就去资料室查找几十年前的导演笔记，结合采访稿，一共写了十多万字的材料，梳理了若干个经典剧目的排演方法。后来，相关的研讨会倒是开了两次，每次都是刘老师拿着我写的材料在台上神采奕奕地讲。为了节省经费，我们没雇额外的会务人员。孟星飞兼任会议的易拉宝设计和请柬制作，开会当天她还得穿着露肩长裙负责迎宾签到，我则在茶歇时充当服务员，端茶倒水，码放果盘。对于这些，我们当时都一笑而过。

如今我已不在剧院，即使往日的心血被磨碎、换个面目、换上别人的名字，我也只能在私下说几句刘老师的不是。其他的，我无能为力。

"我可能真有有虚火。"我对孟星飞说。

"小田还聊了好些事，说现在刘老师手底下干活儿的人都挺痛苦的。"她像是在安慰我。

"小田有没有说，我走以后，新入职的编辑是谁？"

"说了，是剧院一个导演的家属，四川女孩。"

不对啊，四川女孩，听起来不像是朱洁啊！朱洁和朱慧不是河北人吗？我纳闷着，心不在焉地把饭吃完。

晚上，我躺倒在床，瞪着天花板。特约编辑来剧院编书的事在我脑子里挥之不去。

我起身，给老沈打了个电话，开门见山地说起可能要面临被洗稿的事。她连打了几个哈欠，才说："现在知道着急了？当初你辞职的时候怎么没想那么多啊！你一个成年人，自己的选择导致什么后果就自己受着，受不了就去剧院跟他们讲理。哎，你别让我找你小姨夫啊，到时候又得解释，万一不小心说到抢救的事，你说，是谁的脸上挂不住？"

我被她的话堵住了嘴。

她又讲起，我这趟去美国，没看出我有什么收获，倒成了受罪，而她要为这份罪埋单，光是机票就花了不少钱。

"你爸还问你怎么样呢，我都不好意思说。"她雪上加霜地提到老许。

"我肯定挣钱还你们！"我大声说。

"你行吗？我真怕你一点奋斗的志气都没有了，故步自封，拘泥于小节。"

"我担心被洗稿是拘泥于小节吗？"我大喘了一口气，"以后我不跟你说事了。"

挂了电话，我彻底睡不着了。手机忽然振动了几下，是飞机上认识的高先生。他说到做到，果真来约饭。我还在琢磨怎么回复，他又发来一张在酒店健身房的照片。照片上，他故意绷紧的肱二头肌占了半个镜头。

这下我更不知回什么好了。

见我反应不积极，他倒是更直白地说："你朋友圈怎么很少发自己的照片？我挺想你的，能不能给我发几张你的照片？"

我感到厌烦，一个字也不想回。

"我看你在纽约期间也没怎么发朋友圈呀？你去纽约到底干吗去了？"他继续问。

我敏感地觉得他的问题里有几丝挑衅和怀疑，便忍不住回了一条："去朋友的工作室看看，在布鲁克林。"

"哦，什么类型的工作室？"

我提了提小华姐的工作室。然而说到装置艺术，就免不了一大堆解释。想到一些对牛弹琴的可能，我更加烦躁。正烦着，他竟又发来一句："还是给我发一张你的照片呗！想看。"

我直接把手机扔到一边去了。

二

特约编辑的事以及老沈的奚落，助长了我对现状的不满。我被困住了，必须做些什么立竿见影的事来脱离这困境。

我硬着头皮联系了乐乐，违心地说了两句好话。她倒是不啰唆，敞亮地问："你反悔了？想来干活儿了？"

"嗯，反悔了。"

"行，我在城南的曜野酒店，四十一层，你来吧！"

我轻车熟路去了曜野，直接找行政层的经理艾伦，报上乐乐的名字，拿了一张房卡。

乐乐可真没后顾之忧，她还是按照习惯，每次写剧本都找一家客人较少的曜野酒店，开间行政房。曜野是连锁四星级酒店。乐乐说过，她有曜野所属的酒店集团的关系，能拿到比协议价还低的价格。在酒店里，除了剧本，生活琐事乐乐皆不操心，饿了就叫餐到房间里，连内衣裤都恨不得交给洗衣房。至于她热衷的美甲和按摩，更是都能在酒店内解决。

由于她通常会找几个在校学生来打下手，有时她会再开一个标间。这样一来，二十四小时都有人在她眼皮底下码字，谁累了就先去标间躺一会儿，歇得差不多了就起来继续干活儿。

不出我所料，我一进门，就看见两个稚气未脱的小姑娘，一人守着一台笔记本电脑。乐乐慢悠悠地从里屋晃出来，穿着一件高腰的花裙子，手里拿着平板电脑。

"许老师，你快给她们讲讲反面角色怎么写，让她们学习学习！"她表面极其客气，好像我们之间完全没有过节似的。说着，她把平板电脑放到我手里："我看了看她们已经写好的部分，最大的问题就是少了凶手的前史。凶手以前的事交代得太简单了，这不行啊！"

还没喝口水就要进入工作状态，我挺不爽。乐乐真是一如既往，自己能少写就少写，最擅长的就是使唤别人。我瞥瞥她，觉得她深谙剥削之道。

在乐乐笑盈盈的催促下，我只好跟那两个小姑娘尽快熟悉，并把她们已经写完的内容一目十行地过一遍。她们都是戏剧学院的在校生，一个学制片的，叫王玥，一张黑瘦的小脸上长了一对英气的剑眉，看着挺内向。另一个学艺术管理的，叫刘欣，戴一副方框眼镜，大眼睛显得很天真，像个高中生。

聊了一会儿，我大概明白了，两个姑娘都怀着野心，指望能跟着乐乐在毕业前挣第一桶金。我心想，这年头学什么专业的都来写剧本，究竟是写剧本的门槛越来越低了，还是现在的人胆子越来越大了？

刑侦剧其实只要掌握一定的格式，情节设计并不难。节奏快的戏，把内容填满相对来说也更容易。可这两个姑娘剧本里的问题显而易见，她们光顾着描写正面人物，而反面人物，也就是凶手的戏，只交代了怎么作案，对作案动机则一笔带过。大的逻辑虽然是通了，但的确如乐乐所说，少了凶手的前史。

"得加些凶手以前的事，比如童年缺少父母关爱，或者青春期受到霸凌。一个人之所以成为凶手，不仅仅是他遇到了受害人，有了什么样的接触，被怎么样刺激了，于是就作案了。他之所以会去行凶，一般都是在更早的时候经历了不幸，几度挣扎后，他的思维里就埋下了暴力的种子。"我对两个姑娘说。

"把凶手的成长经历写得很惨，会不会让人觉得凶手行凶情有可原，反而去同情凶手？"王玥蹙着眉问。

"同情不等于原谅凶手的残暴，而是透过对行为逻辑的理解，去体会人类为什么要做出冷血的事，然后在现实中避免悲剧的发生。"我看着王玥。

"我也看了一些犯罪题材的电视剧，里面也有分析案情的戏份，很多都是说，罪犯其实已经不是正常人了，他们对别人的痛苦是没有感觉的，所以才能下得去毒手。"王玥言之凿凿。

"那是一种情况，没错……"我想了想，"但有时凶手恰恰是能充分感受别人的痛苦，才会持续行凶。他们的确不是正常人，因为让别人痛苦，才是他们与别人产生联结的方式，这就是可怕的地方。很多连环杀人犯之所以对杀人上瘾，是他们慢慢地只会通过杀人来建立与别人的联系。杀人对他们来说，是在与别人的关系中取得突破性的自主行为。在正常人的世界里，他们往往是无能的、自卑的，无法体验到成就感的。"

"照你这么说，成功的人就不会是连环杀人犯了？"王玥飞快地发问。

我不太确定地说："哪种成功？世俗的成功吗？我想，成功是一种感觉，有时是很主观的。一个在旁人看来成功的人，也许内心的感觉仍然是自卑的。感觉这东西很奇怪，一个人可以看起来好端端的，但心里面其实苦不堪言。正因为感觉是神秘莫测的东西，所以人常常是孤独的，因为你永远和表面看起来的不太一样，甚至截然相反。"

"你们先加几场凶手小时候的戏进去，改完了我看。"乐乐在一旁插了话，催两个姑娘干活儿。接着，她把我带到里屋。

"价钱的话，一集一万五，咱俩是一样的。"她对我说。

看来她是想先把钱的事讲清楚。我没马上答应，瞟了几眼她手腕上的理查德·米勒镶钻金表，张了张嘴。我还没来得及说什么，她又抢话道："一边写一边结账，不用你改。你写的，我放心。"

我憋回一口气："行。一万五是税后价。"

"没问题，十集一结账。"

"五集一结账。"我瞪了她一眼。

"十集对你还是问题吗？你非要跟我这儿磨蹭什么呀，十集你一会儿就写完啦！咱们还是十集一结账。"她仿佛与我很亲昵似的，还轻轻地推了我一下。

趁她离我这么近，我低声问："这俩女孩是专门给你当枪手的？你自己一个字都不愿意写？那你挣得着钱吗？"

"说什么呢！"她也压低了声音，"我怎么就一个字都不写了？我也要设计情节呀！再说了，你知道我还要忙多少事吗？我得跟制片方谈好多事呢！我跟你说，光靠写剧本，要等出头，可慢着呢！"

"第一编剧到底是谁？"我忽然想起这事。

"暂时保密。"她似笑非笑，"反正我肯定不亏你的。"

三

我和双闻又在"等等"见面了，是我约的她。在纽约的时候，她为我做的就算是滴水之恩，也该好好报答一下，何况不只是滴水之恩。我在修道院博物馆的商店里也给她买了礼物，是一本美术史研究论文集。

我们几乎同时到达"等等"。我还没进门，就看到路边正走过来的双闻，她身边还有一个烫着卷发的男孩。

"我男朋友送我过来的。"她简单地介绍，"小野。小野，这是迢迢。"

我对小野点点头。他的眼睛真漂亮，下巴的线条很好看。只是他的表情有种说不出的沉郁，和双闻的气质是那么贴合。我看着这般配的两人，有点犯愣。小野目送我们进店，然后挥挥手，一个人走了。

"他怎么不一块儿呀？"我问双闻。

"他工作忙，还得回公司加班。"

"他做什么的？"

"程序员。"

我忍不住说："你们俩真配啊！"

"就那样吧。"她漠然地应道。

她依然不点酒，还是喝鲜榨橙汁。

我把论文集送给她的时候，她的眼睛睁得圆圆的，脸上浮出惊喜："这里有我特别喜欢的作者写的东西！"

"啊？"我惊呆了，"我在博物馆随便挑的，当时很匆忙……你真的喜欢？"

"嗯！"她使劲点头，"我在网上看过这本书的介绍。这书里有篇论文是一个法国学者写的，他把普鲁斯特小说里的场面和他自己看画的感悟结合在一起，是很特别的体会。"

"看画的感悟？那不就是《追忆似水年华》里的贝戈特吗？他在病中去观看维米尔的画作《德尔夫特风景》，然后猝死了。"

"对。那篇论文讨论的就是人的这种神秘体验，一个视觉上的信号究竟可以引起多大的刺激。"

我想起在纽约时，她给我念的那一段书，难道也是关于贝戈特之死的情节？我不知道。我只知道，这段情节我让吴建念过。我联想到自己最虚弱的那几天，感到一阵羞愧。

见我低头不说话了，她抿抿吸管，说："我给赵以上的法语课程结束了。"

"我知道。他现在也忙了，在拍戏。"

"是，他跟我说了。昨天晚上他夜里两点才收工。"

我抬眼看她："你们关系还挺好的。"

"还行，他有时还会问我法语的问题。"她笑了。

她笑得真好看。她这样的女孩，气质出众，专业扎实，还有靠谱的男友，现在她还跟赵以关系不错……我默默想着，竟感到不是滋味。

手机及时地响起，缓解了我的不适。是高先生发的微信，他约我今晚见面，说明天就要走了，再不见就来不及了。他好话说尽，可我还是犹豫了，主要是我今天出门时没怎么化妆。

"怎么了，有人找你？"双闻眨着敏锐的眼睛。

我于是跟她说了飞机上的偶遇。

"你为什么要为难？"她并没表现出多大兴趣，一脸冷漠，"你是觉得自己今天没怎么打扮吗？"

"你怎么知道？"

"这很好猜啊！"她盯着我说，"你粉底都没搽，鼻子上的黑头和雀斑靠近了都能看出来。"

我尴尬极了。

"让我看看这个高先生的照片。他叫什么名字？"她无视我的尴尬。

"高……高鑫宇吧，我记得来接机的人举的牌子上这么写。"我把手机递给她。

她点开高先生的微信头像，放大了局部。

"你怎么还要放大了看？"我奇怪地看着她。

"眼神、发型、指甲，还有他的手表、袖扣，还有衬衫的领子，还有领带，还有……这照片的打光，都要看。"

"天哪，一个头像你要注意那么多！"

"他经济条件确实不错。我想再看看他的朋友圈。"她瞅瞅我，好像在征求同意。

"别看了，花天酒地的。"

"让我看看。花天酒地的不一定是坏人，生活简朴的也不一定是好人。"

"好吧。"

她翻起高先生的朋友圈，每张图片她都放大了看局部。

"你看，他在聚会上，身边的女服务员扮成兔女郎，但是他跟她们合影的时候身体保持着距离。他一只手拿酒杯，另一只手插在口袋里，整个身体有些后倾。你看，他的嘴是在微笑，但眼睛没有笑意。你不觉得他其实厌恶这种场合吗？"她瞥了我一眼。

"我没仔细看，我懒得看。"

她又瞥了我一眼，眼中流露出一种对惰性的蔑视。

"他在加拿大的家，内饰有很多象征佛教文化的图案。你知道他的信仰吗？他是佛教徒？"她继续点开其他照片。

"我没问过他。"

"他喜欢显示自己哥伦比亚大学的学历，还有获得过的奖学金和以前参加过的志愿者项目，还有……"

"他还会弹钢琴，"我撇撇嘴，"还会做慈善，会捐款。总之，他自我感觉特别好。"

"是，因为他很自信。"

"你觉得他不错？那么我应该去赴约？"

"我没这么说。但我觉得他是一个很现实的人，他的现实在于，符合主流价值的事他才会做。而你在他看来，是一个符合主流价值的异性。我想，这是因为他对你还缺少了解。"

我听懂了她话里的讽刺，苦笑一下，说："等他对我了解多了，就不会主动约我了。"

"对，我是这么想的。"

"你看人很准吗？"

她没有回答，而是定睛看我。她的眼神让我感到一丝寒意。

"双闻，你以前……真的只是做翻译的吗？"

"是翻译，我告诉过你。"

"你观察人太细致了，这难道是专业需要吗？"我几乎是在自言自语。

她倒是听得很清楚，回道："我家人做过很多年外事工作。"

"哦！"我喝了口水，联想起来，"在剧院的时候，有一次我们开研讨会，我一个人做了一大堆会务工作，已经累得不行。结果那天有个嘉宾发言环节，原本担任主持的同事病了，来不了。因为主持人串词是我写的，我最熟，所以我临时上阵。还行，所有环节都挺顺的，只是那几天我一直在熬夜整理会议资料和准备PPT，脸色很差。现场嘉宾中有一位退休的外交官，由于他当天还要参加其他活动，需要提前离场。他走之前站起来说了几句话，除了客气地道别，竟然还说，请大家为现场最辛苦的工作人员之一——许迢迢女士鼓掌。我很震惊，震惊于他不仅注意到我的全名，还注意到我是现场最忙的人之一。原来外交官的观察能力那么厉害！"我说到这里，不免兴奋。

"不论做什么，人都需要擦亮眼睛。"她淡淡地说。

她的反应让我失望，我于是把目光移到别处，不看她。

"吴建的朋友圈都发什么？"她忽然问。

"我把他拉黑了，不联系了。"我感到难过。双闻提起这个人，像在敲打一层脆弱的壳。

"那就好，那样最好了。"她微笑着说。

过了一会儿，她又问："他这样的人，以前朋友圈都发些什么，你注意过吗？"

"他没有朋友圈。"

"怎么会？"

"他不爱发呗！"我有些不耐烦。

"是吗？那他的头像长什么样，你给我看看。"

"你怎么对他感兴趣了？"

"对喜欢伤别人心的人，我总想研究一下。"她十分认真地看向我。

我只好从微信黑名单里翻出吴建。

"这是他小时候的照片。"我的指尖点着吴建的头像。

她依旧把图片的局部放大，盯着看了好一会儿。

"你不觉得这张照片构图有些怪吗？"她轻声说。

"哪里怪？"

"这应该是他用手机对着洗出来的照片拍的，然后进行了裁剪。裁剪后，小男孩的位置在构图中太靠边了。"

"是有点。"我把头凑过去。

"这样的话，另一边的景物就有了更多展示空间。你看，小男孩在一个停车场里，他旁边是挂着美国车牌的轿车，远景处是快餐厅。"

"是，他从小在美国长大。"

"你不觉得……"她顿了顿，"这个构图好像有意在强调周围的景物，强调这是在外国。"

"有吗？"我歪着头，对着手机看了又看。

"也可能我想多了吧。"她的表情骤然严肃起来，"就这个小小的头像，我总觉得他是在把自己当作一个理想的故事里的主人公，表演一般地活着。迢迢，你不要再理他了，他的心机比你的可要多了去了。"

"不理了，不会有下文了……"我轻轻地说。

她逐渐地收起严肃的表情，只是，额头上似有一团阴云。

"在纽约的时候我让你担心了。"我小心地看她，"我当时是挺期待他去找我的。那种期待，怎么说呢，你知道阿里阿德涅的故事吧？她被忒修斯辜负了之后……"

"就遇到了酒神。"她飞快地打断我，"这个神话鼓励了人类不切实际的幻想。这是毒药。"

我一时语塞。

我低头喝了几口水，试着问她："在遇到小野之前，你的恋爱是怎样的？"

她沉默了一会儿，才说："大学二年级的暑假，我在地铁口遇到一个问路的男生。他笑起来很灿烂，一身肌肉。他告诉我，他是练散打的，一个人来北京，在外语学院报了个脱产德语班，打算以后去德国留学。我们认识没几天，他就开始追我。"

"然后呢？"

"我答应做他女朋友后，不出一个星期，他就跟德语班上认识的女孩约会去了，他主动向我承认的。"

我听着，不小心咬了一下自己的舌头。"后来呢？"我捂着嘴问。

她不说话了。

"后来你就遇到小野了？"我碰碰她的指尖。

"不是。"

"那是什么？"

"没什么。"她注视着杯子，没有看我。

四

即使隔着十万八千里远，小华姐也不忘随时触及国内各类文娱活动。

临近周末，她发消息怂恿我去"花朝"参加新品试吃，并且以极其自然的口吻推销起五千元的会员卡。我表示出为难，她也不强求，发给我两张电子邀请券，叫我带个朋友去一个跨界艺术家的动画短片放映会，地点也在"花朝"。

"新品试吃和短片放映你至少去一个呗！"她直接发了条语音信息。

我点开她随后附上的链接，看到两款甜品，分别做成星星和月亮的形状，洁白如玉，装饰着食用金箔。放映会的内容与甜品相呼应，动画短片《小P宇宙漫游记》，作者是P博士。

我确实心动，便答应周末肯定去一趟"花朝"。结果找谁同去，竟成了难事。找陶帅，他一听跟美食有关，立马表示愿意充五千块钱的会员，却不想出席活动。"周末想跟女朋友在家腻着，就不去了！"他说。

好吧，再看看别人。我滑着通讯录，看来看去，只有双闻合适。然而我忽略了一点：她也不是单身。果然，她周末跟小野另有安排。

我决定一个人去参加放映会。

周末我起了个早，化了妆，搭配好裙子，打起精神去了"花朝"。

刚进大门我就傻眼了，没想到会有这么多人来参加放映会。我印象中还算宽敞的茶楼，此时显得逼仄无比。留披肩长发的男孩，穿吸烟裤的成熟女子，着整套西装的中年男人，金发碧眼讲着俄语的女孩，把头发染成粉色说着日语的女孩……招呼声、笑声、音乐声混在一起，无比嘈杂。在一群打扮时髦的男女之间，我认出几个戏剧圈的人。所有喧闹的场合都掺和着某种人际关系中的虚假，我庆幸与那几个眼熟的人并不算朋友，不需要跟他们打招呼。

我取了杯柠檬水往角落里躲，刚走到墙边，眼前晃过一张极其熟悉的面孔，是晏超！我手里的杯子开始打滑，快要握不住了。我的眼睛不听使唤，不想看，却偏偏还在看。晏超的身边是另一张我并不陌生的脸——朱慧。

这倒霉的巧合。好像有种邪恶的力量把我整个人死死钉在原地，令我动弹不得。我只希望他们千万不要注意到我，更不要跟我说话。然而这似乎是不可能的。

"许迢迢。"听到朱慧轻柔的声音，我只好干瞪眼睛。

朱慧生动鲜活地站在我面前，离我不过一尺，而晏超就站在她身后。我的视觉大概出了什么问题，朱慧在我的视野里既模糊又清楚。她有时是模糊的，我无法看清她的衣饰和身形。她某个瞬间却又变得清楚，我甚至能辨出她脸上皮肤的微小纹理。

"你还好吗？"她向我伸伸手。

"怎么？"我胡言乱语道。我的眼神一定很奇怪。

"你最近好吗？你没事吧？"她关切地问，却不再向我伸手。

"很好啊！"我的声音一点都不自然。

"哦，你脸色可不太好。"她看着我，我也看着她。

我总算将她看仔细了：她的头发在脑后绾起一个髻，眉毛修得弯弯细细。她翠绿色的裙摆衬得小腿的皮肤煞白，她的十指涂着淡粉色的指甲油，左手无名指上有一枚金色的素圈戒指。

唉，晏超，你记得我跟你说过，我喜欢素圈的戒指吗？折磨人的联想随时可能让我失语，有什么话，趁能说的时候赶紧说吧。我于是看向晏超，问他："你小姨子没去上班啊？"

"没去。"朱慧竟接了我的话，"我妹妹去广告公司了。剧院的工资太低。"

我挺意外："晏超怎么说的是……剧院的工作，朱洁挺想去的？"

晏超一直伫立在朱慧身后，像座雕像。他动动嘴角，像是要说什么，却没发出任何声音。

"他那不是照顾你的自尊心吗？再说，研究部也不是什么核心部门，要去也是去演出中心或者院办吧！"朱慧淡淡地笑了。

我将她话里的讽刺放大了数倍来理解。我想反驳一句什么，可我越是着急，越是词穷。

她忽然走近一步，差点就要贴到我身上。我正诧异地想往后退，就听到她说："你保重呀，别再伤害自己了。"

"啊？"我错愕地看着她。

她莞尔一笑，自己退了两步，挽住晏超的胳膊，又说："可一定要保重呀！好好活着，加油啊！"

有人在唤她或是在唤晏超，我分不清，反正他们是一起的，唤其中哪一个还不是一样？不一会儿，她就拉着晏超，往人群中别的方向去了。

我看着他们的背影，看到他们与别人握手，隐约听见他们聊着晏超下一个戏的构思与今天放映的短片之间的关联。我的精神仿佛被踢出了某个场域。现在，我彻彻底底是个孤家寡人了。

我坚持到了短片开始播放。灯光暗下来，周围也静了下来，我长舒一口气。

动画片里的人物都是由积木似的方块构成的。主人公小P的身体是个白色的方块，看起来像男孩子。其实他并不是人类，而是实验室里培育出的一块白色有机物。他有大脑，能够思考，有充分的知觉和感受力。他听到一个人工智能系统传达的信息：我通过主人的命令制造了你。

"我的主人是谁？"小P问。

人工智能告诉小P，在很久以前，这个实验室是一个有人类生活的太空舱。太空舱是月球周围的一个卫星仓，也是采集数据的数据舱。这个舱里有两个工程师，一个生物学工程师，是男的，一个软件工程师，是女的。男人的性格很活跃，女人的性格很死板。

他们的日子过得有些无聊，因此，男人每天都要说几个笑话，大部分是冷幽默。生活越过越没意思，渐渐地，女人开始享受身边有个叽里呱啦的人讲笑话。终于有一天，男人讲不出新的笑话了，他想做点更有意义的事，于是说："我要制造一个有灵魂的生命，我要用我臀部的细胞来培育这个生命。"他让人工智能进行实验，结果成不成，就看人工智能了。这个实验有点赌博的意思。

实验还没做完，忽然之间，地球消失了。这两人看到地球没了，都傻眼了。他们不知道该怎么办，因为从今以后，没有总部向他们下达命令了。在看不到未来的虚无中，他们逐渐失控，开始互相厮杀。最后，他们两个都受了重伤，相继死去。

很久以后，太空舱里的人工智能终于用男工程师的臀部细胞培育出了小P。小P一直在思考一个问题：人类为什么会消失？这个疑问导致小P通过视频去了解人类的历史，他慢慢产生了想要学习人类情感的念头。

他很聪明，自己做了一个工具手杖，这个手杖里集合了人类的各种情感。之后，小P无论再看什么视频，都要选出一种情感来匹配。视频看多了，他明白了，人由于有情感，生活中最不能缺失的是陪伴。有人陪伴你，你才能分享情感。于是，小P又给自己做了一只太空小老鼠。这只小老鼠就像当年的女工程师，性格很死板，但是小P很喜欢它。他们决定离开太空舱，去宇宙的别处看看。小P知道，他们会遇到各种各样的外星人，会有善良的也会有凶恶的，他们可能会被外星人摧毁，但他还是决定带着小老鼠出远门。小P要通过与他者的接触把学习人类情感的知识用起来。他觉得人类的情感蕴含着深厚的力量，也许在宇宙中会是无敌的。

故事到这里就结束了。

趁着大家还在黑暗中观看片尾的彩蛋，我赶紧离开了"花朝"。短片是有趣的，而我只体会到伤感。

我回到家，大白天却浑浑噩噩地睡了一觉。醒来已是黄昏，想起乐乐那剧本的活儿，我才写了一集，于是挣扎地坐到电脑前，扫了几眼干瘪的人物设定，敲了几行字。

人类是需要陪伴的，我泄气地想。手机恰巧在这时发出提示音。我点开微信，看到高先生的信息，他字里行间只有一个目的：让我发自拍。发什么发啊！我满腔愤怒。原来人类对陪伴的要求是琐碎的。声音、风度、性格……只要有一点不合适，都让人没了心情。

我心绪黯然地坐回电脑前，逼着自己继续写剧本。写到快凌晨时，我全身都僵了，一整集的情节总算铺完了。我对着电脑屏幕发出的光点了一支烟。房间里没有开灯，在幽暗中，往昔的种种失去无声无息地提醒我的创伤。

我刚把烟按灭在烟灰缸里，手机响了。我瞄了一眼手机，是一串我不认识的号码。它一直响，我一直不接。我想不出有什么重要的电话会在这个时间打给我，于是不去理会。然而手机仍然在响，一遍又一遍地响。我终于还是接了。

一个低沉的声音，骂骂咧咧，对我一通抱怨，是吴建！那口气听着可真蛮横，他怪我拉黑他，怪我不理他，怪我完全不想他。说来说去，都是我辜负了他。

"你怎么不说话了？"他忽然间又变得温柔起来，开始后悔自己刚才的话过于粗鲁。他一边道歉一边又问："你最近好吗？过得开心吗？"

"还行。"过了好几秒，我才说。

"你是不是很孤独？"

我没作答。

"其实……"他拖着音说，"我真的……总之……都怪我没去纽约找你。我会弥补的，好吗？我一定会弥补的。"

"嗯。"我故作深沉。

"你在听吗？"

"听着呢。"

"请你再给我一次机会，好吗？我会去北京找你的。"

我先是沉默。往日强烈的企盼与此刻含糊的原谅搅和在一起，我忘记了自己究竟有什么立场。"好吧！"我轻轻应道。

五

剧本写得顺手起来了。本来就是行活儿，并没有多难，难的是调整心态。接下这熬人的任务，一是为了把时间硬生生地填满，二是为了挣钱，而这两个动机常常使人麻木。

岁月中的毛刺，并不会因为几集剧本的诞生而被抚平，但至少让人不再那样地关注毛刺留下的痕迹。时间就这样过吧！既然十集一结账，暂时也别想太多，先把十集写出来再说。

用灰暗的情绪码出的文字，在乐乐看来却可圈可点。我去曤野与乐乐碰面，她读了三集分集大纲后，嘴甜得像抹了蜜，一个劲地夸我。

"真不错！就这么着，赶紧往里放台词吧！"她兴致勃勃地催道。

我不太理解她为什么如此高兴，为这样一个活儿？而我又为什么如此冷淡？我们两个，到底谁更不正常？我对自己的疑问更多。

已是午饭时间，我吃了半份乐乐叫到房间里的意大利面。她在节食，吃得比猫还少，只撕了一小块面包，喝了几口蔬菜汤，就挪开了餐盘。

服务员来房间收餐后，王玥和刘欣一起过来了。她们刚才在一层的餐厅吃自助餐，现在上来交上午刚刚写完的稿。乐乐看了看她们的台词本，挑了几处毛病，又安排了接下来的事，然后就去楼下做按摩了。

她一走，两个学生自然无须久留，闲聊了几句，刘欣就推门出去了。倒是王玥，有意无意地瞥我，像是想多待一会儿。我觉得她大概有剧本的事想谈，就给她倒了杯水。她象征性地抿了一口水，沉默地看我。

"怎么了？"我问。

"我想问个问题。"她迟疑地说。

"你问呀！"不知为何，我感觉她的问题和剧本无关。

"你喜欢写这个剧吗？"

我脑子里同时冒出几个虚伪的答案，那些答案让我自己都厌恶，更不要说亲口讲给一个涉世未深的女孩听。

"不喜欢，但是人不可能只写自己喜欢的东西。实际上，能写自己想写的剧本的机会是非常少的。"我索性实话实说。

她笑了，她的笑像隐含着认同。

"想到自己以后很长时间都要为了钱去写剧本，就……挺茫然的。"她最终选了个柔和的词。

"我也不知怎么劝你，我写这个本子也挺茫然的。写的时候不能想太多，要不会怀疑自己到底在干什么。"我看着她的眉梢说。

她转过头盯着我，说："你跟薛学姐，我是说薛老师，不太一样。"她指的是乐乐。

我不置可否。

"薛老师是不是挺有背景的？"她问我。

"她认识的人是挺多。"

"所以，她虽然年纪不大，但是能做第一编剧。"她抬起头，看向天花板。

我点了点头，过了几秒，才反应过来她在说什么，紧张和震惊齐齐地涌了上来。

"哦！"我叹了一声，心里的话全都憋在胸口。

好容易挨到王玥离开，我给乐乐打了个电话。她大概不方便说话，迟迟没有接。

我坐立难安，只好在原地走来走去。我得冷静，不能发火，这时候光发火没用，要好好说，要理论。然而所有的心理准备，在见到乐乐的那一刻都失灵了。她回到房间时，连打了两个哈欠，一下子坐到沙发上。看着她红光满面的脸，我没做任何铺垫，皱着眉问："你用得着这样吗？"

她不慌不忙地看了我一会儿，才问："你这是怎么了？"

她的淡定刺痛了我。

我咬咬牙："你觉得能瞒我多长时间？第一编剧薛乐乐？"

"噢，这事。"她面不改色，"我本来想过几天告诉你的。"

"过几天？怎么告诉我？说你一开始并不是成心骗我？"我站得离她远远的。

"你别急。"她和悦地摆摆手，像是在招呼我过去，"我这次打算用个笔名，不是薛乐乐。"

听到她答非所问，一种被戏弄的恼火越来越剧烈。愤怒使我吐字都费劲："你打算用一个笔名，神不知鬼不觉地把我蒙在鼓里，让我以为真的存在一个除你我之外的第一编剧？"

"我是有不好的地方，"她的脸上还挂着笑，"可你知道我以后的计划吗？等我出名了，我想弄个自己的公司，到时候咱们一起干。真的，我特希望你跟我一起干。现在的做法也是为了不让你想太多，是为了让你过来一起干呀！"

"你说的话有一点逻辑吗？"我嚷嚷起来。

"唉，别生气。你也理解理解我。"她说着，站起来，一只手叉着腰，挺着身板，"知道我为什么不告诉你我是第一编剧吗？因为你写得太好了，你会心里不平衡的。你会想，自己写得那么好，可第一编剧的位置却是我，你肯定会不甘心。如果你不着急挣钱的话，是不会想接这个活儿的。"

我闭了闭眼睛，没说话。

"迢迢，我知道你大方、不计较，可我怕事先告诉你，你还是会有嫉妒心，然后就不帮我干了。"

"一个工业流水线上的产品，我有什么可嫉妒的。就你这个活儿，我不在乎我写得好不好，也不在乎我是不是总编剧、第一编剧。"我叹了口气，又骂了句脏话。

"那你在乎什么？"她奇怪地望向我。

"在乎你有没有真诚地对我，有没有把我当朋友。你太傻了，根本不知道自己毁了什么。"

她显出少见的沉思表情。良久，她走近我，问："你真不在乎你写得好不好？"

"嗯。"

"那你也够傻的，你连什么该在乎、什么不用过于在乎都没搞清楚呢！"她怪笑一声。

"我现在只想搞清楚，你每集能挣多少钱？"

"两万。"她飞快地答。

"都到如今这地步了，你就不能说实话吗？！"我只想赶紧离开。

见我开始收拾东西，她急切地阻拦："我说的就是实话啊，你为什么不信！你知不知道，现在对我来说最重要的不是钱！"

"我不知道。"我长长地呼出一口气，"我也不想知道。"

"这个戏，我想的是出名啊！"她叹道，"出名又是为了什么？为了被人尊重！这个你能明白吧？"

我瞅了她一眼，只见她的眉宇间竟有几分奇异的庄重。她嘴唇动了动，好像有千般委屈正在隐忍。

"你加油吧！"我不再看她，狠狠心，咬着牙走了。

从酒店出来，打上车，我满心愤慨地给赵以打了个电话，他却把我的电话给掐了。

"在剧组，不方便，你打字说。"他发来一条信息。

我输入几个字，又删掉，又输入一行字，又删掉。最后，我只发了句："我鄙视乐乐，她太不厚道了！"

他并不问具体的缘由，直接回复："被坑了吧？早就提醒你了，你不听。算了，意料之中。"

我吸着鼻子，只觉得所谓圈里的熟人，互相之间也只剩下残酷的手段罢了。使手段就使吧，可他们往往还假装自己所做之事并不会增添别人的烦恼。

为了找回一些心理平衡，我给老许发了条长长的信息。字都打完了，我看着字句间那诉苦的意味，十分看不起自己。我于是删掉了一大段，只留下简明的几句："爸，你最近有什么剧，让我跟你一起写吧！我想干活儿，我会尽全力做。"

信息发出后，我就一直盯着手机，老许迟迟没有回复。

堵车了，出租车几乎是停在了马路上，难以前进。现在不过是阳春三月，空气中却有了一股夏天的燥热。阳光透过车窗，照在皮肤上，甚至有些晒。

老许可算回应了："你以为写剧是你想什么时候插一脚都行的？最近的一个剧本早完成了。你如果想去剧组工作，就找李小溪，具体的我不清楚，开机以后的事都是她在对接。"

我的心霎时间凉了。皮肤上的灼热和心里的寒意相抵触，压抑的心境难以被精神的力量化解。太阳开始往西边落了，我让司机换个目的地，不回家了，去"等等"。

由于大部分路程都在堵车，到"等等"时，天已经暗了。今天是工作日，店里没什么客人，服务生也还没上班。调酒师正百无聊赖地用手机玩着游戏，老板则坐在角落里抽电子烟。

我走到吧台，要了一杯"绿精灵"。

"那么早就喝起来了？"老板走过来问我。

我看看他，没说话，一口气喝了小半杯酒。

"都好吧？"老板又问。

我摆摆手，又点点头，也不知道自己想表达什么。轻松的事都离我远远的，而严肃的事，我也够不着。能抓在手里的，只剩下笑话。

我把杯子里的"绿精灵"喝了个干净，又问老板买一整瓶苦艾酒。他倒是不为难，只是告诉我，"绿精灵"存货不多了，建议我买一瓶单一麦芽威士忌。

"好吧，"我指指酒架，"我要喝糙一点的，乐加维林。"

天还没黑的时候，我带着一整瓶乐加维林回家了。

乐加维林十六年，这酒有种令人不爽的咸肉味。我需要它，不是因为它好喝，而是因为它能帮助我模糊记忆，模糊那些羞愧的、伤到魂魄的记忆。原来人的脑神经可以那么柔软，只需要一些酒精，大脑中储存的记忆就会出现曲折的变化。我的欲望和热爱，可以随时失落，也可以随时复燃。

手机在响。我面颊发烫，被一种虚假的愉悦驱使着接了电话。是乐乐。她的声音听着礼貌而造作，只是，此时此刻，我都无所谓了。

"我说呀，你还是帮帮我。要不，咱们五集一结账，行吗？"她细声细语地问。

我没说出一个完整的句子，怪异地大笑两声，就毫不客气地挂了电话。

六

吴建竟然又来北京了。

就在我待在家里，蜷在沙发上抱着一瓶快被喝光的乐加维林听音乐时，一个陌生的手机号给我发了个定位，在城东的一座写字楼。我恍惚地辨认这个手机号，想不起这是谁，直到对方又发来一张穿着西装的自拍……是吴建啊！因为不相信他会再来北京，他的新号码我都没有保存。然而他真的来了。我头昏脑涨，揉揉眼睛，细看了看他的照片。他身后一片耀眼的灯光，巨大的紫红色背景板上有"财富钻石峰会"的字样。他还是那样，粗眉毛，圆鼻头，憨厚的面容带着些许疲倦。

我从沙发上坐起，一手托腮，想着：这个让我在纽约苦等过的人，现在就在几公里以外的某处。

我久久没给他回复。

他又发短信问我："可以请你吃饭吗？"

"我喝多了，没胃口。"我回道。

"我去你家看看你吧！"

我不理睬他。

他不知道，我醉醺醺的时候，没来由地思念起了晏超。我编辑了一条冗长的短信，净是些不知所云的感怀，准备发给晏超。也许是我打着打着字就睡着了，这条信息并没有发过去。

迷迷糊糊醒过来后，我握着手机，像面对什么危及生命的重大问题。犹豫再三，我还是把那条短信重新编辑，点击了发送。这下可好，手机屏幕上显示的反馈使我不想确定眼前所见为真：晏超把我屏蔽了。我已经无法给他发短信了。我仰起头，尖厉地叫了一声。晏超，你算是给了我一个没有余地的结局。不对，这个结局你早就给我了，此刻你只是在结局上又加了一个感叹号。

与此同时，吴建的短信却接二连三地发过来。他的恳切和渴求恨不得糅在每一个标点符号里。

我给吴建打了个电话。他正在会场，伴着嘈杂的人声，费劲地听我说话。

"你几点散会，我去找你。"我直截了当地说。

"你要过来？"

"对，我去找你。"

"啊……那太好了！"他抑制不住兴奋，声音都没有以往那般低沉。

我打开衣柜，找出一条紫罗兰色的连衣裙。我仔细梳了头，化了一个粉底有点厚的妆，喷了香水。

吴建告诉我，他住在晶悦酒店。那地方我挺熟。以前，剧院有几台小剧场的戏，排练与合成都在晶悦附近。有的演员为了方便排练，就近下榻晶悦。合成顺利的夜晚，主创们在酒店的中餐厅聚餐。有一次，刘老师带着一位胡子拉碴的摄影师，不由分说就对着聚餐的人拍照，好不尴尬。更尴尬的是，她要我把聚餐的事写成一则通讯，和照片一起登在院刊上。再烦人的往事，回想起来竟也有点滴美好存在。然而今非昔比，时间过得真快，快到晏超已不愿再跟我联系。我五味杂陈，套上大衣出门了。

到了晶悦酒店的大堂，我半天没有找到吴建的影子。好一会儿，才有一个穿黑色短袖上衣和牛仔裤的年轻人含着胸向我走来。这是吴建，他怎么看起来这么局促？他不知所措的目光令我陌生。我看看他，他的模样倒是没变，只是紧张的神色让他的五官有些变形。

"迢迢。"他轻轻唤道。他叫得那么自然，就像我们已经认识了很久。

我没有作声。

他一只手捂了捂额头："我刚才看到你，心想，完了，你太漂亮了。"

他的眼睛对着我眨了又眨，身子慢慢靠近我。

"卸了妆脸色就难看了。"我躲开他的视线，"你没有去纽约，我在那里……"我说不下去了。

"我有罪，你惩罚我吧！"他忽然拉起我的手。他手掌的温度传过来，温暖极了。种种介怀随着那温度被消融了。

他拉着我的手进电梯时，侧过身，抚了一下我鬓边的头发。我下意识地退了一步，装作漫不经心地说："我还是不去你房间了，谁知道你是不是单身。"

他急了，立即翻出手机给我看一张商学院入学申请表，申请表上有他的护照号和穿着西装的半身证件照。

"中秦商学院MBA课程，吴建，美国籍……"我念着申请表前几栏的内容。

"你看婚姻状态那一栏怎么写的，是单身！"他咬字重重地。

我推开他的手机，斜了他一眼。

他嘟着嘴，把申请表截了个图，执意发到我手机上。

"立此为证，光明磊落！"他孩子般地说。

电梯门开了，我慢吞吞地挪了几步。他再次拉住我的手。见我没挣脱，他舒了一口气。

我可能穿少了，站在酒店的过道里打起了哆嗦。

"走吧，进屋，我给你烧热水喝。"他的手搭上我的肩膀。

我扭头看看他放在我肩上的大手，伫立在原地。

他笑了："你怕我呀？"

"没……"我心里怅惘。

生活已经够让我难过的了，这往下还能有多糟？我索性迈开步子，跟着吴建走进房间。没等他烧热水，我先拧开一瓶矿泉水，咕咚咕咚地喝起来。

这世上不论哪里的酒店房间都大同小异，干燥的空气中夹杂着各种化学制剂不自然的香味。我放下水瓶，走到窗边，拉开一层锦缎窗帘。

天已经黑了，高楼大厦顶部的霓虹灯闪着光。吴建走到我身后，我的脖颈能感觉到他呼出的热气。他就那样站着，没有动作。过了一会儿，他在我耳边用英语说，他会抽空陪我去华盛顿，去看罗斯科的画。

"纽约也有一幅，在大都会，但我不喜欢。"我转过身，搂住他的脖子。

"为什么不喜欢？"

"黄色太多。"

他歪着嘴笑了，笑得眼角都起了皱纹。他弯下腰，手放到我的膝盖后面，一下把我抱起，抱到了床上。

罗斯科。红色。有什么东西被劈开，被伤到了深处。我的眼前好像充满了深浅不一的红色。我看不清，也不想看清吴建的脸。昔日的碎片在大脑里四处游走，它们尖锐的边缘刺得人神经一跳一跳。所谓激情，有时是必要的药剂。在即将被糟糕的回忆牵绊时，你只好利用激情让自己在表面的愉悦上麻痹一会儿。

"迢迢，迢迢。"他一次次叫着我的名字。

我使劲推开他，自己解开裙子的腰带，拉下拉链。

我的身体还没有准备好，过程有些疼。这痛感或许恰到好处，因为那些缠人的红色画面，逐渐从我眼前消失了。

我抚了抚胸口，平躺下来，想睡一小会儿。我刚靠到枕头上，他就躺到我身边，吻我的头发。

我睡了一小觉。

睡醒后，我坐起来，望望这乏味的酒店标间，摸着黑下了床，把裙子穿好。

"你不留下吗？"他有些惊讶。

"不了，我要回家了。"

"用完我就走？"

"别瞎说。"我坐回床上，看了看他。

"那为什么不留下？已经挺晚了。"他抓住我的手。

我犹豫了。

我的手机忽然发出视频邀请的铃声，我拿起一看，是高鑫宇。他半个小时前给我发了几条微信，我都没看见。

吴建把头枕到了我的腿上。

我没有接高鑫宇的视频。他又改成拨语音，我依然没接。

"这是哪位，怎么这么晚还找你？"吴建问。

"他那里还是白天，他在纽约。"

"这人是男的还是女的？"

"飞机上认识的，华尔街金融男。"

他腾的一下坐起来："飞机上认识，还交换微信了？"

借着地灯的微光，我看到他的脸板了起来。我的手机又振了两下。他索性从我手里抢过手机，正巧看到高鑫宇发过来两张在健身房锻炼的照片。

"这人可真自恋！"他没好气地说，"他在追你？"

"可能吧。"

他翻了翻高鑫宇的朋友圈。

"这人又要健身，又要滑雪，又要开会，还要看时装秀。"他把手机递还给我，"你问问他，这么精力充沛，不会是吃什么药了吧？"

"别开玩笑了。"

"你赶紧问他啊！"他瞪着眼睛。

他的激动令我诧异，我僵着没动。

一阵急促的呼吸拂过我的脸，他似乎欲言又止。

他从床头拿过一个唇膏大小的东西。"我不舒服，我很不舒服……"他嘟囔着。

"你怎么了？你手里的是什么？"

"哮喘用的吸入剂。"

"你有哮喘？"

"是，我情绪激动的时候会发作。"他把吸入剂伸进鼻孔里，使劲吸了几下。

他闭上眼睛，躺倒在床，过了好一会儿才说："你想走就走吧。我知道你忙，你有好多情人。"

"我一个情人都没有，但是……"

"但是什么？"他睁开眼睛。

"我对恋爱不抱什么希望了。"

"好吧，我明白了。不过，你好歹把我从微信黑名单里放出来吧？"

我感觉到他的委屈和希冀，于是答应了。

深夜，我回到家，找出赵以给我的褪黑素，吃了一粒。我打开音响，听了一会儿马勒的《第一交响曲》，睡着了。

醒来已接近中午。我一看手机，吴建发了几十条信息。看着那些告白的情话，我有些愣。我重复读了一遍，才发现刚才漏看了一句重要的话："原本不想让你知道，但我还是决定告诉你我的真实感受，翻翻你的大衣口袋吧！"

我立即下床，找到昨天穿过的大衣，从一侧口袋里掏出一张酒店的便签，上面写着："迢迢，我爱你！"我看着那几个写得并不漂亮的汉字，感到一阵喜悦。

手机响了，是他的电话，来得正是时候。那低沉的声音，亲切而感性："我想你，特别想你！这两天会议很忙，没时间多陪你，但我会再来的。我不要让你一个人，很快我就再来看你！"

"我等你。"我紧紧攥着那张便签，便签纸几乎快被攥破了。

七

吴建没有食言，在参加完"财富钻石峰会"后，过了一个星期，他就又来了北京。这一次，他专门为我而来。

起初，他订了一家机场附近的四星级酒店。我看了位置，在电话里向他埋怨："这酒店离我家太远，我去找你，路上至少花一个小时，还是不堵车的时候。"

"那我退了，换一家离你近的。"

"你找市中心的曜野酒店吧，也是四星。"我想起那家曜野乐乐也住过，我去那里看过她，跟她吃过饭。那里的餐食好像比城南那家曜野更可口。

去找吴建的时候，我坐在出租车上借着后视镜照了照。我的皮肤有了血色，眼睛也显得格外黑。我心里有什么轻巧的声音在簌簌作响。

他早早地等在酒店大堂，伸着脖子，一直望向大门。我一出现，他就跑过来，紧紧抱我。他的嘴唇落在我的额头、面颊和嘴唇上，这些旁若无人的吻，像一种微妙的东西在慢慢发酵。

他牵着我的手上电梯，电梯里没有别人。他把声音压得低低的，将度日如年的思念倾诉出来，眼睛里闪着光，嘴角含着笑。

刚进房间，我们就搂在了一起。生活中大大小小的郁闷在相互的抚摸中被稀释了，人好像进入一个干净清澈的空心世界。

我们一并躺倒在床，他的嘴唇抖动着，一双大手伸过来，与我的手紧贴在一起。

"我爱你！"他发着颤音说。

我瞧着他的眼睛，主动亲了亲他。我眼前逐个出现与爱和浪漫有关的符号：维纳斯的胴体，薄纱质地的衣裙，缠枝纹的图案。我曾在一个昏暗的天地里困了太久，我要把握眼前这份爱意，自由自在地挥洒感情。压抑已久的心绪，终于在他的怀里酣畅淋漓地迸发。

心醉神迷之后，他蜷缩进洁白的被单，闭上眼睛，好像在一瞬间就睡着了。我侧身看着他，觉得幸福而轻松。

手机振了好几下，我拿过来看了看，是高鑫宇。算一下时间，他那边已经半夜了。

"我想起你的香水味了。"

我读着他的信息，看来，他正孤枕难眠。

"不会吧，我没喷香水上飞机。"我回道。

"可我睡在你的座位上，闻到一种特别的香味，像某种草药。我说的可不是护手霜的香味，不一样。"

我恍然大悟，告诉他："应该是我衣服上的味道留在了座位上。那确实，我的衣服上是有香水味。"

我寻思，由于"黑色阿富汗"的留香时间特别久，即使没喷香水，我平常穿的衣服也会带着遗留的味道。

"太好闻啦，告诉我香水的名字吧，我也去买一瓶。"

我还没来得及回复高鑫宇，吴建不知什么时候起了身，一把拿过我的手机。他迅速地读完我和高鑫宇的对话，皱着眉，说："这种富二代我见多了，什么香水味，都是他瞎蒙的，他在给你下套呢！"

"只是闲聊。"我抚了抚吴建的肩膀。

"全是富二代的套路。"

"你不也是富二代，说什么别人？"我半开玩笑地说。

"我是，"他的脸冷了下来，"但我不随便花家里的钱。而他们这种人，我太明白是怎么回事了。他在华尔街上班也不会有多认真的，平时主要就是吃喝玩乐、泡妞。"

他似乎真的生气了。我把手机放下，不再理高鑫宇。

"你问他，"他忽然偏过头说，"他是不是吃了什么不该吃的东西，出现幻觉了，才闻到香味。"

"为什么要问这些？"

"你就问吧！还有上次，我让你问他是不是吃了什么药，他怎么回答的？"

"我后来没问。"我觑看着他。

"那现在问。"他的眉眼间净是冷峻。

见我迟迟没有动作，他哼了一声："你愿意和他交换微信，是发现他身上有什么不错的地方吗？"

"他坐了我的湿座位。"

"怎么回事？"

我给他讲了飞机上发生的事。他听完，神情柔和了一些："迢迢，你太单纯了，你就没想过这是他设计的陷阱吗？他肯定是跟空姐商量好的。"

"你想多了吧，空姐会冒这种风险？"

"这算什么风险？唉，你经历得太少了，不知道社会的阴暗！他这种全家移民加拿大的，我太熟悉了。我爸爸就拿着加拿大护照，我探亲的时候在加拿大接触过不少华人富二代。你想象不到，他们一群人聚在一起都玩些什么。"他搂着我，给我讲起几次聚会上，他见识过的各种胡闹，以及来聚会上寻欢的电影演员和目标明确的内衣模特。

我看着他："那你以前也玩得很开了？"

"怎么会？我跟他们是不一样的。倒是你……我怕你跟乱七八糟的人学坏了。"

我翻了个白眼。

"哎，你快给他发信息啊！"他拍拍我的胳膊。

"谁？"

"坐了你湿座位的人呀！快问问他，平时是不是靠吃Adderall才那么精力旺盛？"

"你刚才说的那个单词我没听懂。"

"A-D-D-E-R-A-L-L，Adderall。"

我踌躇着。

他索性拿过我的手机，当着我的面，自己动手在微信上问高鑫宇是不是Adderall吃多了。

高鑫宇半天没有回音。

"这小子在装傻吧！我再跟他套套话！"吴建又以我的身份，在微信上对高鑫宇说："在美国应该有很多像你这样的精英都离不开Adderall吧？我对这个药挺熟的，不用瞒我。"

见吴建这样冒充我，我不太高兴，抢回了手机。

高鑫宇还是没有回音，我反倒松了口气。

"他那边都睡觉了！"我把手机丢一旁。

"肯定不是睡觉，是他觉得被你看透了，不敢说话了。"

"你说的那种药肯定不是什么好东西，你怎么对那种东西那么懂？"

"我不是跟你说过嘛，我从小在国外长大，什么都见过。"

"其实，高鑫宇也许根本不是你想象的那样。他就是个普通人，也许不是好人，但也不是坏人。"

他从身后抱住我，用极轻的声音说："我担心你。你可以因为我没去纽约而惩罚我，但是别跟那些可能会伤害你的人走得太近，你受的伤已经够多了。我爱你，才会这样担心。"

"好吧……"我被他的温柔击中，再也不想反驳。

他用下巴蹭我的肩膀，笑着说："你今天喷香水了，可那个姓高的闻不到。哎，香水的名字可以告诉我了吧？"

"'黑色阿富汗'，Black Afgano。"

"这不是英语吧？"

"是意大利语。这香水品牌是一个意大利人去中东旅行后获得了灵感创建的。"

"我真的太喜欢这个味道了！"他摸摸我的腰。

我掰开他的手，他刚刚用我的手机给高鑫宇发微信，仍让我有些不快。

"你不愿意，我就不碰你。我们就像第一天那样，只是一起睡觉。对了……"他拿出自己的手机给我看，"我把你喜欢的书下载了，要不要听我读书？"

"*In Search of Lost Time* 吗？"

"*In Search of Lost Time*。"他夸张地点头。

他随便挑了一页，开始念。我伏在床上，静静地看着他。

"迢迢，你想过怎样的生活？"他忽然停下来。

"比以前好就行。"

"那和我在一起呢？比你以前过得好吗？"

"嗯，比以前好。"

他满足地笑了，放下手机，紧紧抱住我。

时间怎么都不够用。缠绵到夜晚，我们才发觉已经饿了一天。他带我去一层的咖啡厅吃了份三明治。

填饱肚子，去坐电梯。在电梯里，正巧遇到了来轮班的行政层经理。他一眼就认出了我："许小姐！"

我瞅了一眼他下巴上的痣，又看了看他佩戴的工牌，确认是曾经有过几面之缘的小荣后，对他礼貌地笑笑。

"你那个姓薛的女同学最近怎么样了？"小荣说，"以后你们都出名了，不会假装不认识我了吧？趁现在还能说上话，我可得多聊几句。"

显然，他把平常跟乐乐用的那一套用到我身上来了。我猜中了他的用意，果然，打听出我们住在标准间后，他故作小心地说："最近行政房空出来的挺多，我可以给你最优惠的价格，折上折。"

"行政房……就不用了吧。"我为难地答。

吴建在一旁摸了摸下巴，问小荣："能便宜多少？"

"两千九一晚的套房，折后一千五。"小荣说。

"就要这个。"吴建对着小荣潇洒地比画了一个手势，"给我找个高些的楼层，明天我们就搬上去。"

八

换到了二十一层的行政套房后，我和吴建在行政餐厅吃了个简单的西式早餐，就离开了乏味的酒店。

天气并不算晴朗，北方的春风依然凛冽，然而一切景物、人群，看起来都顺眼了许多。无论走到哪里，吴建都牵着我的手，一双眼睛也总是盯着我看，还时不时吻吻我的脸或摸摸我的头发。

至于要去哪里逛，他没什么意见。我想了想，带他去了美院的艺术书店。

这地方就在美院里面，我跟孟星飞来过很多次。这里人少、清静，既有翻起来不费脑子的时尚杂志，又有动辄几千页的大开本画册。一层还有个小西餐厅。不论你懂不懂艺术，来这里都不会无聊。

吴建刚走进书店，就选了一本厚重的画册，迫不及待地翻起来。

"看，罗斯科！"他指着一幅满目皆红的画兴奋地说。

"这画册挺全的，从文艺复兴时期的绘画到抽象派，都有。"我伸手往前翻了翻，找到一幅扬·凡·艾克的画，"《阿尔诺芬尼夫妇像》，又叫《阿尔诺芬尼的婚礼》，我很喜欢，因为这幅画里有很多对现代人来说十分神秘的东西，比如窗台和桌子上为什么放着橘子，床头为什么挂着扫把，地上为什么散落着一双拖鞋……"

他忽然用一只手按住我的嘴唇："你知道我想到了什么吗？"

我疑惑地望着他。

"这幅画画的是婚礼，"他顿了顿，"我就想到了我和你。我希望有一天可以和你长久地在一起，我希望你能嫁给我。"

"这才几天就说结婚了，你像没谈过恋爱似的。"

"我就像没谈过一样。"他凑到我耳边说，"我是精神处男，我是你的精神处男！"

在书店一层的餐厅吃过午饭后，我们从美院出来。吴建看了看手机上的时钟，惊叹道："我竟然逛书店逛了四个小时，只有和你一起我才会这样！"

我甜蜜地笑着。时间还早，我挽着他的胳膊带他往二环去，来到雍和宫附近的小胡同。他看着那些破旧低矮的平房，有些震惊："市中心还有这样的地方？"

我指着胡同口的路牌，给他讲起童年往事："我爸年轻时在这里上班，他那单位归文化部管，挨着雍和宫。有时候，他会带我来单位加班。我做完作业后，就去雍和宫玩一会儿，去看那些菩萨像，觉得菩萨的身材真好啊，身上的衣服真漂亮啊！如果我爸下班早，就骑自行车带我在周围的胡同里转，我们一起数数，数一共转过了几个弯。"

"后来呢？"

"什么后来？"

"你爸爸后来去哪里上班了？"

"后来……"我抿抿嘴，"他就去做别的了。"

"明白了，后来他离开家，去挣大钱了。"他摸摸我的头，仿佛知道我在难过什么。

"也不是一两句话能说清的……"我摇了一下头，但也不愿继续说下去。

回酒店的路上，在出租车里，他抱住我吻了又吻。

"迢迢，我爱你。对你了解越多，我越爱你。"他一遍遍低语。

我降下车窗，让春天的晚风吹进来。所有正在发生的事，像温润的黏合剂，把曾经精神中断裂的部分修复起来。我有爱人了，我有爱人了！仿佛有一种使人们能够互相理解并彼此珍视的光在我心中一闪一闪，我完全沉浸在了喜悦中。

回到酒店，等电梯的时候，我提出要付一半的房钱。

吴建眨着眼睛，不置可否。

"你打算住几天？"我问他，"毕竟行政房还是很贵的。"

"我舍不得走，想多住几天。三天，或者四天？"他没了主意。

我望着他，心想，要不要带他回家住？我犹豫着坐上电梯，到了楼层，在楼道里又遇到了小荣。他热情地向我们打了招呼，忽然走近，对我说："许小姐，您要是过夜的话，还是得登记一下证件。还有，这次的积分要不要算在您的会员卡上？因为我看吴先生也只是交了押金，不如您去前台重新登记一下，用您的身份证和会员卡办理行政房的入住，那更合适。"

我想起手里的会员卡还是以前跟乐乐一起被小荣忽悠着办的，至今也没派上什么用场。

"我记得酒店会员积分能换成某些航空公司的里程积分，以后你买机票可以享受优惠。"吴建提醒我。

"对，吴先生真是明白人！"小荣借机夸道。

我没有迟疑，跟吴建手牵着手，又下了一趟楼。

我用身份证在前台登记后，刚过五分钟，还没来得及乘电梯上楼，老沈忽然打我的手机。电话一通，她气势汹汹地问："你开房去了？"

我惊讶得说不出话。

"你是不是开房去了啊？在市中心的曜野酒店？"

"你怎么知道的？"我慌了神。

"跟谁啊？"

"一个朋友。"

"哪个朋友？"

"吴建，"我定了定神，"我跟他又好了。"

"你真够可以的！我告诉你啊，派出所的两个民警马上过去找你！"

"民警？为什么？"

"你在酒店出过事……他们为了你的安全要去看看你。"

"为了我的安全？"我霎时间觉得头昏脑涨，"这用得着吗？"

"怎么用不着？身正不怕影子歪，你担心什么？"

"我没什么可担心的，就是觉得自己好像被监控了一样，不舒服。"

"这是你活该！你等他们过去吧。万一他们让你回家，你就老老实实回家。"

"我为什么要回家？"

"为了安全！谁让你以前在酒店里做过极端的事。他们刚才先给我打电话，让我劝你最好回家住。我知道我劝不了。你想干什么，我拦得住吗？再说，万一你是跟同学在一起写剧本，我更不想干涉了。不过我就不明白了，吴建不是坑过你吗？你怎么又跟他在一块儿了！"她话里话外都像在故意戳我的旧伤口。

我抵触极了，应付几句就挂了电话。

想着接下来可能会发生的事，我惊慌失措，生怕吴建会知道我曾因前男友的背叛而大量吞药，羞耻感填满了我的大脑。

"一会儿有人要来酒店找我，我就在大堂见他们好了……你，快上楼，回房间等我！"我对吴建说。我感觉自己有些语无伦次。

"什么人来找你？出什么事了？"他搂着我问。

我咬咬牙，说："警察要过来找我。不过没事的，他们就是来看看我情况好不好。你先上楼吧，真的，你先去吧！"我几乎用恳求的语气让他上楼。

他愣在原地，没有挪步，也不说一句话。

"你上楼吧，我自己面对他们就行！"我眼巴巴地望着他。

"好，那我上楼等你。"他捏了一下我的手掌心，然后三步一回头地，终于去坐电梯了。

我暂时松了口气。我神经质地捋起了头发，身体也开始发沉。也许老沈说得对，这都是我活该。我在心里不停地怨自己，低下头盯着大理石地砖上的花纹。

一切都不是开玩笑的，很快，两个穿制服的男警察就走到大堂来了。他们其中一个高一些，另一个矮一些。高个子的看着二十来岁，矮个子的三十多岁。

高个子警察远远地向我看了看，似笑非笑地走过来。矮个子的警察则接起了电话，没有紧跟着自己的同事。

"许迢迢吧？"高个子警察对我说，"身份证给我看一下。"

大堂里来往的人不断向我这边望过来。我左顾右盼，只见前台的工作人员也不时地看向我，耳语着什么。

我尴尬得要命，僵在高个警察面前。

"没事，我们就是来看看你是不是好好的。"他说话的音调不高，"刚才给你母亲打过电话了，本来是希望她能劝你回家。"

我把身份证交给他："不是我非要住酒店，我有朋友专门来北京看我……"

"是处的对象吗？"他截住我的话。

我紧张得不知该不该承认，小声问："你们是怕我又在酒店做出什么事吗？我真的不会了！"

"你别这么紧张。"他的神情略微和蔼了些，"处对象嘛，正常。谁也没逼你回家是不是？这样吧，你先回答几个问题。"

"哦。"我捂了捂脸颊。

"你生日是多少？"

我迅速地报了一遍。

"再说一次。"

"啊？"我纳闷地看着他。

"再说一次。"他面无表情。

我只好又报了一遍。

"家庭住址告诉我一下。"

我流利地说出住址。

"身份证号，记得住吗？"

"当然记得住。"

"那你说一遍。"

我连贯地报出我的身份证号。

"你父母的姓名，他们的生日，告诉我。"

我回答着这些稀松平常的问题，心里忽然明白过来什么。我以往创作过不少刑侦剧的情节，大致猜测到了他不断让我回答问题的用意：他在确认我的精神状态是否处于一个正常的范畴、我的意识是否清醒、我的口齿是否流利。想到这里，我挺了挺胸，直视他的眼睛，把那些单调的问题答了一遍又一遍。

"行了，没什么别的事了。"他上下看看我，"你没喝酒吧？"

"没有。"我心领神会，抬起头走了几步给他看。

他点点头。

"我也没吃什么乱七八糟的药。"我又补了一句。

"我看你也不像吃过。"他可算是自然地笑了笑。

"那……我能走了吗？"

"哎，你等会儿。"他先转身看看他的同事，比画了一个手势，像是在说，没问题了。他又回头看我，问："你处的对象是哪儿人啊？"

"啊？"我愣了愣，"你们应该看过他的资料了吧？"

"哪儿有啊，管不了那么多，我们也非常忙。这不，马上要去旁边的居民小区，那边有人打架。我们主要是担心你的安危，你是辖区内的居民。"

"明白了……"我真想跺脚，要是去离家远些的地方，大概就不会有现在的遭遇了。

"处多久了，你这个对象？靠谱吗？"

我感到意外，不可思议地看了看他。

"哎，你可以不回答啊！主要是你能让大家放心就好！"他咧咧嘴。

"我能回房间了吗？你不需要见我的朋友吧？我还是……"

他截住我的话："你还是想留点面子，不想让你对象知道你以前做过的傻事。"

"是。"

"行吧。你别出事，你的面子就在。"他抬了抬下巴。

目送两个民警走出酒店大门后，我的心仍然悬着，琢磨着该怎么向吴建解释。

回到房间，吴建一见到我，就把我的脸捧起来亲了一下。

"我一直在担心你，可你非要让我上楼，我只有干等！"他又使劲亲了一下我的额头。

"已经没事了。"我盯着他，想从他的眼睛里看出信任或者不信任的痕迹，可我什么都没看出来。

"你在想什么？"他握起我的手，"还怕我跑了不成？傻子，我怎么会扔下你不管！"

"要是……"我犹豫地说，"要是我以前做过什么不太好的事呢？"

"你以前怎样我都不介意，我只在乎能不能和你在一起。"他把我的手放到他脸上。

感动使我有了勇气，我看着他的双眼，一字一句地说："我想不开过。我曾经在一所宾馆里大量吞药，后来被抢救……所以，发现我入住酒店，警察会紧张，他们怕我再出事。"

他无声地看了我半天。见他不说话，我紧张得发抖。

他忽然紧紧抱住我："我早就能感觉到！我知道你经历过很糟糕的事！"他把头埋到我的头发里，继续说："你不用再害怕了。以后有我，你没什么可怕的了。"

我感受着他的体温，一刻也不想离开他的怀抱。

九

我和吴建又一起度过了两天。这两天我们不再有外出的欲望，整日整夜都待在房间里。我们躺在床上，看电视或听音乐。耳鬓厮磨中，时间不知怎么就过没了。

没有按时吃饭这么一说，我们不断地错过餐厅的供餐时间。深夜觉得饿，就牵着手去酒店旁边找二十四小时营业的便利店。我买了包烟，在便利店门口吹着风，准备抽一支。他低头为我点火，笑我抽烟的神情像老太太。我弄乱他的头发，笑他在酒店都待傻了，出个门什么都没带，手机、钱包一律忘在了房间。

快乐皆来自那些最简单的事。和他在一起的每一天，我不用去考虑前途，不用去想辞掉剧院的工作可不可惜或者编书的事有没有遗憾。我接受了平庸，拥有了快乐。

老沈的信息，我敷衍着回了。朋友们的信息，我回都懒得回。我时常看着吴建那张并不算英俊的脸，看到他的眼睛总也不从我身上移开，我心里有种说不出的踏实。

两天后，他买了机票，打算回畈城。

见我耷拉着脸，他抱着我说："我不愿走，可没办法呀，工作上有事。而且……行政房那么贵，我要去挣钱啊！"

我赶紧说："怪我，不该让你换行政房的。要不我把钱都补给你吧！"

"什么补不补的！我觉得你就该享受最好的。主要是我有很多钱放在一级市场，现在拿不出来。"

"别说这些了，"我抿抿嘴，"其实我都听不懂。"

"你不用懂。我秋天就要在分江市读MBA了，以后也会在分江发展。到时候我把钱拿出来，我们在分江安家，好好过日子。"

"你都考虑那么远的事了？"

"不远呀！怎么，难道你跟我只是玩玩？我都找了中介帮我在分江找涉外公寓了。"

"可我的朋友、家人、工作圈子都在北京。"

"这个我们慢慢商量。但是你要明白，我们不是在儿戏。"

我没说话。

他的脸色渐渐变了。他从包里翻出唇膏状的吸入剂，使劲吸了几下。"想到你并没有我那么认真，想到……"他像是被什么东西噎住了，"有一天我还是会失去你，我就非常难受。"

"你为什么会失去我呢？"

"你在装傻吗？你想想，是不是总有人要把你从我身边拐走，我的迢迢？上次你坐飞机认识的那个人差点没把我气死。唉，我以后不叫你迢迢了，大概别人也会这么叫你。我要给你一个特别的称呼。"他板着脸。

"可别叫我宝贝什么的，叫苗苗吧！"我拉过他的一只手，在他手心比画，"苗苗是我的小名，我姥姥和姥爷去世之前就这么叫我。他们去世后，叫的人越来越少了。"

"苗苗。"他轻轻唤我。

他赶去机场的早上，我们依依不舍，拉着彼此的手靠在床上。我听见他饿得肚子咕咕地叫，可他不愿去餐厅吃早餐，就嚼起了在便利店买的糖果。

"我想和你住在一起，早上能看到你，晚上能看到你，天天都能看到你。"他把头靠过来，蹭我的头发说。

"天天？我不习惯同居。"我从他手里拿了一颗糖。

"那我就买两套房子，挨在一起的。你看我烦了，我就去隔壁住。"

"我其实害怕结婚生孩子。"

"那我就一直求婚，直到你不怕为止。你不想生孩子，咱们就去领养一个。还有什么你不喜欢的……如果你讨厌城市生活，那我们就每年去欧洲的乡村度假。"

"我还讨厌你这种富二代，不懂人间疾苦。"

"你还是不了解我，我在加州被十几个人围起来打过呢！"

"怎么会？"

"怎么不会！"他说起青春期时的事，说起他因为父母分开而多么自卑，说起他在学校如何不合群，又如何被那些有爸爸撑腰的小孩欺负。

"你现在不用再害怕了。"我抚摸着他头顶的头发，"最坏的事，我们各自都经历过了。"

"是啊，苗苗……"他的一只大手轻轻盖在我的脖颈上，"嘿，你知道，人特别难受的时候可以怎么宣泄吗？试试这样。"他稍稍用力，扼住我的脖子。

我下意识地抓住他的手。

"没事的，我不会太用力，你体会一下。"他松开手，又施加了一点压力，又松开。

我错愕地瞪着他。

"你放松，不要想太多。屏住呼吸，屏住！"

我顺着他的手势慢慢憋住气。

"对，坚持一下！"

我憋不住了，用力推开他，猛地坐起来，大口地喘着气。

"怎么样？"他抚着我的后背，"有没有觉得大脑一片空白，什么烦恼都没有了？"

"废话，死了更没烦恼。"我有些恼火。

"你可不许死，苗苗，苗苗……"他又神经质地念了几遍我的小名，像在念一位什么了不起的人物的姓名。

我不再生气，而是随着他的念叨，回味刚刚冒险的行为。当脖子一侧的动脉被压迫时，大脑会缺氧，人会骤然进入意识模糊的状态。沮丧、内疚、焦虑等即将把我拖入深坑的感受在这种突发性的状态里被释放了。

我又想起弗洛伊德在《性学三论》中列举过种种异常的性行为，他认为，如果性反常行为与正常行为并列出现，那么也称不上病态。"爱情的魔力，也许就恰恰在这类异常行为中展现得淋漓尽致。"这句《性学三论》中曾经不太理解的话，结合新鲜的经验后，我终于有所体悟。

第五章　窒息　金钱

一

有了吴建这个男朋友之后，在见不到他的日子里，我常常想着：以往人生中爱的错误，往往是罔顾了谁的窘迫和难处才把关系弄得越来越糟。就像晏超，如果我当初能多在乎一些他的事业，结局不至于是后来的样子。我用无数个时刻琢磨着这些，心里涌起要负点什么责任的果敢。

金钱是恋爱中不可或缺的后援，特别是当两个人分隔两地的时候，因为每次见面的开销都不会少。我硬着头皮给乐乐打了电话，表示愿意接着写剧本。她说了一堆宽宏大量的话，好像之前的纠葛全是我一个人的错。听着她傲慢的语气，我咬着牙，不做争执。

"做完拿钱，做完拿钱，别多想。"我心里默念，随即坐到电脑前，打开那些触目惊心的法医学论文，为剧本搜集素材。

我刚有了点创作劲头，忙不迭敲字时，吴建开始找我。他先发了十几条微信，由于我顾不上回，他便拨了语音。我没马上接，他就先挂掉，再拨一次。我充分感受到了他的迫切，于是双手都离开键盘，与他连上语音。

"苗苗，你怎么比我还忙！"

"写剧本挣钱，以后跟你私奔去分江。"我用玩笑的口吻说。

"私奔不用带钱，你只需要把户口本偷出来，结婚的时候用。"他的口气可不像在开玩笑。他又关切地问起剧本的事：稿酬多少、怎么付款、有没有正式合同。

"同学给的活儿，哪有什么合同……"

"你是不是被骗了？跟生意有关的事你可一定要和我商量。你太单纯了，会吃亏。"

"是特别熟的同学，没你想象得那么可怕。"我含糊其词，怕被他看穿我连跟老同学的关系都处理不好。

他打听起乐乐的情况，了解后，清清嗓子，说："这事，是你这个小傻瓜不懂了……"他欲言又止。

"不懂什么？"

"你和同学的事我其实不方便说太多，而且我说了你也不一定会听呀！"他的声音透着担心。

"你说呀，我听！"我催促道。

"你这个同学很有心机，你不是她的对手。作为你男朋友，我希望你不要去想挣钱的事，这属于我该想的事。只是我也明白，你要强，我要劝你别去挣钱，那就是不尊重你。但写剧本的事呢，其实你并不需要自己辛辛苦苦地写呀！就像你的同学一样，你每一集编出大概情节，再找几个戏剧学院的学生，给他们一点点钱，让他们照你的意思把剧本写好，不就轻轻松松地把钱挣了吗？我帮你算算，你应该找几个在校生、给他们每集多少钱最划算……"他小声嘀咕起数字。

我对他的建议很排斥，忍了一会儿，还是打断了正在算数的他："你别琢磨了，我不喜欢找人当枪手。"

"生气了啊！好吧，那你只好老老实实多写几集了。到时候写累了找我哭，我就陪你啰！"

他又哄了我几句，我不再一味地反感，倒是体会出他的精明以及出于好心的世故。

逐字逐句地写并不真心想写的剧本，的确是件费心费力又缺少乐趣的事。我瞥了瞥电脑屏幕，觉得心累。

"苗苗，你怎么不说话，是不是想我啦？"他嬉笑着问。

我如实说："我在翻法医学论文，广泛性软组织挫伤导致的肺栓塞致死，还有，锐器损伤和钝器损伤造成的伤口的区别，还有五十例自杀案例……"

他忽然语气颇严厉地打断我："不许提那个词！"

"哪个词？"我一时没反应过来。

"会让你永远离开我的那个词！"

我恍然大悟，赶紧发了个毒誓，让他相信我不会再犯傻。

"好吧，我相信你不会那样离开我的。"他恢复了温柔，却又多愁善感起来，"如果有一天你不见了，我找不到你，也收不到你的消息，我会一直打你的电话，直到你的手机没电。然后，我会满世界找你，不停地找你。"

"我真的不会再做傻事了。"出于感动和欣慰，我向他保证道。

我们在谈论死亡，这谈论虽浅薄，可竟让我满足。我听出他对感情的坚持与忠贞，于是对他的思念异常强烈，我无论如何也不想失去这份情感。

"这真好啊，真好。"我默默地想，愈发舍不得他的声音。

二

新的爱情使我找回了生活的欣快感，可我还没来得及体会更多愉快，就撞上了严酷局面的挑战：你本以为万万不可能出事的人，却差点在几秒钟内离开这个世界。

"这回你不用再恨他了。人要是没了，你到哪里去恨。"老沈呜咽着对我说这些话时，我以为我耳鸣了，耳边嗡嗡响，怎么也听不清她说的某些字眼。后来我意识到，当"爸""父亲"这样的字眼在不幸的消息中出现，我完全接受不了，所以才产生了极端的抗拒。

老许是在小区的健身中心游泳之后出事的。那天下午，他像往常一样先在游泳馆蒸了一会儿桑拿，然后跳进水池中，打算游个一千五百米。游到一千米左右的时候，他觉得胸口堵得慌。由于他前不久刚刚体检，做过心电图，没什么问题，这让他有了种盲目的乐观。因此，即便他回到家后胸堵的感觉有增无减，也没想过去医院，只上网看了两篇文章，自我诊断为"游泳前蒸桑拿血管受热扩张引起的血管痉挛"。

当天夜里，李小溪因为工作的缘故很晚才到家。回到家，她发现老许没洗漱也没上床，而是一个人靠在客厅的沙发上，脸色煞白。她吓坏了，赶紧带他去附近的医院做了心电图和心脏彩超，结果是"怀疑左前降支堵塞"。接诊的医生非常谨慎，考虑到老许的年纪，要求他马上住院接受进一步检查。

当时，不论老许还是李小溪，估计都只是感慨医生的认真负责，并没有想太多。因为又过了几个小时，老许在尚未服药的情况下竟觉得自己缓过来了。怀着侥幸，老许在住院的当天没有告诉老沈和我在他身上发生了什么。

第二天下午，李小溪找了心内科的主任，尽快安排做了个冠状动脉增强CT。结果一出来，她和老许都惊呆了：前降支狭窄90%，通俗点说，就是有根血管已经被堵住90%了，差一点就全堵上了。老许一度认为自己身体很好，甚至在小区里他还被视为中老年健身楷模。他在那一刻既恐惧又不愿相信事实，还让李小溪使劲推他几下，让他感觉一下这是不是梦。

拿着CT检查结果坐在医院病床上的老许，终归还是给老沈打了个电话，结结巴巴地复述了一切，表示出孩子般的胆怯。他害怕，非常害怕，对任何科学的医疗方法产生的无端怀疑已经超过了他的理智。他跟老沈说了很久，一直在强调一个意思：他不想做手术，不想在血管里放支架。

"你爸吓坏了。李小溪理解不了他为什么对放个支架要吓成这样。也是，她才多年轻啊！没到岁数的人是体会不到年纪大的人在一瞬间怀疑万事万物的心情的。"老沈慌张地跑来找我，跟我讲这些的时候，她的脸颊因为激动而有些发红。

我表面纹丝不动，半天也没吭声。乌云和闪电如果有滋味，那就是我现在心头的感觉。

我拿来本子和笔，问了老沈几个心脏病所涉及的医学术语，飞快地记下来。我的字写得歪歪扭扭，手仿佛很难握好笔。我的脑子里塞满了各种不祥的假设，思绪在这些假设上翻来滚去，怎么也稳定不下来。

"我去问问朋友，看看有什么办法……"我的指甲在本子上划来划去。

"什么办法！别磨蹭了，还不快去看看你爸！"老沈一下子推开桌上的瓷杯，杯子磕碰到了一个瓷碟上，发出了刺耳的声音。

"我不想去。"我盯着手里的本子说。

"你说什么？"

"我不想去。"我抬起头，鼓足勇气看着老沈，"李小溪肯定也在，到时候我想说什么都说不出口。"我心里揪着，又想哭又想喊。

"都什么时候了你还想着这些！"老沈的眼神像能杀死我一样。

我心头涌上一股委屈。

"反正我知道是什么情况了，我去问问朋友。他既然那么不愿意做手术，我就去打听打听还能怎么办。"我竭尽全力用冷静的语调说。

老沈气哼哼地离开后，我一下瘫倒在椅子上，仰面看着天花板，任由明晃晃的白炽灯光刺着我的眼睛。我心里乱极了，一边想着可以找谁咨询心脏手术的事，一边想着老许。可一想到老许，李小溪的身影就随之出现，激起我的烦躁。

我去卫生间用冷水洗了把脸，再拿起手机，翻翻通讯录。赵以正好在微信上给我发消息，我便跟他说了老许的事。

"我现在有些时间，你在家吗？在的话，我去找你一趟。之前我工作的剧组有个老演员最近做了心脏手术，用的不是传统支架。我当面跟你说吧！你沉住气，没事的！现在医学这么发达，你别慌。"赵以发过来一大段话。

他的话并没有安慰到我，我只回复了个"嗯"。

我在房间里走来走去，又点了支烟，可熟悉的烟草味并不能减轻我的焦灼。我眼前浮现出情人的身影。出了这么大的事，我想赶紧告诉他、对他倾诉。我吸吸鼻子，给吴建打了个电话。

"我明白了，苗苗，我这就去北京找你！"知道了老许的事后，他不假思索地说。

他柔情的声音像糖浆一样包裹住我的心。

"你要快一些！"

"我知道，我也想赶紧到你身边，只是……"他忽然不说话了。

"工作抽不开身吗？"我小心翼翼地说，"你这次不用在北京久留的，我只是想马上见见你。"

"我当然希望能去陪你，陪得越久越好。只是有些事，我不太想说……"

"怎么了，你说呀！"

"我的信用卡被冻结了。"

"嗯，所以呢？"我由于不使用信用卡，对他的话竟做出了一个听起来十分冷漠的回应。意识到自己的不妥之后，我赶紧又说："很麻烦吗？"

"倒也不是很麻烦，但是我压力挺大的。其实，是这样的，我不是要读中秦商学院吗，但由于我是美国籍，所以在国内读书需要办留学签证，这个办起来还是蛮复杂的。我找的办签证的中介收了很多钱，我感觉他们收费高了，根本不值，可也没办法，已经办到一半了。另外，我也一直委托房屋中介在分江找房子，找合适咱们一起住的公寓。我觉得卧室要大一些，还要有个大阳台。我想我得留出钱来，到时候付押金和第一期的房租。别的事还有很多很多……一时间都挤到一起去了，搞得我最近开销挺大的，一不小心信用卡就刷爆了。我的钱呢，大部分又在一级市场，光本金就有小一千万呢，但是暂时不能花呀……唉，像这种事我都不想和你说的……"

"我懂了。"我顿时轻松不少，原来他的问题理解起来一点也不难。

"你懂什么了啊？"他苦笑一声。

"我真的懂了。"我迟疑了一下，"既然这样，你就先别来北京看我了，我没事的。"

"怎么没事！在你爸爸身体这么不好的情况下，你心里肯定很难受，很慌，我应该陪在你身边！"

我没有说话。

"你会不会觉得我很无能？"他低声问。

"没觉得，我懂你的难处。"

"也不算多大的难处……你知道吗，不算海外房产，我光在畎城的房子卖了也有一千多万呢！实在不行我就卖房子。"

"你别乱做计划了。还有，我去不去分江都行，异地恋也可以，你先不用着急找公寓。"我力不从心地劝道。

赵以发信息过来了，他快到我家楼下了，我于是对吴建说："我一个朋友来跟我商量我爸的事，我得挂了。"

"什么朋友？"

"我那个演员朋友，我跟你提过。"

"哦，就是那个不分白天黑夜，任何时候都可能给你打电话的朋友吗？"

"是。"

"苗苗，苗苗，"他忽然神神道道地念起我的名字，"你知不知道……"

"什么？"

"我不能失去你，你对我太重要了。"

"我明白。"

挂了电话，怀着些许对吴建的困境袖手旁观的内疚，我拿着手机、钥匙、烟和打火机，去停车场见了赵以。

"怎么下来了，我刚打算上楼呢！"赵以见我下来，有些意外。

"咱们就在车里聊吧。"我不着急进车，先站在车旁抽起了烟。

"你别太上火了，支架手术不是复杂手术，关键是让你爸把心里那一关过去。"赵以从车里出来，站在我身边，也点了一支烟。

"我眼下还得顾及吴建的感受，咱俩走得太近了，他会不舒服。"

"哪个吴……你说谁？"

"就那个网友，你送我去酒店见的那个。"

"噢……你怎么还跟他混哪！"他推了我一下，"都什么时候了，你跟我开这种玩笑！"

"我没开玩笑，我俩好了。你一直忙着拍戏，我没来得及跟你说。"

"怎么个好法？"

我避重就轻地讲了讲我与吴建之间的种种，那些不愉快的、过激大胆的细节，我不是略过就是含糊过去，那些甜蜜温存的相处，则被我强调了好几遍。

"我听明白了，你是掉进爱情的坑里去了，再一次。"他冷眼瞧着我。

"怎么就是坑呢？和吴建在一起，不会有那么多圈里的破事。也许他能带我离开现在的生活，我可能会去分江，过一种新的生活。"

"你不觉得他比晏超更不靠谱吗？晏超毕竟是熟人，一个圈子的人，知根知底。"

"知根知底？啊？"我夸张地叫了一声，"我要是真对他知根知底就好了！"

"晏超结婚那件事是很过分，可现在这个人，顶多就是个暂时的情人，你不能太当真了。我觉得他条件不怎么样，还不如晏超呢！"

"他条件哪里不好？不是搞艺术的、出不了名、挣不了大钱，就是条件不好？赵以，我烦透你们这些人了。你仗着自己长得比一般人好看，在圈子里沾了些光，就不把普通人的生活放在眼里了。"我一股怒火蹿了上来，对晏超的怨气和自己工作上的失意搅和在一起，使我对所谓的圈里熟人皆有不满。

赵以倒是静静地看着我，说："你总得图他点什么吧？咱不说他能不能帮你搞事业，你就说，他能来北京照顾你吗？或者你以后去分江了，他真的能照顾好你？你刚才不是说他不宽裕吗？"

"我的意思是他暂时经济上遇到点麻烦，不过他生活方式比较简单，好像也不追求什么奢侈。他觉得那些浮华的东西没意思，他都见过了……他其实还是个富二代呢！"

"富二代？"赵以大笑起来，"你让他给你砸几个钱，我看看。"

他的讥讽惹怒了我，我头一回觉得赵以是那么不近人情。这世界上是不是一定要在某个圈子里出人头地，才配得到尊重，才有可能快活？我恨透了以往默认过的那一系列所谓的圈内游戏规则，还有负心的晏超、阴阳怪气的朱慧、没一点诚意的乐乐，我真希望他们都能从地球上消失。此时我多么想念与他们不同的吴建，和吴建在一起的时候，北京那小圈子里的人和事都淡了、散了。

"你好好想想吧，你真得好好想一想。"赵以念经似的劝我。

我白了他一眼，掏出手机，在微信上给吴建转了一万块钱。"钱不多，不能解决你所有困难，你先拿着吧！"我紧接着又发了一条信息。

"你干什么呢？"赵以把头凑过来。

"给男朋友打钱。我要好好爱他，让你们这些势利眼瞧瞧什么是纯粹的爱。"

"你这是干什么？他哭穷了还是落难了？你知道你在干什么吗？啊？"他瞪大了眼睛。

我还没来得及想出什么话去顶撞赵以，吴建的语音通话就打过来了，我当着赵以的面接了。

"苗苗，我真不知道该哭还是该笑。你是不是觉得我太没用了？"他说话又急又快。

"怎么会呢？我只是想，能帮你一点是一点吧。"

"我马上就买去北京的机票，我要见你，我要在你身边！"

"啊？"我疑惑了，"那你不是又得浪费钱吗？"

"去看你怎么是浪费钱呢！我先把这一万块钱领了，过几天周转过来，就把钱还你。"

"什么还不还的，再说吧。"

通话结束，见吴建在微信上领了那一万块钱，我示威般地晃晃手机，对赵以说："我就是要对他好，因为他爱我、在乎我。"

赵以盯着我看了又看，忽然用极其沉静的声音说："记得你给我讲的《霍小玉传》吗？"

"你不会想把我比作霍小玉吧？去你的，这能随便比吗！"

"我没那个意思。但是你看，霍小玉追求短暂美好的爱，不要什么长久，就算这样，她的下场也很惨。古人为什么能写出这种故事？那都是经验之谈。不是说一个人退而求其次了就能有好的结果，你还是好好想想吧！"

"你担心我，我懂。可我真的只想有人爱我，然后我也爱他，就这么简单的一件事。而且，老许要做手术，我觉得心里特没底，特无助。我现在特需要一个人，一个爱人。"我眼巴巴地看着他，希望他能理解。

他却冷着脸，说了句："你变得不像你自己了。"

我低头去看手里燃着的烟，听见他迈开了脚步。我抬眼，见他已回到车里，而我一点也没有要再与他说话的意思。

他降下车窗，面无表情地对我说："那个老演员做手术的事，我会发信息告诉你详情。他用的是生物可降解支架，看看你爸能不能接受吧！"

我点点头，只希望他尽快离开我的视线。什么霍小玉啊，他净说些丧气话！我心里埋怨着，把烟头扔到地上，用力踩灭。

三

焦灼和不安在无声地蔓延，我整夜失眠。夜晚的温度明明不高，我却感到四面八方有热气飘到床边，让我阵阵烦躁。

老许依然坚决抵触做手术。一个支架植入手术，在老许看来，就是在他的肉身里放入一个随时会显现出不可名状之危害的异体。前降支是什么概念，若换了其他对心脏血管分布一无所知的人，大概不会像老许现在这样多虑。当老沈苦口婆心地劝他尽快做手术时，他就振振有词地回道："心肌上有三根大血管，其中最主要的一根是前降支，我这根血管的中段出现了严重狭窄，如果往里塞个支架，血管是通了，但谁知道以后会发生什么事！"

老许几年前写过医疗行业电视剧的剧本，当时他买了几十本专业书籍，又跟着导演去医院观摩手术。那部剧播出后，他参加了几次中国医师协会主办的健康传播工作，听了不少令他发怵的真实案例。奇迹般的妙手回春反而不是最让他印象深刻的，他念念不忘的是那些令人惊骇的意外猝死。

老许平时喜欢健身，对身材保养有种不仅限于表面的重视，这可能也是他一把年纪还能招年轻女孩喜欢的原因之一。他又对健康这事抱着一惊一乍的认真态度，几乎从不吃垃圾食品，不喝碳酸饮料，很少吃精米白面，日常的主食都是粗粮。在外面餐馆吃饭，他对于菜里是否放了味精这事极其较真。我想起小时候，每当我想买路边小贩餐车上的烤鱿鱼或糖葫芦时，老许就会严厉地骂我甚至做出要打我的姿势。我那次被送到医院抢救，在老许眼里，也许完完全全就是种肆意糟蹋自己肉体的愚蠢行为。说起来，我现在又有什么资格说服他该如何保护自己的身体呢？

我抓着自己的手腕，把赵以后来发给我的信息读了好几遍。他有一条信息字数近千，介绍了上海一个医疗团队研发的生物可降解支架。这种支架由特殊材料构成，不同于传统的金属支架，它的优点是两年左右的时间就可以在体内逐渐溶解，也就是最终使患者体内没有任何异物，除却了后顾之忧。但它的使用有局限性，如果患者的血管壁钙化严重，缺少弹性，就无法使用。

"据说大部分心脏病患者都不适用这种支架，那个老演员确实运气好，正好适合。"赵以又发来一条信息。

"那你给我介绍半天有什么用！"我没好气地回复。

他过了好一会儿，才回道："希望那个吴建能给你有用的建议，霍小玉。"

什么霍小玉！我气急了。赵以懂什么，吴建是介绍不了神医，也出不了什么主意，但他会在晚上给我打电话，即使打着哈欠也会陪我到夜里一两点钟。他会放下手里的工作来北京看我。他会告诉我，只要我愿意，我可以有另一种选择。我可以逃离北京，在分江和他开始无伤大雅的爱情冒险。也许，我们还会结婚生子……想着那不久之后唾手可得的全新生活，我好像从一扇新开的窗户中望见湛蓝的天空，我的心获得了片刻的舒展。

连着两天，我打电话找了一圈人，包括已经不算熟的小学同学、多年前的邻居、陶帅、韩医生。我有些生硬地复述着老许的病情，一遍遍解释他的讳疾忌医。对其中的一些人，我还要避免提及老许的婚姻状况和李小溪的存在，弄得我心比嘴累，越说越烦。

陶帅的公司是做医疗器械的，他与原材料供应商经常打交道。对于生物可降解支架，他毫不犹豫地说："别瞎琢磨什么可降解了，想活命就赶紧去大医院做传统支架手术，尽快做。"

"我爸想到要在血管里塞个东西，而且那东西要一直在身体里，他就不愿意。"

"那也得做啊！支架就是维持血管正常形状的一个支撑物，关键是得长久稳定地保持功能。很多人即使放了可降解支架，过段时间，支架溶解了，血管又狭窄了，还得二次手术，再塞一个金属支架进去。所以还是金属的管用啊！金属支架之所以目前还是主流，就是因为它好使。为什么可降解支架的市场占有率少得可怜？我打个夸张的比方，你听说过盖房子用可降解钢筋或者可降解水管的吗？好好想想吧！"

"这不也是我同学推荐的嘛，他跟我说，有个挺有名的老演员做了这个手术。"

"戏剧学院的同学吗？你们搞文艺的除了自己的专业，在别的事上也太不靠谱了！"

我从他的话里间接地获得了某种鼓舞，便顺着他说："可不是！他还认为我给男朋友钱这事做得不对。可我觉得，人穷了富了都是常事，我能帮就帮，怎么了！"

"你谈恋爱了？什么时候的事，怎么没跟我说呢？"

我迟疑了一下，慢吞吞地给他讲了讲吴建。我省略了与纽约之行有关的失望，着重从晶悦酒店的再次见面说起。

"他特别能明白我内心的挣扎，因为他与我有类似的经历和心境。我们的原生家庭也有相似之处，他非常能理解我。"我啰啰唆唆地对陶帅说。

"嗯，那挺好。"他顿了顿，"你们怎么认识的？你妈知道这个人吗？"

"当然知道，他们还聊过呢。"我故意没提在网上相识这回事。

他倒也没追问，只是说："谈恋爱你不要净顾着考虑对方，量力而行，能救急但别救穷。哎，他经济条件到底怎么样？"

"估计家里条件跟你差不多。"我随口说道。

"是吗？那是家里管得严还是自己挣得少，怎么还需要你支持？"

"你这问题真烦人。"

"那我先不问了。有机会带给我见见，我跟他聊聊车，聊车能试出来许多东西。"

"算了吧，我感觉他是那种朴素的富二代，和你不一样，你太浮夸了。"

他呵呵笑了笑，声音忽然沉下来："先别对他太好了，先看看他是怎么对你好的。"

"我以前可能就是付出的不够多，也没能做到将心比心，所以……唉！我现在希望多付出一些，让他感受到。我给他了，他也就会给我的。"

"我希望他能足够敏感，随时感受到你的付出。"他友善地说。

敏感。吴建肯定足够敏感，不然不会那么及时地体察到我的隐秘心思。挂了电话，我颇有信心地想。正好，吴建发来了他订的机票和酒店信息。"我在机场旁边找了一家酒店，避开上次那个区域。这次你也不用去前台登记了，到时候我把你悄悄接到房间，免得再遇到上次那种事。"他发来一条贴心的消息。

我越来越盼望见他。心弦被触动的状态让我对其他的事也抱有丰富的感性。无论好消息还是坏消息，都能让我又想哭又想笑。

当韩医生在电话里告诉我，他的一位老同学在H医院心脏内科，擅长复杂冠心病微创介入手术时，我生怕乐极生悲，却还是抑制不住激动，以至于和他讲话时总有些大喘气。

"我同学李铮一直在推动一个新技术，就是修复狭窄的血管并且无支架植入。他前几年公派到国外学习，专攻冠心病复杂疑难病变的微创介入。现在他已经做过上千例手术了。他三十岁就拿到了高级职称，很厉害，你让你爸放心去找他看病吧！"韩医生没什么寒暄，立刻把李铮的联系方式发了过来。

"谢谢，太好了！"我这么说着，却瞬间又犯起愁来，"这个手术是不是也对患者有要求，就像生物可降解支架一样，不是谁都能做的？"

"是有这个问题，"他坦白，"李铮主要是利用药物洗脱球囊来做血管修复，但是如果血管病变有严重钙化就做不了，还是得用支架。不过呢，一般程序上来说，都是进了手术室，判断血管病变的具体情况再决定。如果情况好就没问题，如果情况不好，还是会放支架的。所以你爸只要上了手术台，就不由他任性了。"

"嗯，"我松了一口气，"到时候就算他不愿意，医生也会把支架塞好。"

"是的。万一要是运气好呢，做血管修复就行了。时间得赶紧安排，这种前降支中段狭窄90%是非常危险的。前降支是给心脏的左室供血的，左室就像心脏的发动机，全身的血都是由左室收缩输送到全身的，一旦前降支缺血，患者随时会出现心肌梗死。"他的口气还算轻松，每一个字却像重锤敲下来。

"知道了，我马上去劝我爸。"

跟韩医生通过话后，我好半天一动不动。小时候的生活、有老许在的每一天，他的自行车、旧背包、稿件，皆像夜空中的星星，寻常却美妙。我记起多年前的一个国庆长假，他在家熬夜写稿，清晨才打着响鼾入睡，可我一点也不觉得吵。白天他有时伏在书桌上打盹，阳光洒在他的脊背上，照出他旧睡衣上的小破洞。我找出针线，趁他脱下睡衣的时候，蹩脚地在衣服上补了几针，那破洞被凌乱的针脚弄得更明显了。

"迢迢，你以后只能像爸爸一样写东西了，别的你都不会做。"老许看看我补过的睡衣，抱着我转了一圈……

老许，你不能死啊。如今哪怕你把李小溪视为最爱，我也希望你活着。你爱不爱我，在不在乎我，愿不愿意帮我，都没有你活着重要。

我鼓起勇气，给老许打了电话，他没有接。我鼻子一酸，继续给他打。他终于接了电话，我刚听到他的声音，就哑着嗓子说："爸，你快做手术吧，我给你找了H医院的大夫，可以不放支架，你快去吧！我求你了……"我磕磕巴巴地把能说清楚的事，李铮也好，球囊也好，一股脑儿地讲给他。

"你在听吗，爸！"见他半天没反应，我慌了。

"迢迢，你是不是还在怨我？"他深沉地问。

"没。"我使劲地咬了咬嘴唇。

"你长大了，可你真的长大了吗？你还不会骑自行车，也不会开车。我要真死了，可能灵魂还得惦记你，想着，好多事你该怎么办啊！"

他朴素的担心使我一下子愣住。人间再平常不过的父爱，我为什么不能妥帖地把握，而总让它一会儿有一会儿无，别别扭扭的？

一时间，出现大片沉静，我们谁也没说话。

"你把李铮的联系方式给我吧！正好李小溪也让我转院去H医院，就去那里吧！"终于，他缓缓地说。

我掐了一下自己的大腿。这本该令人欣慰的时刻，李小溪的名字却又冒出来了。世界真是既辩证又残酷，不愿给人一个彻底的美梦。

给老许发过去李铮的电话号码和微信号之后，我陷入一种探不到底的烦闷。明明希望大大增加，我却愉快不起来，仿佛还有若干难题解不出答案。我坐到沙发上，用手背磕着自己的脑门。

手机忽然响了一下。

"苗苗。"吴建的微信发过来了。

我抓着手机，像抓住救命稻草一般。"我需要你，我好想你！"我一边打字一边念出声。

"我马上就来了，你不要急。"他立即回复。

"我真希望有一天能离开！"

"离开北京吗？我会带你走的，我会跟你过日子，组成一个家。"

"嗯，我等你，我爱你。"

"我也爱你，苗苗！我永远爱你！"

我握紧手机，闭上眼睛，心里逐渐平静。他的存在使我此刻能够抛下诸多忧患，因为有了指向未来的爱情生活，有了无数个以后可以寄托。当日的焦急忧虑，被听其自然的幸福感默默地取代了。

四

老许很快就转院去了H医院。李小溪在转院的事上配合得雷厉风行，一点没马虎。老许先是在特需门诊的诊室见了李铮。据说，李铮热情而果断，给老许的印象很好。老许心里面的重重顾虑被这位年轻健壮的医生迅速打消。李铮又不乏风趣幽默，引用的术语和提前说明的手术步骤让老许心安。他向老许解释，利用药物洗脱球囊修复狭窄的血管，就像"摊鸡蛋饼"，把堵塞血管的斑块用物理的方式压瘪，血管就被疏通了。之后再将球囊撤出体外，人体内将不会遗留任何植入物。老许被李铮诙谐的言谈所折服，心也踏实下来。

李铮给老许安排在五天后做手术。接下来，就是李小溪帮着应付那些繁复的签字手续。

我真后悔，后悔托了韩医生的关系。这下好了，老许身边跟着位年轻的伴侣，我家这点事谁都知道了。我庆幸自己没在现场，免得还要面对李铮可能会冒出的任何奇怪眼神。

可老沈还是打了电话劝我去一趟医院，叫我务必要亲眼看看老许。

"医生都是你帮他找的，你有什么不好意思的？难道你还怕李小溪吗？"老沈恨铁不成钢。

"我就是别扭。要不，你陪我去？"

"可别，一个前妻，一个现任，多热闹啊！"

"你这时候怎么就不能支持我一下呢！"

"我陪你去面对李小溪就是支持你了？我不能剥夺你自己的责任，你得学会扛事。"

多么冠冕堂皇的说辞，我感慨，觉得老沈某些时候怎么还不如吴建对我体恤。

思前想后，我还是做不到立即去医院。我给老许打了个视频电话，在镜头里看到他苍老的面庞和布满了血丝的双眼，我想，即便他信任李铮，可毕竟要面临一个性命攸关的手术，他一定睡不好。

"爸，别紧张，没问题的。"我说着干巴巴的话。

"不紧张，小溪也说没事，肯定没事的。"他咧开嘴，眼神却是凝重的。

"好好休息，手术那天……我去看你。"我轻轻地说。

"不用，别弄得好像多大事似的。等我出院回家了，你直接来家里！"

我点点头，又说了些不痛不痒的话，直到他急着要去接李小溪的电话，我只好挂了。

老许手术的前一天，吴建到北京了。他住进了机场旁边的一家四星级酒店，那位置对我来说着实不方便。

"不然你还是换到市中心吧。"我在电话里跟他商量。

"苗苗，难道你还想再遭遇一次警察的特别关照吗？"他笑着说。

我直接发了火："我爸做手术的医院在市中心，我去机场那边找你，到时候再去医院路可远了！你别跟我开玩笑，现在是开玩笑的时候吗？！"

"别生气啊，我错啦，真的错啦！"他连连道歉，声音轻柔得像个女孩，"我不想让你在心烦的时候还去面对警察。想想上次吧！"

他的提醒也不无道理。我懊恼地抓抓头发，只怪自己曾经的愚蠢。

我收拾了一些护肤品，换上一条连衣裙，没化妆，只涂了个润唇膏，便打车往机场那边去了。

吴建在酒店门口等着我，穿着素净的格子衬衫和泛白的牛仔裤。我还没从出租车上下来，他已经透过车窗看到我。他急急忙忙上来给我开车门，刚碰到我的手，就顺势给了我一个用力的拥抱。

我并没有去前台登记，跟着他直接进了酒店电梯。

"苗苗，我想你！"在电梯里，他含情脉脉地望着我。

一出电梯，他就低下头深深地吻我，直到我快喘不上气，急得用手抓他的后背，他才罢休。

他紧紧搂住我的肩膀，带我进了房间。一进屋，又是一个长长的吻。等到他总算松开我的时候，我退后几步，有些伤感地看向别处。

"怎么了？"他走过来捧着我的脸。

我移开他的手，说："我想去看我爸。但是他女朋友每天都去看他，我又不想去了。可我……还是想看他。"

"我太明白这种事了，我太理解你了。这样吧，我陪你一起去，去骂那个贱女人！"他咬牙切齿地说。

我意外于他的粗鲁，瞪着他说："那是医院，别闹事。"

"怕什么，"他使劲握住我的手，"有我在！"

他嘴里吐出一连串短语，普通话、粤语、英语皆有，应该都是脏话。

我不置可否地看着他。

"我跟你去骂那个女人，怎么样？"他扬起眉。

"你就别添乱了。"我用手捂住他的嘴。

他掰开我的手，用嘴唇贴着我的耳朵说："你是不是精神紧张？"

"是，总想着手术的事。"

"我就是来帮你的，苗苗。"他用一只手的手背蹭我的脖颈，"和我在一起，你要彻底放松。"

他的抚摸让我反而越来越紧张，四肢都变得僵硬起来。

"放松呀，放松。"他猛然间用双手握住我的脖颈，像念咒一样说着，"放松呀，放松。把自己交给我，你是我的，是我的！"他的手逐渐用力。

我快喘不上来气了。

"憋气，再憋一下！"他好像和我一样，正在进入窒息状态。他的眼睛睁得极大，瞳仁黑黑如无底深渊。也许，他进入的是灵魂的窒息状态。他的眼神忘我，目光不知聚焦在何处。

"再憋一会儿，多憋一会儿！"他的眼珠怪异地转着。

我的头顶像被凿开了一个洞，血在顺着那个洞慢慢地流失。我闭上眼睛，仿佛在一刹那成为自身的旁观者。我的灵魂脱离了肉体，不再受任何世俗的约束。过了不知多久，我从那危险又超然的感觉中回过神来，慢慢睁开眼睛。

"苗苗，我爱你！"他用自己的脸贴了贴我的脸。

我动动嘴唇，虚弱得发不出声音。

"你是我的，我爱你，爱你……"他的手在我的胸口轻轻地拍着，像哄一个婴儿。

"我们这样算不算有毛病？"等稍缓过来之后，我与他并肩躺着，冷不丁地问。

"这不重要。有没有病，我们都是在一起的，我们一起病。"

我偏过头，凝视他。他的大鼻孔与他的厚嘴唇一起微微地颤动，有些可爱。他是脆弱的，也可能是病态的，然而我就比他好到哪儿去吗？我身上也有这样和那样的问题。我们的爱，我们的共鸣，或许就是在特殊的性格，甚至有些偏离正轨的行为癖好中建立起来的吧。

第二天，我没顾上吃早饭，匆忙洗漱后就从酒店赶去医院了。

老许本来应该下午一点钟做手术，结果忽然提前了几个小时，改成上午了。我到医院的时候，老许已经跟着李铮去了离病房不到五十米的手术室。李小溪在手术室外面等着，见我来了，开门见山地说："你爸刚进去。这是微创手术，不需要全麻，只是右手麻醉一下，他人是清醒的。"

"我知道，我看了不少资料。右手腕局部麻醉，整个手术用不了一个小时，很快就能做完。"我表面轻松，实则心里不停地打鼓。

时间过得无比漫长。我几乎没再跟李小溪说话。她呢，时不时看看手机，不然就看看手表，也不怎么搭理我。差不多四十分钟后，手术衣已被汗水湿透的李铮走出了手术室。李小溪抢先一步迎上去，问："怎么样，李大夫，都好吧？"

"很顺利，手术成功。"李铮的嗓音嘶哑，"这手术真该早做，他的血管狭窄程度在手术室才看出来，是99%。"

我心里咯噔一下。看到老许被推出来，我立马冲过去。我想看他的脸，想听他说话。

然而，他半眯着眼睛，微微抿着嘴，看起来并不想说话。

我瞥到他眼角密集的皱纹和几块明显的老年斑，觉得他是那么苍老、虚弱。

我飞快地在他额头上亲了一下。

"迢迢，先让你爸回病房休息。"李小溪上前拦了拦我，"李大夫很有经验，他还做过狭窄程度100%的手术呢！"

我瞥了一眼李小溪，她那神情，就像李铮是她找来的医生似的。看到她又追着李铮问这问那，我避到一旁，给老沈发了信息。

"顺利就好。你爸都这样了，看在他的面子上，你还是学着跟李小溪好好相处吧。"老沈冷静地劝我。

我回了三个字："太难了。"

我在病房待了一会儿，想等老许醒来，跟他说几句话。

可一想到某些话是当着李小溪的面难以对老许说出口的，我难受极了，便没在医院久留。

回到家，我冲了个澡，平复了一下心情，就去酒店找吴建。

路上堵了很长时间的车，我一直给吴建发信息。他竟自己出去了一趟，此时也正在回酒店的路上。

"我找Rita谈些项目的事，谈完又去拜访了一个在北京的朋友，她给了我一些今后职业发展的建议。"说完，他发过来两张和Rita的聊天截图。

"北京的朋友，第一次听你说。"我有些惊讶，何况他并没有给我发与这个朋友的聊天截图，使我完全搞不清楚情况。

"因为她是个挺年轻的女孩，我怕你吃醋。"

"怎么会呢，我没那么小心眼。"

"那我就说了啊！她叫Emily，是惠立地产老总的女儿。商业上的很多事，不限于地产界，她可都是一句话说了算。以后我少不了跟她合作。"

"噢。"我放下手机，心里还在惦记老许，对吴建的朋友终归还是提不起兴趣。

见我长时间没回一句话，吴建发来一句："你不会还是生气了吧？"

"没有。"我无精打采地回复。

他直接打来电话，轻声细语地说："苗苗，你爸手术顺利吗？都怪我，我应该想到我的苗苗现在心里可累了！我快到酒店啦！先叫上一桌好吃的等你！"

"手术挺顺利。我随便吃两口就行，没什么胃口。"

"交给我吧，到时候你就馋了。"他坚持道。

我抵达酒店，吴建已经先我一步到了房间。他急匆匆下来接我，把我带上楼。

"有好多好吃的哦！"他摸摸我的头，嘴角闪着油光。

一进屋，只见一张铺着雪白桌布的小圆餐桌已被推到狭窄的标准间里。桌上摆满了菜肴：海南鸡饭、海鲜意大利面、奶酪拼盘、炸薯条和三明治，还有一碗已经吃了一半的云吞面放在靠近桌沿的地方。

"我太饿啦，就先吃了几口鲜虾云吞面。这里的云吞不错，你尝尝。"他说着，拉我坐下，用白瓷勺舀了一个云吞喂到我嘴边。

我身体往后挪了挪："我真的没胃口。再说，你也太能吃了。"

"我这么高的个子，这么大的身体，肯定要多吃啊！"他做了个鬼脸。

我只好点点头。

他不再多说，自己埋头把剩下的半碗云吞面吃得干干净净。

想起来，我很久没见过一个人这么投入地吃饭了。他真简单，他的欲望相比我的，是多么简单。他与我之间既有一些相似又有诸多不同，而他与我的不同，也许恰恰能抵消掉我那些过于复杂的痛苦。他并非对我的痛苦一无所知，他能与我在一定程度上感同身受，却又以他的简单粗暴去瓦解我痛苦中深奥的因素。想到这里，我忽然向他俯过身去。他立刻放下餐具，抚摸我的脖子。

我拽过他的一只胳膊："你那么简单，真好。我比你痛苦多了。"

他用餐巾使劲擦擦嘴："会好的。你有我了，我也有你了。"

他注视着我，舔舔嘴唇，好像要准备吮吸我体内蕴藏的感情。

当他身上的热气越来越重，我们又缠在了一起，享受窒息游戏带来的快乐与解脱。

大脑里的芜杂被缺氧的感觉排挤掉之后，我像昏迷般沉沉睡去。那种稳定的睡眠里没有生动的梦境，只有肉体的沉坠和轻飘。身躯像在海浪中，一沉一浮，一浮一沉。庄严的思想都散了，剩下些疯狂的笨拙。我躺着，睡着，不用思忖，不用行动。在一小段时光之内，一切又空又静。

我睡到第二天上午快十一点才醒。醒来，吴建已经坐在床边看手机了。

"苗苗，我要马上去分江，去办MBA的事。好多事都很麻烦，不过我会搞定的。"

"什么时候走？"

"马上走，我买了三个小时后的机票。"

"好吧，你去吧。"我不情愿地说。

"我很快就再过来找你。"他对着我俯下身，用他的手扣住我的手。

"嗯。"我懒散地应着。阳光从窗帘缝里透进来一束,正好照在他的脸上,他的面容因此显得斑驳。我伸出一只手去摸他的下巴,他的胡茬有些扎手。

他歪嘴笑笑,问:"你要不要给我刮胡子?不小心刮破也没关系哦,给你一次刮破的机会。"

我一听,顿时缩回手:"别了,这种事你自己做吧。"

"你还真是胆小。"他笑出了声,起身去了卫生间。

当他看不到我的时候,我战战索索深吸一口气。小时候的某些画面闪回在脑海,所幸,它们出现得快,消失得也快。不出几秒,我的头脑又被眼前的爱恋填满了。

五

我在"等等"见了双闻一面。

双闻从赵以那里听说了老许的事,给我打过几次电话,正巧都赶上我跟吴建在一起,我不是顾不上接就是三言两语便挂了。

她挺着急见我,说话的语气里有种无端的紧张。我以为是她自己也遇到了什么麻烦,赶紧应了约。

结果在"等等"见到她,她还是那样娴静,脸上挂着淡淡的笑。我放心了,刚要点杯酒喝,她阻止我,劝我跟她一起喝果汁。

"别喝酒了,我有好多话要跟你说。"她抓了一下我的手。

她拿出两个黑灰相间的小盒子:"送你的,路易波士茶和覆盆子马卡龙。"

我接过来,不好意思地说:"是我爸病了,我又没什么事。"

"就是想送你礼物。"她盯着我看了又看。

我被看得心虚,低着头说:"赵以还说别的什么了吗?"

"你担心他说什么?他是不会伤害你的。"

"噢。"我有些迟疑,"那个……我跟吴建好了。"

"嗯,我能感觉到。"

"是吗?"我抬起眼睛,对她淡定的反应很纳闷。

"我感觉你最近很忙。你脸上有动人的光泽,可是你有些消瘦,黑眼圈有点重。你没少熬夜吧?你口红的颜色比以前艳丽多了,酒红色的指甲油也涂得很漂亮,你最近应该在恋爱。但是你的爱,怎么说呢,有种俗气的肉欲,所以你整个人看起来都有些妖媚了。能给你这种感情的人，文化素养应该还不如赵以。"她的声调很平稳，使我差点忽略她话中的贬斥之意。

我反驳道："你说话真损。吴建可是在美国读完的硕士。"

"硕士也不一定就很有文化，具备某个领域的专业知识与文化素养是两回事。他学什么专业的？"

"经济管理吧。"我心里也不是很确定。

"就你所知，他管理过什么？"

"我没怎么关心过那些，就知道他是做金融咨询的。"

"那他做过什么项目，服务过哪些客户？"

我摇摇头。

"唉！"她无奈地看着我，"你给我看看他平时给你发的信息吧，有没有英文的？"

"有，他经常发英文句子。说起来，他持美国护照，算是美国人。"我翻出微信的聊天记录给她看。

她蹙着眉，似乎把吴建那些直白的情话默读了很久。

"你觉得他受过很好的教育吗？你就说你最直接的感觉。"她问我。

"怎么了？我记得他上的是美国的迪索大学。我知道他这人不算特别有内涵，可这恋爱本来也不是谈内涵的。"我不太情愿地承认道。

"他的句子结构和使用的词汇……"她抿了抿嘴，"并不显得他受过非常好的教育。或者说，即使他曾上过不错的大学，他也对高等教育中规范严谨的学术训练是抵触的，是拒绝吸收的。"

我听到这些话并不舒服，于是紧闭着嘴。

她又问我："他给你读小说的时候英语流利吗？普鲁斯特的小说里有大量法语名词，法语的人名和地名在英文版里是照原样保留的，他读那些名词时怎么样？他从小在国外长大，有没有掌握一门拉丁语系的第二外语？"

我使劲想了想，说："别说法语了，有些复杂的英文单词他读起来也有点磕巴。不过，他在美国生活多年，作为当地人，他们的常用口语原本也没有多复杂吧？他平时使用的英语估计来回来去也就几百个词吧？词汇量说明不了什么，有的人多一些，有的人少一些，都正常。"

"你没意识到自己的问题吗？"

我奇怪地看看她。

"你为什么要找那么多借口来维护这份其实你自己也心虚的感情？"

"我心虚了吗？"

她盯着我："吴建给了你什么，让你对他上瘾？你难道不清楚，你们完全是两种人吗？"

我呼出一口长气："我不想再跟什么文艺男在一起了。"

"这还不是最根本的问题。"

"那什么是根本问题？"

"你爱他吗？"

我没说话。

"你只是有种需要，有种不舍。所以我问的是，你在对什么上瘾？"她继续盯着我。

我不自觉地摸了摸自己的脖子。

"有什么虚无缥缈的东西抓住了你。迢迢，你很漂亮，长得漂亮，打扮也漂亮，散发出的诱惑力也很大。可你的双眼没有神，你浑身上下冒出一种虚荣、空洞的美。"

我轻笑了一声："是吗？那也是美。"说完，我又摸摸脖子，并情不自禁地说："他给了我很特别的体验。"

"肉体的体验？"

我没马上回答。

"是角色扮演还是更刺激的？"她的声音柔和，眼神却非常犀利。

"没有，没有。"我下意识地否认，一双手握紧了，双脚也在鞋里面绷了起来。

她格外悲伤地叹了口气，仿佛在对我的谎言做出不得已的宽容。

我不想失去她的友情，于是慢吞吞地说："告诉你实情吧，我们……会玩窒息游戏。"

"他扼住你的脖子吧？"她一点也不吃惊。

"是。"

"只是这样？"

"嗯。"

"他还向你索取什么了吗？"

我像被什么东西击中而无法出声了。

她动动手指，碰了一下我，而后，忽然用法语自言自语起来。

"是普鲁斯特吗？"我毫无根据地猜测着。

"是蒙田的话。'最不易交往的是人，最易交往的也是人，不易交往是由于他的罪恶，易交往是由于他的天性。'"

她引用的话纵使深刻，但尚激不起我任何反思。人都是在与自己内心的虚无对抗，有时成功，有时不成功，都是再自然不过的事。在对抗的过程中，当人获得了一点手到擒来的乐趣，抓住那一点在痛苦的对立面迅速聚集起来的感官愉悦，会视其为自己在艰难岁月里应得的补偿，难以放手。

晚上回到家，洗漱后，躺在床上，我跟吴建用手机连上线，这样，大脑缺氧的快感远程也能实现了。他反复喊着我的小名，让我试着屏住呼吸，并扼住自己的脖子，他则在手机的另一边读秒。

"我没说停，你就继续憋气！继续！"他亢奋的声音不断地从手机那边传过来。

直到午夜时分，发狂的游戏伴随着言之无物却极度轻松的调情，重复了几次，我们终于都倦了。他甚至还没来得及挂断电话，就打起了鼾，沉沉睡去。

我在黑暗中睁着眼睛，怎么也睡不着。我索性起了床，找出罗斯科的画册，翻到他被英国泰特美术馆收藏的那幅《褐红色上的黑色》。

一个表面上令人不适的行为产生时，你以为不仅可以将情感释放，还能够为悲伤获得净化，就像戏剧中的"卡塔西斯"。你相信自己能够在不适的行为中被陶冶，最终走向宁静。但眼下的游戏真的有效吗？我不免疑惑。在窒息的情境中，由于自己无法完全控制局面，有些预料之外的后果会呈现出来。就像在画布上涂抹颜料，如果黑色的比例变大、占据了太多红色的位置，那么整体将会成为另一幅模样并不美妙的画。悲伤仿佛也像颜料，它在窒息中被掺和了大量其他的成分，被净化的可能性也变得越来越不确定了。在激烈的窒息之后，我会安静，却也会没来由地为自己感到难过，我说不清这是为什么。

只剩下一件事是毋庸置疑的，那就是肉体的感觉，它留在皮肤上，留在气息间。浑浑噩噩地，世上没有什么深刻的奥义了，只有成瘾的躯体体验教人欲罢不能。你难以戒掉，因为有人一边教你体验，一边告诉你，他爱你。这爱的分量轻吗？它并不轻。它耗走了你那么多的时间，那么多的情绪，那么多的注意力，怎么能是轻的？如果它是轻的，你只会比它更轻，轻到一击即碎，轻到难以经受一点波澜。

六

我一个人去了城北的书吧查阅法医学的参考书。写刑侦剧这事变得越来越像任务，虽然我并没有找几个学生来帮我填台词，可自己写每一句台词时也感到无法顺畅表达。这种状态下，查资料反而令我神清气爽。看着别人在真实的案件中总结出的经验，就像观览死亡纪念碑，点滴发现都能唤起激荡而崇敬的情感。

我正翻书做笔记时，吴建在微信上找我聊天。我没及时回复，他便拨了两次语音。被我接连挂掉后，他立即发了一串问号。

"在看书。"我简短地回道。

"最近我妈要去美国办事，我一个人住，你要不要过来玩？"他问。

"去败城？算了，我还要写剧本。"

"你还没找学生代笔？"

"没有，我习惯自己写。"

"写剧本在哪里都能写啊，你来这边找个酒店的江景房写，不是更舒服？"

我合上手里的参考书，犹豫了。

"你是不是介意酒店的价格贵？倒也不会太贵。我爸爸是做房地产的，我们这边有一条街都是他当年开发的，很多事他一句话说了算。酒店给你打个三折，这都不是问题。"

他小孩子似的炫耀让我觉得好笑。我又想起了什么，于是问他："如果我过去找你，那我写剧本的时候你干吗？做金融咨询吗？还是你最近不忙了？"

"你真聪明，我的确不那么忙了，因为我不做咨询了，最近在看别的项目。"

聊到这里，他表示打字很麻烦，死活还是要通话。我只好握着手机，快步走到书吧门口。

"干吗非要打电话？"接通电话，我没好气地说。

"我真的很想你，苗苗，我实在太想你了！"他的语气像一个十几岁的青春期少年。

我的心软了下来，任凭他絮絮叨叨个没完。他挺兴奋，忽然提起一些国际奢侈品品牌，又说起自己家也投资了时尚行业，在离畋城不远的梵山市有制衣厂。他一边说一边给我发了张制衣厂的照片，他的一只脚也在镜头里。太多关于奢侈品的概念被灌进我的耳朵，我沉默了。

　　"你怎么不说话呀，是不是不喜欢聊这个话题？"他敏感地问。

　　"主要是，我本来在查资料，听你说这些毫不相干的，是有些烦。"

　　"不要生气嘛，那我不说啦！我们今晚还玩游戏吧，苗苗？"他有意压低嗓音。

　　"行……"我打了个激灵，脑子里瞬间充满入魔般的渴望。

　　夜晚，我们的游戏借着枕边的手机听筒，断断续续地持续到了凌晨一点。我为窒息带来的短暂快乐而发疯的同时也开始担忧。在一瞬间的大脑空白中，我感觉不到宁静的观照了，取而代之的是一种廉价的忧愁。

　　当我终于入睡后，我模模糊糊地梦见成片的红色和黑色，以及一条褐色河流中翻滚的巨浪。悬崖峭壁之上，有粗粝的石块掉落下来，砸在不知什么生灵的肉体上。黑色的液体从软塌塌的肉体中渗出，十分黏稠，散发出浓重的腥味。

　　我惊醒了，鬓角处汗津津的。我一看时间，不过早上五点。

　　我对梦中的事存有朦胧的印象。险峻环境中的岌岌可危，诱发了潜意识中的自戕欲望，这也许就是弗洛伊德说的死本能。

　　罗斯科的画册翻开着，摊在床脚，我却全然想不起来自己什么时候去翻了画册。我愣愣地坐在床上，摸出手机，发现手机快没电了。想起昨晚与吴建做的一切，我疲惫而羞愧。

　　我并没有去畋城。吴建见我不去，就张罗着要再来北京。

　　我希望他来。我渴望被他拥抱和安慰，渴望被他的双手碰触。但我又不愿他来，他不来，我就不用受那份邪恶快乐的蛊惑。

　　我挣扎着，暗示自己，我并不需要他来。然而，现实的烦扰总会在心灵的城防工事上凿开裂缝。

　　老许出院后，我去他家看了他两次。第一次，我带了桃子和香蕉，在客厅里正要和他一起吃，就被李小溪责怪，说这些水果糖分太高，不利于老许养病。她不断念叨，认为我对老许的健康不够用心。老许一声不吭，没有给李小溪帮腔，也不替我说话。我闷闷不乐地在他家熬过了几个小时，悻悻而归。

第二次去看老许，我没有那么大耐性了。那天老许正在家看电影频道播的老片子，挺有兴致，招呼我一起看。我坐在老许的左手边，眼睁睁看着李小溪抱住他的右胳膊，一会儿一声"宝贝"地唤他。我如坐针毡，坚持了不到十五分钟便借口离去。回家的路上，我先给老沈打了个电话诉苦，她一听就懂，却又嘲笑我太弱，笑我连自己的亲生父亲都守不住，在别的女人面前只会犯怵。我一肚子委屈，转而联系了吴建，如愿听到他一大堆暖心的话。末了，我连说了几句想他，他立即表示，马上就买飞北京的机票。

"只是……最近家里的生意，还有我自己的工作，都有资金方面的问题。其实前两天还没什么大问题，可是我妈她竟然把手头的现金都借出去给亲戚用，一借就是一百万呢！唉，真是没脑子。"他叹着气，声音有些发蔫。

"知道了，那我把你来北京的费用转账给你吧！你微信上收一下，多余的你留着用。"我爽快地说。

"苗苗，以后生活稳定了，我要带你去纽约，去伦敦，看你想看的，吃好多好吃的。"他有些幼稚地说。

听他提到了伦敦，我立刻说："去伦敦的泰特美术馆吧。"

"你喜欢那里？"

"那里有罗斯科的画啊！"

"噢……"他轻声应着。

我感觉此时他无心聊艺术，便不再说多，先挂了。

和上次一样，我又在微信上给他转了一万块钱。他这回不再犹豫，马上领取了，可随后他又把电话打了过来。

"怎么了？"我接了电话，心里有种无端的不安。

"苗苗，我是不是给你压力了？"

"没有啊！"

"真的吗？那样的话，苗苗方不方便再给我转一万？这样我平常的花销也好应付一下……总之，目前的麻烦有些多。"

我愣了一下，没有回答。

"不方便就算了，我自己想办法，苗苗不用担心我。"他话是这么说，语气中却透出失望，还有几分痛苦。

我想了想，还是给他在微信上又转了一万块钱。看到他再一次飞快地领了钱，我隐隐地感到一丝悲凉。

"苗苗，我的苗苗，我心爱的苗苗！"他在电话里呢喃着。

我闭了闭眼睛。眼下，我们是真的很亲密，亲密到谈起钱来不存在借不借、还不还的。我有，我就给。他缺，他就要。

他需要我，我给予他，这感觉有什么不好吗？确实不好。当亲密关系中涉及了金钱，会带来一种说不清道不明的荒诞感。你当然也可以寻找有情有义的说辞来标榜自己的所作所为，但在内心深处，你知道，正是钱让情义变了味。当你想把这份变味的情义从生活里连根拔出时，却发现它已经扎得如此之深、如此之牢。

七

很快，吴建又来了北京。与上次一样，他在机场旁边找了家酒店，订了个标准间，与上次不同的是他换了一家五星级酒店。

"怎么还是住到机场那边了？就算要离市中心远一些，也不用那么远呀！"我责怪他。

"我对北京并不熟嘛！还有，我想尽量让你享受好的。同样档次的酒店，进了市区就要贵不少呢！"

我没再说什么。反过来说服自己，正好是"五一"长假，城里人多车多，处处拥挤不堪，机场旁边就机场旁边吧。

在酒店大堂见到吴建的第一秒，他就紧紧抱住我，低头在我耳边说："想死我了，苗苗！"

我轻轻推开他，让他先看清我的样子。我今天化了精致的妆，穿了条描着淡紫色佩斯利花纹的连衣裙。

"你太漂亮了！"他没有看几秒，就急着上前重新搂我。

我们相拥着步入酒店房间。房间的布置算不上优雅，床边的沙发椅上有股消毒水混合着洗洁精的怪味。这该死的五星级酒店标间！我在心里咒骂。有那么一个时刻，我心痛自己付出的代价，当然包括金钱。能缓解这种心痛的，此刻也许只有欲望了。我试图让自己放松，不去顾虑那些有的没的，全情投入他的怀中。

窒息游戏又开始了。他用讨好的眼神以及带着表演痕迹的温柔展开攻势，配合着粗俗的性感，在激烈的动作中持续地控制住我的意念。我那原本一星半点的退缩和犹豫，转眼就被他的欲望之火烧得不见踪影。

喘息，只剩下喘息在我们之间传递。

"我什么时候能去你家？"当我们倒在床上休息时，他抠着我小腹上的一块皮肤问。

"我家又小又乱，你可能不会喜欢。"

"你家几居室，在老小区还是新小区？"

"两居，市中心的老小区。"

"你把地址告诉我吧，我以后可以给你寄礼物。"

"什么礼物？"

"衣服啊，口红啊，你喜欢什么我就给你买什么。"

我有些失望，衣服和口红都不是我想要的。我想要更独特的东西，比如什么呢，比如我给双闻带的那本论文集。

"你在想什么？"他捧着我的头吻我。

"你这人挺简单，你的想法挺简单。"

"我就是很简单，我喜欢平平淡淡，想和自己爱的人有个家，这就够了。"他又吻了吻我。

我摸着他的头发，告诉了他我家的地址，完完整整，精确到门牌号。

"我记住了，以后给你寄礼物。"他捏捏我的脸。

"只说一遍你就能记住？"

"你的事我都能记住，"他指指自己的太阳穴，"因为你是我的苗苗。"

我笑了笑。

他用手指甲轻轻刮着我的后背，忽然问："要不，你先送我一个礼物吧？"

"你想要什么？"

"我想要你身上的味道。嗯……你可不可以把用剩的香水给我？这样我想你的时候就能闻一闻。"

"干吗用剩的？"我的慷慨被激了起来，"我还有一瓶新的，囤着备用的，给你吧！"

"太好啦！"他高兴得摇头晃脑，"我以后想闻就可以闻了，Black

Afgano！"

"香水名字你记得挺熟嘛！"

"我的意大利语发音还行吧？"

意大利语……我不知道他的发音标不标准，只是蓦然想起了彼特拉克的《胜利》，还有双闻。神秘、忧郁的双闻，她如果见到我现在的样子会露出怎样的表情？

吴建又趴在床上歇了一会儿才起身给客房服务部打电话，开始叫餐。他翻着菜单，恨不得把每个菜品都叫上一遍。英式三明治、意大利通心粉、法式蘑菇汤、中式炒饭……点了七八道菜之后，他咧开嘴，身上竟热烘烘的，仿佛正散发出动物最原始的渴望。没过多久，看着那些食物被穿着黑白制服的服务员送入房间，看到餐碟旁配上浆洗过的雪白餐巾，我感到乏味。我无法与他对食物的期待共情，只好麻利地奔向他的另一份期待——香水。

我匆匆回了趟家，取了一盒还未开封的香水。想到将要把这件具有象征意味的礼物亲手交给恋人，我充满了自满，甚至自负。出家门之前，我照照镜子，发现脸上的皮肤很干燥。我跑回屋里，翻出一盒面膜，迅速塞到手提包中。

回到酒店，我一进门就看到吴建正大快朵颐。他表现出的饥渴、欲望，其落点往往如此平常，使我总是会羡慕他。我走到他身后，静静地看他的背影。

他将身子朝后仰，向我做了个鬼脸。

"你回来啦，苗苗！"他甜甜地笑。

"给你的礼物。"我拿出香水。

他双眼发亮，看着乌黑一片的香水包装盒，仔细摸了摸盒子的边沿："我真喜欢！"

我转身去整理手提包里凌乱的物品，无意中翻到赵以送我的化妆镜。闪着银光的镜子一不小心从包里抖落出来，好在被吴建眼疾手快地接住了。

"这是什么？"他惊喜地捏着化妆镜。

"一个化妆镜，里面还能装一点东西。"

"这么小，能装什么？"

我没回答，脑子里出现赵以的脸。

"这是定制的吧？很贵吧，要几万块？"他没注意到我的失落，兴致勃勃地猜测。

"我也不知道……"我含糊地答。

"苗苗，这个能不能送我？"

"你说什么？"我很意外。

"算啦，你肯定舍不得！其实我家里也有很多定制的东西。这种小玩意儿，我见多了，你送不送我无所谓的。不过我一眼看去呢，还真是挺喜欢的。"

我猛然间不是滋味，好像平白无故欠了他什么一样。我又恐惧自己若在某件事上没做充分，或许会失去更多，我更恐惧自己对得失的计算方式出了问题……我心里像长了毛刺，敏感且纠结。我随手继续在包里翻着，翻出了那盒面膜。

他的眼睛很尖，立刻指着面膜喊道："哎，LA MER面膜！这个牌子特别好！"

"是吗？"我暗暗回忆，这面膜也是赵以给我的。比起赵以，我对化妆品牌子知之甚少。

"这是美国的牌子。"他主动拿过面膜。

"你觉得好用就拿去吧。你一个人出门在外要照顾好自己，你皮肤很干，都起皮了。"我盯着他的脸说，心里企盼他也能仔细看看我的脸。

他并没有细看我的脸，只是问："这个适合男的用吗？用了会过敏吗？"

"能用，放心吧，不会过敏。"我本来还想说，我的演员朋友，男的，经常用这个面膜，然而我没说出口。

他把玩着香水与面膜，也没说话。

"你的欲望强烈吗？"我忽然问他。

也许是我的声音太小，也许是他心不在焉，他没回答。

"你的欲望强烈吗？"我又问了一遍。

"欲望？我对苗苗的欲望当然强烈啊！"他转过头向我靠近，做出要吻我的姿势。

我躲开他的脸："你觉不觉得……虚荣心很可怕？"

"嘿，别这么多愁善感。想简单一点，苗苗，你值得世上所有的好东西。"他双手环住我的脖子。

我的肩膀抖了一下，觉得他并没有回答我的问题。

"我马上要去分江了，真舍不得你啊！"他叹道，同时双手加大了力气，将我的脖子紧紧地箍住。

我不能呼吸，我又不能呼吸了。我放弃了对呼吸的自主权利，任由他掌握。无法描述的坠落感带着我飞离世间困扰，抵达快乐深谷。一切矛盾的事物像在某个世外桃源里兼容、置换——淫荡的，化作可爱；卑微的，化作崇高。

送吴建离开酒店并了解他要乘坐的航班号之后，我无意一个人在酒店逗留。我很快就回了家，感到疯癫极乐后的空虚像要把我的血肉耗尽，便昏昏沉沉地睡了过去。

醒来已是夜晚，我没来得及打开卧室的灯，就先给吴建打电话。他应该早已到达分江。然而，他的电话一直打不通。伴随着一种似曾相识的不安，我又连着打了几个电话，都是无法接通。我慌了神，糟糕至极的感受扑面而来，让我无比清醒，且心跳得越来越快。

我找不到他，我连续七八个小时都找不到他。我无法入睡，无法躺下或坐下，更无法思考。我魂不守舍，好像联系不上的不是某一个人，而是一个我将要抵达的目的地。那个目的地忽然消失，便意味着我无岸可靠。

快凌晨四点的时候，吴建终于有了音信。看到他的消息我瞬间像回了魂一般，某些在身体里刚刚死去的希望又活了起来。

"苗苗，今天下午开始不知怎么回事，手机出了问题。我的手机好像该换新的了。"他发来微信说。

"你可以用酒店的电话打给我啊！你去分江不是住在酒店里吗？"我飞快地打字。

"说实话，我还拉着行李在大街上。"

"怎么会这样？都这么晚了！"

"最近经济上不是有困难嘛，我怕说多了你也不爱听。"

我沉默了，没有马上回复。

一分钟之后，他又发了一条微信："你看，你都没反应，就知道你不爱听。"

"我只是没想到你还在大街上，有些蒙。"

"我最近开销真的挺大。我要入学了，学校不停地让我缴费。我申请了奖学金，但只有几万块，而我上学的费用可是七十多万呢！"

还没等我回话，他直接拨了语音。一接通，他就继续讲他的烦恼："中介公司正在帮我办理留学生的居留许可，居然跟我要二十多万。唉，到处都是用钱的地方……"他有些局促地讲话，每说一句都要停顿一下，似乎在担忧我的反应。我体会到他的无助。在共情的作用下，我不由自主地想，还是再帮帮他吧。

"明白了，我给你打钱，一万够吗？不，我多给你一些，你赶紧找个酒店安顿下来。"我说着，在微信上给他转了两万块钱。

一阵长久的沉默。

过了好一会儿，他才把钱领了。

"苗苗，我心里难受……现在，我真是没办法……"他的声音听起来痛苦极了。

"没事的，没事的。"我无力地安慰道。

我抿抿嘴，努力将几个小时之前因为找不到他而生出的焦虑压下去。好吧，就这样吧，我付出能付出的，但愿这过程中能不断生出我所希冀的温暖，真挚的温暖。

八

给乐乐的剧本凑齐了五集，我仓促地交了。剧本的质量不提也罢，连我自己都不想把那些台词再读一遍。写台词本的每一个小时里，都有种随时可能会缺钱的窘迫感推着我、逼着我。写作因此变得越来越令人不堪忍受。

乐乐倒是履行了五集结一次账的承诺，她直接往我的银行卡里打了钱。然而她的爽快衔接着其他锋利刺人的东西，结账后她跟我通了电话，扯着嗓门告诉我接下来不用再写了。

"我看出来了，你没心情干这个！说到底你还是看不上这活儿啊！"她近乎嚷嚷着说。

她嚷嚷完，见我半天都不吭声，大概认为至少我还有自知之明。她于是又说了几句委婉的话，显得她与我之间的情分还在，未来的合作也并不是没有可能。

我麻木地挂了电话。乐乐的话不论好听还是难听，我都没往心里去。我有种一发不可收拾的念头，那就是尽可能去帮助我的恋人，这念头使我只想赶紧去做眼下更重要的事。拿到钱，我不由分说先给吴建在微信上转了一万。

"苗苗，你真是我的苗苗！你怎么知道的？"吴建立即在微信上领了钱并回复道。

"知道什么？"我挺纳闷。

他直接打电话过来，带着哭腔说："幸亏有你啊，苗苗！你怎么知道我正发愁呢！刚才中介又催我缴费，还有学校那边……他们都要把我往死里逼！我真不想上这个MBA了，只想跟你一起简简单单地生活。可我想要给你保障，想要让你过得舒服，所以我必须努力……"他说到一半，哭出了声。

他的脆弱出乎我的预料。我并不惊慌，我早已感到他需要我，而我也迷上了这种被需要的状态。但我没想到他会如此落魄、如此不堪一击。那么往后，他将会多么需要我、依赖我。我在瞬间增加的责任感之外又获得了几分古怪的兴奋。我要负责，我要对我的恋人负责！

"我明白了，你不用多说。"我怕他的自尊心受挫，劝他别再细讲难堪的处境。我想了想，又说："我给的钱也有限，也就够你在分江的生活费。"

"别这么说呀！一想到我还拥有你，我就踏实了，只是……"他忽然支吾起来。

"怎么了？"

"如果可以的话，能不能……"他欲言又止。

我心领神会，马上说："那我再给你转一万块钱吧。"

"谢谢！我爱你，苗苗！"

"我也爱你！"

我转钱、他领取，这两个步骤在手机上一共花了不到五秒钟就完成了。

我意识到躲不过去的现实问题：花钱的速度太快，我恐怕要坐吃山空。我开始懊恼没认真对待乐乐的活儿，又担心以后万一不能及时帮助吴建，他会何其失望。

惴惴不安地熬到天黑，我才鼓起勇气给赵以打了个电话。他忙得分身乏术，直接把电话挂掉，发了条信息让我等回复。

凌晨三点多，赵以终于有时间回电话了。他喉咙有些上火，不想在电话里多讲，直接开车奔我家来了。他到了之后，也不上楼，而是叫我下楼去停车场。

由于抱着明确的目的，我动作很快，迅速下楼找到他的车，爬上副驾驶的位置。

"最近事多，太累了。"他揉着眼睛对我说。

"大崔把你的时间都排满了？"

"是，他要我今年必须火起来。"他重重地呼出一口气，眼睛几乎要闭上了。

我希望他心情能好，便说："差不多了，也该轮到你了。今年，你肯定会火。"

他动动嘴唇，没吐出什么字来，大概是累得说不出话了。

我清清嗓子，说："我需要钱。"

"要钱做什么？"

"给我男朋友，他最近生活上出了些麻烦。"

"你男朋友？还是那个网友？"他猛地睁开双眼，但没有看我。

"对，吴建。他经济上有困难，我在帮他。"我挺忐忑，想象不出赵以接下来的反应。

他依然没看我，而是看向正前方，好一会儿都不说话。

"你说话啊！"我着急得轻推了他一下。

啪，清脆的一声。他侧身打了我一个耳光。他的动作产生的第一秒，我以为是幻觉，滞后了几秒我才反应过来，这是真的。这是真实的，我却很麻木。现在我所有的目的，落点都在吴建身上。别的事，我没交付深情，也就漠然置之。

"许迢迢，你还知道自己是谁吗？你知道自己现在是什么样子吗？"他瞪着眼睛。

"怎么了，我不能谈恋爱吗？"

他怪异地大笑了两声，说："我在想，当初在我给你开的房间里，你都他妈干什么了？我开那间房是为了让你能把狼给镇住……你倒好，现在开始养狼了？行，你以后谈恋爱别再把我卷进去。"

"我懂了，你这是在妒忌。"

"妒忌？我不会喜欢一个比霍小玉还贱的女人。霍小玉是可爱的，你不是。你下车吧。"

"你要什么大牌？！以为自己是明星了？"我学着他刚刚的样子，也笑了两声。

沉默，持续了不知几分钟。

"下车，许迢迢。"他冷冷地说。

实际上，他还没说完我的名字，我就打开了车门，下车，再漫不经心地摔了一下车门。车门没关严，我转过身，以为这是个天赐的契机，以为我可以再去关一下车门，以为我们之间还能再说几句。然而，他就带着那没关严的车门，一脚油门，绝尘而去。

赵以走了以后，我一直没睡觉。挨到天亮，我给陶帅打了电话。这天是工作日，他却没上班。

"女朋友皮肤过敏，我陪她来医院看看，当个随从。"他嘿嘿地笑着说。

"那挺好……"我不知所云起来，本想说的话一句也没说出口。倾诉自己最近与吴建关系中金钱的羁绊，还是直接问他借钱？要么跟他探讨一下所谓的富二代生活中究竟该是何种做派？我最终什么都没敢说。被赵以打了一巴掌后，我有点害怕与人谈论吴建了，我怕得不到理解。

"迢迢，怎么了？有什么事吗？"陶帅贴心地问。

"没事，你陪女朋友吧。好好的，希望你一直幸福。"

"我是很幸福，嘿，谢啦。"他傻笑着应和。

九

整个五月，生活对我来说是一块极小的芳草地，小到只有我和吴建两人。我们动物般地嬉戏，而其他的人和事都在芳草地之外，家人、朋友、同学、同行、创作、接活儿……我想起这些就像隔着一层毛玻璃，朦朦胧胧。清晰真切的，似乎只剩下了吴建。

实际上，五月，他没来过北京，但这并不影响我们的亲密。通过手机，我们一次次进行窒息游戏。又通过手机，我们一次次发生金钱往来。我把一呼一吸间的挣扎交到他手里，也把银行卡上的数字像撒糖豆一样撒给他。

眼看银行卡上的数字越来越小，吴建的需索却有增无减，我越来越恐惧。我怕如果没有钱，就会失去那片芳草地。如果失去那片芳草地，我就什么都不是了。一时间，好像只有他的需求才能让我找到存在感，才能赋予我价值。

六月的第一个周末，他总算又来了北京，依然住在机场附近的酒店。只是这次，他说只能停留一个晚上。

见面后，他没提钱的事，没提MBA的入学准备，没提家里的生意，没提中介公司。总之，所有恼人的事他都没提。

在飘着消毒水味的酒店房间，他对我说，让一切心烦意乱的事都见鬼去吧，现实的不如意都是笑话。

什么都可以被搁置一旁，只剩下疯狂的窒息游戏。一整个白天加上一整个夜晚，我们没吃过一顿正经饭，饿了就从酒店的冰箱和零食柜里取些巧克力和坚果吃。

他几乎不看手机，我也一样。我们的眼里只有对方，哪怕只是出几个怪声或讲两句没头没尾的话，我们也都紧紧相拥。中间，只有一个奇怪的电话执着地打扰了我几次。我无奈地接了，却听不到声音。对方的手机归属地是畋城，而除了吴建，我并没有朋友住在畋城。一定是打错了，我想，于是果断挂了电话。

吴建却在一旁敏感地问："不会又是哪个演员朋友急着找你吧？"

"没有，我现在跟他们都远了，因为你。"

他用双臂轻轻夹着我的脖颈："远了就远了，以后你只需要我。"

在酒店的标准间，谈话是这样少，最终只留下身体的缠绕。情爱，在局促的空间里并不崇高，也没走向低劣，它只是变成了一片白茫茫的东西。人好像漂在水上，有时睡去，醒来依然漂在水上。在甜言蜜语和欲望的烈火之间，我总是神思恍惚。我不知吴建的感触是不是和我一样。我瞥他，他正在打鼾。他累了，大概什么也没想，什么梦也不会做。

第二天早上，他来不及吃早饭就要赶飞机去分江。穿上衣服、抹上发胶后，他整个人都变了，调情时的笑容褪得无影无踪。"学校有很多手续要办，中介又在催我。"他看着手机，神色凝重。

他急匆匆地，几乎是小跑着去机场值机，生怕耽误一分钟。

飞机落地分江后，他发来一条信息："已到。"简短的两个字令我立刻紧张起来，而这种紧张马上得到了验证：他又失联了。和上次差不多，将近十个小时，他音信全无，微信上见不到一点他的动静，也一直打不通他的手机。

我开始咬手指，从小指咬到拇指，把红色的指甲油咬得斑驳。我又狠狠地咬指关节上的皮肉，却感觉不到疼。我要的答案得不到，正常的感受就回不来。只是几个小时，可我无从得知吴建到底去了哪里或是出了什么事。我糊里糊涂地被他抛在一个孤独的世界。

灵光乍现似的，我想起那个来自畋城的陌生电话。我打过去，一下就通了。一个声音有些粗的女人对我说着粤语。我用普通话告诉她，我听不懂。于是，她讲起蹩脚的普通话。

"你是谁？"她愣愣地问。

"您是谁？昨天您给我打过好几个电话。后来我接了，您却又不说话。"

"我都不知你是谁，怎么会打？"

"那就是您打错了吧。"我反过来替她圆场。

"可能吧，我不记得昨天的事了。我用的手机是儿子给我的，可能按错……"她话还没说完，却把电话挂了。

奇怪又冒失的女人，我心里埋怨道。过了几分钟，不知怎么，我生出一股诡异的直觉，又给那女人打了电话。

她一接，我开口就问："喂，您认识吴建吗？"

"对呀，我是他妈妈，你是……"

"我是他女朋友。"我斩钉截铁地说。

"哦，你是迢迢！"

"对，我是！我估计您的手机和他正在用的手机是以同一个用户名登录的，因此他的通话记录也会显示在您的手机上，所以您才会错拨到我的电话。"我兴奋极了，没想到她能叫出我的名字，心里的负担骤然卸下大半。

"手机的事我不懂啦。迢迢，真是你呀？你怎么不来畋城呢？来做客呀！"她热情地说。

"会的，以后一定！只是我现在联系不上吴建了，他刚刚从北京坐飞机去分江，落地之后只跟我说了一句话，然后就联系不上了，我挺着急的……你们联系过吗？"

"我也……我也联系不上他。他就是这样的，经常让我找不到。"她磕磕巴巴地说。也许讲普通话对她来说太难了，她不免嘟囔起几句粤语，而后又改口道："迢迢，我会再联系他的。等他回我，我就说说他，叫他以后不要再这样了。但是你明白吗，我说了也是没用的。这么多年，他就是这个样子。我的儿子我最清楚，他和他爸爸一个样，很任性的。"她语气里的委屈比我的要多。

"阿姨，我怎么称呼您？您贵姓？"

"我姓陈。"

我琢磨了一下，说："陈阿姨，您知道吴建最近很困难吗？他总缺钱。我给了他一些钱……我给了很多次了。"

"啊？"她显得很震惊，"真的吗？太不好意思了，让你知道家里的情况。家里呢，现在是遇到了一些麻烦，但只是暂时的。我替阿建谢谢你！现在家里这样，我也只有在你来畋城的时候好好招待你，以此来报答你了，你可不要嫌弃呀！"

我"嗯"了一声。

"迢迢，阿姨跟你讲件事情。"她忽然压低声音。

"您说。"

"我们之间的联络，不要告诉阿建。他肯定没想到我们会背着他这样联系。他如果知道了，会想很多。他从小脾气就大得很哟！"

"噢……"我又疑惑又为难。

"如果他知道我们在联系，他会觉得非常没面子，会猜我们背后讲他怎样怎样，尤其钱这方面的事。他是男人啊，不能被人说没钱的！"

"好吧，我明白了。"

"过了这段时间，等情况变好，有一天大家自然会把话讲开。你不要着急，迢迢。我半辈子的时间都交给了阿建爸爸和阿建他们这两个男人。男人是需要你给耐心的，你给了耐心，他们就不会辜负你。"

我无声地苦笑，尽量客气地和她讲完电话后，我查看手机，发现仍没有吴建的音讯，我再次咬起手指。

又过去了五个小时，我一直瞪着眼，煎熬地坐在床上。

直到凌晨四点多，吴建终于打来电话。

"苗苗，我出了状况！"他上气不接下气地说。

"怎么了？"我还没来得及问他为何失联，已被他急促的呼吸声吓了一跳。

"帮我办签证的中介说，需要我的出生证明，但我没有。那东西我给不了，你明白吗？"

"我不明白，你没有出生证明吗？"真是巧了，我心想，今天刚和你的母亲打过电话，现在你就提到了出生证明。

"我妈生我的时候，是瞒着别人悄悄生的。我是黑户，所以没有出生证明。也是因为这样，我妈后来才带着我漂洋过海，给我拿美国身份。中介公司的人很精明，他们猜也猜出了我的情况，趁机想要我多付钱，真是不要脸！"他突然间由愤怒转为呜咽，"为什么我要被生下来……我爸爸妈妈，他们当初为什么要搞在一起……"他开始抽泣。

"你别太难受了……"我慌了，不知该如何劝他，"那现在怎么办？我能做什么？"

"苗苗，我好需要你！以后不管怎样、在哪里生活、穷还是富，我都只要你！只要你！"

听着他的哀号，我说不出话来。对于他的身世，我并没感到多大的意外，也许是对戏剧性的事已见怪不怪，我只感到同情。并且，这世上有人如此坚定地要我，无论他的出发点如何，我都无法不去管他。

第六章　走向破裂

一

六月的第三个星期结束了。

我整日待在家里，不愿出门。香烟总被点燃，床脚堆着来不及扔掉的空矿泉水瓶。我没有食欲，只是很渴。

悲哀是我不敢放大的意识，我把它压抑下去了。我在恋爱，我对自己说。这段恋爱与所有的恋爱一样，出了一点问题，但这并不能否定恋爱本身，不是吗？我反复地问自己，在任意一个时刻。

许多个晚上，吴建都会用英文念一篇格林童话。他会用十分夸张的语气来念，以此体现他在细节上的努力。往往不到五分钟，故事就被读完，之后我们会心一笑，开始夜里真正的游戏。窒息，命令，服从，如此循环往复，乐此不疲。

日常的琐碎，吴建会图文并茂地分享给我。他常常在早晨或中午发来照片，有时是西餐厅的餐桌一角，有时是咖啡馆的小圆桌上被打开的笔记本电脑，有时是酒店卫生间里的玻璃门。他力图让我随时了解他的生活动态：他如何匆忙地吃饭、如何被商学院的事务烦扰、如何被肠胃炎折磨。他是艰难的、焦躁的、被生活逼得狼狈的，总之，他需要支持和依靠。我看着手机，读着他的信息，无法让良心沉默不语，只有付出才能心安。

我总是在付出，他总是在接受。因为他需要我，需要我。

六月的最后一个星期过半，吴建依然在分江奔忙。这天夜里，他没有念童话，而是不停地长嗟短叹。我问他怎么了，他直言不讳地说，下个星期的开销会很大，算了算，至少缺一万两千块钱。我听后，点了支烟，犹疑了一会儿，对他说，金额不太对。

"苗苗，你在说什么。"他的口吻并不像发问，而像感叹。

"我说你算错了，不应该是一万二。"

"你怎么会这样想呢？"

"我觉得你要少了，你在分江江东区的开销应该更大，你可能不好意思问我多要。"

他似乎舒了一口气："原来你猜到了啊！可不是，我其实缺两万呢！我是怕你负担太大，毕竟你也不容易。"

"你知道我不容易？"

"我知道啊！我还知道，我家苗苗现在并没有过着公主一样的生活，但是以后我会让你过上公主……不，是女王的生活。"

"女王的生活？哪个世纪、哪个地区、哪种制度下的女王？"

他发出撒娇声，怨我刁难他。

"我累了，睡吧，明早我把钱给你。"我边说边查了查银行卡里的余额，展示在我眼前的数字像个寂寞的困局。

"好，但是不要挂电话哦！我守在你身边，我们睡吧！"他温柔地说，只是那温柔帮不了我。

电话那边，他很快就打着鼾睡着了。

我真的累了，却难以入睡。我渴望睡着，渴望在睡眠中能依赖什么神奇的力量，或是能大声问出某些困扰我已久的问题。但我醒着，一声不吭，精神上像做了谁的奴隶。我开始蔑视自己，一股向内的敌意撩拨着我，使我暗戳戳想要自毁。

整个晚上，我不断地躺下，又坐起来，再躺下，再坐起来。天终于亮了，我感到一阵紧张。手机一宿都没挂断，当下，我能听见吴建在电话的另一边翻身、咳嗽。

他醒了。

"苗苗，你醒了吗？"他哑着嗓子问。

我没作声。

他叹息了几声，又发出更多的响动，似乎在掀被子。

"苗苗，你醒醒呀！"他忽然大声说道。

我还是没作声。

"醒醒呀！"他的声音更大了。

我屏住呼吸靠在床上，一动也不敢动。我在做什么？我问自己。我在沉默，我想以沉默来对抗他。

"苗苗，你知道我今天……"他一下子顿住。过了好几秒，他才继续说："我今天真的很急。我们昨晚说好了的，你忘了吗？"

我咬住嘴唇。

"你是还在睡觉吗？快醒醒，我今天有急事啊，苗苗！"他叫唤起来。

我终于没忍住，神经质地抖了一下手，同时抽了一口气。他一定能听到我的动静，我也装不下去了。我吸吸鼻子，"嗯"了一声。

"你醒？醒了就好，你知道我今天……"他忽然止住话。

"什么？"我轻声问。

"我们昨晚商量过的，我今天需要的……"他含糊地说。

"我想不起来昨晚说的。"

"想不起来，怎么会呢？"

"我真的忘了。"我撒着谎，声音很小。

"我还以为我的苗苗有多关心我呢！"他说话的尾音有夸张的升调。

我没回应，却生出自责的念头。我是不是错了？我这样做行吗？我装傻、不去帮他，这样真的行吗？我张着嘴，大口呼吸。为了缓解压力，我下了床，光着脚走来走去。

"你在做什么？怎么了？"他一下子仿佛显得十分关心我。

"我不知道。"我慌乱地说。事实上我知道自己想要什么，此时我真想要几片镇静剂。

"苗苗，"他咳嗽一声，以一种阴森森的口吻说，"我明白了，你说你想不起来昨晚的话，看来你的记忆力出问题了。你是不是吃了什么药？"

我一下子僵住，说不出话，没拿手机的那只手攥得紧紧的。

"许迢迢！"他严厉地喊出我的名字。

"嗯。"我下意识地应道。

"许迢迢，你是有罪过的，知道吗？你对自己不负责任，对别人也不负责任。许迢迢，你装什么？你那点手段以为别人看不出来吗？装不知道，你倒是装得像一点啊！"他的语速越来越快。

"昨晚说的……我是真的忘了。"我试图做最后的挣扎。

"昨晚说的所有的话，你都忘了？"

我还没回应，他又飞快地问："你为什么会忘？你到底是不是吃药了？"

我心酸得说不出话，想喊一句"没有"，喉咙却不听使唤。

"你不出声那就是吃了呗！要不要我帮你给警察打个电话？我担心你啊，真想叫警察赶紧去你家，好好看一看你。"

我手一颤，手机摔到了地上。我赶紧蹲到地上，抓起手机对他说："我没吃，真的。别乱打电话！"

"没吃你怕什么？你是不是在骗我？你知道自己多丢人吗？还吞药，还抢救呢，你知不知道那种行为就是自杀？就是自杀，你心里清楚得很。自杀是罪，是重罪！哎，还有，你记得你跟我说过小时候的事吗？在小花园里你的朋友为什么没有帮你？是不是你自己有什么问题？不然你朋友为什么不帮你？"

他的质问令我羞耻。在酒店大堂被警察问话的情形不可遏制地在脑海中复现。想到因自己的冲动和过失而遭受的审视，我抽着气，双腿不自觉地抖着。我又想起肖亮。肖亮，他在小花园里没有帮我……红色，白色，许多色块浮现在我眼前……肖亮……

"许迢迢，你说话呀！"吴建的声音强制我回到现实。

我喘着粗气，不愿再做什么努力，赶紧在微信上给吴建转了两万块钱。

"你拿去吧，我的钱也不多了。"我对着手机轻轻地说。

吴建先是沉默了几秒，忽而又以软绵绵的声音说："我刚才也是被气到了嘛。我太着急了，觉得你可能不在乎我了。我太害怕失去你，所以才那样说话。对了，我给你看一个户型图，我最近在关注分江江东区的涉外公寓，你看看这套怎么样？"他说着，在微信上发来一个链接。我根本无心细看，只瞄了一眼全英文的公寓名称：Grace Court。

他察觉到我的冷淡，不再提公寓的事，而是激动地说："我总想着以后一定要和你一起生活，但又怕照顾不好你。想着想着，脾气就上来了。唉，我是真的不想失去你！"

"你不想失去我？"我平静地问。

"当然，我最在乎的就是你了！"

我感觉不到他的言语背后究竟是什么，只好说："我累了，没事的话，我先休息了。"

"好，迢迢……"他忽然改口，"苗苗，你快睡吧！我去忙了。记住，我爱你，我爱你！"

没等我回应，他就挂了电话。

我依然呆呆地蹲在地上。过了很久，我艰难地站起来，挪着已经发麻的双腿，最终瘫倒在床。

我真的睡着了。我睡了两个小时，醒来后脑子却依然沉甸甸的。我用冷水洗了把脸，定了定神，看了一下时间，已经是中午了。我翻开手机的通讯录，考虑了几分钟后，我给陈女士，也就是吴建的妈妈打了个电话。

抱着渺茫的希望，我告诉她，吴建最近的情绪急躁到令我无法招架。我并没有提供太多细节，然而只是笼统的描述，也让陈女士慌了神。

很快，我意识到她的慌神并不是指向吴建，而是指向我。因为我又跟她联系了，我们又在说吴建的"坏话"，这才是她担心的。

"迢迢，我们最近还是不要联系了。你帮阿姨好好照顾阿建，阿姨谢谢你啦！阿姨知道你不容易。但是你要明白，他那个人，脾气就是大得很。他如果知道我们在说他的不好，脾气会更大的！"

"好吧……我暂时不告诉他我们在联系。"

"他很聪明的，我们联系多了，他会发现的！"

"可是阿姨，咱们联系得也不多呀？"

"迢迢，你讲什么，我听不清……"她紧接着说了几句粤语，随即就挂了电话。

这奇怪而可怜的女人，她的奇怪我难以分析，只感到她的可怜貌似源于软弱。想到自己此时也并不比她强多少，我恨起自己来。

丧失感和羞辱感一并攻击着我。雪上加霜，肖亮的声音这时又像迷幻乐般响起："迢迢，我帮不了你。"这句话肖亮是不是说过？肖亮，你当时为什么没有帮我？我仰起头，盯着天花板。

为什么麻烦总要找上我？我自身一定有问题。我活该受罪，我必然会是受害者……这类想法好像病毒一样在我体内复制和蔓延。恨意源源不断地流淌出来，涌向我自己，最后只想在肉体上泄恨，在自己的肉体上。

我好像被一根铁索拽着走向厨房。我找出切水果的刀，没有犹豫，直接往左小臂上划下去、再划下去……表皮立刻绽裂开，鲜血从整齐排列的一条条伤口处渗出，凛冽的寒风刮过柔软面颊的那种刺痛感随即发生。

痛感在持续，我却拥有了不可思议的慰藉。如果一定要被命运惩罚，那么不如我自己来惩罚自己。至少在这份惩罚中，一切是我说了算。

二

我做了一个梦：在一间狭小如兔子洞的地窖，我褪去衣裙，露出大腿根部的一处文身，那是一块红色与白色相间的图案。我认出那图案描绘的是耶梦加得——北欧神话中拥有极端破坏力的巨蛇。我还在为文身困惑，一个男人忽然大声斥责起来。他就在我身后不远处，我转过身，却看不清他的样子。他说："有罪的人才会招来耶梦加得。"

我醒了。天刚蒙蒙亮。被单蹭到了手臂上的伤，血迹在凸起的伤口上已经干涸。

我起床、喝水、习惯性地寻找镇静剂，可一片也没找到。是啊，我早就不去医院开药了。我本以为，我已不会再被任何事折磨到要服药。

我给赵以打去电话，打了三次都被挂掉。我放弃了。如今在他眼里，我大概如同烂泥。

我瘫在沙发上，用手机播放不同的曲子，几秒钟就切换一首，企图用混乱的音节麻痹自己。

手机忽然有来电，是双闻。我斜了斜身子，犹豫着接了。

"你最近怎么样？"她的声音一如既往地平和。

"还凑合。"我无力地说。

"我不知为什么，这两天总想起你。我想见见你。"

我很吃惊，她似乎已经知道我遭遇了什么。

"要不过几天吧……我不太舒服。"我不想被她看到自己现在的样子。

她应了一声，又说："要不我还是去你家看看你吧？给你带一包蔓越莓曲奇吧，很好吃。"

"我其实不太好，见不了你。"我向她摊牌。

"我知道。"

我开始沉默，而她就那么耐心地等着。大约一分钟过去，我妥协了："好吧，我发给你我家位置。"

"我马上出门。"她飞快地说。

双闻敲开房门的时候，我穿着短袖睡裙，披头散发地把她领到客厅。我给她一瓶矿泉水，一句话也说不出来，只是傻愣愣地看她。她穿着姜黄色的连衣裙，还是不爱化妆，一张素颜，表情柔和。她把一袋用玻璃纸包着的饼干放到餐桌上，再后退几步，把我从头到脚打量了一遍，眼里露出深深的痛惜。我不理解她为何会显出那么在乎的神情。

"其实，手……"我不知怎么说下去，对手臂上的伤到底解释还是不解释。

"别说了。有没有碘伏和棉签？"

"没有碘伏，有卸妆用的棉签。"

她拿出手机，在网上药店买了碘伏和医用棉签。

"受伤的胳膊别套进衣服里，就像现在这样，尽量露在外面，保持干燥。"她见我拿起沙发上的一件开衫准备套在睡裙外面，立刻过来阻止。

我非常羞耻。她越淡定，我越羞耻。

她轻轻抬起我的胳膊，看了看伤口，说："你洗澡的时候注意别让伤口沾水，也别乱涂药膏，别缠纱布，别用手碰这些口子。往伤口上涂碘伏，一天多次。不过，肯定会留疤。"她说完盯着我的脸。

"你别这样看我。"我躲开她的注视，"我做了个梦……我想，我这个人大概本身就有什么问题，所以才招来不幸。"

"你被谁灌输了'受害者有罪论'了？"她的眉头拧在了一起，"从概率上说，不幸的事可能降临到每一个人身上。至于怎么将不幸归因，具体的人和具体的问题涉及诸多变量，不是简单的因果报应就能解释的，没想到你连这个都不明白。"

我点点头，不说话。

网上药店的药很快就送到了。她利索地拧开碘伏的瓶盖，又取了几根棉签，给我上药。她的动作无比地轻柔，使我大气都不敢出。她一边涂药，一边说："我上次问你，你和吴建之间，你对什么上瘾？你告诉我是窒息游戏。我猜，除了支配你的肉体，他还向你索取了更多。他索取了什么？"

我垂下眼帘："钱。他需要帮助，他缺钱。"

她瞥了我一眼，继续手上的动作。

上完药，她静静坐在沙发上，不带什么语气地说："你是不是期待一个人，可以没那么有才华，没那么优秀。他也许很弱，有很多明显的不足，身上最突出的品质不过就是温柔善良。可是迢迢，我一直认为，自称很弱的人往往也不会善良。你看那个吴建，他是不是总是向你示弱，从而得到好处？在某种语境下，善是一种能力，弱的人自身都难保，是很难再去行善的，他们缺乏行善的力量。"

我抬了抬眼睛："我不是很同意你说的。"

她露出哀伤的表情，好像受苦的不是我而是她。我产生了逆反心理，想要证明点什么给她看，让她没必要那么发愁。

我于是对她说："吴建正在分江找公寓，找适合我们一起生活的地方。我们将奔赴一个未来……就算没有长远的未来，在接下来的一段时间里，我们也是分不开的。也许这就是命运。"

她忽然睁大了眼睛："你应该去往另一个命运。"

我一下子被噎住了。

"那些承诺全都是虚假的，你等来的很可能只有绝望。"她又说，"你把他拉黑吧，别再联系了。"

"我再想想。"我敷衍道。

"我知道你做不到。为什么会这样？不该这样的。"她用一只手捂住眼睛。

她的样子，使我的心像被狠狠地掐了几下。我的目光游离到茶几边的一支护手霜上，我想起了高鑫宇。

"时间过得真快。从纽约回来的时候，一切好像还没有那么糟，我还在飞机上遇到了高鑫宇。"我小声说着。

她随即点点头："你转移一下吧，去跟别的男孩子接触。那个高鑫宇，如果他再找你的话，你就跟他聊聊。算了……"她忽然改了主意，"还是别跟他聊了。你现在太虚弱，更适合一个人休息。"

然而她说晚了，我已经给高鑫宇发了微信。一发微信我才发现，我已经被高鑫宇拉黑了。震惊之余，我琢磨起其中的缘由。我回忆着吴建用我的微信发给高鑫宇的那些话，估计是那些话把这位过着体面生活的男孩吓跑了。

我找出当时吴建发给高鑫宇的那几条微信，又查了查Adderall到底是什么。查到结果后，我更加相信自己的推断：当高鑫宇看到这个A打头的单词时，对我的印象必然发生了糟糕的变化。

吴建让我被别人疏远。他的做法甚至可以被视为一种科学的手段，这手段是奏效的。这手段的动机，是出于嫉妒、占有欲还是浓厚的爱意？这手段的目的，是为了控制我的生活还是为了确保我们能够长久地在一起？我开始幻想。幻想中，他无论做什么都是因为他需要我，因此他的行为皆情有可原。甚至，就算他需要我在精神上做他的奴隶，这也确确实实是一种需要，这也从某个角度说明，他是多么渴望我……

"迢迢，"双闻忽然抚了抚我的手背，"你知道我微信朋友圈的那些数字代表什么吗？那是关于创伤后应激障碍的评估结果，五十分是最高分。"

我从幻想中醒来，错愕地看着她，被她前所未有的自我暴露吓了一跳。

我想起她发在朋友圈的数字，总是四十多，甚至还有五十的时候。我紧闭上嘴，这时我能说些什么？

她似乎并不需要安慰，倒是来摸我的发梢，说："你还可以选择。不要再继续了，否则创伤后的疗愈会比你想象的要难得多。选择只能是你自己选，别人无法代替你选。但是你一定要清楚自己还可以选择，不要忘了这一点。"

我多想问问她，她的过去究竟发生了什么，可我退缩了。

她站起来，一副准备离开的样子。我呆坐着不动，直到她快走到门口，我才起身挪了几步。我离她很近，近到可以给她一个拥抱。然而我碰碰她的手肘，没做什么。她却一下子抱住我，又马上松开。

"你要好好的。"她看着我的眼睛说。

她走后，好像有什么温暖而光亮的东西一下子撤离了，我感到又冷又慌。我没用哪怕一分钟的时间去克制自己，而是丧心病狂地联系了陶帅，向他打听怎么卖二手奢侈品。我可能需要卖几个包，我担心钱快不够用了。

"怎么都要卖东西了？没事吧？"陶帅非常意外。

"没事，就是随便问问。"我一撒谎就不敢多说话。

"真的没事？我要不要跟你妈暗示一下，让她知道你缺钱？我想想怎么说……"

"千万别跟她说！"我打断他。

"好吧，你的事肯定还是你自己做主。"他应道，"我也帮不上你什么，最近钱都花在女朋友身上了。她快过生日了，我想带她考个游艇驾驶证。哎，那个可有意思了，我都开始展望十年以后的事了，到时候我跟她一起找个岛待着，远离世俗烦恼。对了，迢迢，你也快过生日了，想要什么礼物？太贵的我送不了啊，最近花得太多了。"

"我没什么兴致过生日。"

"你是不是心情不好？世界还是很美好的，要珍惜生命，享受生活！"他笑着说。

他吹着爱情的暖风，不知道站在冰雪中的人已冻僵了手脚。我不怪他，也怪不着他，只好匆匆挂了电话。

三

抱着一种想证明"我并不是完全看错了人"的执念，我任凭自己像块被嚼烂了的口香糖，继续黏在一段愈发脆弱的关系上。我死撑着，想盼来转机，并使劲自我催眠，离获得回报的日期大概不远了。

七月五日是我的生日，还差三天的时候，我在电话里告诉吴建，我的生日快到了。他幽幽地说了些情话，然后说："我一定要来给你过生日！"

听着他抬高的音调，我想起双闻的话，想起她对于虚假承诺的预判。我咬着牙，想要再博一把。

生日的头一天，傍晚时，吴建在电话里失落地说："苗苗，我实在买不到去北京的机票，我的手机在订票时总是卡死，不知道怎么回事，我可能真的需要换手机了。不过别担心，你的生日一定要过，我都给你买好礼物了！"

接电话的时候，我正坐在床边的地板上翻着薄伽丘的《十日谈》，却看不进去任何一个字。我得到的结果，没有惊喜，竟也不意外。我的反应有些滞后，过了好几秒才觉得难受。

"苗苗，苗苗？"见我很久都没有回音，他在手机那边唤我。

"哦，"我随口应道，"用不着的。"

"你在说什么呀？"

"用不着过生日了。"

"不行，礼物我都买了，是个小猪公仔，粉嘟嘟的，很可爱，很像你！"

我冷笑一下，起身走到卫生间，对着洗手池上方的镜子，看着自己瘦骨嶙峋的样子。

"苗苗，要不你来畋城过生日吧？我看北京到畋城的机票还挺多的呢！你可以买商务舱，这样你坐着也舒服。你过来后，我带你吃好吃的呀！"

我没吭声，他自顾自继续说："你可以订蓬荣酒店，就在我家旁边，咱们就在那里过生日吧！我跟Emily说一声，让她给安排个低价。"

"Emily？"我对这个英文名感到陌生。

"我跟你说过啊！惠立地产老总的女儿。我说的那家酒店的业主是惠立地产。"

"是吗？"我对他提到的人只有一个浅浅的印象。忽然，我想起了别的什么："你家那边有条街不是你爸开发的吗？订酒店可以找你爸打折吧？我记得你以前提过……"我努力地回忆着。

"是啊，有条街是我爸开发的。只是……咱们能不麻烦长辈就别麻烦长辈嘛，你说呢？"

"好。"我勉强应了一声。

有些前后不一致的东西，由于太过明显，已经对我造成了一种挑衅。一直试图掩饰失望的我，此刻感受到深深的打击。心痛导致我渐渐弯下腰，体内一阵痉挛。我猛地向洗手池吐出几口酸水，同时拧开水龙头。

"你怎么啦？怎么有水声？"他不明就里。

我没回答，也顾不上挂电话。手机被我撂在洗手池边。心脏、胃、左小臂的痛感一同刺激着我。

他一直没挂，也没有说话。

"我不舒服，先不说了。"我关上水龙头，对着手机说。

"怎么不舒服啦？"他压低声音，"是不是因为太想我了？是不是想要玩游戏？今晚我们……"

我不再去听他说什么，用最后一点力气说了两句话，大意是我要休息了，今晚不打电话了。

放下手机，我直接坐到卫生间的地上，后背靠着墙，一时间只觉得天旋地转。肖亮，我好像听见你在喊我的名字。你也受伤了吗？你当时也受伤了吧？我记不清了。或许，记不清一件事，是因为不愿记清。

四

我的生日到了。这天我大约七点钟就醒了，醒来喝了杯凉水，抽了支烟，发现家里不论苦艾酒还是威士忌都没存货了。

我走到书房，凭着模糊的记忆从一本封面全是灰尘的《罗马帝国兴衰史》旁边找到一瓶亚美尼亚白兰地，这应该是以前在剧院的时候其他部门某个常来找我聊天的同事送的。我打开白兰地的瓶盖，直接灌了一口下肚。这酒有一股小时候吃的李子果脯味儿。我又灌了几口酒，然后往书桌边走，坐到椅子上，脑子里净是些颓丧的想法。我相信，即便像某些伟大的剧作家一样终日饮酒，我也写不出什么东西。

老沈本想来我这儿做碗面条，或者跟我出去吃个饭。可我很怕她来，怕她看到我的手臂，于是我骗她说，今天上午我要出门，跟朋友一起过生日。

"我最近都挺忙挺充实的。"我又在电话里向她补充了一句。

"好吧，你有安排就好。我给你买了套《尤金·奥尼尔剧作集》。你爸给你包了个红包，托我给你。他还说，李小溪给你买了瓶香水。"

"钱你替我收着，香水就算了吧。去年李小溪也送了香水，闻着太冲了，我不会用的。"

"你能不能对他们有些基本的礼貌？像个正常人不行吗？"

"我现在哪里不正常？你说说，我洗耳恭听。"

"又老了一岁，就别抬杠了，成熟点吧！"她劝完，见我反应实在冷淡，便不再多说。

我在书桌边呆坐了好一会儿，终于决定打电话约双闻。我没告诉她我今天过生日，只说自己想出门转转。

临近傍晚，我找了条黑色连衣裙套上，化了个浓妆，准备出门。出门前，陶帅忽然在微信上给我转了三千块钱，并发来信息："我谈恋爱快谈晕了，没顾上给你买礼物，直接把钱给你吧！别嫌弃，我最近穷。"我没领钱，直接回道："不用，留着给你们今后的游艇上添东西吧！"他打了一串"嘿嘿嘿嘿"，默认他的幸福。

从早上到下午，我都没收到来自赵以的任何音信。想想，也很正常。

我跟双闻约在五道营的一间酒吧见面。地方是她选的，我并不熟。她比我先到，穿了一条白底带绿色碎花的裙子，亭亭玉立地站在酒吧门口等我。我走近她，见她那张没有一点妆容的脸干净清透，但眼里满是忧愁。

"伤口没发炎吧？"她问。

"没事，别担心。"我低着头。我的连衣裙是长袖，伤口谁都看不到。

我跟她进了酒吧，从狭窄的木板楼梯走上二楼，找了个靠窗的位置坐下。

"我去点喝的，你坐着就行。给你要杯苏打水可以吗？"她摸摸我的手背。

"行，都行。"

"你是不是喝过酒了？"她忽然凑近我。

"我嘴里有味儿吗？我出门前刷过牙了啊！"

"刷牙没用。"她瞄了我一眼，就下楼去了。

很快，她回来了。坐回座位之前，她先抚了一下我的头发。我全身发紧，总觉得她的温柔是出于看到了我身上某些卑微的东西。她兴许对我产生了深深的同情，但这种同情本身会伤到人的自尊。不过，话说回来，我还有自尊吗？

没一会儿，服务生端来两杯饮品，是我的苏打水和双闻的酒。我看着她那杯酒，看不明白。没等我问，她就主动说，这是她请调酒师专门做的，没什么花里胡哨的配方，只是往伏特加里放凉茶，不加冰块。

"能好喝吗？"我怀疑地问。

"挺好喝的，但你就别喝了，你有伤口。"

"嗯。"我点头的工夫，她已拿起酒杯。

她扬起脖子，一下子灌下半杯。我震惊地看着她，原来她也会以并不优雅的姿势喝酒。这并不会令我觉得她不端庄。她像仙境中的居民，在我心里依然神秘空灵。可我此时看着她，越来越不安。她今天的话很少。

"你是不是还没拉黑吴建？"她冷不丁问。

"没。"我小声地坦白。

"要等到什么时候？"

"快了，快了。我知道该做什么。"我放在桌子上的一只手往她那边挪了挪。

她深深地看了我一会儿，才说："你最近还写东西吗？还看书吗？"

我惭愧地回答："没怎么写……重新翻了翻《十日谈》。"

她猛地抱住自己的双臂，叹了一声。

她奇怪的反应引人思虑，可我又感觉脑子怎么也转不起来。

她低头看看手机，突兀地说："我跟小野吵架了，一会儿他不来接我，我想一个人散散步。从这里到我家大概五公里，我想慢慢走回去。"

"你们也吵架？你那么温柔，小野看起来又那么好。"我刚说完，就觉得自己的话很傻。这世上无论什么样的情侣都是会吵架的。

她偏过头，没理我。

为了缓解尴尬，我说起了孟星飞，说起她恐怕是我的女性朋友里生活最安逸的一个。即便是这样的人，也要去做好几千元一次的催眠。

"量子催眠？"双闻转过头盯着我，"Quantum healing？"

"我不清楚。你听说过这种催眠？"

"我知道，有一位旅居国外的物理学家，同时也是催眠大师，有一年来北京开了一个创伤疗愈营，收费不低。"

"你真是什么都知道。"

"正好接触过……"她犹豫了一下，"那个催眠实际上是帮你打开一条通往潜意识的通道。你闭着眼睛，进入通道，获得的不是一片黑暗，而是像做梦一样，在梦境里见到一些灿烂的花朵，也有一些枯萎的花朵。"

"你做过那个催眠？"

她露出一抹微笑，没有直接回答，却说："创伤一旦造成，疗愈永远比想象中的要难。"

我觉得她在旁敲侧击地劝我。

"我会尽快做选择。"我扯了一下自己的头发。

"迢迢，"她端详着我，"你之所以接受吴建对你的折磨，尤其是肉体上的，是由于你已经不再相信有人会在精神上迷恋你并与你相互依存。你失望透了，失望到只要不再寂寞，怎样的方式你都可以接受。折磨也好，冒犯也好，都属于激烈的冲突。在冲突中，你觉得你有了伴侣，你的孤独得到了虚假的解决。"

我觉得她说得准，然而正是因为准，我陷入了沉默。

"我想，你和赵以的关系，或者你和其他异性的关系，其实都还不错。但他们的陪伴不是爱，填补不了你的渴望。虽然吴建也不爱你，但比起别人，与他相处你至少能感觉到有强烈的东西不断撞击着你。有时人在受了刺激后，需要一种更大的刺激来掩盖旧的创伤。可新的刺激又会带来新的创伤，这样恶性循环下去是不行的。你必须存在一点希望，向着好的方向去，而不是面向地狱。请你怀着哪怕一点点希望活着，行吗？"她近乎哀求地看着我。

她仿佛能洞悉我不堪的过往。我对她为何如此敏锐已无疑问，只觉得我精神的一部分与她相通。

在她的细腻中，我的情绪平复多了。然而她的脸有些苍白，眼角眉梢有挥之不去的愁绪。我们没揪着某个痛苦的话题不放，各自的话都少了。

时间不早了，想到小野不会来接她，而她又要步行回家，我建议早点离开。她没异议，坚持把账结了，然后牵着我的手，跟我一起走出了酒吧。她的手今天特别凉。

我们走到胡同口，马路边，她好心陪我等出租车。过路的行人十分稀少。一个骑自行车、梳马尾辫的黑瘦男人乍然出现，停在我们面前，他的目光全集中在双闻身上。

"妹妹真漂亮，没化妆吧？真纯！"男人操着粗野的口气对双闻说。

我有些犯傻，不相信这是真实发生的事。

"你干什么？"双闻瞪着男人大声说。

"夸你啊！我刚才就看到你了。哎，跟我走吧，请你喝酒。"男人倚在自行车上，嬉皮笑脸地说。

"你滚，不然我要喊了！"双闻没有往后躲，反而向前走近一步。

"喊什么，我又没强迫你做啥，你自愿才好嘛，是不是？"男人咧开一张大嘴。

我总算回过神来，意识到眼前的事有多么龌龊，赶紧对男人喊了声："快滚！"同时伸出左手，把双闻往后拽。一阵刺痛从手臂的伤口处钻出来，我不禁抖了一下。

"嘿，我可没强迫她哦！"男人晃晃脑袋，磨蹭着，骑车走了。

由于手臂很痛，我攥紧了拳，脑子里则想着怎么安抚双闻。

"啊！"她忽然捂住脑袋尖叫。

我一动不动地站着，不知如何是好。

她用力揪着自己的头发，发出念咒般的呻吟。我听不懂她吐出的任何一个词。

"双闻……"我试图把手放到她的肩上。

"别碰我！"她条件反射般地跳开，像看陌生人一样看我。

"咱们走吧？你打个车，要不，我帮你打？要不你跟我坐一辆车？"我支支吾吾地说。

"我要回家！"她瞪着我。

"我知道，我送你回家。"

"别管我！"她说着，拔腿跑了起来，越跑越远。

我没有追上去，只是惊骇地看着她在我的视野里变成一个小小的白点。

我在原地一直愣神，直到网约车停在我的面前，我才完全地清醒过来。我上了车，给双闻打电话和发信息，她皆不回应。

"到家了告诉我。"这句话我重复发了许多遍给她。

回到家，我心如乱麻地喝着半杯白兰地，总算收到了双闻的一条信息："没事了，请放心。晚安。"

我松了口气，正要给她回一句什么，她又发来一条："迢迢，你还可以选择。"

我一声叹息，把杯子里剩下的酒喝干。

那个晚上，吴建的电话如往常一样打了过来。他先是说白天太忙，抽不开身跟我联系，接着又说了一大堆我已经熟悉无比的情话。

"生日快乐，我的苗苗。"他低低的嗓音听起来已不那么性感。

我轻声回了句"谢谢"。

"我好难过，因为不能亲自给你过生日。"他说完，竟哭了起来。

我问他为什么那么难受，是不是还有别的事。他立刻用哭腔答道："其实……我爸手里有个涉及二百个亿的房地产项目，是做村子拆迁改建的。有人眼红我爸的生意，从中捣乱。现在不但项目做不下去了，那个村子的村主任都被抓了。我爸眼下为了防止被人陷害，跑到加拿大去了。可我现在既要准备入学还要租房子，签证的事也没搞定呢！我压力好大，苗苗，我觉得自己好没用，我怕你嫌弃我，不要我……"他说着，给我发了几张截图。我一看，分别是他和爸爸、妈妈的微信聊天内容，确实在聊房地产项目遭遇的问题，以及家里目前经济上的困难。

我并没有马上安慰他，而是说："今天我和闺蜜出去过生日了，回家的时候遇到了流氓。我闺蜜很崩溃，尖叫着跑了。我现在也很难受。"

"哎呀，所以说，你还是应该来畋城过生日呀！"他的口吻变得轻松起来。

我身体里像有什么玻璃做的东西被打碎了。

"今晚要不要玩游戏？"他问。

"不玩了。"

"我明白你的心情。不过，今天是你的生日，就不要为别人伤心啦！"

"吴建……如果，我是说如果，我帮不了你了，你还会爱我吗？"我问出一个连我自己都知道傻透了的问题。

"我永远爱你，你是我最需要的人啊！"

"可是我的钱也不多了，到时候你该怎么办？"

"我会自己想办法的。今天你生日，咱们先别提钱的事啦！我要说一百遍'我爱你'，你可以给我数数，数到一百！"

"不用了。"我闭了闭眼，说出临时编的谎话，"我晚上会很忙，要去跟戏剧学院的几个老同学聊聊挣钱的事。"

"那你赶紧去忙吧！苗苗，我懂你的辛苦。你要去挣钱，帮我渡过难关嘛！没关系，你去忙，我们以后还有很多很多的时间在一起。一直到我们老了，一直到死，都在一起！"

"一直到死，都在一起。"我默默地重复他的话。

挂掉电话后，我把身体蜷成一团，顿觉一阵凄凉。

五

我去了医院，看精神科。

按照程序，我做了自评量表。量表上的题目我并不陌生，那些有关躯体化症状的问题大部分切中要害。"是否感到胸痛""是否感到胃部不适""是否发抖"……我老老实实地选了每一道题的答案，诊断结果不出意料：重度抑郁伴有焦虑。

与晏超在一起时，由于他的风流成性，我的一切焦虑都显得合乎情理。哪怕他的彻底背叛导致我差点丧命，我依然不觉得我真的有病。突如其来的丧失性事件造成的打击，确实能够要了一个人的命，社会新闻里这样的事也屡见不鲜。

然而跟吴建在一起后，我逐渐相信我病得不轻。我现在能知觉到这"病"的过程了：在挫败和孤独中，我遇到了似乎能与我共情的人，难以抗拒；相似的爱好和心境，让我不由自主地走近他、相信他、直至依恋他；由他带领着，我对窒息游戏着迷，以为这异常的行为中倾注了我们的深情；我关心他、同情他，对他的需要竭力满足，不断奉上金钱；我对他产生了关乎未来的寄托，把他考虑到今后的计划中，也越来越恐惧找不到他，而几度失联带来的焦灼，使我的情绪总是被把握在他的手里。几经折腾，我已经难以对准人生原本的焦点。我到底在做什么，为了什么而做，我总以为可以给出解释，但实际上又解释不清。

除了劳拉西泮，医生还给了我另外两种抗抑郁的药。回到家，我依次打开三种药的药盒。劳拉西泮我吃了两片，另外两种我对着说明书看了看，犹豫了——它们都属于SSRI类药物，这类药恐怕短期内只有副作用明显，恶心、头晕会接踵而至。可这并不是我排斥它们的根本原因。想起韩医生对老沈提过的SSRI类药物的缺陷，我怕了。我怕以后再也不能好好写东西了。话说回来，遇到吴建之后，我又何曾好好写过东西呢？

我没有把诊断的事告诉任何人。比起得不到理解，我更怕被强迫着立马做出什么选择。我在克制和压抑中过了十几天，每天控制着，只吃适量的劳拉西泮。然而镇静，能够长达数个小时的镇静，即便是在睡梦里，也带不来精神上的抚慰。我终日陷在思维的旋涡中，不知如何行动。我渴望做出一点有意义的事，却无处下手。

我不想看手机。吴建的信息和电话，都让我不知如何是好。每当我听到他的声音，都有想说一些具有哲理或奥义的话的冲动，可最后往往只会讲几句无关痛痒的。最近这些天，他倒是没怎么要钱，也没提窒息游戏。也许他能感觉到我精神与肉体的双重虚弱，想给我留点喘息的机会吧。我始终没有放弃用语言去打动他的念头。我仍然想帮他，但是方向与以往不同了。我们的关系引起我巨大的痛苦，我要减轻这痛苦，想到的竟是帮他去意识到自身的问题。也许这样，这关系就还有救，就算关系没救，至少，我们各自还有救……

让我再获得一次机会吧。让我试一试，哪怕一下也好。

六

七月的最后一天，吴建从分江回到畋城。他告诉我，八月三日是他妈妈的生日。哦，陈女士，我想起她粗哑的声音和慌张的语气。我算是恪守了承诺，绝口不谈我与她的联系，只在电话里让吴建过两天替我传达一声祝福。然而祝福不祝福的，好像并不要紧，要紧的是，他趁机说，给妈妈安排在离家不远的蓬荣酒店过生日，畋城当地的富太太们争相出席。只是，这一破费，他手头愈发拮据了。

蓬荣，我听到酒店的名字，想起不久前他为我的生日提出的建议，便说："你安排得不错。你总能照顾到别人的体面，而体面这事，是以花了多少钱来衡量的。"

"什么？"他好像对我话中的讽刺毫无感觉，竟笑了，"哈哈，我的苗苗真可爱！不过呢，我最近的压力真的很大，好难扛啊！可一想到还有苗苗在，我就有信心了，我知道苗苗肯定会帮我的。"

我不置可否，用指关节敲敲自己的额角，想找几句醍醐灌顶的话，大脑却像生锈了一样。

还没等我想出什么话来，他忽然告诉我手边有急事要处理，必须挂了。我反而如释重负，一句多余的也没说。

正好再给我一些时间，让我想想。

八月三日当天，吴建没跟我通话，只发了寥寥几条信息，包括两句"我爱你"。没收到生日宴的照片，我稍感意外，但更多的是轻松。我能清净地继续思考了。

由于并没思考出个结果，我难以入睡，凌晨三点多才爬上床，吃了一粒赵以曾经给我的褪黑素。

第二天醒来已近中午，手机在床头柜上不停地振动，是吴建打电话找我。我坐起来，接了，没马上吭声。

"苗苗，你在吗？"他听不到我的声音，显得很慌。

"嗯。"我的声音很小。

"苗苗……"他听起来快要哭了。

"怎么了？"

"我真的好难过……"他给我发来两张微信截图，都是他和他妈妈的对话，无非是说家里现在没钱了之类的。

"你们打算怎么办？你妈借给亲戚的钱可以先要回来吗？"

"唉！借出去的钱哪有那么容易要得回来！再说，我家情况很复杂的……"他重重地叹气。

"我这两天很累。"我没来由地说了句。

"你是不是挣钱累着啦？"

"是……"我恨自己还是没能想出指点人生的金句。

"那你快休息一下！我的事晚点再给你讲！"

我不再客气，挂了电话，重新躺倒在床。许多丰富的思想好像就在离我不远的地方，闪闪烁烁，我却怎么也抓不出。

下午，吴建的信息接二连三地发过来："苗苗，明天一早我要飞去分江，去出入境管理处办事，到时候需要缴一笔费用。""苗苗，你是不是还在休息？""我爸还在加拿大，正在想办法给我弄钱，只是暂时钱还过不来，苗苗明天能不能帮我付出入境那笔钱？"

……

我盯着手机，心像从胸口沉到了胃里。我像一个工具，不像一个人。

"知道了，好。"为了避免他连续不断地发信息，我赶紧回了一条。

"我的苗苗，吻你！"他立刻回复。

我闭上眼睛，把头埋进枕头。

手机开始振动，一次接一次地振动。我揪着枕头的一角，睁开眼，瞅瞅手机，只见吴建又发来几张微信截图，看起来是中介公司的某个人嘱咐他明天务必准备好钱，出入境管理处不接受信用卡支付。

"苗苗，他们总是让我喘不过气！生活在逼我！"他紧接着发信息说。

"我懂。"其实我是真的懂，被逼迫的感觉我怎么会不懂。

"我先去忙了，晚上再给你打电话。我爱你！"发完这一条，他总算暂时消停了。

看到"我爱你"三个字，我腾的一下从床上站起来，把两个枕头用力扔到地上。就是这份"爱"在消耗我。我的脑袋，就像不是从我的脖子上长出来的，里面净是虚空，连那些曾经纠缠我的红色和白色，如今也像捕风，怎么也捉不到它们的踪迹了。红色，白色，那象征的符号，为何没能把我拉回宽阔的轨道，为什么我偏偏选了一条与吴建同行的荒芜小径……

我用力扯着发梢，给双闻打了电话。

"吴建……他……又问我要钱了。"我感觉舌头怎么也捋不直，只好把同吴建的聊天记录给双闻看。

她沉默了几秒。

"你必须拉黑他，就现在。"

"嗯。"我咬着后槽牙。

"你能做到吗？"

"能……"

"别犹豫了。"她语气重重地说。

可是我什么都没有做。

过了午夜十二点，吴建的电话打过来了。

我靠在沙发上，听他讲述自己艰难的处境。我想，他的灵魂在受苦，我的灵魂也在受苦，受苦的人应该互相帮助吗？这个世界会因为我对他的帮助而变得更好吗？这个世界会因为他对我的需要而变得更温暖吗？带着溢满大脑的疑问，我很久没说话，只是听着他那熟悉的哭腔。

"我爸爸的房地产项目，那个烂摊子，我真希望能尽点力。可我能做什么？项目需要向银行贷款九千万，我爸说需要拿物业去抵押，我又能做什么呀！你知道我为什么想在爸爸面前做点事吗？因为我想争口气，因为我想要一个家！我想要一个完整的家，我想要爸爸、妈妈、我，我们一家人在一起，但那是不可能的！所以苗苗，我那么需要你，你其实才是能给我家的那个人。苗苗，给我一个家吧！"

"给你一个家。"我机械地重复着他的话。

"是呀！我爱你，我要你，我要你跟我有一个家。我要你嫁给我，做我的妻子。"他郑重地说，就像全世界都在见证他的告白。

只是我已不再相信这类告白的动机，只有一声不吭。

我劝自己，就再帮他一次，以别的方式而非金钱的支持，最后再帮他一把……

"苗苗，你怎么不说话？我可是在跟你求婚呢！你不会是害羞了吧？"

"说点眼下重要的事吧！"我干咽了咽，"我替你担心，既然你现在家里这么困难，为什么还要去读商学院？毕竟要交几十万的学费。也许你现在应该去找份工作，先养活自己，也能为家里减轻负担。"

"啊！"他挺惊讶，顿了顿说，"我没得选择。读商学院也是为了让我爸爸更满意，也是为了以后的发展。"

"你现在不是更想帮家里解决难题吗？你是做金融咨询的，同时还涉足时尚业吧？"我回忆了一下，"你还有好多钱在一级市场？总之，你从这些事入手，弄些钱给家里，应该比你花钱去读商学院更明智吧？"

"苗苗……"他嗫嚅着，"你说这些让我更难受了。金融咨询的工作，我以前都是和Rita合作，后来我们关系不太好了，就不做了。至于时尚，其实是我爸爸在投资时尚业，可现在他的房地产项目都搞得那么惨，时尚那块业务就更别提了。一级市场的钱倒是有不少，但是现在拿不出来啊！我正想办法转让，现在还找不到人转呢！"

他所涉及的行业我不太了解，我只是想起写过不少经济观察类文章的老沈平常与我闲聊的话。我于是问："你那么年轻就能做一级市场，很不容易吧？一级市场做得好，需要有丰富的业界资源，以及用时间堆出来的经验，往往不会太年轻。而且，一级市场的流动性不好，找人转让不是主流退出方法，还是得等上市吧？"

"我好难受，我的哮喘最近严重了。"他喘着粗气说。

他的回避让我寒心。我本来还想问几个有关一级市场的问题，然而我抿抿嘴，问出一句："一个家的基础是什么？"

"你在说什么？"

"你想要的家，基础是爱。有了爱，才有家。"

"你说到我心里去了，所以我要再说一遍，我爱你。"

"嗯。"

"今晚要不要念童话给你听？"

"不，我们换一下！"我寻到一丝灵感，"今晚我给你讲故事，现在你比我更需要安慰。"

"好呀！"他笑了。

我想，我要的机会来了。

凌晨一点，我给吴建讲了一个并不算长的故事，我给这个故事起名叫《神的孩子》。

神在森林里捡了一个被丢弃的男婴，把他带到天国，将他养大。神给他喝牛奶，吃甜饼干，教他欣赏音乐，学习文学。婴儿长大，成为一个英俊的男孩，却开始说谎。神自然听出男孩的哪一句话是谎言，但从不戳穿。男孩逐渐变得肆无忌惮，谎话越来越多，神终于无法坐视不管，于是给男孩三次机会承认自己说谎。三次，男孩皆不承认。神于是将男孩放逐到当初的那片森林。

男孩在森林中遇到了一位打猎的贵族，贵族被他不凡的谈吐吸引，将他带回城堡，给他与天国一样舒适的生活。

男孩依然喜欢说谎，他对贵族说谎，对贵族周围的每一个人说谎。时间久了，大家都知道这位外表迷人的男孩华而不实，且矫揉造作。不断有人向贵族建议，男孩那么爱说谎，可能是魔鬼的化身，会给这片土地带来灾难，应该烧死他。贵族虽心有慈悲，但禁不住身边亲信再三谏言，最后决定将男孩囚禁，并处以火刑。

行刑前的夜晚，神显灵在男孩的监室，问他："你是否承认自己说谎？"

"神啊，我承认，我说了谎。"男孩忏悔道。

"那么你会得到原谅。任何时候，承认过错都不算晚。"神说。

第二天，当火刑架被点燃，天上忽然下起了瓢泼大雨。神的声音从高处传来："宽恕他吧！"

我故意在此处停顿。

"结局呢？你没讲完吧？"吴建问，随即打了一个哈欠。

"孩子得救了。神既然都现身了，世人也会原谅他的。所以，只要认识到自己的错，什么时候都不算晚。"

"这故事，还好吧……"他的声音发蔫。

"你知道我为什么讲这个故事吗？"

"嗯……"他呢喃着，似乎快睡着了。

我把话咽下去，没有继续说。我听到他轻轻地哼唧了两声，好像真的睡着了。听到他的鼾声后，我挂了电话。

我在黑夜中对自己倾诉，生命深奥神秘，我们活着不只是为了让自己存活下来而已，还需要直面灵魂。可我自己都没能做到的事，又怎么能让别人做到。

正想着这些，手机屏幕亮起来，我以为是吴建，却没想到是双闻。那么晚了，她竟然还没睡。

"你睡了吗？"她发信息问。

"还没有。"

"你把吴建拉黑了吗？"

"没，但是快了。"

"为什么是'快了'？为什么现在不拉黑？"

"因为又发生了事。他又跟我要钱了，明天我就得给他。他明天一早去分江，到了分江，就需要我帮他缴一笔费用。"

"你还想帮他，对吗？"

"我不想。"

"不想与不会是有区别的。"

"我不会。"我慢慢打出这三个字。

没过一会儿，她发来长长的一段话："当一个人缺钱的时候，什么事都做得出。'缺'有时是主观感受，是自己觉得自己缺，而有时候是客观的，是真的需要。他缺的时候，其实是你能把握控制权的时候，但为什么事情的发展却是你被他控制呢？因为你也缺。而你缺的东西比钱更难以得到，但这种难以得到，是否只是你的主观感受？"

她的话击中了我。我没再回复，她也没继续说什么。

我没有困意，在床上翻来覆去，等待着天亮。

清晨五点刚过，手机就开始响。吴建发来一张航班信息的截图和一大段话。他将乘坐今天最早的一班飞机赶往分江。到了分江，他会立刻与中介公司的人会合，去出入境管理处缴费。

我看了一眼航班信息，是个我没怎么听说过的航空公司，早上六点四十起飞，八点五十五落地。

他继续打字，告诉我他已到达机场，但由于他的护照已被分江市出入境管理处收了上去，他手里只有一张临时通行证，而机场地勤又发现那张临时通行证的有效期刚过，便拦住了他。他现在正跟地勤吵架，争取上飞机。

六点半的时候，他连发十几条信息。虽然他最终上了飞机，但是他感到十分愤怒、烦躁和急切。"更重要的是，我想你，我好想你！我爱你，苗苗！"起飞前，他还在给我发情话。

我没有回复，而他并未表示出担忧。毕竟时间太早，他大概认为我还在沉睡。实际上，我整夜都醒着。天亮了，我依然醒着。我太清醒，以至于做不到无所畏惧。相反，我很害怕，对什么东西还存有念想的同时又痛心疾首。这样挨到了八点五十九分，吴建的飞机落地了。他迅速发出一条又一条信息，他开始担心了，担心我没睡醒。

"苗苗，你醒了吗？"

"苗苗，你醒没醒？"

"我之前给你发的，你醒了看一下。"

"我现在心情好差。"

"苗苗，你回个话。"

……

一直得不到我的回答，他终于按捺不住，给我打了语音电话，我没接。他再拨，我还是没接。他连拨数次，我始终没接。他听不到我此刻的叹息，更想象不出我的痛苦。我坐在床上，听见手机再次响起，不禁抖了一下。这次的响声持续太久了，我最后不得不望一眼手机屏幕，原来是双闻，我立刻接了电话。

"你还好吗？你有没有给吴建钱？"她上来就问。

"他一直在找我，他很着急……"我答非所问。

她打断我："你不能给他钱，也不要再跟他保持联系了。"

"可能……他并没有我们想的那样坏？我是说，可能，其实……"我说不出完整的话。

"你想说，可能他真的喜欢你？可能他真的爱你？"她淡淡地问。

"我现在知道这是不可能的了，但是……"

"但是你迟迟不选择，你以为会有什么奇迹。你觉得真会有奇迹吗？"

"我不知道。"

"奇迹会降临到有光的人身上，你现在是得不到奇迹的，你现在是堕落的。"她的声音很温柔，并没有轻蔑的口气，"你要驱散心里的虚妄，集中精神去选择。"

"好吧。"我勉强地说。

她挂了电话。

她刚挂电话，吴建的电话就打了进来。我不敢接，也不敢挂，就这么盯着手机看。

没过一分钟，他不再坚持打电话，而是改发信息了。

"苗苗，我发现你已经醒了。"

"你刚才已经在通话了。"

"你能回个话吗？"

"你知道早上我急。"

"你到底怎么回事？"

"我真的马上要去出入境办事了！"

"你那边是出了什么问题？"

"你知道我今天如果弄不好的话，很多手续要重来一遍吗？"

"你明明已经在跟别人通话了，却不回我信息？"

……

我一阵心软，觉得自己正在背上什么罪名。

"你知道分江今天大风吗？"他继续发着信息。

"你知道我还在冷风中等你吗？"

"你觉得我现在如果有别的办法，还会给你发那么多信息吗？"

"我都跟你说了我很急，你却连一个信息都不回？"

他发完这几条，又连着打了几个电话，我依然没有接，也没有挂，任凭手机不断地响。

"许迢迢，你很可以。"他的信息又发了过来。

"你让我失去了对你最后的信任。"

"你讲的那个童话故事，意思是人最后还是要得到原谅吧？可你觉得今天这样的事，你能得到原谅吗？"

"许迢迢，你知道自己在做什么吧？"

我无法再看他发出的任何一个字。我没有勇气选择，只能任由他谴责。

手机忽然不再发出声音，而我，很清醒，也很痛苦。

吴建放弃我了吗？他知道某个游戏结束了吗？他其实，也并不是很需要那笔钱吧……我正想着，吴建发来一张令我瞠目结舌的截图，那是他刚收到的一条短信："警告你，停止再给许迢迢打电话要钱！你在非法滞留期间一直向她行骗，所有通话和资金往来都在监控中。如果你不停止行骗，我们会采取必要措施。你的威逼利诱、哭闹怒骂，如果导致她出什么意外，你将负刑事责任。"截图中还包括了给他发短信的手机号，那号码我看着眼熟。我赶紧翻了一下手机通讯录，没错，那是双闻的号码。

我还在震惊中，吴建又发来新的信息："行骗？你让这个发短信的人放心，钱我会一笔一笔算好。"

"钱我会都换回去。"他打了个错别字，把"还"打成了"换"。

"这是你朋友？这人是谁？"

"钱一分不少你的，许迢。"他把我的名字少打了一个字。

"你给我记号了。"他又打了错字。我想，应该是"记好"了。

"到时候都给你算清楚了！"

我不再去看那些妄诞之语。我从床上跳起来去找烟。我脑子里乱糟糟的，坐在地板上点了支烟，给双闻拨了电话，她立刻就接了。

"你给吴建发的短信，我有疑点。他的电话，你在纽约的事之后就保存了？其实我的疑点还不在这里……非法滞留是怎么回事？还有，什么叫都在监控中？"我尽量冷静地问她。

"他把我发的短信给你看了？他有什么表示？"她的声音比平常要洪亮。

"他说要算清楚，要还钱。"

"很好。"

"你还没回答我的问题。"

"短信的措辞比较夸张，是为了震慑他。监控肯定是没有的，至于非法滞留……"她顿了顿，"因为纽约那次他没去，我就做了一个推理，那就是他当时的中国签证也许过期了。他不能离开中国，一旦离开，去纽约找你，回来的时候就麻烦了。但这只是一种可能。还有可能……他压根就没想过去纽约，毕竟去一趟花销很大。他并不爱你，怎么会为你出那一趟远门呢？"

我猛吸着烟，没说话。

"迢迢，你得接受，他不爱你。"

"嗯。"

"你回复他了吗？"

"没有。"

"暂时别回复了。一旦对话，你不一定占上风，还有可能被他迷惑。他既然说还钱，你就先别拉黑他，看他什么时候还。他如果还了，你就不动声色地拿着。"

"嗯。"我手一抖，烟掉到了地板上。

"你要接受，"她犹豫了一下说，"要接受有时爱是不存在的，甚至连普通情感也是不存在的。"

"嗯。"我仰起头看着白色天花板上的光斑。窗外投来的阳光好亮，但无论多亮，也没有奇迹发生。

七

我似乎沿着一条被意外缩短的路程走到了某件事的终点。人在到达终点时，难免开始反思。我总是在想，我是不是错了？对吴建，对同情，对帮助，对爱，对诸多人与事的理解，我是不是都错了？

八月过去了一半。有天夜里，我没有喝酒、没有抽烟、没有听音乐，只是愣怔地坐在书房，听着墙壁上挂钟的秒针发出微弱的声音。忽然之间，我开始想念吴建，或者说，想念"第零号"。关系骤然被切断，这感觉使我受不了。哪怕是虚假的爱，它破裂的方式也过于糟糕，而这也是我的错。是我没有做好，是我无能。

我厌恶极了自己，整夜无眠，得不到解脱。

早上，隔着窗帘都能感到室外的光亮时，程子给我打了个电话，临时叫我去看一个波兰戏剧导演的新剧排练。排练上午九点半开始，在鼓楼那边的一个小剧场。他让我赶紧穿衣服出门，因为早上堵车，特别是鼓楼一带。

"你不用担心会见到晏超，他不在，所以你也不用化妆。"程子在电话里特意说。

"我和晏超早完了。"

"我知道你们那事，不过我可没时间去关注那些，我想工作的事还想不过来呢！你快来吧，人家是大师，要不是因为我跟他这次的随行翻译人员关系好，都不见得能看排练。"

程子说的波兰导演的确是国际戏剧大师，他上一次有剧目被邀请来中国演出，我还是拿着工作票看的。那舞台黑漆漆一片，演员身穿素白的长袍，在台上做出各种扭曲的肢体动作。台词从字幕屏上显示的中文翻译来看，很像诗歌，有时无比抽象，有时又具象得足以引发生理上的不适。

"行，知道了。"我蔫蔫地说。

"你怎么一点都不兴奋？那可是大师啊！快来吧，快点！"他催促道。

我洗了把脸，把头发扎起来，套了一条无袖连衣裙。刚穿好鞋准备出门，我瞄了一眼手臂上的疤，赶紧找了件衬衫披在外面。

早上的堵车给了我思索的时间。我坐在出租车里，努力回想着关于表现主义、戏剧构作、人物分型等曾经熟透了的概念，它们如今离我像有一光年。我使劲搓搓脸，不知道一会儿该跟程子聊什么。

我到达小剧场时已经快十点了，程子目光炯炯地在小剧场门口接上我，对我的憔悴视而不见。他带我坐到观众席第七排，压低了声音在我耳边说："他们现在正要过一遍戏。刚出炉的情节，还热乎的。"他又往后指指："导演坐在后面呢。"我偏过头，用余光往后扫了扫，隐约看到一个满头白发的瘦削老人端坐在观众席末排。

我对这位大师的工作方法有所耳闻，听说他从不事先准备台词本，而是先提出一个笼统的故事。具体的情节、人物形象以及台词，是经过他与演员们的数次沟通后逐步构建出来的。有剧评家称他的创作方法为"戏剧的精神分析创作法"，因为他与演员的沟通，甚至带点精神施压的手段。他迫使演员讲述自己的隐秘欲望，将羞于示人的秘密和盘托出，为他的戏剧情节添砖加瓦。演员最终实际上是在诠释自我的某个部分，而且是可耻的部分。我低着头想，大师是冷酷的，但他归根结底是大师，所以他的冷酷便是优点。

程子推了我一下，小声说："干吗呢！抬头看台上啊，这是他们刚商量出来的戏！"

"他们说波兰语，这是排练，又没有字幕显示，看什么？"

"靠自己的理解使劲看！"他拍了一下我的手臂，"这个戏暂定名叫'瘤'。"

"留什么？"我没听懂，只感到手臂有些疼。

"就是瘤子，就是身上长了包。"他迅速地解释。

演员只有五个人，四男一女，全部在台上，穿着统一的黑色短袖T恤衫和牛仔裤，牛仔裤的颜色倒是深浅不一。他们的身材也非常相似，无一例外地高挑、健美。

表演开始了。波兰语是悦耳的，肢体语言是怪异的，至于情节，我竟然完全看懂了。并不是因为情节有多简单，而是情节中的象征意味跨越了语言的隔阂。我被那象征背后的含义击中，完全能明白他们在表达什么。

这是一个关于疾病的故事。一个英俊的小伙子后背上长了瘤子，一开始他并不在意，即便有人问他，为什么他的后背鼓起来一块，他也只是一笑而过。可随着那个瘤子越来越大，他决定去看医生。医生仔细看看他的后背，却没给出什么治疗方案，似乎认为这都不算是个病，便打发小伙子回家了。有一天，当小伙子出门走在路上，他发现后背的瘤子发出了声音，且开始与周围的人说起话来。那个瘤子告诉别人，他不是疾病，他才是这个小伙子，他的意识和声音才能代表这个小伙子。小伙子恐惧极了，慌忙向人们解释，让他们不要听瘤子的话。他再次跑去向医生求助，希望医生把瘤子切掉。可医生听到瘤子不断地说话，感到困惑，甚至也开始相信瘤子的话。医生怀疑起来，小伙子和瘤子，到底哪一个该被消灭，哪一个该被留下。他做不了决定，只好又一次什么都不做，让小伙子离开。得不到帮助又不断地被人误解，小伙子带着会说话的瘤子，开始变得沉默寡言。瘤子便趁机说更多的话，让人们更加相信他，相信他才是代表小伙子的那个存在，而不是什么疾病。后来，那些与瘤子沟通多了的人，或者喜欢听瘤子说话的人，他们的身上也长出了瘤子，他们的瘤子也开始说话，也声称自己应该被保留而不是被切除。医生面对这些痛苦的患者，束手无策。医生自己也越来越混乱，他被瘤子们的声音折磨得崩溃了。人们无法再寄希望于医生，只好任凭瘤子继续生长，接受被瘤子抢走了话语权的命运。

戏演到这里，告一段落。我不知道戏是就这样结束了，还是他们尚未编排出下面的情节。

"怎么样，看懂了吧？"等到波兰大师走向舞台，演员们或蹲或坐在台唇，聚精会神地听大师讲话时，程子问我。

"懂了……"我还没完全回过神。

"如果我们不努力提升自我，就会被外界的进攻击垮，最终失去自我，成为一个傀儡。"程子抚着下巴说。

"我有别的看法。"我看着台口某个诡异的反光点说，"这个戏好像在表现健康的和病态的两种状态的撞击。瘤子不是某个人的自我所要面对的敌人，也不是所有人的自我要提防的一种危险。瘤子可以是另一种人，他们比正常人强大。强大在哪儿呢？恰恰是他们的病态，病态本身包含一种破坏力。温和而正常的人，在这种破坏力面前是没有任何准备的，是无计可施的。这病态又包含着合理性和逻辑性，所以病态甚至能被接受，并且被纵容，这是最可怕的地方。我们能用什么抵抗病态？是更加病态吗？还是在病态消灭你我之前，先自我消灭？我没有看到什么关乎真理的东西，就是那种特别明亮、特别有力、特别光辉的东西出现，暂时没有……"我一口气说了很多，又忽然噎住，不想再说下去。

程子看着我，忽然露出暧昧的微笑："我知道晏超以前为什么怕你了。"

"他怕过我？"

"其实晏超很怕你努力去创作。他怕你把才华发挥出来的时候，就会离开他。"

如果早些时候听到这话，我也许心中会掀起巨大的波澜。可现在，我只觉得胸口像放了几块沉沉的冰。

见我一直抿着嘴，样子还算平静，程子坦然地接着说："但晏超是我的制作人，我们利益联结得太紧密，所以我以前不便说什么，因为我不想失去他。最近他开始接触电影圈了，我觉得不太对劲。我这边的事，他做得越来越敷衍了。我估计，用不了太久，我们就该分道扬镳了。"

"电影圈？他做什么？"我斜了斜眼睛。

"他认识了一个电影导演的助理，是个女孩，他们很快就勾搭上了。女孩说介绍他认识一个明星，刚在一个电影节得了影帝，不过不是A类电影节。唉，具体的就不说了，我也不想八卦。总而言之，我觉得他不会一门心思把精力放在戏剧上了。"

我不想发表什么意见。

"你有没有写话剧剧本的兴趣？"他盯着我问。

"嗯？"我皱起眉。

"给我写一个吧！"

"因为晏超要去做电影了，所以你跟我说这些？"我没看他的眼睛，而是看着他那只正抚摸自己下巴的手。

"是啊！"他笑着点头。

"如果他还是一心一意地做你的制作人，你就不会跟我说这些吧？"

"应该不会。"

"你很诚实，但我没法在这种情况下给你写剧本。"

"为什么？"

"你让我失望了，我明白了你是什么样的人。"

"我的天，你也太逗了！你看问题的角度不对啊，这可是个机会啊！"

"如果晏超哪天忽然说他不做电影了，要回来跟你好好做戏剧了，估计我这机会也就没了，所以这机会让我寒心。"

"寒心也是机会。你到底想不想写？"

我摇摇头："你就当我是《等待戈多》里的波卓，我瞎了。"

他注视了我几秒，嘴角还挂着笑："你不是，波卓可是拥有权力的实业家。"

他直截了当的嘲讽，像风一样从我耳边轻轻吹过去。我依然摇摇头，他也没再坚持。

"别后悔啊！"我起身要离开时，他对我说。

"知道，后悔也没用，你的机会不会一直等我。"

"是这样的。"他笑着目送我。

走出剧场时，夏日灼热的阳光晒得人烦躁。我走在烈日下，睁不开眼睛。我可能真的瞎了，但我不是《等待戈多》中的波卓。波卓到了第二幕才瞎，他瞎了后还有幸运儿为他带路并照顾他，即便幸运儿在第二幕已成了哑巴。两个都有残疾的人，最终达成了某种平衡。在平衡中，人性和自主性还算妥帖地被保留了下来。而我呢，我在与谁的关系中建立了这种平衡？很遗憾，大概是没有。我没有去想晏超，却是在想吴建，想起与他的交往中，我精神上的屈从，我真想找个垃圾桶把自己塞进去。

那天晚上，我手臂的伤疤不知为何重新红肿起来。我最近洗澡的时候都挺注意，不让水淋湿创面，也从未往胳膊上乱抹什么东西。那些伤疤一下子显得格外鲜红，伤疤周围的皮肤也跟着发红，并越来越痒。过了一会儿，一股尖锐的痛冒了出来，像有一块砂纸在手臂上来回摩擦。

手机猛地振了一下，我以为是幻觉。手机又连着振了几下，我莫名地紧张，不觉得有任何幸运儿会在这深夜为我指引方向，我确实不是波卓。我解锁了手机屏幕，看到微信上吴建发来的消息，我那只受过伤的手臂忽然间无法动弹。

他的消息简短而粗暴，一条接着一条："许迢迢，你死了没有？"

"你没死吧？"

"你没自杀吧？"

"没死说一声。"

"回句话！"

······

我没做任何回答。闷热的午夜，我弯着背，默默忍受着挑衅。直到他发来一张截图，我一下子坐直了。截图是他与一个名叫Ivy Zheng的女孩的微信聊天内容，他们用英文说着"吻你""想你""拥抱你"之类简单到只剩字面意思的话。截图还显示女孩给吴建转了八千零八十元。吴建领了钱，夸了对方一句："宝贝，这数字真吉利，爱你！"整张截图的内容到这里就结束了。我看着女孩的头像，那是一个把黑色长发烫成复古玉米穗样式的大嘴女孩。由于看不到头像的原图，她的容貌我辨认不清，加上此刻沉坠的心情，我只觉得她那张涂着鲜红色口红的大嘴显得有些恐怖。

"月底跟你清算！就你那点钱，我给你清！"吴建又在微信上发来两句话。

他事实上并不担心我是死是活，只是在向我炫耀有女人爱着他、对他十分慷慨。我既没回复也没拉黑他，我需要忍耐和等待。这一次，我谨记双闻的告诫，不要与他对话，只等他还钱。他欠我的，我们仅仅是欠债还钱的关系，这令人绝望的联结使夜晚变得更漫长。我用指甲使劲挠着伤疤，无所谓它们是否会变得更加严重。

八

离月底越来越近，吴建不再有任何消息，好像一眨眼的工夫，他曾经宣布过的有关爱的誓言已找不到一点蛛丝马迹。

月底那天，天没亮我就醒了。实际上，前一晚我也没怎么睡。

时间骤然停住了似的。我清醒地意识到我傻透了，我已从愚蠢的梦中醒来，但我依然傻透了。在记忆中，吴建乞求的模样是那么真实，他对我所有的需要都是那么真切。他将困苦指给我看，激起我一阵阵同情，这一切回想起来都不是胡诌。有时我依然相信，这其中必有真心实意存在过。然而一旦从回忆中抽离，我环顾四周，置身现实，才明白曾经的那个吴建已不在，"第零号"已不在。他的热忱、他的关心、他的欲望，都已不在。至于我对他所做的，不论我消耗过多少，在他看来大概都是无法赞成的玩笑，我没有权利让一个人关注他不赞成的东西。想来，他的那句"月底跟你清算"，更像是被激恼后的宣泄，他是否会付诸行动，我心里真的没数。

临近中午的时候，我鼓起勇气，给吴建发了一条微信："月底了，我想你会如约还钱。"发出之后，我一动不动地盯着手机屏幕。

他很快回了一句脏话。接着，第二句脏话、第三句脏话、第四句脏话接踵而来，它们就像一个恶童不断扔出的石子。

"我们之间不存在借贷关系。"一通发泄后，他又补了一句。

"那是什么关系？"我回道，却发现已回不过去——他把我拉黑了。

我感觉自己的嘴唇在发抖，又像是失声了，喉咙里发不出声响。我的指尖在手机上乱点，却打不出一个具体的汉字。受过伤的那只胳膊不自觉地紧绷着，我看着上面丑陋的疤，可怕的念头不受控制地奔逸出来，仿佛要从我的眉心挖一个洞，再钻进钻出。

我走进厨房，由于受不了金属餐具刺眼的反光，我又走了出来。我在房子里狂乱地踱步，全身忽冷忽热，一会儿像在烈日下发烧，一会儿又像在雪地里受冻。被某些仿佛源自本能的、毁灭性的动机驱使着，我披着头发，套了件裙子就打算出门。

艳阳晒得我睁不开眼睛。我凭着一股直觉，被什么东西诱住，跌跌撞撞地走到了离家最近的宾馆。那是晏超曾经等我的地方，也是我差点没命的地方。我没跟前台多说什么，也没坚持要407房间，只是出示了身份证，交了押金，用最快的速度开了间房，像避难一样躲了进去。

汹涌的敌意绕过理性，在我的手臂上寻找发泄的出口。我把自己一次次丢失了，那么现在，找回自己的最好方式之一或许是自我惩罚。我怀着一股盲目而危险的信念，径直走到卫生间。卫生间里没有开灯，借着外屋透进来的光已足够看清楚所有。我毫不犹豫地往地上砸了一个玻璃漱口杯，又捡了块边缘看起来十分锋利的三角形碎片，往自己的左小臂内侧使劲划下去……我并不觉得有多痛，只觉得一阵释放。

我重新领悟了《瘤》的情节，原来它要表达的是病态的传染与扩散。病态的人格将健康的人格吞噬、消灭。这种病态指向操纵欲，操纵欲的方向与目标并不重要，重要的是，一定要有受害者。受害者可以是别人，有些时候，甚至也可以是自身。但病态的罪魁祸首究竟是谁呢？想着想着，我开始抽泣，却说不清到底是为了什么、为了谁。

有人在敲门，敲门声又响又急。我蹲在卫生间，一动也不想动。敲门声更响了，有人用洪亮的声音喊我的名字。我吓了一跳，赶紧站起来，跑到门前，透过猫眼往外看。我看到一个年轻男人的大半张脸和他制服的一角，是警察。我立马反应过来，我用身份证在前台登记后，估计警察就从派出所出发来找我了。

我忐忑地开了门。一开门，我刚刚在猫眼里看到的年轻警察就大声说："许迢迢吧？我们通知了你妈，让她联系你，她说你没接电话。她正在过来的路上。"他身后，另一个看着略年长的警察倚着门，盯着我，一句话也不说。

我赶紧去找手机，上面果然有老沈的未接来电。

"手机静音了。"我解释道。

"身份证给我看一下。"年轻警察向我伸出手。还没等我反应，他忽然注意到我的手臂，竟沉默了几秒，随即叹息了一声。

"我没吃药，也没要自杀。"我急忙说，猛然间觉得他很面熟。

"许迢迢，你怎么还是那么不让人放心！"他蹙着眉。

"你是不是……"我竭力辨认着，"你是不是上次的……"

"咱们见过一次了。是我，刘弋。"

"啊？"我愣了一下，"上次你好像没说你叫什么。"

"刘弋，戈壁的戈少一个撇。"他别扭地笑笑，"你的手需不需要处理一下？要不，找前台要个医药箱吧？"

"不用，我回家自己处理。"

"等你妈来了，你跟她一起回家。"他用接近命令的口吻说。

我看看他肩上戴的执法记录仪，没吭声。他挺高的，这我有印象。我稍微抬起头，细看了看他的模样。他一双眉毛淡淡的，单眼皮，目光里透着些老成。

时间过得异常地慢。刘弋的同事像门神一样死死把着这房间唯一的出口。我和刘弋面对着面站着，都不怎么说话。我接受着他审视的目光，几次想挪开步子离他远一些却又不敢动，生怕自己哪怕一丝一毫的动静都会引起他的警惕。

"你的手真没事？"他又问我。这问题他已经问过好几遍了。

"真没事。"

"你呀，你说你，这是怎么了？"他摇了摇头，没再看我。

"也没怎么。"我生硬地说。

老沈可算来了。还没见到她的人影，我先听到过道里传来焦急的声音，她一直在唤我的名字。

"迢迢，你在干吗？"她一进门就用颤抖的声音喊着。

"我没事。"我看到她苍白的脸，正想向她走过去，结果被她一眼看到我的手臂。她斜了斜身子，一只手捂着额头，满眼的悲哀。

我顿时像被钉在了原地，一步也挪不动。

"阿姨，她现在没什么大事，我看她还挺冷静的。"刘弋安慰老沈，"您一会儿就带她回家，赶紧把伤口处理了，大热天的别感染了。"

老沈对刘弋点点头，转脸瞪着我，说："我来的路上给陶帅打了电话，打听你最近究竟在做什么。他老实跟我说了你给男朋友钱的事。他还自责呢，说不够关心你。我跟他说，他什么责任都没有，你那么大个人，应该有起码的判断力。你这个男朋友不会是吴建吧？"

"咱们回家再说。"我求助般地望着她。

"是不是吴建？你真的在给他钱？"她不依不饶。

"别问了。"

"你说呀！"她坚持着。

"是。"我用极小的声音回答。

"是什么？"她好像真的没听清。

"是吴建。"我努力不让眼泪流出来，"钱我是给他了，但我们已经结束了，全都结束了。"

"你怎么那么傻，网上聊天认识的人你都能信！"她大声埋怨道。

"一共多少钱？"刘弋插话问我。

我无声地看着他，只见他的目光柔和，嘴角却耷拉着。

"前后加起来他一共管你要过多少钱？"他凑近我继续问。

我踌躇着说："差不多……有十万了。"

"怎么给的？是见面给的现金还是网上转账？"

"都是微信转账。"

"转账记录给我看看，你把转账记录的页面调出来。"他指了指我的手机。

"你要看每一次我转账给他的截图吗？那可得花时间……"

"你玩软件一点都不溜啊，还网上聊天呢！算了，你把手机给我吧！"

我紧握着手机，望着他，开始犯难。

"哎，我不看你们那些谈朋友的话，现在也没时间看，我就看转账记录。"他说完，叹了口气，好像比我还忧愁。

我又望向老沈，只见她脸色发灰，正用愤懑的眼神瞪着我。我缩了缩肩膀，老老实实地把手机交给刘弋。他熟练地在手机屏幕上点了点，聚精会神地看了一会儿。

"嚯，你是小富婆啊！有这些钱给男的还不如给自己买包呢！"他转过头看我。

我立刻低下头。

"这一看就是个骗子。你这金额也够大的了。这样，你来派出所一趟，找我报案吧！"

"报案？我这不属于活该吗？"我抿抿嘴。

"这男的涉嫌诈骗。"

"我是自愿给的钱。"

"他使的招数就是让你主动把钱掏出来啊，不然就成抢劫了。"他笑笑，随即板起脸，"诈骗罪是指以非法占有为目的，用虚构事实或隐瞒真相的方法，骗取数额较大的公私财物的行为。我跟我师傅主要就是管咱们这片的诈骗案的。像你这样网恋被骗的，其实不算少。二十多岁小姑娘被骗几万的，快七十岁的老太太被骗上百万的，都是网恋，我都受理过。你认识的这男的，跟你要那么多钱，这就不是正经谈恋爱。"

"我们确实是谈恋爱，一开始他也没要钱，我们真的是谈恋爱。"我不知是为吴建辩解，还是为自己。

"你一看就是从小被保护得太好，没见过什么社会阴暗面。"

"也不是。"我小声说。

他继续翻我的手机。我觉得自己的脸开始发烫，只好一直不看他。

"唉，他说的这些想你、爱你、跟你感同身受啊，一看就是老手。正常男孩谈恋爱哪有那么啰唆的，这一天发的消息得有几百条了吧？而且，他白天已经聊了那么多，晚上你俩通话时间还动不动就几百分钟，我怎么感觉他的生活就是专门骗女孩子呢，这里面有多少套路啊！我下周五值班，二十四小时都在所里，你来找我吧！我名字好记，刘弋，戈壁的戈少一撇。"他用手比画了两下。

"知道，你说过了。"我抬眼瞅瞅他，又用余光扫了扫老沈。

老沈正站在门边，一直跟刘弋的同事低声说着什么。我竖起耳朵听了几句，净是些与诈骗有关的字眼。

"迢迢，咱们先回家。"老沈走过来，搭着我的肩。

"好。"我使劲点头，只想尽快离开。

"你听警官的话，下周去报案。"她轻声却严正地说。

"下周五，早上八点我就在所里了，一天当中的任何时间你都可以来。"刘弋在一旁顺势重复道。

我看看老沈，再看看刘弋。

"好吧。"我冲着刘弋说，同时攥紧了手，伤口一阵剧痛。

第七章　案

一

当你试着用相对客观的立场叙述自己的经历，尤其是不堪的经历时，需要摆正自己在各个事件中的位置。你忍耐住情绪，记录下自己的行动过程：你做了什么、没做什么，与他人说了什么、没说什么。你不能抒写痛苦，不能抒写精神上的丧失。你必须保持冷静，甚至要把自己暂时从事件中抽离出来，才能完成这个叙述。这就是我在家独自准备报案自述材料时的情形。

我曾经做过大量刑侦剧写作的准备工作。某些在剧本中发生过的报案细节，像鱼群般在我的脑海游动。我知道，如果去找刘弋，最恰当的方式就是先准备一份翔实的报案自述材料，交代我与吴建如何认识、我所知道的吴建的身份背景、我们发生了怎样的关系、见了多少次面、在何种情况下产生了资金往来、又因何种原因中断了联系。

为了完成报案自述材料，我反复浏览那些绿色和白色相间的微信聊天记录。回头看，只见我和吴建之间净是些虚妄之谈。他并不爱我，却在不断地对我使用有关爱的语言。语言作为交流工具被滥用了，它不再揭示任何事物，只揭示一切事物之无——爱是不存在的，道德是不存在的，信仰是不存在的。我一边打字，手心的冷汗一边冒出来。我劝自己，别想那些有的没的，把精神集中到每一次转账的发生以及转账前后的细节上，集中到如何避免描述窒息游戏和那些几百分钟的深夜通话内容上。我整日整夜地整理聊天记录，并在写报案自述材料的Word文档里把各个关键句的字体加粗。

我没有食欲，也不觉得困。我喝了很多水，一支接着一支地抽烟，直到把报案自述材料写完。

将近两万字的报案自述材料完成后，我数了数，一共十六页。末尾，我附上了吴建曾发给我的那张中秦商学院入学申请表上的证件照。我把材料打印出来，一式两份，放在两个透明文件袋里。与其相应的电子版，我保存了一份在自己常用的电子邮箱的草稿箱。我又打印了二百多张微信聊天截图，按照不同的时间、事件分类，分别用不同颜色的曲别针别好，在每一份材料的左上角贴上彩色标签，注明发生的具体时间，并为它们编号。

材料准备好的第二天，我开始动摇。我不想去找刘弋了，我做不到在陌生人面前克服羞耻心，回顾刚发生不久的事。

老沈偏偏在这个时候敲门。上次与我一起从宾馆离开后，在我的百般恳求下，她勉强答应我自己回家待着。我向她保证，我会写一份材料，也会按时去派出所找刘弋。她现在找我，不知是不是对我仍不放心。一进门，她就拉过我的手看了看。

"伤已经好了，我也没再做什么。当时是因为受刺激了……"我把手抽开。

怀着强烈的自尊，我迫切地想为自己当时的冲动找理由。我把前段时间去医院的事提了提，隐瞒了一部分实情。我告诉她，我犯焦虑症了，不算特别严重，但确确实实是犯了。医生给我开了些药，我没怎么吃，全凭自己的意志在坚持。

"本来就焦虑，再被刺激一下，就犯了傻，伤了自己。"我故作镇定地说。

"既然你都自觉去医院了，就按医嘱吃药吧，别乱吃就行。你早该告诉我这些……一个人闷着会憋出事的！"她的双眼既有忧又有怨。

"药就先不吃了，吃了脑子会不好使，我要写好报案材料，接下来还有那么多正事。"我下定决心，就算再难受，也要保持清醒。我又郑重地对她讲，有些女人由于预备怀孕，即便此前被诊断患有某种神经症，也冒着风险不去服用精神类药物。而我接下来要做的事，就如同孕育新生命一般：我要重新拥有自我，我要重新察觉一遍已经发生过的悲伤和痛苦，以此获得新的认识，而药物恐怕会让我在迟钝中无法突破。

"你还挺有骨气。既然这样，就一鼓作气，好好准备。"她瞧了瞧散落在客厅沙发上的材料，走过去，拿起一页开始读。

"你别看了，我知道怎么写。"我想把材料从她手里拿走，她却紧攥着不放。

她默读了几句，说："有几个带强烈主观色彩的词，都删掉。把有关金钱往来的段落，尤其吴建索要金额的数目、缘由以及他所强调关于自身经济情况的内容都加下划线。"

"我会修改的，你就别看那么细致了。"我又向她伸出手。

她躲了一下，问："他有没有向你提过结婚，有没有跟你求过婚？"

"有，他让我嫁给他。"我屈辱地说。

她又问："你知道什么是杀猪盘吗？你平时有没有关注那些社会新闻？"

"这不是杀猪盘。我们见过很多次面，他也没让我买什么理财产品，我甚至还跟他妈妈通过电话。这真的不是杀猪盘！"我被激怒了，使劲一抢，直接把她手里那页材料撕掉一半。

"你急什么？"她审视了我几秒，"你跟他妈妈通过电话？你确定那是他妈妈？你不会还对他心存什么幻想吧？"

"我只是说这不是杀猪盘。"

"你心态正常一点。只有保持平静才能把发生在你身上的事对警察讲清楚，你明白吗？"

"真不公平。我需要心态正常，可我遇到的事有一件是正常的吗？"我愤愤地说。

"你如果能放下幻想，就能正常。你把吴建妈妈的电话给我。"

"干吗？"

"给我。"她声音不大，却瞪着我说。

我赶紧去翻手机通讯录。

她用自己的手机给陈女士打了电话。电话接通后，她按下免提键，在确认了对方姓陈、是吴建的妈妈之后，她直接报上我的名字，并说是我的母亲。对方没表现出一点惊讶，先是客套了几句，接着又问起我，问我最近好不好。我在一旁差点要接话茬，却被老沈按住手。她放慢语速问陈女士，知不知道吴建在跟我要钱。

"你肯定是搞错了！据我所知，阿建很久以前就跟你女儿分手了。他们早就分啦，早就分啦！"她叫唤了两声，自己先把电话挂了。

我以为是信号出了问题，示意老沈再打过去。她冷笑着对我说："有什么意义？人家说你们早就分手了。"

"我们从没正式分过手。"我使劲揪了揪头发。

她默默地看着我。

"你别看我。"我把脸别过去。

"你还在幻想吗？"

"我们真的从没正式分过手。"我低着头嘀咕，"直到上个月底我还在等他，等他还钱，等他履行承诺。他承诺过太多，总有一点是能做到的！"我一边说一边对自己感到震惊。即使是现在，即使我已经要去报警了，我的的确确还在幻想。

她叹了一口气，又开始拨电话。

"你打给谁？"我惊慌地问。

"打给让你有幻想的人。"她话音刚落，电话就通了，她还是按了免提键。

吴建的声音传过来的那一刻，我屏住了呼吸。

老沈语调平缓地问吴建，是不是拿了我的钱，是不是说过还，却又不还。

"你女儿一直在主动给我钱。我不要，她非要给我。"吴建的语气和老沈的一样平缓。

"她为什么主动给你钱？"

"我不知道。她愿意这样做吧！"他甚至笑了一声。

"噢！"老沈瞄了我一眼，"有件事我想问问，你当初为什么要跟许迢迢说会去纽约找她，但是最后又不去了？"

"阿姨，当初可不是我要去纽约找她。你们好好想想，想清楚了，是我要去纽约找她吗？我可能说了些安慰她的话，那是在帮她、救她。她当时处于一个什么精神状态，你不会不知道吧？她可是在人生低谷啊！她那么孤独、低落，我关心她几句，不应该吗？至于她怎么理解，我可管不了。她要是觉得我一定会去纽约，那是她自己非要那么想，我也没有办法。其实，我后来之所以当她男朋友，也是觉得她太可怜了，我只有做做好事了。"

我对人性最后的幻想，随着吴建不断砸来的话语，就像一个玻璃容器被击得粉碎。

"你觉得她可怜、想安慰她，所以就要接受她的钱？你给我解释一下这是什么道理？"老沈面无表情地反问他。

"钱都是她非要给我的。我觉得呀，你带她看看病吧！她病得不轻，不给我钱她就不痛快，她就活不下去呀！她缺乏安全感，又觉得没人爱她，所以她要花钱买我的时间啊！而且，说实话呀，阿姨，你也有问题。如果你的家庭没问题，能把女儿搞成这样？她会自杀？"

"别跟他对话！"我叫起来，一挥手，把老沈的手机打掉在地。吴建似乎笑了一声，之后他就把电话挂了。

老沈不动声色地捡起手机，说："你激动什么？我还想多问他几句呢！你跟他说了多少咱们家的事？"

"没说什么……周五我会去找刘弋的。"我觉得太阳穴一直在跳，"要不我还是吃一些医生开的药吧。"我挣扎地说。

"把处方给我看看。"她走到我身边。

我却忽然僵住，一动也不动。

"怎么了？"她问。

"不行，我不能吃药。吴建刚才说我病得不轻，他在羞辱我……"我哽咽起来，"我告诉你我去了医院，不是为了让你劝我服药，劝我去看心理咨询师或是支持我再出一趟远门。我其实是想说，真正有问题的人是他。他是一种病，他会把病态传染给别人。因为遇到了他，我也跟着病了。但我现在很正常，我的思维很清晰。刚刚他语言上的攻击，你说，怎样的反应才算正常？我如果特别地心平气和，那算正常吗？但我也知道，他就是想看到我病，看到我寻死觅活，看到我躺下。我不会的。我会站起来反击。我一定要扒开经验中被我忽略过的细节。"

"我还没提咨询师也没说旅游的事呢！你现在是清醒了。"她顿了几秒，"但我就怕你在这个过程中还有反复，还有幻想。迢迢，你还有幻想吗？"

我摇了一下头，算是无声回答。

二

准备去报警的头一天晚上，我又打印了一个版本的报案材料，经过删减，字数不到一万，内容只保留了与吴建的相识，几次见面的时间、地点以及每一次给吴建转账的原委。这套简洁版的材料我放在一个蓝色文件袋里备用，它的电子版我也存了一份在电子邮箱的草稿箱。所有我认为与案情相关的聊天记录，我又整理了一遍，备份在一个移动硬盘里。它们比我打印出来的要多得多，一共五百多张截图。我把它们放入几十个不同的电子文件夹，每个文件夹都起了名字，例如："与第二次转账有关的对话"，"与约定第三次在北京见面有关的对话"，"他向我表白"，"他提到结婚"……

我强迫自己在晚上十点之前躺到床上，并在电话里跟老沈说好，明天我一个人去找刘弋，不用她陪。

"你是不是怕我细看你的报案材料？"她挂电话前忽然问。

"是。"

"你是成年人了，分寸自己把握，责任也要学会自己负。"

"我知道。"

挂了电话，我怎么也睡不着。报案材料的内容、吴建的样子、我们的一切来往都是对我最彻底的嘲弄。就连我要去报警、把给他的钱要回来，都成了一种自我否认：这不是一场恋爱，我和吴建之间只发生过交易，甚至比普通的交易更糟。想起赵以送我去酒店和吴建见第一面时的情境，我悔不当初。我真希望赵以能多打我几个巴掌。

我从床上坐起来，犹豫再三，还是给赵以打了个电话。我刚打，他就接了。我欣喜若狂，还没来得及说什么，他却先跟我道了歉，为上次的不欢而散。他又说，正好想到我，不知道我最近怎么样了，是不是又做了什么蠢事，他很担心。夏末的夜晚，我为他几句稀松平常的话所感动，便顺势说："我明天要去报警，报吴建诈骗。你从一开始就了解情况，我可能需要你做旁证。"

"报警？"他显得十分吃惊，"你疯了？这等于要把你跟一个男人厮混的前前后后都说出去，你丢不丢人？你不会是把全部身家都交给他了吧？"

"没有，一共差不多十万块钱。"

"那就算了吧，就当吃亏买教训了。"

"我不明白，你为什么不鼓励我？"

"我不方便做证。"他的声音变轻，"我接下来还有几个产品代言，还要参加节目……我现在不得不多考虑。"

"我懂了。可不是嘛，你是公众人物。以后，你也别说什么担心我的话了，没必要。"

他比我更没好气："我以为你也会以事业为重，结果呢，你这段时间都在折腾什么？你之所以跟这种人做出一堆缺心眼的事，是因为你在事业的主路上得到的反馈太差。咱们都不是什么闲云野鹤的艺术家，都需要世俗的肯定，这没问题。可你，不能因为目前没得到足够的世俗肯定，就泄了气、忘记自己本来要做的事了。你要写的东西，不要放弃。你不要再生旁枝，不要把生活掰碎了，剩的只有渣儿了。你跟骗子过招，过多少招都没用。你偏离主路做的事，做多少都没用。"

他的数落虽有理，在我听来却不合时宜。然而他话中的几个字眼提醒了我，我不假思索地说："我过不过招你就别管了，那是我的事。我要查查吴建，他应该还跟别的女人做着差不多的事，我要弄清楚。"

"你在认真听我说话吗？你是不是疯了？"

"我没疯，我就是很认真地听你说话，才有这样的反应。我必须把吴建查明白，我有权利知道真相。你忙你的吧，不用配合我做证。"

我利索地把电话挂了，脑子里闪过无数个人，最后印在脑海里的，是给吴建转账八千零八十元的大嘴女孩，Ivy Zheng。

凌晨时分，赵以给我发了条信息，竟是徐浩然的联系方式。"我之前跟你提过的徐浩然，他本来也想找你。他的亲戚在珠三角一带做离婚咨询，应该能帮上你。"他进一步解释道。

做离婚咨询的能帮上我什么？我纳闷地想，但还是记下了徐浩然的电话。

第二天上午，我拉着一个二十寸的登机箱去了派出所。打印出来的材料实在太多、太厚又太重了，放在行李箱里更方便搬运。

我在治安前台报了刘弋的名字。一个值班民警告诉我，刘弋正在办案区忙着，让我等等。我不着急，反而略感轻松，至少我还有时间思量。我拖着行李箱，坐到面对着治安前台的不锈钢联排椅上。

治安前台隔壁是个调解室，正关着门，里面传来激烈的吵架声，有男人的声音，也有女人的声音。和我并排坐着的还有一位穿得严严实实的老人，也许是等了太久，他闭着眼睛靠在椅背上，不知是醒着还是睡着。

"基层警力有限，实在是忙不过来。"前台的值班民警要去外面的院子抽烟，他经过我身边时对我说。

"没事。"我看看他手里的烟和打火机。

他一出门，我就伸手去包里掏自己的烟。我又拿出报案材料，也走到外面的院子里，找了个有树荫的地方开始抽烟，边抽边读材料。我越读越后悔，开始顾虑，是否真的要对刘弋坦白那么多耻辱的事。

"怎么都提前写好材料了，还写了那么多？"刘弋毫无征兆地出现在我身后。

我吓了一跳，手里的烟差点掉到地上。我转过身，定睛看看他：他的双眼有些肿，黑眼圈很重，嘴角耷拉着，整个人显得特别疲倦。

"我还带了一箱子材料，主要是聊天记录，打印出来实在太多了。"我不好意思当着他的面抽烟，烟在我的指尖白白地燃着，一大截烟蒂快要落到地上。

"你抽吧，"他示意我把手里的报案材料给他，"在这儿抽烟没人说你，一会儿到办案区也可以抽。哎，你这准备工作做得够可以啊！"

我把报案材料交过去："既然要做，就认真做。"

"这男的看着也不帅呀！你一漂亮姑娘，怎么就看上他了呢！"他翻到材料的最后一页，对着吴建的照片龇了一下嘴。

我看着手中的烟，接不了话。

办案区各个房间的门都死死地关着。我拉着箱子，跟着刘弋进了靠近卫生间的一间屋。刘弋推开门，屋里没有别人，弥漫着一股浓重的烟味。

办公桌上有几个铁皮茶叶盒，里面塞满了烟头。刘弋刚坐到电脑前，就给自己点了一支烟。他抽了几口，揉着眼睛，向我伸出手："把你手机解锁，微信打开，给我。我得对照着你的报案材料看微信聊天记录。"他说完，把一枚打火机往我这边推了推。

我没犹豫，立刻把手机放到他手里："你看吧，看完了，我就在报案材料上按手印。"

他有些意外地瞅着我："懂得还挺多。我本来还以为你是法盲呢！哎，你什么学历啊？"

"研究生。"

"哪个学校？"

"戏剧学院。"

"你以前报过案、写过报案材料？"

"没有，我学编剧的，写过刑侦题材电视剧。"

他哈哈大笑起来，笑过之后，摇摇头，说："我估计你还是法盲。电视剧里的查案，经常不靠谱，一看就是编剧瞎写。你们啊，还是缺少生活。"

我僵坐在他对面，挺尴尬。

他递给我一支烟："你等我先过一遍聊天记录。"

"那可需要不少时间，他经常上百条甜言蜜语发过来，你都要看一遍？"

他的指尖在我的手机屏幕上不停滑动："都要看啊，包括英文的，看不懂的单词还得查。还有他发的那些语音，我也得一条一条听啊！"

我不自在地拿着他给我的烟，迟迟没有点燃。我好像一位等待老师判卷的差学生，一点也不期待即将得到的分数。

刘弋连抽了五六支烟后，忽然抬眼看我，用响亮的声音说："许迢迢啊，你记住，没有人会无缘无故对你好，不管你多漂亮、多有魅力。"

"你看到哪儿了？"我怀着惧怕问。

他答非所问："记住我的话。"说完，他低下头，继续看报案材料。

"难道就不会有人因为喜欢我来对我好吗？"我忍不住反驳。

他眼都没抬，埋头应道："那也是想要得到你，不是吗？你当是在幼儿园里，有人跑过来对你好，就为了分块糖吃，还是跟你一起玩积木？"

"照你这么理解，这世界有些恐怖。"

"你假设世界到处都会有恐怖的事发生，保准活得会比现在好，你信我的吧！"

我拿过打火机，点上了烟。

等他终于把手机还给我，拿出印泥让我在报案材料上按手印时，我俩已经快把桌上那盒烟抽完了。他从抽屉里又拿出一包烟，慢慢拆开外面的塑料薄膜。

房门被推开，一个宽腮浓眉的中年警察抱着两个文件盒走进来。

"怎么样？取笔录了？"中年警察笑着看看我，好像对我已经熟悉了。

"还没，这就给她取。"刘弋接过中年警察手里的文件盒，转脸对我说，"这是我师傅，老郑。"

我赶紧起身，跟老郑握了个手。

"师傅，看，这报案材料写的，好几万字！"刘弋把我刚按好手印的报案材料递给老郑。

"也就不到两万字。"我慌忙说。

"噢！网恋被骗了吧？"老郑翻翻报案材料，温和地问我。

"其实，算我活该，是我缺心眼，主动给的钱。"我将将头发。

"还没见过报案人那么主动承认错误呢！"老郑摆摆手，"你活该，那骗子是不是也活该？我们找他肯定还得找，到时候他也只能觉得自己活该。"

我看着老郑翻着报案材料的手，没吭声。

"我一会儿送人去看守所，你就别去了，给她把笔录取了。"老郑把报案材料翻到最后一页，对刘弋说。

"行，早点给她取完，我还等着电信诈骗那个案子的批捕。就怕跟前天似的，半夜批了，刚有时间眯一会儿，就叫我去办事。"刘弋叹着气，给老郑点了支烟。

师徒俩抽着烟，互相安慰了几句。我在一边听着，可算明白了什么叫"基层警力有限，实在是忙不过来"。

老郑离开后，刘弋开始给我取笔录。他先在电脑里输入吴建的身份信息，随即嘀咕着："这男的在北京的开房记录挺多啊！比你报案材料里写得多。"

"有多少？"我哆嗦了一下。

"咱们啊，还是把他跟你拿了多少钱捋清楚了。"他没回答我的问题。

"我知道，他应该是有别的女人，应该是叫郑什么……这个能查吗？"我吞吞吐吐地问。

他以一种有些嫌弃又有些可怜的眼神看向我："他肯定有别的女人，这毫无疑问，但你知道是谁，对你有什么用？你不觉得更恶心吗？你这多花心思的是以后要有人跟你吹什么两百个亿的房地产项目，你怎么对付？你至少也甩出几个房地产行业的问题把对方问住吧！比如开发贷贷了多少？有没有国家二级开发资质？企业营收排名是多少？是不是克而瑞排名前五十？他跟你说，他爸爸手里的拆迁开发项目黄了，还要跑去加拿大，你当时就应该问他，以前有没有接触过土地整理业务？知不知道相关政策？比如土地整理收入是不能和土地出让金挂钩的，各地对增加政府债务的项目是严格把控的，一个村不是说拆就拆的，也不是一个房地产公司就能说了算的。"

刘弋的话令我无地自容。我还没来得及回应，他又把话扔了过来："许迢迢，你知道吗？一个男人真心喜欢你，就不会跟你卖惨，他就是吃糠咽菜也不想让你知道他过不下去了，他不会那么情愿地去依赖你。在喜欢的人面前，男人的自尊心只会更强。你啊，我说什么好呢？"他摇摇头。

我只有沉默。

不一会儿，我们在一种毫无生气的气氛中做起了笔录。我几乎全程低头，声音也发蔫。

"窒息游戏是他控制你的手段吧？"刘弋指着报案材料中的某一行问我。

"是吧……"我勉强点点头。

"是吧？是就是啊！你怎么一点受害者该有的硬气都没有！姑娘，你醒醒吧！"

我看了看他，说："你知道我最在乎的是什么？是他骗钱的伎俩？是他有没有真心喜欢过我？是另一个女人？都不是。我最在乎的是人性的真相。我想知道吴建到底有什么样的人格？他为什么要这么做？他的灵魂……他身上究竟发生了什么？为什么我会经历这些，为什么会发生这一切……"

刘弋用一种看疯子般的眼神盯着我："你想太多了。你们搞文艺的总是想得太多，这不好，这不现实。"

"现实，什么是现实？人的姿态、手段、伪装、取舍，都是现实。"

办公桌上的座机响了。刘弋简短地接完电话，沉下脸对我说："我有事要出去一趟，你是等我还是先回家？"

"你几点能回来？"

"那可说不好，我已经四天没睡过一个整觉了。"

"嗯，我知道，基层警力有限，忙不过来。那……我先回家。"

"许迢迢！"他站起来，走到我身边，"你别想那么多了。咱们加个微信，你心烦了或者想不开了，都可以跟我说，只是我可能经常不回复。"

"我懂，你随时得去抓人。"

他笑了笑。

"报案材料是不是还要给你师傅细看一遍？"我问他。

"是。"

"那我给你一份删减版的，你再给你师傅吧。我带来了，打印好的。"

"不可能，只有你按手印的那份是有效的。"

我惊惧地瞪着他："现在这份报案材料写得太……真的是什么都给写进去了。"

"你的隐私肯定给你保护好，但是你要知道，在我们面前你已经没隐私了。"

我倒吸了一口气："那我把打印出来的聊天记录都留下吧，这一箱子都是，还有电子版的，我把移动硬盘也留给你。"

"聊天记录的打印件肯定要留给我，但是移动硬盘不用了，我们的电脑不能接你的硬盘。不过你这工作是做得真到位啊，我相信你写过刑侦剧了。"他帮我拉开行李箱。

"亡羊补牢，只怕已经晚了。"我轻声说。

"只要你学会了多长点心，那就不算晚。说到聊天记录，再跟你多说两句吧。以后别人给你看的聊天记录，不要轻易相信。骗子能够做出非常逼真的截图。即使不是诈骗犯，就是个想要撒谎的普通人，在聊天记录上做手脚也不是什么难事。有时候截图的确是真的，但是发生的时间可以是假的。比如，一个人在跟别人聊天的时候，马上把聊天内容生成截图。之后的某一天，这个人根据需要，把截图展示出来，谎称这是刚刚发生的聊天内容。你说这怎么分辨？所以人还是要提高警惕，不要别人说什么就是什么。"

我又沉默了。我沉默，不仅因为意识到自己的无知，更想到人的道德底线与社会适应力等让我一时半会儿仍觉困惑的问题。

从派出所回家的路上，我联系了徐浩然。省去了大部分寒暄，我直接告诉他，我遇到了麻烦，有求于他。我把简洁版的报案材料截了几页，发给他看，又把吴建和大嘴女孩Ivy Zheng的聊天截图发了过去，截图中有那笔醒目的八千零八十元转账。

"我被人骗了，刚刚报警做了笔录。"我佯装平静地对着手机说。

"明白了，许姐，你是要查这个英文名叫Ivy的女人吧？警察帮你追金钱债，我帮你追感情债。"

我从他的语气中倒是没听出一点讥讽的意思，也许是因为他的普通话并不好，说话时显得一板一眼。

"没什么感情债，"我清清嗓子，"我就想知道真相。赵以说我可以找你，他说你有个亲戚是做离婚咨询的，可以帮忙，我也不知道这合不合适。"

"当然合适。"他笃定地说，"我亲戚经常帮人查出轨的事，你这个事查起来差不多。你把这个吴建的信息发给我，他的手机号，还有……总之，你有什么都发给我吧！许姐，你给我一个时间范围，比如，你想知道他在几月份到几月份之间有没有其他女人。"

"往前数半年，半年的范围。"

"好，我马上跟我亲戚说。"他很快就挂了电话。

我正准备给他发过去吴建的相关信息，他的短信先一步显示出来："许姐，放心吧。你对我的好，我永远记得。"

我记得徐浩然的年纪比我大，他语言上的尊敬不知是出于自然还是功利。语言是我们的藏身之所，在语言背后，往往是深渊般的凝视。利用语言，我们在情感的荒漠中自以为是。我要不要踏入别人的荒漠，去看清他们的面孔？我已经做了决定，我要看清。

三

我打电话对双闻说，我报警了，是警察鼓励我报案的，报吴建诈骗。笔录我已经做了一半，办案民警人挺好，就是太忙了。

她在电话里沉默半晌后，用奇怪的音调说："我以为这件事已经过去了。我以为你那么久没找我，是因为吴建已经把钱还了。你也许是忍着厌恶拿了钱，在自己静静消化这件事。我以为等你再找我的时候，一切都平静了。然而我以为的终究只是我以为的。"

我心里怨她把事情想得太简单，嘴上却说："既然报了警，这事就该有个更理想的结果，这比被动等待吴建良心发现要强。我还没告诉你吴建后来的态度，他完全否认……"

"他否认他做过的所有的事，对吗？"她接过我的话。

"是，你看得比我清楚。"

"迢迢，"她顿了顿，"为什么警察会鼓励你报警？你刚才没说。"

我支支吾吾对她道出在宾馆里遇到刘弋的经过。

她听了，立刻问我是不是在家，在的话，她现在就过来。她讲话时伴着长长的叹息，让我无法拒绝。

双闻来的时候，手上提着一大袋东西。她带了面包、冰激凌、苏打水、一大瓶碘伏、医用棉棒和一小瓶威士忌。

"让我看看你的伤。"她把那袋东西直接放到地上，过来拉我的手。

"没什么大事，结痂了。上次你买的药我还没用完呢，我自己会上药。"我按住她的手。

"咱们吃冰激凌吧。"她挤出一丝笑容。

"好。"我点头应道。

她的样子像是在受着什么巨大的苦。她为何总是对我抱有如此强烈的同情心？

我正想着，她已转身去了厨房。

她端着两个盛了冰激凌的玻璃碗从厨房走出来时，低垂着眼帘。她坐到餐桌前，双手托腮，问："笔录做得顺利吗？"

"还可以。"

"真的没问题？"

我双手抱着肩，没马上说话。

"做笔录的时候，面对警察回忆整个过程，你感觉怎么样？"她又问。

"感觉并不好。尴尬、羞耻、自责，这些都需要克服。"

"我明白，你会越来越怀疑自己，也许……"她没再说下去。

"也许什么？"

"我担心以后会发生更糟的事。希望接下来，这件事能速战速决吧。"她一只手捂着额头，好像被什么阴霾缠住了。

碗里的冰激凌开始融化，我们却都没怎么吃。她双手的拇指摩擦着碗的边缘，双眼盯着原本堆成一座小山的冰激凌慢慢地塌陷下去。大概是我的遭遇让她心烦，所以她才会如此沉默。我于是告诉她，我已经想清楚了，吴建对我毫无感情，我们之间不过是闹剧。我甚至笑着给她看了吴建最后在微信上跟我说的话，还有与大嘴女孩的聊天截图。

她许久没发表意见，几度拿起我的手机，看了又看。过了好一会儿，她转过脸，盯着我。

我被她盯得发慌，正想着说些什么，她忽然问："做笔录的时候，你都说了什么？"

"就……陈述事实。我把跟吴建的交往从头开始讲，讲了一半，没讲完。不过，我提前写好了一份很长的报案材料，已经交给警察了。"

"报案材料有副本吗？我能看看吗？"她的双眼竟蹊跷地发红。

"能。"我看着她吓人的眼神，赶紧点头答应。

我把没经过删减的电子版报案材料，连同吴建的那份商学院入学申请表一并通过微信发给她，接下来就是等待。

她目不转睛地读着报案材料，脸上的表情肃穆极了。当玻璃碗里的冰激凌完全化成液体时，她终于放下了手机。

见她不说话，我心里开始打鼓，不禁问道："你是不是觉得我就像一个因口渴而顾不上恶心的人去喝了一口发臭的水？"

"不是这样，吴建恰恰在你脆弱的时候出现，装作给你浓厚的爱意，让你觉得苦涩的生活被注入了甜蜜。可每当你开始陶醉时，他就会暂停一下令你感觉好的行为，会失联，会故意让你心慌意乱。然后他告诉你，他之所以有这些突发状况，是因为他比你还慌，是因为他遇到了麻烦。他的手段所造成的后果，其中最严重的，并不是让你沉迷于用不正常的方式解压和取乐，而是……"她顿了顿，"而是他让你逐渐失去了批判兽性的能力。人身上的兽性，你本来可以用精神的力量从高处藐视。但是当兽性蒙上一层虚假的外衣，要求你低下身段时，你对这种兽性甚至会产生敬畏。你上了它的圈套，分不清好坏。"

我诧异而动容，只希望她不要再多看那份报案材料一眼。

"迢迢，"她的眼睛愈发地红，"我会帮你。"

"为什么？你不属于这些事，我其实并不希望你再碰这些事。"

"我做不到视而不见。"她说着，开始翻自己的手机，"你了解这个中秦商学院吗？"她看着手机问我。

"不了解。我就是因为太不上心吴建的这些事，才落到现在的地步吧。否则，我应该能早点看清他。"

"不一定。"她起身给自己倒了半杯威士忌，灌下几大口。

我瞠目结舌地看着她。

她冷着脸，接着说："以你浑浑噩噩的状态，就算提前做了功课也不一定能看清他。我来给你讲讲吧。中秦商学院这几年的名声还可以，一方面学校请了不少企业家和经济学家担任客座教授，另一方面，校方的宣传做得还不错。这所学校不同于其他设立MBA和EMBA课程的综合性大学，它更像一个商业机构，以MBA和EMBA课程为主，且学费高昂。它创立之初，主要想吸引一些企业家和公司高管入学，为他们打造一个符合身份的社交圈。上这所学校，你不需要参加全国统一的研究生入学考试，因为它是自主招生的。当然，它也是有门槛的，申请者要提交雅思或托福成绩，还需要考一个GMAT，不过成绩要求不高，比出国留学要简单得多。它真正的门槛是申请人的工作经验，尤其是EMBA班，需要申请人拥有达到一定年限的企业管理经验。不过，吴建读的是

MBA班，要求没那么苛刻，只要有可圈可点的工作经验就行。而且，工作履历是可以注水的：你拿着一份企业开具的工作证明，这家公司也许规模不大，也许还是你自己亲戚或是朋友家开的，那么在简历上，你就可以放开了写。对于大部分普通学员，中秦更在乎的是你能不能把几十万的学费交上。它毕竟不是用人单位，你拿着哪个公司开的证明、做过多大的项目，没人会跟你较真。而去上中秦的，相当一部分人是为了拓展人脉，他们不会对诺贝尔经济学奖获得者提出的理论感兴趣，也不会花心思去关心外汇市场自律机制工作会议。商学院对有些人来说就是个游乐场，你买了张入场券，将自己粉饰一番入场。一年到一年半的学制，你可以尽情地嬉戏。"她说完，喝了一口酒，随即笑了笑，我却看不到她的愉悦。

　　"我知道你懂得多，但没想到你懂得那么多。"我想拿过她手里的杯子，跟着喝几口，却被她拦住了。

　　"这世界要求我们必须懂得多。"她把杯中的酒一饮而尽，"我在来你家的路上，上网查了中秦的情况，也问了一些朋友。其实之前我也大致了解过这所学校。我怀疑过，吴建是否真的申请就读中秦，现在看来是真的。他们这届MBA班已经开学，中秦的官方网站上有这届一百多名学生的花名册。像吴建这种持外国护照的，花名册上会特别标注他的国籍，他也的确是美国籍。同时，吴建已经在多个职场社交平台建立了个人主页，注明自己是中秦的在校生。从他展示的履历来看，他本科上的是美国西部的一所大学，学的是经济管理学。本科毕业后，他没有马上参加工作，而是在美国迪索大学读了一年的管理学研究生。迪索大学的排名还是不错的，比他本科的学校要好得多。研究生毕业后，他来到国内，在一家叫双邈资产管理的公司任投资经理。我觉得不对劲的地方是，从学历来看，他理应可以找到更好的公司就职，而双邈成立不过五年时间，所以不排除这是他家人或熟人开的公司。但从几个不同的企业信息查询平台上看，这家公司不论是股东还是高管列表中，都没有吴建的名字。更蹊跷的是，这家公司在今年年初已经注销了。还有，美国迪索大学的研究生，一年就可以完成学业吗？这一点我有疑问。另外，所有目前他公开的履历中，都没有关于房地产项目的内容。按照他自己先前告诉你的，他爸爸是做房地产的，他却没有这方面的履历，对此我也存疑。"

　　我有些恍惚地看着她："我真的不知道交往过的是什么人。我不是指他上过什么学、做过什么工作，而是说，他到底是怎么想的，他为什么要做那些伤害我的事？最可笑的是，我曾经以为他是认真的……"

"关于他，真真假假，你弄不清的。"她抚了一下我的胳膊，"你那天为什么要去宾馆自残？是因为他吗？"

"不仅仅是……有他的原因，也有别的原因。"

"可能是一个熟悉的、失落的情境，触发了什么旧的情绪，引起你最敏感的那条神经疯狂地运作。旧伤和新伤叠加在一起，形成了巨大的压力。"

"先别提这些了。"我以恳求的口吻说。我本想告诉她医院的诊断结果，可话到嘴边，我还是放弃了。我怕她劝我休养，我怕某些过于合理的借口会削弱我的勇气，使我在寻找真相的路上停住脚步。

她又问我："你有没有想过下一次笔录怎么做？"

"能怎么做？就那样，踏踏实实地做。"

"有些罪行，手法过于狡猾，以至于不但不会受到惩罚，反而会再一次伤害你。"

"你好像并不希望我报警？"

她没回答，只是用灰暗的眼神看着手里的空杯子。

"双闻，我以前都看不出来，你的酒量是不是挺好的？"

她凄凉地歪了一下嘴角，依然没有说话。

四

我第二次去派出所找刘弋是在四天后。那天刘弋正犯胃病，我到派出所时，刚过午饭时间，他胃疼得吃不下东西。我们正准备做笔录，有个年轻瘦小的辅警送了份粥到办案区。刘弋把粥放到一边，没有要动的意思。

"怎么样，这两天想开了吗？"他一只手捂着肚子，另一手去摸烟。

"人不可能从一个状态飞跃到另一个状态，过渡是缓慢的。"我拿出自己的打火机帮他点了烟，也给自己点了一支。

"你们文化人说话吧，好像什么都明白。其实你们有时候跟睁眼瞎似的，明摆着不对劲的事愣是看不出来。"他说完，开始在电脑上敲字。

做笔录的过程是种撕心裂肺的澄清，你必须把记忆中情绪的碎片分离出去，只交代那些能够被证据支撑的事实。然而全面的事实却包含了无尽的个人感受，那些感受才是位于意识中心的存在，像纪念碑一样留住了曾经危险的体验。只是，那种体验在目前的语境中似乎并不重要。

当我狠命地抽烟，讲起吴建以给警察打电话来施压，迫使我给了他两万块钱时，刘弋停下打字的双手，看着我说："以后别吃镇静剂了。我个人有个看法，只要你的社会功能还没有被损坏到很严重的程度，尽量不要碰精神类药物。药物会使人更脆弱，而你的脆弱永远会成为别人的把柄。哪怕一个人原本没想当坏人，你脆弱的样子也会诱使别人图谋不轨。"

"我怕的其实并不是吴建会叫警察来我家。我当时产生了很深的羞耻感，因为他攻击了我的过去，说我有罪，他还提到了我小时候的事……我招架不住，只想赶紧逃避他的指责。给了他钱之后，我特别恨自己，甚至觉得他对我的攻击都在理，所以就怀着对自己的恨自残了。"

"咱们今天好好把笔录做完。"刘弋站起身，走到我身旁，"他这钱要得也是够恶心的。"

我抬头看着他："我想去走廊里透透气。"

"你去吧。"他递给我一包烟，"尝尝这个，万宝路爆珠。"

我在走廊里抽了两支刘弋给的烟，当薄荷味的爆珠破裂时，我的口腔里溢满了凉爽，胸口却像被烙铁烫了一下。我望着走廊尽头的阴影，捶了一下自己的前胸，好像这样能克服意志的缺乏似的。

我把烟熄灭，理了理衣领，回去继续做笔录。

"给我看看你的胳膊。"我回到办公室，只见刘弋站在窗边，抽着烟对我说。

"别看了，你在宾馆不是看过了吗？"

"正好笔录做到你给了他两万块钱，然后开始自残，所以我再看看你的胳膊。"

"这算什么？固定证据？"我苦笑着把长袖衬衫的袖口卷起。

他走过来，查看我的手臂。

他的目光停留了一会儿，说："你至于吗？他怎么就让你对自己做出这种事？"

"我说了，我当时很羞耻，很恨自己。跟他相处的那段时间，我们分享了各自的经历，彼此了解得越来越多。我等于是在给他提供机会，让他能够揭我以前的伤疤。"

他放下我的胳膊，给我倒了杯水。

"还好，这假恋爱你还算及时打住了。"他说完，坐回电脑前，揉了揉肚子，开始打字。

天色还亮着的时候，我们在近乎折磨的严肃氛围中把笔录做完了。刘弋扶着腰，把笔录打印出来，让我读一遍。

出于以往的工作习惯，我从他办公桌上找了一支铅笔，不断修改笔录中标点符号和语法上的错误。改到第三页时，我看了一眼刘弋，说："这里不准确。我不觉得吴建的手段导致我冒出轻生的念头，可以说他的一些行为导致我陷入极度的自我厌恶，从而引发自残，但不是轻生。"

"除了你给他两万块钱那次，我们去宾馆找你那回，你没想不开吗？"他抽着烟问。

"客观地说，那次我并没有想死。我的确想要伤害自己，但恐怕是由于综合的因素，不只是新的遭遇，还有以前郁积的……"我止住了话，考虑是否告诉他我后来去医院诊断出抑郁症的事。然而，这一解释，就太复杂了，还容易造成刘弋对我的误解，说不定他会更加认定我有轻生的念头，说不定，他还会告诉老沈……我咬咬牙，想着，自己的轻率导致如今背负诸多难言之隐，只有自己咽下苦果，跪着前行。

"反正，这两行字咱们得改一下。"我坚决地对他说。

"现在这么写可是对你好。"他吐了一口烟。

"但那不是事实，不准确。"

"事实的一部分是由人来讲述的。"他用温和的眼神看着我。

"不行。我渴望真相，那我自己就得依循真相，不然我怎么得到真相？"

他咧嘴笑了。我还是第一次见他露出这种笑容，那笑容并无轻蔑，而是种单纯的欢乐。

"我试你呢！"他露出一排整齐的牙齿。

我反应过来："你在测试我？你怀疑我的诚实，所以要测试我？"

"是啊！对不起啊，我是测试你了。倒不是说我有多怀疑你的诚实，而是觉得你这姑娘真轴，我想看看你到底有多轴。结果，你啊，真轴，也真实诚，挺好的！"

我并不觉得是在接受表扬。

笔录改了两遍，我们才确定了最终一稿。按过手印、签过字之后，我们不约而同地嘘出一口长气。

"我现在给这个吴建打电话，跟他核实情况。"刘弋深深地看了看我，"你想休息的话，可以出去走两圈。"

我领会了他话里暗含的意思，好奇地问："我不方便听你打电话吗？"

"倒也没什么不方便，只是根据我从警五年的经验，接近真相的时候人都是笑不出来的。"

"我本来也笑不出来。"我没有要离开的意思。

我提供给刘弋吴建的两个手机号，他分别打了一次，一个没人接，另一个已经是空号。他似乎一点也不着急，撂下电话听筒，慢悠悠地喝着热水。

我却板着脸，全身僵着，守在电话前。

"你别紧张。你现在就那么紧张，一会儿我再给他打，电话通了，你是不是得出一身汗？"他递给我一支烟。

我摆摆手拒绝。

电话猛然响起，刘弋看了一眼来电显示，微微一笑："他自己打回来了。"

我的心提到了嗓子眼，听着刘弋对吴建例行公事地报出自己的警号和所在派出所，又听他询问吴建的姓名、年龄、国籍、护照号码、现居住地、所持签证、就读学校……这些再平常不过的问题，在办案区的小房间里被问出，好像指向了无比复杂的命题。可不是吗？通话似乎并不顺利，我分明看到刘弋脸上的表情越来越阴沉。

当刘弋提到我的名字以及所涉及事由，我的手臂神经质地产生了针刺般的痛。我听不到吴建在话筒的另一边说什么，只是从刘弋愈发严厉的口吻中感觉情势并不乐观。我坐不住了，从椅子上站起来，直愣愣地盯住刘弋握着话筒的手。

"吴先生，您不懂法，我给您普法，希望您了解一下管辖权的问题。"刘弋的额头皱起几条长长的纹路，"您需要配合我们的工作，协助调查，这是您的义务。"

窗外的天色骤然变暗，有一大团云飘过来，遮住了阳光。刘弋的脸色，因此也看着灰突突的。我想离他近一点，却又不敢。

"如果您坚持这样的态度，那可能就要麻烦您亲自来一趟北京配合我们工作了。"刘弋说完，顿了几秒，就挂了电话。

"怎么了，怎么挂了？"我赶忙问他。

"是他先挂的。这家伙说话挺厉害，说他是美国公民，有权保持沉默。我问他上次入境的时间还有所持签证的有效期，他跟我说他忘了，还问我是不是假警察，说要去美国大使馆告我。"他大喘一口气，"告也不是去大使馆啊，不知道他是真的不懂法还是装的，反正特别狂，傻狂傻狂的那种。"

我忍不住拽了一下刘弋的胳膊："你没事吧？被他那么一顿……"

他像看个幼儿一般地看我："你这姑娘真有意思，在办案区替一个警察担心？"

我不好意思地别过脸。我的手机忽然响了起来。

"是吴建！"我看着手机屏幕，一把拉住刘弋。

"你怕什么？"他握了一下我的手，"打算接吗？"

"我不想跟他说话。"我震惊于自己的躯体反应，我的手止不住地发抖。

"我帮你接。"他拿过我的手机，替我接了电话。

我用眼神示意他开免提，他有些勉强地看着我，但还是按下了免提键。

"喂，我是刚才那警察，您找许迢迢什么事？她现在就在我旁边，我已经给她做完笔录了，你们所有的聊天记录和转账记录我都看过了。吴建先生，刚才电话里我还没来得及跟您说，您涉嫌诈骗。"刘弋语气平淡地说。

"请问我骗什么了？你搞没搞清楚许迢迢那个女人是什么人？拜托你搞搞清楚。"吴建的声音有着我所熟悉的那种低沉，说出的话却令我陌生。

"她的情况我已经了解过了，"刘弋顿了顿，"包括你们那些动不动就几百分钟的微信通话内容，实际上都是可以调证的，云端是有存储的，您在事实面前别抱侥幸心理。"

"事实？"吴建做了一个漫长的停顿，"你了解的事实是怎样的？事实是，许迢迢她花钱买我。她逼我，她要得到我，她强迫我跟她好。她的心有多黑，做的事有多下流，你都了解吗？"

"你说什么？"刘弋挑了一下眉毛，说话不再那么客气，"你说许迢迢买你？你说清楚，这话什么意思？"

可怕的笑声从手机那边传过来，我听到吴建一字一句地说："她用钱买我的身体。"

"我说兄弟啊，"刘弋的口吻有种不合时宜的热情，"照你这么说，她买、你卖，如果情况属实，你也还是犯法了，是不是？合着你拿着美国护照，到我们这儿来卖？合着，读商学院不是你的首要任务，你一天到晚花那么多工夫，主要是卖？"

"我可没这么说，这只是你的理解。商学院已经开学了，我接下来会很忙，学校马上要组织我们去欧洲的几所大学听讲座。"

"你别岔开话题。我就问你，你一天到晚跟人家姑娘说爱她，说要跟她结婚，说要跟她以后怎么怎么样过日子，结果搞得人家付出那么多钱，还自残，还怀疑人生，你现在到底打不打算把坑人家的钱给还了？"

"我没坑她，是她花钱买我，她还做过很多见不得人的事。"

"你这态度咱们就别聊了。不过我跟你说，接下来你该配合调查就配合调查，有事我会再找你，你用不着给许超超打电话。万一她要是再被你逼得伤害自己，你就是罪上加罪。"刘弋说完，干脆地挂了电话。

他把手机递回我手里的时候，我一直低着头。

"你怎么了？"他稍稍俯下身。

我竭力忍住泪水，没有说话。然而眼泪还是从我的眼角滑落，大滴地掉下来。我开始抽泣。

"你别这样，你是很惊讶他说的话吗？"他拍拍我的后背。

我摇摇头。眼泪不断地涌出，灌到我的领口里。

"作为执法者，我得告诉你，每个人都有为自己辩白的权利。至于吴建这种人，只能说，他很清楚怎么在辩白的同时往死里打击你。你被他刺激得崩溃了，他就达到目的了。"

"事实……"我哽咽着，发现此时，说话已经变成了异常困难的一件事。我扶着刘弋的胳膊，缓了一会儿才接着说："事实被他完完全全地颠倒了……"更多的泪水倾泻而出，我的视线模糊，无法再看清刘弋的脸。

"你冷静点，喝口水或者抽支烟。"他又拿过我的手机，"我感觉这家伙还会再打过来。刚才我故意把话说得比较重，其中有夸张的成分，他应该会掂量一下是非。咱们等一会儿，他大概率会再打过来的。你别听他表面上话说得那么狂，他其实也心虚。"

我愣坐着，脑子里嗡嗡地响。

刘弋给自己点上烟，还没来得及抽完一支烟，吴建的电话果然又打到了我的手机上。

"看，真来了！"刘弋咧咧嘴，接了电话。这一次他没有按免提键，我听不到吴建对他说了什么，也没有勇气去探究。

我点了支烟，没有抽，而是伏在办公桌上，盯着烟白白地燃烧。

"兄弟，我从现在开始数时间，倒数四十八个小时。你呢，用这四十八个小时，把人家姑娘的钱给还了。要不，你就免不了来一趟北京，咱们接着把这事掰扯清楚。到时候我们给你做笔录，跟你核实所有的情况。"刘弋语气平缓地说着。

"多长时间？那就看你怎么配合了。说真的，兄弟，现在是你在把这事弄得复杂。你说你，如果压根就没有跟人家谈恋爱的意思，就别收人家钱啊！"他继续说。

"买你？行了，我知道了，你不用重复那么多遍，你就是说许迢迢买你呗！不过，兄弟啊，她买不买你，还是需要你来配合我们工作，我们进一步确认到底什么情况。我们也得看看你那边出示的证据，是不是？她怎么买你、多少次、事件经过，你都要说明。"

……

我渐渐不去细听刘弋说的每一句话了。那些显露的、造作的、算计好了的花招，正以悖论的方式展示着它们自身。你被它们包围，却又辨认不出它们的本质。最重要的是，我辨认不出正在经历这些的我自己。

"许迢迢，别发呆了。"刘弋把手放在我的肩膀上，他已经挂了电话，并把我的手机轻放到我面前。

"吴建刚才说话都结巴了，他心里其实是害怕的。咱们等两天，不出意外的话，这事应该能了结得有个样儿。"

"怎么了结？"我像是完全没听懂他的话。

"钱啊，让他把钱吐出来。其实我说的两天时限，是个测试。他如果真做过那么多不地道的事，自然会心虚，那这个时限对他来说就是有效的。既然他自己非要打电话骚扰你，而不是光明正大地回拨派出所的电话跟我谈，那他也就活该要被这么测试一把。我一会儿呢，再用派出所的座机给他打个电话，他如果还有脑子，就知道该怎么做。耽误了他去欧洲听讲座的事，可不值当。"

"刘弋，"我全身抖了一下，"我真正失去的，不是钱。现在我更加明确了，不是钱，真的不是。很多更重要的东西被毁了、被侮辱了。"

他撇了一下嘴，对着我讲起一番道理来。只是，我并没有在听。

五

双闻再次来我家时，是个下雨的傍晚。北京的九月，雨水里已不见盛夏的炎热。她身上冒着凉丝丝的潮气，带了两份双皮奶和一瓶灰雁伏特加进了门。

我们坐在客厅里，互相看着对方。

"怎么想起买这酒？"我问她。

"你喜欢烈酒，"她用手指尖点点瓶身，"而且这瓶子上的图画好看，我想给你带件赏心悦目的东西。"

我无心欣赏什么图画，给自己倒了半杯酒，一边喝一边跟她讲我第二次做笔录的情况。她听着，眼睛里有真切的沉痛，好像她亲眼看见了我讲述的一切。

杯中酒已喝干，我默默地给自己又倒了半杯。

"你先少喝点，"她按住我的手，"我也有事要讲，也是关于吴建的。"

"关于他为什么要对我做那些事吗？你帮我分析了？"我的头有些晕了。

"不是心理层面的，就是一些摆在明面上的事实。"她说完，念叨了一句法语。

"什么意思？"我把椅子从她的对面拉到她的旁边，与她并排坐着。

"这句法语的意思是：公开的秘密。"她眨眨眼睛，"有些信息，可以是骗子的秘密，但也可以被查出来。我查了一下我手里保存的吴建的手机号，那个号使用的时间应该有几年了，所以关联的信息还是有一些的。首先，它的机主是一名女性，叫陈梅，生日为八月三日，畋城人。再一个，那个手机号关联了一个微博，注册时间在五年前，微博名叫'畋花言'。这个微博发布的内容很少，也就十几条。从微博来看，'畋花言'是一家位于畋城的花艺工作室。我又查了一下这家工作室的工商登记信息，法人代表是……"

"等一下！"我大声打断她，"你说机主姓陈，畋城人，生日是八月三日？她应该是吴建的妈妈！对，是他妈妈，一定是！"

"你别那么激动。吴建持美国护照，自己去办理手机号肯定不如让他妈妈去办理方便，毕竟陈梅持有中国身份证。我觉得这个手机号透露出的信息，关键点不在陈梅，而在那个花艺工作室。"

我喝了一大口酒，等她说下去。

"'畋花言'的法人代表叫林伟，他的手机号在企业查询平台上是公开的。根据他的手机号所关联的身份信息来看，他是广东人，与吴建年龄相仿。林伟的手机号使用年头不短，所以关联的信息也不少，其中也包括用手机号注册的微博。他在微博上很活跃，喜欢发健身和旅游的照片。他长相挺帅气，发布的内容比较幽默，且非常翔实，他上过什么大学、每科考试考多少分、获得了什么奖学金，这些他通通都发在了微博上。然后……"她的膝盖忽然往我这边靠了一下，"他和吴建是研究生时的同班同学，这一点可以确定。循着他微博的内容，我查到了他研究生毕业典礼的相关网页，是学校官网。网页上有高清毕业照，毕业照上只有十几个人，所以很容易辨认出林伟和吴建。林伟作为优秀毕业生代表，还有单人特写照片。"

"林伟也是美国迪索大学毕业的？他们那个专业是什么来着，管理学？"由于收获了大量新的信息，我逐渐紧张起来。

"是管理学的研究生，十个月的学制。我一会儿给你看那个网页。他们读的学校叫江口迪索大学，学校官网记录了五年前管理学研究生班的毕业典礼，上面有很多照片。我刚刚说了，林伟和吴建都在照片里。"

"江口迪索大学，在哪儿？美国？"我愣住了。

"不，在国内，南方的江口市。这个学校属于中外合作办学单位，中方是南方的一所综合性大学，外方是美国迪索大学。"

"这个学校怎么样？国内外的排名你查了吗？"

"肯定是正规学校，至于学校的排名，对你来说其实不太重要。你还是了解一下这个管理学研究生班吧。这个班的学制一共十个月，学习项目与美国迪索大学共用教学资源，其中前一半课程在美国学习，余下的课程在江口市学习，毕业典礼也在江口举办。比起去美国迪索大学读书，先不说申请难度上的区别，就我现在了解的，江口迪索大学的这个研究生班需要缴纳的学费就比美国迪索少很多。况且，十个月就能拿到学位，对很多人来说何乐而不为呢？好了，学校的事就说到这儿。迢迢，吴建自称从小在美国长大，那么他是否亲口告诉过你他是什么时候回国发展的？我看你的报案材料里提到他回国大约两年了。"

"我记得是两年，他是在网上聊天时跟我说的。"

"但是从林伟发的微博以及江口迪索大学官网上的内容去推导时间线，可不是这样。吴建至少五年前就应该在国内了。而且，他读完管理学研究生之后，大概率没有马上做金融类的工作，至少没有全职去做。'畋花言'的股东只有两个人，一个是林伟自己，一个是陈梅。而吴建的手机号注册的微博，其功能是专门为'畋花言'做宣传。所以这个花艺工作室，很可能是林伟和吴建合伙开的。吴建持美国护照，不方便登记为股东，就用陈梅的身份参股。我推测出这些，是因为这家工作室其实有自己的网站，页面很简单，没有太多内容，不过有一张林伟与吴建的合影。这个网站已经三年多没更新了，看起来不像在正常运营。而林伟最近的微博显示，他目前在深圳一家互联网金融公司就职。这份工作，从微博上看，他应该做了至少两年了，而这两年，他的微博中都没有提过吴建。确切地说，他所有显示出来的微博都没有提吴建。"她顿了顿，转而用劝告的语调说："你现在明白了吗？你要认识到一点，那就是吴建告诉你的，你都不要在乎，因为都是虚的。你在虚中找实，永远是徒劳。他所说的关于他什么时候做过什么事、对你有什么想法、认为你是怎样的人，统统都不要在乎。"

我看了看她的眼睛，只觉得她说的话和她的表情有哪里是不匹配的。

我犹疑着说："你叫我别在乎，可你却查了那么多吴建的事，为什么？"

她眼里闪过冷冷的光："是小野帮忙查的，他懂得怎么查。你放心，他还不知道具体发生了什么事，只是去查我要他查的。"

她并不算是回答了我的问题，然而她身上的那种古怪反而让我不敢追问。

我低下头，盯了一会儿手里的酒杯。

"你看过《十日谈》里第五天的第八个故事吗？"她突兀地问。

"没有，《十日谈》我其实从没认真地读完。"

"不要被鲜血诱惑，不要被疼痛困住，不要被那个人钉死在过去。"她的目光，有一瞬间像从地狱里投向我。

"这是《十日谈》里说的？"

"不，这是我说的。不管怎么样，我会帮你的。"她拉过我的手。

她的手心冰凉，我任由她把那冰凉传递给我，脑子里像起了一层霜。

天已经黑了，趁着时间还不算太晚，我劝双闻早点回家。她刚走五分钟，我就后悔为什么不多留她一会儿，因为我忽然收到了吴建发来的微信。

他把我从黑名单里放了出来。他发的每一段话，开头都打出我的大名，好像我们从未熟悉过彼此：

"许迢迢，你好，我是吴建。我现在开始把钱给你，你不要着急，因为我需要先问别的女人要，然后再给你。"

"许迢迢，你好，我只会给你我认可的那一部分钱。"

"许迢迢，你好。这是第一笔，一万元，是你家人进医院那次，你的演员朋友劝你和我分手，让你以一万元作为廉价的分手费。"

紧接着，他在微信上转过来一万元。

"许迢迢，你好。这是第二笔，一万元，是你一定要继续纠缠我，给我钱让我花。"

如出一辙，他又转过来一万。

"许迢迢，你好。这是第三笔，两万元，是你坚持要花钱买我的时间，让我陪你。"

两万元，从微信上转了过来。

"许迢迢，你好。这是第四笔，还是你要花钱买我的时间。"

……

我再也无法忍受这些信息中的措辞以及无中生有的诽谤。我不再看微信，而是给刘弋打了个电话。

"刘弋，吴建开始还钱了。"我说话有些哆嗦。

"是吗？好事啊！没超过四十八小时呢，他还算知道轻重。"

"我不想让他还钱了……他嘴上死活不把这叫作'还钱'，我可能没说明白，我的意思是，他故意不提'还'这个字眼……其实这不是最恶心的，你没看到他还钱时发过来的那些话……"我的喉咙发颤，眼泪夺眶而出。

"我不用看就能想象，你别理他就是了。你还不能让他发泄发泄啊？从他自己的角度来说，他肯定也是一肚子气。你想啊，他跟我说话的时候多狂啊！有些人就这样，就是这么浑。你淡定点，把钱收好了就行。"

"你不能这么说……"我哭着，好不容易才把话说清，"不行的……他这样，我没办法收那些钱。"

"咱们能不能不这么轴？我还记得你在报案自述材料里说，在纽约等吴建的时候，你感冒了，体重掉了十斤。我看你现在也跟个柴火棍似的。你啊，目前最重要的是养身体，赶紧把这事翻篇了。"

"就是吴建导致我掉了十斤，他当时让我喝美国药店里的破药水！你为什么就不明白呢！他否认了一切，他没有纠正自己犯的错。"

"他没有，你可以，你可以纠正自己的错，你可以吸取教训往前看。对了，我还需要你补充几份证据。你得去银行打一份流水，就是你微信支付绑定的银行卡的流水，包含所有你给他转账明细的那张卡。你还得去手机营业厅打一份通话记录，时间就从你们认识开始，你记清楚了吗？"

"补充证据？为了立案吗？"

"不是，是要把程序走完。"

"什么叫把程序走完？"

"这家伙上着商学院，他要脸，不想惹事，所以会把钱还给你。你把钱拿了，然后呢，这事从程序上就结了。"

"怎么能就这么结了？"

"你要知道什么时候该做出让步，这是对你自己好。跟吴建这种人扯下去，以你现在的心理素质，接下来只会更受不了。咱们要有战略大局观，别恋战。"

刘弋又劝了我几句就挂了。他还要出警，和往常一样，他工作忙不过来。

我用手背使劲擦掉脸上的泪，在难耐的残酷中，能做的只是沉默。

六

到了第二天下午，吴建的确把大部分钱还了回来，还有几笔，他没有还。我挣扎着，在微信上给他打了四个字："金额有误。"

"我只给你我认可的金额。"他即刻回复。

他开始打更多的字，仿佛要用语言做成鞭子向我抽过来。他不认可其余那些金额的理由是：那是我逼迫他来北京看我的费用，他用来购买机票和订酒店了，因此无须给我。

"而且，其他几笔钱我也不是还你哦，许迢迢，我不欠你的。现在是我选择把一部分钱给你，是给。"他专门发来一条信息补充道。

"好了，我要出去忙了，有人在等我。你不要再自杀了哦！Bye！"他在这句话的末尾加了一个微笑的表情。

我愣愣地看着手机，无论如何也不愿领取他转过来的任何一笔钱。如果我领了，就像接过一桶粪便。

直到双闻打来电话，我才回过神。

"迢迢，怎么样了？"她轻声问我。

"你为什么这时候打给我？"

"我一直想打给你，我有非常不好的预感。"

"吴建还钱了，只是我没办法收他的钱，他让我恶心。"

"你不收，他就知道你的感受有多糟。你收了，就可以让他以为你的心里毫无波澜。你收了，在这一局上才不算输得太多。"

"我早就输光了。"

"别这么说，把钱收了，抽支烟，然后咱们再做打算。"

"什么打算？"

"我得好好想一想。"

我点上烟，把吴建转过来的钱都领取了，没有附加任何留言。

结束了。可某些事真的已经结束了吗？我很疼，疼到了灵魂深处，却不能选择瘫倒。我还得去银行，还得去营业厅，还要去找刘弋。然而我需要完成的这些事，没有一件能够缓解我的痛苦。

我翻出《十日谈》，找出第五天的第八个故事，发现这个故事把爱情和血腥连在了一起。青年纪多因为被心爱的女人拒绝而自杀，他因此被罚入地狱，永世不得超生。而那个女人，由于对纪多的冷酷无情，在死后一样被罚入地狱。于是，两个罪人被神明操控，开始每星期一次的暴力任务：纪多骑着马，带着两条恶犬，在树林中追逐女人，直到将她捉住，再将她开膛破肚、挖出心脏。之后，女人会被神明复活。每个星期，惨烈的戏剧会重演一次，周而复始。这循环往复的报应，是神的旨意，纪多和女人都无法逃离。

可最重的惩罚难道不是落在了纪多身上？他需要一次次发起毫无人性的攻击，变成一个野蛮人。在地狱里，他的命运依然和伤害过他的女人纠缠不清。我把《十日谈》丢到一旁，愤愤不平。

手机响了，是徐浩然。他前两天都没消息，我怀疑过他是否真的会帮我，就算不帮，也属正常。

他在电话里有些闪烁其词，并问我的电子邮箱地址，说要发一份表格给我。

"怎么了？你有话直说吧。"我有些烦。

"许姐，我怕你反应太大。"

"你就快说吧！"

"你要查的那个男的，吴建，看起来，他在过去半年内跟好几个女人都有暧昧关系。至于他同那些女人的关系分别发展到了什么程度，现在还不好说。"

"好几个？"我不以为然，"不就是截图上的那个大嘴女孩吗？还有谁？"

"你所说的大嘴女孩应该只是其中之一，那女孩的背景也查到了，是华南一个富商的女儿，姓郑。她的手机号是用她爸爸的身份证登记的。他们的家族企业分布在畋城，还有离畋城不远的梵山市，以制鞋制衣为主。"

我听出来，他费力地将普通话尽量说得标准。我几乎是第一次听到他一口气说那么多话。我不知道，此时是他的紧张多一些，还是我的惊诧多一些。

"家族企业，制鞋制衣……"我机械地重复着他说过的话。

"对。这个郑小姐的手机号是131开头的，是畎城的号码。她就是你给我看的截图上的那个人，没有错。她的手机号关联她的微信，你在微信添加好友栏里输入手机号，就能看到她的微信资料，头像与截图上的人完全一致。她跟吴建，最近一个月吧，不，是最近两个月，联系很多，基本上每天都打电话。许姐，我跟你讲，现在恐怕真的不仅仅是这个郑小姐的事了。你给了我吴建的两个手机号码，其中一个已经被销号，查不了什么东西，另一个号码所登记的机主虽然不是他本人，但目前是他在用，这个我们已经打过几个匿名电话印证过了，每一次都是他本人接的电话。根据通话记录，他每天都会跟四个以上……"他的语气有些慌，"对，每天跟四个以上的女人有密切联系。为什么说他跟这些人的关系肯定不一般呢，因为通话的时间多发生在晚上，半夜三更的时候，或是一天通话多次，每次时间都不短。他这个人际关系还是挺吓人的，基本上每天从早上八点开始吧，一直到凌晨，一天的时间，他都在跟不同的女人热线联络。而且，现在人们都习惯用微信来代替电话了，而他光是手机通话的数量就那么夸张，他到底同时搞着多少个女人，真的不好说。"

"不可能，"我反驳道，"他不可能有那么多女人，至少前段时间不可能！他每天都花好多好多的时间跟我联系！"

"许姐，通话记录文件发给你，你自己看吧。我先让亲戚免费给你查，查到哪一步不确定，就先给你看这一份文件吧。"

"好，我看了再说。"我像躲瘟神一样挂了电话。

我急于证明徐浩然所说是无稽之谈，于是马上查看邮箱，打开他发过来的Excel表格。我看到表格上方有关吴建手机号的机主信息，竟和双闻告诉我的别无二致：机主是陈梅，没错。陈梅的身份证号显示出她的生日是八月三日，没错，我的心开始迅速下沉。

我随便点开一页通话记录，只见六月上旬的一天，从早上八点零七分开始，吴建就往外拨电话，第一次通话时间持续了三十多分钟。其中一个开头为137的手机号，在同一天内和他互相拨打了不下十通电话，每次通话时间都超过二十分钟。这个手机号的归属地是分江，必然不是大嘴女孩郑小姐的号码。我又仔细看了看，发现在那一天，吴建给另外四个手机号也打过多次电话，平均通话时长在十五分钟以上。这里面并没有我的手机号，却有一个醒目的以131开头的号，归属地为畎城，这应该就是郑小姐了。我按徐浩然说的，在微信的添加好友栏里输入这个手机号，熟悉的名字和形象立马出现：Ivy Zheng，黑色玉米穗烫发，还有那张涂着鲜亮口红的大嘴。我又输入了另外四个手机号，只有那个归属地为分江的手机号能查到关联的微信：这显然是一个女孩子，微信名字叫"Baby blue Sarah"，头像是一只坐在藤椅上的法式斗牛犬，肉乎乎的脖颈上戴着一个天蓝色有蝴蝶结装饰的项圈。

我好像能听见自己心跳的声音。我屏住呼吸，记下六月这一天的具体日期，立马去翻电子版报案自述材料。那天早上，吴建还在北京，还与我在酒店的房间里亲密。那个房间，那个我们玩过窒息游戏的房间，他从那里离开，坐飞机去了分江，之后就短暂地失联了。而我，因为打不通他的电话，阴差阳错地联系上了他的妈妈陈女士，也就是陈梅。

我如梦初醒，忽然意识到，所谓的失联，很可能是吴建临时把我的手机号进行了屏蔽，而我却傻傻地认为他出了什么事。刹那间，我的呼吸道像被什么粗粝的物质堵住了。我想用自来水冲冲喉咙，可我刚往卫生间的方向迈了两步，就一下子跌坐在地。我的眼前一片模糊。我使劲揉着眼皮，直到视觉恢复清亮。我看到地板上有一滴一滴的眼泪，它们越来越多，慢慢连上，变成一摊透明的液体。我抱住膝盖，终于哭出声来。

七

收到徐浩然发来的Excel表格后的第三天清晨，我把表格原封不动地发给双闻，并对表格的来源简单做了解释。等到天空明亮得不见一丝云时，还是没有双闻的回音，她或许还没起床。

我像行尸走肉一般，洗漱、穿衣、出门，去银行和手机营业厅打印了刘弋要求的材料。之后我回到家，坐在餐桌边，拿出手机，并没有考虑太久，便决定给Ivy Zheng打个电话。

电话一通，我听见一个又粗又低的声音。我愣了一下，而后谨慎地问她是不是姓郑，最近有没有被一个住在畎城的男人骗过钱。她比我更加谨慎地反问："你是谁？问这些是什么意思？"

"您应该认识一个叫吴建的人吧？他在中秦商学院读MBA，持美国护照，不上学的时候和他妈妈住在畎城。我这里有他发给我的你们之间的聊天截图，截图上显示你给他转过八千零八十块钱。"

"你到底是谁？"

"我姓许，是北京这边的。"我犹豫了一下，"吴建……他跟我有一些金钱上的瓜葛。我想知道，他最近还我的钱是跟您要的吗？如果是您给他的钱，那我也不想收了，我觉得恶心，也希望您别再给他钱了。"

"我并不认识你，你说的那个人我也不认识。"她不紧不慢地说。

"不可能的，郑小姐，聊天截图摆在那里。我可以告诉你吴建的美国护照号以及别的信息，您好好想一想。"

"对不起，我听不懂你在说什么。你是怎么知道我的电话的？"

"我刚才说了，吴建给我看了你们的聊天截图。"我绕过她的问题。

"他是在什么情况下给你看截图的呢？"

"所以您其实还是认识他的，对吗？"

"我没这么说。"

"郑小姐，到底是什么阻力让您……"我抿了抿嘴，"让您这么不愿承认，您认识吴建？是有什么麻烦吗？您可以告诉我，也许我能帮您，但我需要知道实情。"

"许小姐，我听不懂你在说什么。我跟他也不算很熟。"她忽然松了口。

"所以您认识他，对吗？您一共给过他多少钱？我猜，不只是八千零八十块那一次吧？"

"这个我不需要告诉你。"

"我希望您明白，我被他骗过，而且报警了，警方已经介入了。您难道不觉得我们现在交换一些信息是很有必要的事吗？我可以给您看我的报警回执。"

"不需要，我不感兴趣。"她的声音听起来更粗更低沉了，"我只想知道你为什么会有我的电话。"

"郑小姐，您在吴建这样的人身边，发生什么样的事都不稀奇，又何止一个电话被人知道呢？他涉案了，您懂吗？您跟他有金钱往来，就要做好配合调查的准备。"我学着刘弋的样子，把话往重了说。

"许小姐，我怎么感觉您在威胁我？您要是继续这样说话，我倒是要考虑报警。"

"可以啊，反正我一会儿也要去见警察。"我哭笑不得，"郑小姐，为什么我们就不能互相帮忙呢？您应该也为吴建付出了金钱，不想挽回损失吗？您的确认识他，还给了他钱，这到底有什么好否认的？"

"对，我是给了，他需要帮忙嘛！"她忽然提高声调，"我是他MBA的同学，他要的又不多，我就帮了他，但我跟他真的不熟。"

"对不熟的人您可以一次转给他八千多块钱？这合理吗？"

"这有什么问题？我觉得还好吧。您还没告诉我，到底是怎么知道我电话的呢。"

"怎么知道你电话的，我一会儿去跟警察说，您就别管了。"我在气头上把电话挂了。

我很烦躁。我能清楚地看到郑小姐与吴建的通话记录，他们的联络明明如此频繁，她却在一开始就否认自己认识吴建。就算她后来改了口，竟还要声称他们并不熟。该死的真相，明明融在我们的言行中，渗到我们的情感里，但是要让真相从心底的深井喷薄出来，却是那么艰难。

今天刘弋值班。趁天还没暗下来，我带上补充材料，直接去派出所的治安前台找他。他看起来一脸倦容，黑眼圈比之前更深了。我问他胃病怎么样了，他摇摇头，一副不愿回答的样子。

我们来到办案区的一间办公室，有个看着和刘弋差不多年纪的警察正在电脑前忙着打字，我们进屋时，他头也没有回一下。

"那个……我先跟你自首吧。"我紧张地看着刘弋。

"自首？你干什么了？"他露出一丝笑。

"我查吴建了，我查他跟谁打过电话了。"我脱口而出。

"怎么查的？花了多少钱？"他抬抬眉毛。

"没花钱，我朋友帮我找的人。以前在剧组，我帮过这个朋友，所以他现在就帮我。"

"查的是开房记录、通话记录还是别的什么？给你的资料是电子版的还是纸质的？核实过资料的真实性吗？"

"是真的……我现在特别乱，刘弋，这事比我想象的要恶心……"我捂住嘴，不说话了。我再也控制不住，当着刘弋的面开始掉起了眼泪。

"许迢迢，你安静一下，别折腾了好吗？吴建心虚了，他把钱还了，虽然还的方式让你受不了，但是你得接受社会上有些人就是这么恶心。咱们吃一堑长一智，不行吗？这事已经过去了，都过去了。"说完，他给自己点了一支烟。

有这么一会儿，我们都不说话。于是，在这间办公室里，另一个警察敲打键盘的声音显得格外突兀。

刘弋抽完一支烟，眼神忽然变得温柔。他收起下颌，说："撤案吧，许迢迢。"

我瞪了瞪眼睛。

他低声说："跟你隔着两条马路的一个小区里，有个学音乐的女孩刚跳楼死了。她以前就自杀过，因为感情的事，好歹被救下来了。最近她又谈恋爱了，网恋。你看，你们俩是不是有点像？结果她网恋被骗了，不仅被骗了感情，还得了……"他停顿了几秒，"还得了性病，然后她就跳楼了。"

"你跟我说这个干吗？我不觉得我和她像。"

"我担心你继续纠缠这件事，把心力耗在上面，还得不断受刺激，对你影响不好。我跟你妈妈也商量过了，既然吴建还了大部分钱，这事可以翻篇了，咱们撤案吧！"

"我和那个学音乐的女孩不一样，我们遇到的事也不一样。刘弋，我想争取立案。"我双手紧扣着膝盖，"别管我妈怎么想了，这是我的事。"

"你怎么这么不懂事呢？怪不得你妈都不敢亲口劝你撤案呢，她跟我说了，你性格倔，可你再倔也得分时候啊！那男的，他现在的做法说明他已经服软了。在他已经有还款行为的情况下，你想争取立案？你太天真了。"

"他没服软。你也听见过他是怎么说话的，他太过分了！"

"那又怎样？因为他说出那些不要脸的话，你就要跟他杠？你怎么跟小孩似的！"他斜睨着我。

"你怎么说话跟我妈那一辈人似的。"

"因为我见过的社会阴暗面够多了，见过人性的复杂也够多了，所以比你成熟，比你对吴建这类人的嘴脸更司空见惯。你有时候要学会麻木，该麻木的时候就得麻木。不该敏感的时候去敏感，只会害了你自己。我可不想看到你跟那个女孩一样，走上绝路。她很漂亮，唱歌也好，又会作曲，本来能有很好的前途，可惜了。"

"你以为我撤案了就会跟没事人一样，就好了？"

"我知道你还需要时间，但是你现在把自己像螺丝钉一样拧在这件事上，真的对你没好处。听我的，把材料补上，然后撤案。"他对我伸出手。

"都撤案了，还补什么材料？"我对他伸出的手视而不见。

"哟，那你还是同意撤案了？材料还是得补啊！手机的通话记录单子，一会儿你把跟吴建通话的部分用铅笔圈出来，把银行流水单上你给吴建转的每一笔钱圈出来，然后我核对一遍，咱们就撤案。"

我咬紧牙，不说话。

他给我递了一支烟："软中华，我今天专门备的。"他又给同屋那位一直埋头苦干的同事递去一支。

我叹了口气，到底还是接过烟，默默地抽起来。

刘弋送我出办案区时，拍拍我的肩，说："别难受，我知道你烦，以后有空的时候咱们一起聊聊心烦的事，我再给你介绍个帅刑警当男朋友。"

"别逗我了，我真的难受。"我随即提了提郑小姐的事，我告诉他，吴建还跟另外一个女人要了钱。

"这不是很正常吗？"他冷静地说。

"和吴建有关的哪一件事是正常的？"我感觉自己的眼眶又湿了。我含着泪继续说："他说我花钱买他，说我给他分手费，这都不是真实的。他不但当那些真实的事从未发生过，还编造了一堆虚假的事出来。现在你等于是告诉我，就当他说的话是放屁，让这一切过去吧！你的出发点我明白，你是为了我好。可是所谓的让一件事就这样过去，怎么可能呢？发生过的事就是发生过的事，它留痕了，那痕迹会在人的精神系统里留多久？也许是很久很久，直到我死。"

"你看，你又提死。别这样，别揪着这事不放。你啊，放松放松，给自己买个包，喝个下午茶，拍拍美照，开开心心的不好吗？"他话音刚落，手机就响了。他一边接电话，一边又拍拍我的肩。

我摆摆手，示意他尽管去忙，我先走了。

回家的路上，我的眼泪不由自主地从脸颊流到了脖子。我给老沈发了几条信息，告诉她我撤案了，一切无恙。她见我言辞中并没有明显的不满，似乎松了口气。她问我，接下来有什么打算。我骗她说，我今晚就要开始写剧本。

"你不用管我了，我要专注写作，不能再懈怠了。"我硬着头皮，继续给她发信息。

"好，给你竖大拇指。"她立刻回复道。

我看不起自己的谎言，却又确实对老沈有怨。我又想，是我对她抛下豪言壮志，说要重新拥有自我。在她的理解中，拥有自我肯定不包括与吴建再有牵扯。可对我来说，我还没彻底揭开真相，怎么能就此放手。

我的手机在振动，我没去管它，全然沉在心事里。

到了家，我看了一眼手机，已经有好几个未接来电，都是双闻打的。我赶紧给她回过去。

"迢迢，对不起。"电话一通，她就急切地说，"你给我发了那份Excel文件后，我过了那么长时间才找你，是因为我跟小野吵架了。不过我们已经和好了，我让他看了那份文件。"

"是吗？"我有些无精打采。

"是，小野确认过了。这份通话记录大概率是真实的，况且其中还有郑茉的电话。"

"你说的是谁？"我对她提到的名字感觉陌生。

"就是Ivy，你给我看过她和吴建的聊天截图，她给吴建转过钱，八千零八十。"

"她的名字具体是哪个字？"我一下子来了精神。

"茉莉花的茉。等咱们见面了，我再跟你细说。现在你要注意的是，不要鲁莽行事。这份通话记录你有没有花钱？"

"没有。"

"真的没有？一分钱也没有花？"

"真的没有。"

"好，以后也不要花钱。并且，不管是谁给你的通话记录，不要过问获取渠道，也不要再接受任何相关的帮助。我劝你，暂时不要跟给你通话记录的人联系，不要随便相信别人。"

她的口气越来越严正，我惊讶得说不出话来。

"从现在开始，咱们的步调要一致，你不要擅自做事。"她又嘱咐道。

听不到我的回答，她着急地问："你在听吗？"

"在听。"我轻轻地应着，"不过……我已经联系过郑茉了。她非常抗拒跟我对话，也不愿承认与吴建的事。"

"我知道了，以后你不要再做这么冲动的事了，好吗？"

"好吧。"我违心地说，脑子里却在不停地琢磨下一步该怎么做。

八

双闻说会再来我家，和小野一起。我等了两天也没见她来，我的耐心在流失，并且，一股懊丧折磨着我。

我忍不住翻开那份通话记录，想起与郑茉沟通时的不愉快，我算有了教训，不敢再直接给谁打电话。

我左思右想，打算用微信申请添加"Baby blue Sarah"为好友。在加她之前，出于自我保护，我决定先改头换面：我把自己的微信头像从原来罗斯科的一幅画的局部换成了波提切利的《春》里口含一枝小花的克洛里斯。我又把自己的微信名字改成了三个句号，虽然显得很怪异，但这种连性别暗示都没有的名字应该是最安全的。验证信息写什么合适？如果什么都不写，恐怕她不会通过。可要是写一句"你认不认识吴建"或者"想跟你聊聊吴建的事"，她又难免会对我加以揣测，认为来者不善。我盯着她的斗牛犬头像，想了想，在验证信息里写道："我的狗生病去世了，我很难过。"这条验证信息发过去后，没过十分钟，我的好友申请就通过了。通过后，我并不急着说话，而是迅速点开她的朋友圈，想对她先有个基本了解。

看着"Baby blue Sarah"晒出的照片，我渐渐看入了迷：她有一头染成金棕色的过腰长发，烫出柔和的波浪。她的眉毛也染成了棕色，眉梢描得细长，眉毛下的一双杏眼总是含情脉脉。然而比起五官，她的身材要更加吸睛：她偏爱穿凸显腰身的衣服，在大部分照片里是轻薄的连衣裙。她丰满的胸脯和纤细的腰肢之间的惊人比例，让你怀疑这样的线条出现在一个真实的人身上是否科学。看样子，她还对鞋子颇有研究。在不同的照片里，她总能给自己缤纷的衣裙搭配一双设计精巧的高跟鞋，这些鞋子上的蝴蝶结和钻扣装饰有时比她的衣服更醒目。从大量的他拍视角照片中，你不仅能把这位性感的女孩从头到脚看清楚，还能看到她家客厅里的古希腊神话人物雕像、三角钢琴、欧式复古家具、有卷叶纹的暗金色窗帘。除此之外，你还能看到她光顾诸多高档餐厅时享用的佳肴：从装在镶着银边的刻花玻璃碗里的赤贝，到用粉色海盐装饰的生蚝，从配着白松露片的蛋糕到限量版的酩悦香槟。她还会晒出某些餐厅在诸如端午节这样的节日寄给她的贺卡和点心礼盒，贺卡上的称呼暴露了她的姓氏——姚。

"所有过往，不论是否令人心碎，我都能看到其中的光。"这是她最近一个星期给一组自拍照配的文字。

我还在愣愣地看她的朋友圈时，没想到，她先主动跟我说话了。

"我觉得你的头像挺眼熟，你是我的学生吗？"她发过来一句。

"我不是。"我赶紧回她。

"你是学艺术的吧？"

"呃，我的头像是一幅画的局部。"我答非所问。

"我知道，是波提切利的《春》嘛！我以为你是我辅导过作品集的学生呢！"

我运气不错，这下知道她是做什么的了。她应该是老师，而且是美术老师。

"你还好吗？狗狗的事，你不要太难过了。我能理解你的心情，以前我在加拿大的时候养过一只狗就是生病去世的。回到分江，我又养了现在这只，才慢慢从痛苦中走出来。"她打字的速度挺快。

"我会没事的。"我心虚极了，只好尽量少说话。

"你好像不愿意聊狗狗的事？你找我是有别的什么事吗？还不知道怎么称呼你呢？你叫什么呀？"

"一会儿再告诉你，等咱们聊完以后。"我有些慌，打出来的句子自己怎么看都不顺眼。

"你要聊什么呢？你这个人好怪呀！"她话是这么说，却发来一个笑哈哈的表情。

她似乎是个好说话的人，这却让我心里不是滋味，这意味着我将不忍心说某些话。我好一会儿都没再给她发消息。

一阵安静之后，我收到了一句致命的话："你是吴建的女朋友吗？"

我差点叫出声来。我不敢随便回复她，但又不可能不回复。我拿不定主意，手机在我的手里像枚炸弹。

"姚小姐，如果你方便的话，我给你打语音吧？"我忐忑地发出这句话。

"等一下，我父母在家，我回卧室再跟你说。"

"好，不着急。实在不方便，改天也行。"

"不，就今天说吧。"

我不断地眨着眼睛，紧张地等待。不出三分钟，她主动给我拨了语音。我立马接了。

"喂，你好呀！"她的嗓音清甜。

"嗯，你好。"我听着她悦耳的声音，忽然开始质疑自己为何要联系她。

"你到底是不是吴建现在的女朋友啊？唉，我也不知道为什么问你这个，就是忽然有一种直觉，也许我问错了吧。"

"我不是他女朋友，你弄错了。"针对她的问题，我的回答倒不完全算是假话。毕竟现在，我和吴建之间最不可能的关系就是男女关系。

"那你认识吴建吗？他家在畎城，他是从美国回来的……"她开始犹豫了。

"算是认识。"我灵机一动，"不过，我跟吴建没有直接接触。我认识他妈妈，陈女士。这么跟你说吧，我被吴建的妈妈骗了，损失了一笔钱。我目前掌握了一些材料，根据这些材料，我认为吴建和他妈妈都有问题，他们有可能一起谋划骗别人的钱。这事有些复杂，我正在查，想查清楚这家人，查着查着就查到你这里了。"

"噢……所以，你的狗狗什么的，那只是借口吧？"她的口吻依然是和善的。

"嗯，我怕你不理我，只好说些能拉近距离的话。"

"我的天哪！我就预感会有今天这样的事发生！"她的声音忽然开始发抖，"我就知道吴建没那么简单！我怎么那么傻，今天早上还在为跟他分手的事伤心！"

"姚小姐……"听见她那么激动，我慌了，"你别太伤心了。那么，你和吴建谈过恋爱？"

"何止谈过恋爱，他还一直让我嫁给他呢！结果，一个曾经求着我嫁给他的人，最后竟然冷暴力我，把我给甩了！"

"那个，我也不知道该怎么安慰你……"

"哎，你是不是找了私家侦探查他们家呀！他妈妈是不是名字里有个梅字？杨梅的梅？他跟我说过他妈妈叫阿梅，还给我看过他妈妈的照片。他说，他妈妈特别美、特别年轻，在畎城过着贵妇日子，整天没事做，就是喝喝茶逛逛街。好嘛，原来这贵妇日子是靠骗钱骗出来的呀！"

"姚小姐，没什么私家侦探，就是我自己查。"我生怕言多必失，随即把话题一转，"看来你知道的也不少。"

"嘻，我知道什么呀！我就知道跟他谈恋爱，被他哄得昏了头！哎，但是你是怎么查到我的？你怎么知道我叫什么？"

"我对你的了解也不多，你姓姚，是你朋友圈的照片里暴露出来的，你晒了你收到的贺卡。我只知道你是分江的，并且和吴建来往密切。"

"噢……那你是怎么找到我的联系方式的？"

我脑子里开始疯狂地编谎话，可鄙的语言从我的嘴里冒出来："你的电话……是一位叫Ivy的女孩告诉我的。她被吴建骗过钱，虽然她跟我的情况不太一样，但我们都属于被吴建他们家给骗了。我是查着查着，先查到了这个Ivy跟吴建有金钱往来，然后联系了她，意外地从她那里知道了你的联系方式。"说完，为了让她更加信任我，我给她看了郑茉在微信上给吴建转账八千零八十元的那张截图。

"Ivy那头母猪！"她直接骂起来，嗓音变得格外尖细，"我就知道，她仗着自己有几个臭钱，在那里作妖！吴建以前总跟我提她……之前我们在一起的时候，经常是半夜两三点钟，他的手机还响，他告诉我是Ivy又骚扰他了。我当时还吃醋嘛，他就跟我解释说，Ivy就是头猪，他们之间不可能有什么的，他还给我看了Ivy的照片呢！我也觉得，吴建根本不可能会对这样的女人动心，他们之间一定是清白的。我真是信了鬼了！你告诉我，Ivy跟吴建到底是什么关系？我是不是被耍了？一年了，我跟他纠缠了一年啊！"

"他们是MBA的同学，应该认识没多久，关系肯定不如你和吴建……"我有些蒙了，"姚小姐，我看Ivy的微信头像，也没有你们说得那么美啊。"

"哎呀，微信头像都是P图P过的呀！吴建给我看的照片是Ivy跟一群马上要入学中秦的人的合影，很真实的！我当然知道他们是同学，全世界都知道他们是MBA的同学好不好，中秦的公众号上还有Ivy的介绍呢！介绍里说她是什么梵山市的青年女企业家，家里的工厂有几百名员工，吹得可以呢！我就想知道，他们的关系究竟到了什么程度。"

"中秦刚开学，他们还没来得及发展到很亲密的程度。"我随口一说。

"怎么来不及？中秦开学前四个多月的时候，负责招生的老师就给这些准学员拉了一个微信群。吴建经常给我看群聊内容，这些人早就在群里混熟了。哎，你不是说，你先查到了Ivy，然后她告诉了你我的联系方式？她为什么会有我的联系方式？"

我心里骤凉，悄悄感叹中秦学员微信群的事我从前竟一无所知。我将了将头发，慢慢地说着现编出来的话："有你的联系方式，这是因为Ivy跟吴建……借用你刚刚说的一个词，纠缠，他们也纠缠过。在纠缠的过程中，她开始怀疑吴建，就偷看了他的手机，发现他同时……"

"你刚刚不是说他们没有很亲密吗？"她激动地打断我，"怎么都到了偷看手机的地步了？你告诉我实话呀！"

"好吧。"我顿了顿，"实话就是，吴建跟Ivy的关系很近，Ivy会为他花很多钱。而且，Ivy发现，吴建除了你，还有不少女人……"

"有多少女人？"她再次打断我，"除了Ivy还有谁？Ivy她怎么不来找我？她有胆子偷看手机，没胆子跟我讲话？"

"也许是因为她也在伤心吧，或者她不好意思直接联系你。"

"为什么我会遇到这些鬼东西，我哪里对不起吴建了，我哪里对他不好了……"她说着说着哭了起来，"难道就因为Ivy能给他钱吗？可是我也……"她抽泣着，话也说不清楚了。

"要不，等你好受些了，咱们再聊吧？"

"不用！"她忽然狠狠地说，"你不是被他们家骗了钱吗？你不是要查清楚吗？我帮你吧！吴建的事，你想知道什么尽管问，只要我知道的都告诉你。"

我心里一阵欣慰，表面上却装作冷淡地说："既然你说，你和吴建都纠缠了一年了，我应该会针对这一年间你们的开销，或者说，跟金钱挂钩的地方来提问题。你如果有不想说的就不说，挑愿意说的说。"

"来吧，我今晚都可以不睡，就专门回答你的问题，反正我也是睡不着的。"她吸着鼻涕说。

她将她的温柔、骄傲、易动感情，逐一向我袒露。我以为她是一道容易跨过的门槛，跨过她，我就能通往一个豁然开朗的空间，看到吴建面孔中曾被阴影盖住的部分。可当她琐碎的讲述中积累了越来越多具体的场景时，我得到的不再是关于她不幸的秘密，而是关于我自己的回忆。

她的声音又细又软，说出的话却像在对我施暴："我们是在一个叫'灵伴'的交友软件上认识的，聊了半年多才见面。因为我是持加拿大护照的，与他见面之前，大部分时间我都在加拿大。他说他是美国籍，但人在中国，工作很忙。虽然他一直说要到加拿大看我，也商量过订哪天的机票，但每次都是因为工作忙临时变卦，见面的事就一拖再拖。他给我的感觉就是一个有上进心的富二代。其实我在加拿大也接触过这类人，确实都挺专注于工作的。所以，他虽然总也来不了加拿大，我还是认为他是可靠的。后来我没事就在网上看看国内的工作机会，最后在分江一家美术培训机构找了份辅导学生作品集的兼职。

哦，对了，我在加拿大那边学视觉传达，我老家是分江的，我父母这几年又打算在分江做生意，所以我就决定先回国发展一段时间。我回国后，吴建就来分江跟我见面了。第一次见面，是夏天刚刚开始的时候。他给我的印象很好，他在江东区离我家不远的地方订了五星级酒店的房间，还请我吃米其林餐厅。我们后来每一次吃饭，价格从来没有低于两千块。"她说起这些，似乎有点喜悦。

我很少打断她。我的手边放着纸和笔，我一边听她说，一边记下笔记，以及一些我忽然想到的问题。然而她的讲述正逐渐把我击溃，我迟迟问不出那些苍白的问题。

"他带我看画展，看阿尔丰斯·穆夏的展览。"她越说越兴奋，"他知道我从小学画画嘛，所以经常跟我聊艺术。说来也巧，我很喜欢新艺术运动和拉斐尔前派的那些东西，他说他也喜欢，刚在'灵伴'上认识的时候，他就认出我放在相册里的一幅画是伯恩·琼斯的，他说他也喜欢伯恩·琼斯。"

"他有没有说过喜欢罗斯科？"我忍不住打断她，"Ivy说，吴建喜欢抽象主义的画。"我加了一句临时编出来的解释。

"没有吧……我记得他说过不喜欢抽象的作品，Ivy是在瞎说吧！吴建和我一样，喜欢那种优雅的人像绘画。"

我心里一沉，猛然想起，其实任何一个人都可以使用搜索引擎中的图像识别功能来迅速获知一幅画的具体信息，包括画家、所属流派，所存放的博物馆。不论是马克·罗斯科还是伯恩·琼斯的画，吴建都不需要真的喜欢，只需要尽快掌握画作的出处，就可以制造与别人兴趣一致的假象。我并没有把这些分享给电话那头的女孩，我不想再插话，只是请她继续说下去。

"总之，我没想到他一个学商科的，还挺文艺的。他还跟我聊起古典音乐，说他喜欢听什么……《圣母悼歌》，我觉得他还挺有品位的嘛，不像很多男孩子，只听流行和摇滚。他用的香水也与众不同，是意大利的一个牌子，叫什么……哎呀，我忘记怎么拼了。反正那款香水我记得叫'黑色阿富汗'，香调很特别。他还说，这是他每年去欧洲专门选购的。哦，他还很注意保养，还给过我面膜，我记得是LA MER的，我还挺惊讶的，因为男孩子即便比较有钱，也不会给自己买那么好的面膜吧，我觉得他还真是挺懂生活的……哎，我说了那么多，是不是对你都没什么用呀？"

"有用的，你让我了解到吴建的消费习惯，这也算和他们家的经济情况相关吧。"我抠着手臂上的伤疤，想起自己险些把赵以送我的化妆镜也送出去，心有余悸。

"对了，他还说，他家里的人如果生了病，都是不计代价去北京找最好的医生做手术。好像是找什么……H医院的医生吧！还有，他说他坐飞机从不坐经济舱，起码是商务舱。他说他以前动不动就坐商务舱去纽约，就为了去大都会艺术博物馆看一眼艺术品，一点都不在乎旅行成本……哎，我是不是又说了些没用的？"

"不，细节很重要。"

"其实我有时候也能感觉到他说的话有问题，但你知道，恋爱中的女人都是傻子。被他哄着，我也就不会计较那么多了。虽然我们见面的次数一共也就十次左右，但见不到面的时候，他会花很多时间跟我聊天，我从没遇到过每天跟我说那么多情话的男生。我闺蜜提醒过我，嘴上太甜的男生是靠不住的。但是我的上一段恋爱实在是结束得太让人难过了，我当时太渴望有新的恋爱让我忘了前任，而吴建又出现得太及时了……其实，我还是想知道吴建到底有多少个女人，她们长得好不好看呢……"

她又说了许多，我有时专注地听，有时偷偷地走神。她的讲述将栖息在语言背后的那些伤人的事实逐一陈列在我面前，某些原本正被掩埋的耻辱一下子又被连根拔起。

如果说我已丧失了许多，那么现在，我丧失了更多。

九

双闻和小野在第二天晚上八点多的时候敲响了我的家门。我把客厅的空调打开，调到十八度，穿上棉衬衫，给他们开了门。

"这么晚，你还方便吧？"双闻一进门就瞄着我身上的衬衫。

"方便，我无所谓早晚。"我嘟囔道。

双闻今天并没带什么东西来。她穿一条浅灰色的连衣裙，随身只有一个小斜挎包。让我意外的是小野，他穿着宽大的深灰色短袖T恤衫，背了一个黑色的大双肩包。

"他带了电脑。"双闻回头瞅瞅小野。

小野客气地问我在哪里可以插电脑的电源。

"去书房吧。"我毫不掩饰自己的痛苦，垂下眼帘，"咱们都去书房。"

"小野，你先去书房。迢迢，我有话跟你说。"双闻过来牵我的手，"去你卧室吧。"

我麻木地把她领到卧室。她掩上房门，拉着我坐到床沿。

"你是不是割手了？"她小声问。

"想过，但忍住。空调开那么低，不为别的，只是我想让自己冷静。"我对她的精准直觉感到怨恨。见她没继续说什么，我愈发生气："一开始，早一些的时候，你为什么不提醒我去查查吴建？"

她用那种我再熟悉不过的悲伤眼神看着我，依然不说话。

"我特别烦你摆出一副要拯救我的架势。"我口不择言地说，"晚了，太晚了！我感觉世界正在进一步崩塌，所有的存在都很恶心，包括我那些自以为是的思考，包括你那些自以为是的思考。这些思考有什么用？能让吴建对我、对任何人的伤害消失吗？"

"你怎么了？你是不是自己照着通话记录去联系什么人了？"

"对，我联系了一个叫Sarah的……"我的眼泪夺眶而出，我口齿不清地讲出破碎的词句，直到更多的泪水使我语塞。

"姚苏悦。"她对我伸伸手，却又立马缩回手，"那个Sarah，叫姚苏悦，老家在分江，父母开了一家外贸公司，家境即使在分江这样富裕的城市也算很好的。她高中就被送到加拿大读书，大学学的是视觉传达专业。她很喜欢宠物，养过好几条狗，现在养的狗是一只法国斗牛犬，叫猪猪。她上一个男朋友是在加拿大认识的华裔富二代，一年多以前分手了，从她当时发的微博来看，那次分手对她打击很大……"

"我为什么要知道这些？"我打断她，"我不在乎她以前如何，我不在乎你们用什么方法查到了什么，都没用。"

"你振作一点，我们已经在继续查了，会有用的。"她靠近我说。

"你为什么不早一点查？"

"我曾经也想过，是不是该查一查吴建了。可我一旦介入，小野也要介入。查吴建需要技术，技术方面的事需要小野来做。我之前不能确定，你有没有做好让他介入的心理准备。而且，在帮你的过程中，我可能需要对你解释……我还没想好该怎么解释。"

"解释什么，你们的手段？"

"不，是我免不了提起自己的一些事。我非常明白你的感受，也能想象你会遇到什么麻烦。我太明白了，因为我自己也经历过某些事。有些记忆，有些痛苦，你得去面对它，不然它会生长。"她说到最后，声音已经变哑。

我的同理心去哪里了？此刻，我对她的忧愁熟视无睹。我能够知道什么？我应该做什么？我还可以期望什么？我都不确定了。对人性持有的悲观态度把我带向一个黑暗的旋涡。

"迢迢，你可以冷漠，但你也要思考，你是有能力的，你不能放弃思考。"双闻的手轻轻抚着我的鬓角处，她似乎在咬着后槽牙说话。

"有我陪你，你勇敢一些。"她又说。

我犹豫地点了点头。

她蹙着眉，想了想才问："你的报案材料里提到，吴建说他读MBA的费用是七十多万？"

"好像是。"我搓了搓脸颊。

"中秦MBA课程的费用是三十八万，而且不需要一次性付清，是分三次缴费，入学前只需要先缴纳十几万的费用。"

"你怎么知道的？"

"中秦有一个公众号，也有自己的官方网站，通过这两个途径可以咨询他们的招生顾问。"

"公众号Sarah也提过……你到底又查了多少关于吴建的事？"

"小野一直在帮忙，所以每天都有进展。"

"小野也看了我的报案材料？他什么都知道了？"

"对。不过小野的人品，你放心。"

我此时并不觉得羞耻，羞耻的感受早已被吴建在若干个时间和地点催化到了极致，在那之外，羞耻心的发作反而有限。我只是有些生气。

"你和小野有没有联系通话记录里的人？"我斜着眼问她。

"没有。"她扫了我两眼，"这种事要慎重，要计划好，不能像你这样冲动。比如说，郑苿，就是Ivy，我们需要做足关于她的功课，才能更有效率地接近她。她属于中秦这届MBA学生会成员之一。学生会一共十个人，主席叫刘昆，跟小野是本科阶段的校友。我和小野在商量，适当的时候，也许可以联系一下刘昆。中秦的公众号会定期做优秀学员介绍，学生会的每个人都被公众号宣传过，并公布了校园邮箱。除了学生会的人，其他优秀学员也不少。小野还想着，可以把公布出来的邮箱统统利用起来，找机会给他们群发邮件。"

"发什么内容？告诉一堆不相干的人，有个许迢迢，被他们的同学吴建怎么玩弄？"

"你再想想，你可以把吴建的事想得更透彻。"她抚了一下我的后脑勺，"我们面对的已经不是吴建和你之间的事。"

"是啊，"我苦笑，"是他与许多女人的事。"

"姚苏悦有没有给你看她和吴建的聊天记录？"

"她说因为太伤心，已经把吴建从微信好友中删除了，聊天记录都没保存。但是她之前经常会把吴建跟她的对话截图发给闺蜜去吐槽，至少这些截图保留下来了。可她就给我看了几张，无非是甜言蜜语……"

"你和她的聊天记录我需要完整地看一遍。"她打断我。

"我们大部分的对话不是打字，是通话，不过我记了笔记。"

"下次如果你们再联系，尽量打字说。如果是通话，你要录音，我教你怎么用录音软件。"

"录音？这合适吗？"

"我听到她的语气和表述方法，能更好地判断。"

"双闻，我们做这些事，将把我们带向哪儿？"我闭了闭眼睛。

"接近绝境中的真实，击碎凌辱，捍卫尊严。"

"能怎么击碎，又能怎么捍卫？"

她又摸摸我的后脑勺，然后向我索要手机和笔记。

我老老实实地都交给了她。

没多久，她就盯着手机说："不够痛苦，姚苏悦说的事还不够痛苦，她必定有一些更痛苦的内容没有讲。既然吴建在她面前把自己包装成富二代的样子，那么吴建接受郑茉的钱，她为什么没感到惊讶？一个富二代，用得着接受别人八千多块钱吗？她肯定有事没说。"

"比如什么事？"

"还记得你那个做过量子催眠的朋友吗？她作为你的朋友，并没有跟你说实话。我恰巧也做过那个催眠，费用其实是一次一万多。人有时候不想承认自己在某件事上付出的真实代价，而吴建的事更令人难以启齿，谁会告诉你她实际在一个骗子身上花了多少钱？"

"所以，你……"我震惊之余，凭着本能的反应，刻意绕开了某个疑问，

"因此Sarah很可能也给过吴建钱，她很可能也经历过与我差不多的事。"我瞪起眼睛。

"没错，但是她不想告诉你，也不想强化自己那一部分的记忆，她想拥有一个相对美好的回忆。可是她仍然说要帮你，那是由于怨恨。这其中有她不能解决的情绪矛盾，这就是我们的突破口。"

"那我接下来该做什么？Sarah随时等着跟我再通话，她确实还在失恋的情绪里没走出来，难道我们要利用她的情绪？"

"肯定要利用情绪。你目前做得还好，没有暴露自己是吴建所谓的某一个女朋友，你的身份不会引发她的嫉妒。但是她还需要被刺激，才会说出更隐秘的事。我们要知道她的心理需求落在哪个点上。"

"她特别想知道吴建到底同时有多少个女人，还有那些女人长得怎么样。"

"真愚蠢。"

"你怎么那么冷酷了？"

"该冷酷的时候一定要冷酷，否则下场悲惨的就是你自己。"

我站起来，低头想了一会儿，说："行，那我们就一起继续做吧。"

"好。你要不要洗把脸？然后咱们去书房，跟小野商量接下来的事。"她抬了抬下巴，那神气好像一位战士。

我却被她这随时要开始战斗的架势引发了更多的悲观。带着加倍悲观的情绪，我在走到书房时，在看到小野的手指不停地点着无线鼠标时，在听他与双闻一唱一和地分享所谓的收获时，仿佛看见了许许多多的鬼魂。

我双手比画出一个暂停的手势，向这对聪慧的情侣说出我脑子里闪过的想法："什么是吴建的应激源？什么刺激了他要去伤害别人？为什么没人想这个问题？吴建，吴建，吴建，我们所说的这个人，他的目标对象，也就是他的受害者们，她们的行为反应、她们的生活内容，都是他的应激源。就拿我来举例吧，我是他的一个目标对象，他在接触我这个目标对象的过程中不断地受到挑战，因此害怕自己会失去控制权。我身边的异性、赵以、韩医生、高鑫宇……他们都成了应激源。哪怕只是和他们相关的一件微不足道的小事，对他都会构成挑战和威胁。他会像犯罪者调整作案方式一样，改变对目标对象的控制手段，从而使目标对象经历巨大的丧失，失去钱财，失去爱，失去自我价值，直到失去尊严……生活中难免会出现一些事与愿违的插曲，在沮丧、挫折、人生的起落面前，病态的人很容易产生报复社会的犯罪心理。一个正常的男人与一个女人谈恋爱，当他发现对方并不享受和自己的这段关系时会有什么反应？会失望。但是病态的人，他会兴奋，会有成就感，因为是他一手制造了目标对象的痛苦。这种虐待狂心理，根源是缺乏同情心及负疚感。而同情心与负疚感往往与道德认知有关，这是属于超我的部分。病态人格发展到极致，会吞噬掉超我，只剩下自我的部分。病态的自我是不受公序良俗制约的，是肆意狂暴的，从某种程度上来说，也是更加自由的，其极端的展示在某些情景中的确是具有魅力的，这也是为什么我们有时会被这类人所吸引。所以，这场罪恶的根源，其实是我被病态的人吸引了去，并配合了他的毁灭欲。说白了，我是恶的共犯。"

双闻和小野都没有向我投来任何目光，并且，他们默契地保持着安静。

"迢迢，"最终还是双闻先开了口，"你很冷静，思路很清晰，这很好，这是我需要你有的状态，但是你不要再说自己是共犯这类话了。"

"为什么不能说？你真的在乎吗？"我粗鲁地质问她。

"你这样说下去，恐怕还会想自残，就怕你不是每一次都能控制自己。"她淡淡地说。

"咱们别聊这些了。"小野不自然地咳嗽了一声。

"控制不住又怎样？"我赌气似的走近双闻。

她双眼看向地面，不说话了。

"别聊这些了，行吗？"小野看看我，又看看双闻。

"我也自残过。"双闻的声音不大，却足以让我听清，"我经历过的和你相比……算了，也没什么好比的。比谁更加痛苦，这本身就很可笑。但是迢迢，你得明白，捍卫尊严是你的责任。你一味地自责，而不去让行恶的人付出代价，是一种逃避责任的行为，也是一种弱。你要对得起自己，你要有起码的责任感。"

"好吧。"我不得不赞同。

第八章　黑客与完结

一

　　我是某些事件中激进又脆弱的参与者。哪怕遭遇再多狂暴的困境，我也一定要追问，追问人藏在皮囊之下的欲望和动机。然而我也不过是人类一个渺小的成员，以时常陷入狭隘的心灵来探索各种可能根本不存在唯一确切答案的问题，体会着生命的磨损而迟迟等不来满足时，也只能靠自我压抑来保持蹒跚的人生步调。

　　那些极其荒谬却又能引人绝望的意外事件，它们造成的疑惑，总是在我大脑中形成刺耳的回响。回响的次数多了，我开始怀疑，人之所以被闷雷般的愤怒、怨恨、悲伤所折磨，是否因为导致情绪发生的意外事件根本就还未真正地"完成"，它们与你的记忆和想象粘连在一起，等待被重新体验。你需要重新了解你究竟身处怎样的情境中，你的创伤连接着哪些具体的人。重新掌握信息之后，你才有可能针对自我的痛苦，找到更多的解决之道。

　　小野和双闻在对吴建的通话记录做足功课后，联系了一个手机号归属地为临州的女孩。那女孩一开始拒接陌生电话，于是双闻给她发了短信。短信内容并不啰唆，直接奉上吴建与我说着露骨情话的微信截图。当然，双闻对我的头像进行了马赛克处理。截图中，她故意露出聊天的日期，对话发生在几月几日一目了然。她又发去吴建与郑茉的那张有八千零八十元转账的微信截图。同样地，她把郑茉的头像也遮得严严实实。随后，她打了两行字："梁小姐，为了大家的共同利益，您需要了解关于吴建与多名女性之间的事。如果您只考虑自己，可以不用回复我。"这位身处临州的女孩，名字叫梁雨，是小野查出来的。他和双闻仿佛在对梁雨进行一个测试，一个胸有成竹的测试。双闻之所以发出那两行字，是基于她料定了吴建的目标对象们至少比吴建更具人性，也更敏感、更软弱。如果真的是这样，那么梁雨势必会同我们产生交集，她做不到心如止水。

梁雨很快有了回应，她没有发短信，而是直接拨了电话。电话是双闻接的。梁雨很警惕，确认双闻不是以诈骗为目的后，才敢承认自己是梁雨本人。她一开始平静地问了诸多细节问题，来核实截图的真实性。而后，她变得不那么淡定。

"她的声音开始颤抖，想知道我是谁，为什么要为她揭开真相。她很聪明，知道真相不是白白落在她头上的。她没有急于撇清自己与吴建的关系，她知道，我既然能找到她，必然事先做了功课。她也没有否认对吴建的迷恋，还主动承认他们的关系已经被迫以不愉快的方式结束了。"双闻在电话里向我复述这些时，伴随着轻微的叹息。

我揣测了一下，问她："这女孩是不是也和我一样，顺从地掏了腰包？"

"是，她跟我说，总共不到一万块钱，就当为这场失败的恋爱交学费了。不过，我不相信她只付出过那么多。"

"她与吴建的恋爱时间，与我……还有姚苏悦是重合的吧？"我又抗拒又渴望地问。

"你们的时间的确是重合的，你现在知道了会更加难过吗？"

"不论难不难过，我也要接触真相。"

"既然这样，就听听梁雨的遭遇。"

梁雨告诉双闻，她与吴建相识在春天即将结束的时候。那时，巨舰财富资产管理公司在浙江一座旅游小镇举办了一个叫"赢在明天"的周末训练营，参加训练营的大部分学员是巨舰财富家族信托部所服务的大客户的未成年子女。这个活动的主持人之一，正是Rita，徐瑞，巨舰财富的高级理财顾问。没错，这个Rita就是吴建给我看过的聊天截图里的Rita。而梁雨，当时还是巨舰财富临州分公司的一名理财顾问助理，是Rita的下属。不过，梁雨上个月已经辞职了。

吴建出现在训练营的晚会上，据说是Rita邀请他来的。他在人群中，温柔地望着梁雨。他靠近她，给她递过盛了奶酪和果冻的餐盘。他说话时彬彬有礼，没有半点轻浮。对梁雨来说，他是周末到小镇来闲逛的富二代，不代表惊喜，也不代表惊吓，就是一个合乎情理的存在。他不经意地告诉她，他的父亲曾是Rita的大客户。由于父亲的缘故，他能够轻而易举地享受奢侈的生活，可他对金钱已经感到麻木，甚至厌烦。他对她并没有抱着任何明确的目的，只是懒散地接近她，然后声称自己被她的朴素和自然吸引。她相信他的话，因为她觉得他眼神中有复杂的东西，她认为那种复杂里有深沉和低落。他大概对父母失望过、对社交厌倦过，看透了繁华，正在追求安稳。

　　那天晚上，当他们回到各自的酒店房间，吴建给梁雨打了一个通宵的电话。他对她诉说童年的亲情缺失和青春期的内心寂寞。他也显得很关心她。他说，能从她那双天真的眼睛里看到忧愁。他问她是不是被人伤害过，是不是对爱情感到灰心。他猜中了她的心情，她刚结束一段令她身心俱疲的感情。她曾毫无计较地付出，也曾猝不及防地被辜负。她认为自己过去的牺牲被践踏了，内心隐隐约约期待一个新鲜的起点。

　　"当乌镇的活动结束后，吴建便开始用成百上千条信息和无数个小时的电话去打动梁雨。"双闻讲着讲着，发出一声轻笑，"梁雨一直躲，吴建只进不退。不出一个月，梁雨还是接受了吴建。他们第一次约会是在临州，吴建带梁雨去吃了一顿价格不菲的日料，送了她一捧粉色玫瑰花和一枚发卡。很快，他们有了第二次和第三次约会，一次在临州，一次在分江。再后来，五次约会之后，当他们足够亲密时，吴建的态度出现了戏剧性的转变。他开始不回梁雨的信息，不接她的电话，临时取消见面。当然，他会在事后给梁雨一些还算说得过去的理由。梁雨并不傻，知道对方闪烁其词的背后必然隐瞒了许多。吴建绝口不提分手或是他们之间存在的客观问题，这种回避比直接争吵更让梁雨难受。她忍气吞声，情绪经历了断崖式的下沉，直到再也受不了吴建的含糊与冷淡，她便跑到中秦校园里去找他，想把他堵在半路，在光天化日之下要个说法。"

　　"她去中秦找吴建？什么时候的事？"

　　"九月初。"

　　"刚发生不久。"

　　"是，刚发生不久。"

"吴建给了她什么说法？"

"她没见到吴建。她拦住了几个MBA班的学员，向他们打听吴建。有个男生直接问她是不是吴建的女朋友，她承认了。那个男生正巧跟吴建的关系比较近，他好心提醒梁雨，吴建在学校里是有女朋友的，在校外，也是有女朋友的。"

"学校里的女朋友指的是郑茉吧？校外的呢？"

"校内的是郑茉没错。至于校外的，男生说，吴建当天下课后跟一个金棕色头发的女孩一起离开了，那女孩身材很性感，是从校外来找吴建的。"

"金棕色？"我心里沉了一下，"是姚……"我一时说不准Sarah的中文名字。

"是姚苏悦。"双闻接住我的话，"而梁雨居然知道姚苏悦的存在。吴建在跟梁雨交往的过程中，为了取得她的信任，给她讲过自己在分江接触的形形色色的人，包括MBA班的同学和老师，以及分江本地一些仰慕他的女孩，比如姚苏悦。吴建甚至给梁雨看过一张姚苏悦的照片，他指着照片说，'这个网红脸在加拿大留过学，私生活很乱，在加拿大的时候与一些歌手和男模特同时交往'。"

我听了，凄苦地笑笑："呵，这真像吴建说的话，他诋毁起人来就是这样。那梁雨呢？她没要到说法，之后呢？"

"没有之后了。她听那个所谓好心的男生透露了关于吴建的情感生活，觉得自己再没有脸面要什么说法了。"

我沉默了。女人的软弱和羞耻心就这么被利用了，这感觉我很熟悉。

忽然，我又想到了什么，于是问："你说梁雨是个警惕的人，然而她却告诉了你这么多？"

"她觉得我能理解她，因为我跟她说，我经历过差不多的事。"

我又沉默了。共情这事，也是利用女人的一种好方法！

双闻继续说："梁雨的描述，大部分措辞比较委婉，她一直在尽量保持冷静。她希望我们能一次性把话说清，以后再也不要联系。她并没过多追问我的身份，也请我不要再深挖她的隐私。她只想让吴建的所有痕迹从她生活中淡去，然后，她就能假装一切没有发生过，好好生活。"她说到最后，又轻笑一声。

"你在嘲笑她的逃避吗？"

"是。逃避实际上是无法达成的，你越逃避记忆越深刻。逃避是一种偷懒的捷径，而这个世界上真有那么多捷径可走吗？捷径，大部分时候是幻觉。"

"梁雨现在在干吗？你刚才说她已经从巨舰财富辞职了？"

"辞了，正在找新工作。她对巨舰财富颇有微词。Rita，徐瑞，也就是她从前的上级，一直负责东南地区'家族财富密码'项目。这个项目说白了，就是说服国内一些文化程度较低的富豪，特别是那些对于如何把财富合理分配给子女这件事一头雾水的富人，让他们把预备交到下一代手里的资产管理权分给巨舰财富。巨舰财富向富豪们许诺，他们的资产不仅会以最明智的方式交给继承人，巨舰还将对那些继承人的成长负责。巨舰会举办各种针对未成年继承人的短训活动，教他们上流社会的礼仪规范、最先进的投资理念、无形资产概念……我问梁雨，你喜欢你们的项目吗？她说，她不评价项目，只是她不相信Rita那个人。她听同事说，Rita没什么真才实学，是靠经营人际关系爬到如今的位置的。在实际工作中，她屡屡见识Rita给土豪们画饼，在酒桌上讲粗俗的笑话或是豪饮。而梁雨自己，好歹也是国内名牌大学毕业的，本科毕业才两年，还抱着些崇高的理想……"

"等一下，"我打断双闻，"所以，吴建的父亲真的是富豪？如果是真的，吴建为什么还缺钱呢？"

"吴建的父亲是从畋城发家的富豪，做房地产的，叫吴淳。除了吴建，他还有三个婚生子女，那三个子女才是名正言顺的继承人。而吴建，由于是非婚生，所以过着相对普通的生活。至于他究竟缺钱到什么程度，我看倒不一定危及衣食住行。"

"非婚生……我明白了！"我轻呼一声，"陈梅只是吴淳的一个情人而已。吴建家里的事，是梁雨从公司那边了解到的？她既然能搞清楚吴建的出身，就应该知道吴建把自己包装成一个富二代是骗子的行径，她为什么不报警呢？"我问出这个问题，自己却即刻有了答案。是啊，为什么不报警，因为吴建选择的目标对象大都软弱，报警这种事，她们只会避之不及。

"梁雨应该也是费了一些功夫才查明吴建的家庭关系。我和梁雨交换了一下彼此掌握的信息，她肯定早已明白，吴建就是个骗子，但她现在只希望能忘记这一切，而不想深究吴建骗人的原委了。"

我忽然想起，吴建几次向我提及Rita。在北京的时候，他曾跟我说起他要找Rita谈工作上的事。而根据双闻刚刚所说的，Rita主要负责东南地区的项目。所以，吴建以往的说法很可能是假的。为了让我更相信他，他会给我展示与Rita的聊天截图。不过，经过刘弋的提醒，我明白了，截图是很容易伪造的。有的时候即便截图是真实的，时间也可以是虚构的。与某人聊天时立刻截图，这张截图就可以在任何时候发给他人，并谎称是当下刚刚发生的事。

"你是不是走神了？"双闻略微提高了嗓门。

我强制自己把注意力移回梁雨身上。

"梁雨是什么时候知道吴建的家庭背景的？她是什么时候开始对他起疑心的？"我问双闻。

"在吴建几次不回信息、不接电话之后，她就开始查了。"

"既然她早早就查了他，为什么还与他纠缠了那么久，非要耗到局面不可收拾，跑去中秦找他？"我不无遗憾地问。

"她正是因为了解到他的背景，所以非但没有生气，反而更加在乎这段感情。梁雨自己也是单亲家庭的孩子，所以能体会吴建一路走来的艰辛。她心疼过吴建。"

"心疼？"我苦笑了一下，"这是她的原话？"

"是原话。一路走来的艰辛，也是她的原话。"

"她竟然主动告诉你自己家里的事。你也太厉害了，在短短的时间里就让她打开心扉？"

"她没有明说她是由母亲一个人拉扯大的。我让小野根据她的手机号找到了她的微博。我们仔细看了她的每一条微博，不仅要看她发布的内容，还要注意微博上与她互动最多的几个好友，其中一个是她的同事。她的微博没透露的信息，她同事的微博会透露。再看看她某个文笔还不错的大学舍友的微博，那上面记录了同一个宿舍六个女生的生活点滴，细看下来，又能获知更多。梁雨本科时谈过几次恋爱，她什么时候失恋、什么时候热恋、什么时候给男朋友买了个奢侈品牌的钱包，都被她的舍友有意无意地记在微博里了。我们把梁雨几年间的微博全部翻一遍，筛查微博里所有的留言，还能找出她的家人，比如她的母亲，她的姨妈，她的表兄妹。顺藤摸瓜，我们也就摸清了她的家庭背景。"

"这样一来，通过网络，你相当于把她透视了一遍。"

"是的，这种透视其实并不难。"

"那她……长什么样子？"

"我一会儿把她微博上的照片给你看。另外，她跟我的通话我录音了，我发一段音频给你。"

"我不需要听录音。"

"不是给你听的。那段音频说的是吴建对姚苏悦的看法，你发给姚苏悦。"

"做什么？"

"刺激她，让她真切地感受原本一无所知的羞辱。这样一来，也许她会告诉你更多。"

"但我这两天不想再知道更多了，我得缓缓。"

"你的勇敢还够用几天？我要不要配合你，也计划着使用自己的勇敢？"她的讽刺，就这么自然地向我抛掷过来。

我干咽了咽，收回刚才的话："好吧，我会把音频发给姚苏悦的。梁雨的照片，我也一并发给她吧？"

"嗯，你和我想到一起去了。"她说着，发来一张清晰无比的照片。

这就是梁雨！我看着照片，心里在叹嗟。她白皙的方脸上，凤眼浓眉，腼腆的笑容，看起来像个青涩的女学生。这个女孩也许心思是缜密的，但终究单纯。她依靠自己的感知，相信自己如果顺从于外力强加在她身上的东西，大概能获得一种牺牲后应得的回报。某种程度上，她知道自己的美好，以为自己会是个例外。她试着用美好给虚伪创造例外，企图使一切不至于太糟。但是她想错了。我们都想错了。

夜里，接近凌晨时，我鼓起勇气给姚苏悦发去梁雨的照片和那段音频。

"这是一个和你时间线重合的临州女孩，是吴建的女朋友之一。"我轻描淡写地附上这句话。

姚苏悦立刻给我回了电话。她哭着问我，这都是真的吗？接着，是更强烈的抽泣。看来，她的心里已经有了答案。一瞬间，那些折磨过她的不确定都找到了十分具体的落点。她不敢想象还会有多少类似的落点，只是眼下，这午夜的沉重时刻，仅一个落点就能粉碎她的自尊。逐渐地，她的哭声减弱，生硬的吐字中饱含了恨意。

"我有些东西要给你看。你那么会查，这些东西对你来说会有用的。只是，虽然我希望你能报仇，但你别劝我报警。我……会觉得没面子。"她艰难地把话说清，并给我发来四张聊天截图和一页文件。

那页文件是吴建在对话中发给她的股权认购书的电子版原件。这些聊天内容都发生在八月份，也就是上个月。吴建唤她宝贝，嘘寒问暖之后，开始向她抱怨自己正承受来自商学院和家庭的双重压力。这份"陵鲤生物科技有限公司"的股权认购书，吴建称是他的母亲交给他的任务。他被逼无奈，需要寻找信任的人认购股权。没有任何金融知识的姚苏悦并未看懂这份认购书，就懵懵懂懂地给了吴建三万块钱。虽然她能看出这页文件上有错别字，也对他明里暗里的经济求助感到不安，然而她当时无意驳他的话。她只知道他需要帮助，他求她，她就付出。

我想起双闻说过的，人不会轻易承认自己付出的真实代价。我没有多问姚苏悦，她究竟给过吴建多少钱。我默默存好她发给我的资料，无力地安慰了她几句，就道了晚安。

天快亮的时候，我忽然惊醒，下意识地拿过手机，只见夜里两点多的时候姚苏悦又给我发来一些截图，那是她三个多月前与吴建的一次争吵：她怀疑他与郑茉的关系不单纯，吴建于是给她看了一张夜里十二点拒绝郑茉约见的聊天截图。尽管，在对姚苏悦描述郑茉时，他的确用了贬低性的粗俗字眼，可看得出来，姚苏悦依然怀着深深的不安。那种不安，与潜在情敌的样貌是否比自己逊色无关，只与吴建的难以捉摸有关。她谴责他，说他使自己身心俱疲。她的身体被他享用得甚至瘦了几斤，而她的心情被他玩弄得起起落落，只想寻死。我看着这些私密无比的对话，窥见其中的恐怖之处，也理解她夜不能寐时的激愤，却不知能做些什么来救她。问题是，我真的有能力救她吗？我没有。至少目前，我连自己都还没救过来。

"这是我的黑历史，是我的秘密，希望你不要告诉别人。虽然我不知道你的损失是多少，但我衷心祝愿你能讨回公道。只是我，想要move on了。我会把你从微信好友中删除，希望我们今后互不打扰，也不用再回首这段往事。"这是姚苏悦最后发给我的一条信息。我看着这段话，对于她的矛盾与反复，我体谅，也同情，但我无法替她保守秘密，我有我的事要做。对不起了，女孩，我在心里默默道歉。

我一边把自己的微信头像和名字恢复到从前的样子，一边把刚刚从姚苏悦那里收获的一切发给双闻。

她很快就在微信上回道："我马上把这些发给小野。"

二

小野是在看了姚苏悦发给我的截图和陵鲤生物的股权认购书后的第四天早上，单独来找我的。他从双闻那里拿到我的电话，提前一天打过来，直率地问我明早八点半能不能起床，如果能，起床之后就赶紧下楼，他会在我家小区的花园等我。

我见到小野时是在早上八点五十分，他已经在楼下等了差不多半个小时。他在一处有树荫的长椅上坐着，没有低头玩手机。我走近他，发现他短袖T恤的领口已有了些汗，可今天的天气并不算热。我对他点点头，只觉得我们彼此都有些紧张。

"双闻怎么样？"我不知开头该和他聊什么，只好问起双闻。

"为你的事忙。"他意味深长地叹了口气。

"怎么想起一个人来找我？"我小心地问。

他以一副狡黠的神情瞥瞥我："你到现在都没有对我们怎么查那些人感到好奇吗？双闻说你在这方面不刨根问底，我倒觉得挺怪。"

"哦！"我似乎明白了他所指是什么，我坐得离他远远的，几乎快把自己身体的重心挤到长椅的边沿，"你今天没背电脑来，我就算想问，你也示范不了什么。"

"你这口气，就像你很明白似的。"

我看着他的侧脸，说："我认识计算机技术高超的人，很久以前。"

"是吗？"他怀疑地看着我。

"是，他是我小时候的玩伴。"

"那现在呢，还有联系吗？"他依然一副怀疑的表情。

"你查那些人，利用的是数据库的漏洞吧？"我抛出一个问题，以此来绕开他的问题。

他露出一丝赞赏的笑："看来你真的懂。"

"我也只是懂一点。"我回忆起遥远的从前，来自肖亮的细语。我愣了一会儿，才说："大概是要使用代理服务器什么的，我记不清了，别人告诉过我一些这方面的事。"我用手背抵住额头。

"我相信你的确认识搞技术的人。"小野直了直后背，双手交叉。他沉默了几秒，之后用一种平淡的口吻说："我会使用代理服务器来登录一个数据库，这个数据库是我们对一个人进行画像的基础。我说的画像，你应该不难理解。"

"明白。就像在犯罪心理学中对一个人进行侧写，也就是根据一个人的行为方式推断出他的心理状态，从而分析出他的性格、生活环境、成长背景，等等。"

"有一些相似，目的无非都是要了解一个人。我这里的画像，是先落实一个人的基本信息，比如年龄、家乡、家庭成员、教育程度、工作性质。在掌握了这些信息的基础上，我们再进一步观察这个人的社会活动情况，具体到他偏向与什么类型的人交往，喜欢去哪里购物，爱吃什么口味的菜，是不是经常健身，周末和工作日回家的时间大约都是几点，等等。然后，通过这些，我们再推测出他的性格特征，尤其是缺陷和弱点，比如虚荣、贪婪、自卑。"

"我能看一眼你所说的数据库吗？"

"如非必要，还是别看。"

"为什么？"我刚问出口，就自动摇摇头，"我明白了，数据的来源……"

"来源需要保密。"他立即截住我的话，"双闻说你其实很聪明，看来是的。这些数据，是黑客们，还有白帽们，哎，你知道'白帽'这个词吗？总之是无数个网络技术大牛将数据进行整合，然后集中归档得来的。"

我笑了两声，歪头看他："我知道白帽，我以前写的剧本大纲里还涉及过。只是联系咱们刚刚说的上下文，你倒不如统称黑客好了。"

"黑客这个词总让人有所误解，一般人会直接把黑客跟犯罪行为联系在一起。"

"在我这里不会。黑客本身还要细分，其实白帽也是黑客的一种，但他们研究黑客技术恰恰是为了防范黑帽黑客，也就是恶意的黑客对网络安全的破坏。必要的时候，白帽黑客也要对黑帽黑客的破坏行为进行模拟。这些我很早就听说过，后来写剧本大纲的时候也专门去了解过。"

"哎，我刚才还担心你不知道白帽黑客、黑帽黑客这些概念呢，看来这种担心是多余的。其实在每一个具体的事例中，虽然黑客们表面上做的事确实会引起普通人的不安，但还要看黑客做这件事的出发点和最终实现的结果所造成的影响，尤其在网络安全的范畴里，攻击和防御行为的区分本身就没那么简单。跟你我就不啰唆了，那我接下来就简单地都用黑客这个词了。"

"嗯，没问题。所以你能找到，比如说梁雨的微博，这大概是因为有黑客曾获取了大量微博用户的数据？"

"是的，这些数据被整合在一起，当你检索某个关键信息时，其他的也就跟着出来了。"

"哦……"我低头想了想，"那么，随着黑客获取的数据越来越多，能查到的信息也就越来越具体。"

"我喜欢你使用的词，获取，这个词很柔和。关于获取，我来假设一个比较生活化的场景，比如一个人，在某个路边的小打印店，为了打印材料，登录了自己的电子邮箱，下载了邮箱里的文件。如果他登录邮箱时恰好又需要接收手机验证码来辅助登录，那么，这个手机号登录的邮箱和使用的邮箱密码，很可能会出现在黑客的获取清单里。很多人都习惯使用同一个密码登录不同的网络账户，所以黑客获取的邮箱密码，有时也是这个人其他账户的通用密码。"

我感慨道："要是真发生这种事，先得怪那个路边小打印店里的电脑安装的杀毒软件不好使。"

"也可能是黑客的技术太好了，杀毒软件拦不住他。"

"那……我们每个人的信息都会被黑客获取吗？"

"并不是，这里面有很多偶然性。其实，许多人的信息都没来得及被黑客获取，所以我们在查别人的时候，会遇到什么都找不出来的情况。"

"这个时候你怎么办？"

"你应该问，这个时候黑客该怎么办。我相信顶尖黑客自然会有他自己的办法，而且，办法应该多了去了。顺便说一句，我的目标是成为一名真正的白帽黑客，但我现在还不是。论技术，在大牛们眼里，我也只能算刚上道吧。"

"成为白帽黑客的路，可能是黑客里最难的一条，对吗？"

他笑笑，没有作答。

我也笑了，然而我心里像是被戳了一下，我再次想起了肖亮。我不禁说道："看来网络账户密码还是不能太简单了，不然太危险。幸亏我从小就听朋友的，把密码设置成键盘上的一个形状，普通人根本摸不着我密码的规律。"

"你这密码编排思路挺清奇。对了，选择靠谱的邮箱服务器也很重要，你用的是哪家的邮箱？"

"你就别替我操心这个了。"我不无自豪地说，"我常用的邮箱，还是我小的时候，我朋友手把手带着我注册的。他懂技术，帮我选的肯定是最保险的邮箱系统。"

"这个朋友，和教你设置密码的是同一个人吗？"

我点点头："那个密码也是他手把手教我设置的，是两个三角形的组合。"

"看来你们关系很铁啊！这个人就是你刚才提到的小时候的玩伴吧？"

我低头不语。

片刻之后，我问他："双闻呢？你还没告诉我她这几天到底怎么样？"

"她其实心情不太好。"

"怎么了？"

"她联系了陵鲤生物的法人代表朱奇，一位中年妇女。我们对朱奇进行了画像后，才联系的她。双闻本来十分有把握，她装作是被吴建骗过的女孩子，向朱奇求助，想打听出更多有关吴建的事。她把姚苏悦和梁雨的遭遇有选择性地给朱奇讲了讲，当然，最重要的是，她给朱奇看了姚苏悦提供的那些截图以及陵鲤生物的股权认购书。朱奇非常震惊，她说自己并不直接认识吴建，只是与吴建的妈妈陈梅住在同一个小区，平常会一起喝茶和逛街。她虽然名义上是陵鲤生物的法人代表，但公司这些年其实是她丈夫和小叔子在经营。朱奇说了，这是一家主营鱼饲料的小公司，与陈梅和吴建没有任何关系，更没有股权认购这回事。"

"所以……股权认购书是吴建捏造的？"

"可以这么说。"

"那朱奇和姚苏悦可以拿着证据去报警啊！"我差一点跳起来。

他却一时间不吭声了。

"怎么了？你说呀？"我着急地看向他。

"姚苏悦有告诉过你，她因为股权认购的事给过吴建多少钱吗？"

"她说是三万，其实这个金额已经足够报警了，但她觉得这是可耻的秘密，她……"

"她不想被更多人知道她被骗了。"他抢在我之前说。

我无奈地点点头。

"如果姚苏悦自己不出面，这事怎么报警？况且，朱奇也不愿意把事情闹大。"

"为什么？"我难以置信，"她的公司被人这样利用，她一点都不担心吗？"

"她更担心的是咱们这边，她更担心双闻……她以为双闻是你。"

"我？"

"是的。她把双闻跟她联系的事转述给了陈梅，陈梅把双闻猜测成了你。陈梅不是先前就知道吴建谈了你这么个女朋友吗？"

"我懂了……所以呢？"我攥紧了双手。

"所以，咱们其实并不占优势。朱奇今年五十多岁，有一儿一女，都在国外留学。她文化程度不高，当了半辈子的家庭主妇，对社会的认识都很有局限性。对她来说，陈梅是每天一起喝茶的朋友，是邻居，是熟悉和亲近的人。而双闻代表的是被吴建骗的女孩，是陌生人，是她无法信任的人。所以，虽然看了姚苏悦提供的材料后，她的确很生陈梅的气，但一方面她没有充分意识到这里的风险，另一方面她更倾向于相信陈梅。当她沉不住气，直接拿着截图和股权认购书找陈梅说理时，陈梅告诉她，这不过是几个想要跟吴建谈恋爱却没谈好的女孩子用来整吴建的手段。陈梅平时就没少炫耀自己的儿子是青年才俊，而你也好，姚苏悦也好，你们这些女孩会被陈梅怎么添油加醋地抹黑，你应该能想象。朱奇的性格并不强硬，也缺少主见，这从她近几年发布的微博就能看出来。她听了陈梅一席话，还会有报警的念头吗？她只会怪你们这些女孩无事生非，甚至反过来帮陈梅攻击你们。那么首先遭罪的，还得是双闻。"

"难道朱奇跟双闻之间已经发生过冲突了？双闻都没告诉我。"我惊恐地看着他。

"朱奇昨天主动给双闻打了个电话。她说，陈梅告诉她，双闻发过去的截图是假的，是凭空捏造的，还说双闻脑子有病，应该去治病。陈梅说，会找美国大使馆，把这些脑子有病又要中伤吴建的女孩好好教育一下，再关起来。"

"这都什么乱七八糟的！"我拍了一下长椅的边沿，"朱奇没有基本的常识和判断力吗？"

"我跟你说过，她文化程度不高。而且，今年春节，她丈夫去世了。她是在丧偶期间认识的陈梅，陈梅必定给了她不少精神上的慰藉。如今无论陈梅说什么，朱奇大概都会说服自己去相信。她的性格本来就软弱，更何况家里刚经历那么大的变故，她恐怕不想自己的生活中再有波折，只想大事化小、小事化了。"

我长嘘一口气："朱奇和陈梅误把双闻当成了我，于是就说她脑子有病……估计吴建没少跟陈梅说我的坏话。这样一来，咱们这边说什么，威信力都被压低了。"

"是。而且，你觉得那个姚苏悦就那么值得信任吗？还有那个梁雨……我怀疑她们中至少有一个悄悄去跟吴建通气了。她们也许说了跟你或者跟双闻联系过的事，这就是打草惊蛇了，吴建必然会做好反击的准备。"

"嗯……"我勉强点点头，"双闻说过，要冷酷，不然下场悲惨的就是自己。"

他扬起头，对着太阳眯起眼睛，许久没有说话。

"我其实很担心她。"他忽然又开了口，"她要帮你，而我更担心她会间接受到伤害。我担心她控制不了自己，怕她回忆起自己以前的事。但是同时，我又很感动。双闻一开始没想太过插手你的事，她宁愿你自己去解决，自己去吸取教训，然后自己疗伤、彻悟。可是后来，她还是决定帮你。她帮你，帮着帮着，就把自己当成了你，她总是和你怀着同样的心情，你们就像双生花一样。"

"小野，你不会觉得这很美好吧？也许这一切就不该发生，这一切都是病态的。"

"你病态，就会吸引病态的人，这都是合理的。病态的人也可以很美好，那种美好是需要加倍呵护的。"

我哑口无言。

"你说……你担心双闻回忆起以前的事，究竟是什么事？"我犹豫地问他。

"其实我也不知道具体的事，我只知道她受了伤，到现在也没能痊愈。"

我斟酌着，半天憋出一句："好在她现在有你了。"

"我也不知道我有多大用。有时我觉得自己并不算她的男朋友，虽然我希望我是。让她真正地去接受一个人，还需要时间。"

我并不惊讶于他说出这番话。双闻的秘密，我料想一定充满了辛辣和苦楚。我只是渴望知道得多一些，再多一些。我想碰触她的秘密，哪怕只是一部分。

我将心声委婉地道出，小野很快明白了我的诉求。他表情极其温柔地讲起他和双闻的事。

他们是在一场法国维奥尔琴大师的独奏音乐会上认识的。这位大师的名气比不上他的才华，因此能来华演出的机会比较罕见。他为许多法国电影做过配乐，大部分都是悲剧电影。

那次的音乐会，双闻坐在小野的旁边。其实那天来听音乐会的人不多，音乐厅里至少有三分之一的座位是空的，而一个人来听音乐会的就更少了，因此小野一入场就注意到了双闻。从始至终，双闻听得都很专注，还流了泪。小野观察到她眼角不断溢出的泪水，泪滴在黑暗中闪着光。他大气不敢出，全程以一种诡异的默契陪着她哀伤。

音乐会散场后，小野犹豫了一会儿才追上双闻，跟她要微信。她对他笑笑，然后给他留了一个电子邮箱。他挺无奈，但至少他有了她的联系方式。

他给她写的第一封邮件挺傻的，像求职简历。他给她看他任职的公司的官方网站，还有他读大学时在学生乐团参加活动的照片。她后来取笑他，说他介绍自己的方式有些自恋。但她还是答应了跟他吃饭，那顿饭之后，他们相约再去听一场音乐会。

第二场音乐会后，他们交换了微信，只是她很少在微信上找他聊天。他感觉她戒备心很强。她故意告诉他，她妈妈在电视上接受采访。他心领神会，认为她这样轻易地透露给他家庭成员的信息，恰恰是由于戒备心强，这样他就知道她妈妈的社会地位。如果他动机不纯，考虑到她的家庭背景，他也得知难而退。同时他又相信自己的判断，她的戒备心是由于受过伤。显然，她的眼神太悲伤了。她越悲伤，他越觉得要好好保护她。她想诉说，他就倾听，再去理解。她不说的，他就不问。

"其实我们的关系更像非常要好的朋友，或者兄妹。"小野俯下身体，轻叹了一口气。

"我想我明白了……你们不会做很多情侣之间会做的事。"

"是。不过我会等她，等她伤好的那一天。如果她一直不好，只能说明我能力不行。"

"小野，你真是个圣人，双闻也是。"

"她可能是天使，但我不是圣人，我只是一个遇到了她的普通人。但是，我的生活因为遇到她而不那么普通了。"

三

没过两天，小野又单独联系了我。只是，我们这次没有见面。他在电话里亢奋地向我描述了过去三十多个小时内的新收获。

"我跟林伟通过话了，我跟他说我是北京的，跟吴建谈过业务，后来发现自己被坑了。我这么说，就把林伟的话给套出来了。"小野越说越快，说话间少有停顿。

"林伟是哪一个？"我没反应过来。

"'败花言'的法人代表，林伟，吴建在江口迪索大学的同班同学。"

"哦，想起来了，他的花艺工作室的股东之一是陈梅！"

"对。我跟林伟说，我本来要跟吴建合伙开公司，结果吴建说要用陈梅的身份证来入股。听到我这么说，林伟立马就觉得我们是难兄难弟。他跟我说起当年在江口迪索上学时认识了吴建，因为他们都会说粤语，自然就走得很近。然后有一天，他跟吴建说，自己有开花艺工作室的想法，吴建就撺掇他赶紧搞起来，又让陈梅当了股东。可实际上，吴建那边从工作室筹备阶段到正式开业，一分钱都没出过。不但没出钱，也没出什么力，只是在需要抛头露面的场合，吴建会穿一身西装出现，跟客户聊聊天、拍个合影。当然了，他主要是和女客户们套近乎，甭管年纪大的还是年纪小的。后来，林伟觉得工作室靠他一个人没法经营，就想关张大吉，把'败花言'注销。注销需要陈梅的签字，结果吴建和陈梅玩起了失踪，不接林伟的电话，所以'败花言'至今也注销不了。林伟每次想起这个事，就觉得心里特别膈应。对了，林伟还挺热心地给了我陈梅的身份证复印件，我正好再核对了一遍信息，这个陈梅就是咱们查过的那个陈梅。"

"我不太明白，林伟一开始为什么会信任吴建？难道他和我们这些女孩子一样，心里有什么脆弱的地方被吴建给拿捏了？"

"我觉得林伟应该是考虑到吴建的生父，也就是吴淳的身家吧！林伟说，吴建在江口迪索经常吹嘘吴淳的富有。林伟家里也是华南一带经商的，以前就听说过吴淳，连吴淳是属牛的他都记得很清楚。他说，前些年吴淳摆生日宴，请人做了一只半人高的金牛摆在宴会上，还请了舞龙舞狮的班子，特别热闹。吴建给林伟看过生日宴上的金牛照片，还承认了自己和陈梅是不能出席生日宴的。毕竟那场合，人家老婆、孩子都在，弄不好要打起来的。"

"等一下，吴建在林伟面前不避讳谈论自己是吴淳的私生子吗？"

"不避讳，他还以此来打造自己'忧郁富二代'的形象。林伟一度觉得，吴建的私生子身份使他更接地气了。"

"我的天！"我不禁感叹。

"林伟还说了，吴建在江口迪索读书的时候，同时谈了三个女朋友，一个校内的，两个校外的。这三个女孩精神上都被吴建折磨得不轻，最终也都不欢而散了。"

"你是说，吴建在几年前已经和现在别无二致了。"

"是的，他一直就这德行。"

"可林伟当年也没觉得吴建这样有何不妥？"

"呃，可以这么说吧。"

"好吧……"

"林伟给了我陈梅的身份信息之后，还说，像吴建这种人，即使被抓了关进去几天，出来也还是一样的，他改不了的。他跟陈梅母子两个卖惨的时候，会在别人面前哭得又是鼻涕又是泪，但其实都是很彪悍的人，很难搞。"

"他们如果真的这么难搞，我们还能做什么？"

"做我们能做的，相信我，我们能做的还有很多。"他忽然重重地咬字说道。

受到小野的激励，加上心中满怀愤懑，当天下午，我翻看了半天手机后，决定把姚苏悦发给我的那张关于吴建如何拿郑茉当笑柄的截图发出去。发给谁？当然是发给郑茉本人。这可想而知的刺激很快起了作用，郑茉收到截图后，很快就主动给我打了电话。

一上来，她就粗声粗气地问："你是叫许迢迢吧？"

"你怎么知道？"我顿时紧张起来。

"你的手机号我通过支付宝查了一下，能看到你是实名认证的支付宝用户，名字的后两个字是迢迢。"

我愣了一下，随即在心里骂了两句，怪自己没想到要在支付宝中关闭被查询功能。还好，至少我的微信设置了隐私保护，不会像姚苏悦那样，能让人按照手机号直接找到微信。哎，不对呀，在这一点上，郑茉不也和姚苏悦一样吗？她的手机号也能让人直接循着号码就加她微信，看起来她还挺光明磊落的。可是一旦谈及吴建的事，她却要遮遮掩掩，这是为什么？很快，我就想通了这件事：郑茉是企业家的女儿，又是商学院在读学员。一个人如果处在需要广泛拓展人脉的阶段，会让自己的信息更易于被查询。

"许小姐，其实我听吴建说起过你，我早就知道你。他说你是北京的，是个搞文艺的，跟他谈过一段恋爱。他给你起了个代号，叫'T'。我觉得这个'T'应该就是你吧？不好意思啊，之前咱们有些误会。"她的口吻前所未有地和气。

我心想，郑苿今天这是怎么了？

"所以你跟吴建是有交情的，而且不仅仅是同学关系，对吧？"我试着问她。

"他之前追求过我。他说我们都有美国背景，聊得来，也到了该结婚的年龄了，要我考虑嫁给他。"

"那你们的关系……算是情侣？"

"不算吧。我知道他喜欢玩，肯定也会和别的女孩子约会。但是他跟我说，对那些人他都不是认真的，她们不是以后能同他一起创建未来的人。"

创建未来？我无声地笑了。

"许小姐，我想看那个Sarah的照片。我知道她的，吴建跟我说过，Sarah总纠缠他，非要和他在一起。其实我不太相信事实是他说的那样。我猜，那个女孩子应该很漂亮吧？"

我挺纳闷，郑苿为什么不好奇我的样子，于是忍不住问："吴建没给你看过Sarah的照片？那给你看过我的吗？"

"没有，但他说你是个瘦竹竿，没什么意思。我记得他有一次跟我在酒吧喝醉了，从酒吧出来，我们一起回了我在畋城的房子。他在我家里，醉着跟我说，Sarah的身材很性感，不过他更喜欢我这种胖胖的，在他看来，我比Sarah更性感，我当时差点信了他的话，但是后来……"

我没有催她讲下去，因为我已沉浸在羞愤中。

她倒是收不住口了，继续说："后来有一次，我和他一起从畋城坐飞机去分江，去学校那边办手续。我还奇怪呢，他那段时间忽然变得挺有钱，跟我一起买的商务舱的机票，在分江期间也跟我一样，住的是五星级酒店，都是他自己掏的钱。要知道，他大部分时候都经济紧张，花钱很小气，我们吃饭、喝酒都是我刷卡。所以他忽然一下花钱大手大脚，真的让我很惊讶。然后，我们不是入住了同一家酒店嘛，但是开了不同的房间，我住行政房，他住普通标间。等从学校办了事出来，晚上他没有和我吃饭，也没有和我一起回酒店。他跟我说，在分江要跟人谈生意，我凭直觉就知道他说的话不是真的。结果在酒店大堂，我看到他带着一个穿紧身连衣裙、身材很好的女孩子进了电梯。他并不知道我看到了这些。我回到房间还给他发信息，问他什么时候回来。结果他骗我说，他还在外面谈生意。"她戛然而止，好像被什么东西噎住了。

"郑小姐，我在听……"我想安慰她，却又说不出口。

"我其实没想戳穿他，我到现在也没有戳穿他。不过许小姐，我可不可以……"她顿了顿，"要不这样，我给你些钱，你帮我一个忙吧？"

"什么忙？"我瞬间想到，她或许想让我帮她调查吴建。

"你能不能答应我，不要告诉别人我和吴建的事，尤其是不要把我给他转账的那张截图传出去？特别是不要传给Sarah，或者别的女孩，就是那些与吴建谈恋爱的漂亮女孩。"

我很意外，却又很快理解了她的苦衷，于是说："行，我不传，你也不用给我钱。"

我心里很不是滋味。太晚了，姚苏悦已经看过了截图。至于其他人，我其实也不能百分之百地保证将来会向她们透露什么、不透露什么。

"不要客气，钱我还是给你吧，算你收我一个红包。吴建说过你没什么钱的，你在北京住的房子都是老房子。"

"以他的标准来衡量，我算是没钱吧。我住的房子跟他在分江找的什么Grace Court涉外公寓可比不了。"

"你说的是一个月租金两万多的Grace Court？"

"他好像没跟我说过具体的租金，就给我发了个链接，有户型图。"我使劲地回忆，想着，一会儿要不要去翻看与吴建的聊天记录。

"吴建从来没有过在分江租房的打算，他一早就跟学校订好了宿舍。那个公寓是我当时委托中介找的房源，因为我打算在分江读书期间把我在梵山的狗狗也带过去。"

"所以，他发给我看的公寓……"我震惊到说不出话来，脑子里又闪过吴建给我发过的照片，比如，他声称自己家在梵山市拥有的制衣厂。

"郑小姐，"我大喘了一口气，"吴建给我发过在梵山市制衣厂的照片，他说那是他家的厂子，我要不要找出来给你看看？"

"哦，不用了，那肯定是我家的厂。他去梵山找我的时候，我带他去参观过。他那次在我梵山的别墅里住了好几天。"她淡淡地说。

我忍不住叹道："那他就索性跟你好啊，为什么还要我帮他，为什么还要我给他钱！"

"他跟我说过你们的事。他说，是你非要给他钱，你是非要缠着他。他不收你的钱，你就要自杀，就活不下去。"她依然淡淡地说。

我真希望自己不要再去理解她，我狠了狠心，说："郑小姐，你也知道，吴建说的话不能信。他描述的我，你觉得真实吗？而你，既然不希望被人知道自己当了他的提款机，为什么实际上还是给了他钱？"

她并没有表现出气恼，只是沉默了一会儿，才说："我也许在别人眼里是一台提款机，但吴建的手里可没有那张能提款的卡。在他之前，我交过一个梵山本地的男朋友，一个月就花掉我五十多万。吴建算什么？他今天跟我要个几千，明天跟我要个一万，他这样根本不算提到了我的款。"

我不说话了。我瞬间懂得了她在乎什么、不在乎什么。更重要的是，我明白了，她在遇到吴建之前和我一样，也被男人伤过。唉，这烂剧情，俗套路。一时间，好笑大于悲哀，讽刺大于痛苦。

通话结束后，我给她发了张姚苏悦侧脸的照片。在那张照片上，姚苏悦的秀发盖住了眼睛，只能看到她微翘的鼻尖和涂着口红的厚嘴唇，不过这并不妨碍任何人欣赏她的美。姚苏悦所有的照片，最引人注目的都不是她的脸，而是她如准备进攻的响尾蛇一般漂亮的身体曲线。

"吴建那天带回酒店的就是她！我服气了！"郑茉收到照片后，发来一条格外诚实的信息。

我苦笑着，并没觉得自己做了一件好事。

四

姚苏悦、郑茉、梁雨、林伟，他们每个人所给出的吴建的形象拼在一起，像给一幅人物肖像不断地添加新的高光和阴影。在与吴建的交往中，他们都有过很高的期待，也都有过糟糕的情感状态，又都被迫体验了事实与期待之间的背离。几番纠葛下来，你是不再相信别人，还是不再相信自己？或者，你不想考虑前事，不想记得过往，好像自己会拥有一颗新的心脏，只顾往前走，假装从未受过伤。你假装着，假装着，直到把假装变成了真相。

小野和双闻又一起来到我家，他们带了一盒三明治、一大袋碧根果和半打气泡水。

我们把食物吃掉一半的时候，对接下来所要采取的行动发生了争执。这争执并不是突如其来的。我们聊起吴建的目标对象，在完全不借助技术手段的情况下，仅凭已有的主观陈述和感性素材，我试着分析这些目标对象的共同点。

我发现一件事：她们基本上都在强烈的竞争与攀比意识中成长，这或许与她们的父母、亲人提供的相对优越的发展条件和盼望她们成为精英的期待有关。在这种环境里，人对自我的认识往往依赖于他人的评价。她们一方面对自身的要求很高，一方面却缺乏来自外部环境，尤其是男性世界的根本重视。这里的重视，不是指对她们外在条件的肯定，而是对她们的精神品质发出由衷的赞美。在这种情况下，出现一个男人，关注并欣赏她们的方方面面，表现出对她们的迷恋和信任，声称她们是与众不同的，这会导致什么结果？她们会感到精神终于有了可以安放的地方，她们的判断也会由此发生系统性的偏离，偏离理性的决策，而不知不觉沉在愈发热切的期盼中。

而我，并不比其他女孩高明多少，我的弱点也许比她们的还要明显几分。我觉得自己像一台难以修理的机器，它不断发出的错误信号引发了悲剧。悲剧之所以持续发生，是我曾经将错误的信号视为值得鼓励的激情。当我怀着激情挺身去冒险时，也将难以下咽之物吞食。我吞食了我视为垃圾的东西，这是我应该自己背负的耻辱。意识到这些的时候，撤退的意志强于进攻。

我尽量用平实的语言把此时的感想说给小野和双闻听。他们面面相觑，不约而同地露出失望的表情。

“你需要进攻，进攻才是最好的防卫。”小野瞪了我一眼。

“还有什么可做的？继续联系通话记录中的人，听更多雷同的故事？我们已经知道吴建是怎样的人了，我想，是时候花更多的时间反过来研究自己了。”我说话的声音越来越小，因为我看到双闻用一种哀怨的眼神瞟着我。

“你喜欢谁的画？”她忽然问我。

“那自然是罗斯科，你明知故问吧，我连微信头像都是罗斯科的画。”我有些慌，猜不透她的意图。

“罗斯科打破了传统的形式，他把形式拆开，让它们只剩下色块，这就好像一种对以往的艺术规则的攻击。你喜欢他在艺术上的行动，那么你潜意识里其实是喜欢攻击的，你其实是想做出挑战的。攻击的面向比你通常所认识到的要广阔，攻击不只是伤害，而是探究，探究他人的敏感点是什么。处理好了，你会对人性有更清晰的洞见……”

“可我真的不确定事到如今是不是还需要攻击。”我打断她。实际上我有些怕她，好像她正在越过我心中的某条防线。

“小野已经做了，他发起了新的攻击。”她挑着嘴角说。

我瞪了瞪她，又去瞪小野。

小野不紧不慢地说："我把有关姚苏悦、郑茉和梁雨在内的一些材料做了个汇总，然后写了封邮件，群发给中秦这届MBA班的学员和一部分教职工。之前我已经通过中秦的公众号收集了学生会成员、优秀学员的电子邮箱地址，一共三十多个。由于中秦分配给师生的电子邮箱格式是固定的，所以只需要充分收集学生和老师的姓名，就可以推导出他们每个人的邮箱地址。而中秦的官网和公众号上都公布了这届MBA班学员的名册、班级负责人以及大部分教师的名单。所以，他们的邮箱地址我很快就整理出来了。"

我非常意外，赶紧问："你群发了什么邮件？我的事你也写在邮件里了？"

"你放心，我这封邮件可不是诉苦信，那样的话就没人愿意看了。这年头，大家心理压力都不小，很多人根本就没有耐心关注别人的心酸和痛苦。我这封信是要抓住他们同学之间看热闹不嫌事大的吃瓜心理，给他们发些好玩的八卦，让他们津津乐道，再不自觉地传播出去。为了制造娱乐效果，邮件内容我可是费了不少心思。能憋到现在才给你看也不容易！"小野此刻的眉飞色舞，在我看来有些吓人。

他把手里的笔记本电脑推给我，让我读那封群发邮件。邮件的内容除了正文，还有若干附件。附件是经过马赛克处理的有关吴建的一些聊天截图，主要是姚苏悦发给我的那些，当然也包括我给吴建的那些转账记录。

亲爱的中秦商学院的老师们、同学们：

你们好！

我是你们的吃瓜小能手"瓜田小哥"，今天，我来给大家切一颗关于咱们同窗吴建同学的瓜，保大保甜！

故事还要从一个交友软件说起。

……

信写得很长，但刚读完开头几行充满调侃和戏谑的文字，我就再也无法读下去了。它引出了令我颜面扫地的种种回忆。

"你们知道自己在做什么吗？"我声音略显颤抖地向小野和双闻问道。

"当然知道。是你自己还不清楚吧。"小野说着从我面前把笔记本电脑拿了回去，"邮件是昨天发出的。我现在准备用同一个邮箱再给中秦的人群发一封没有具体内容的邮件，测试一下。"如果我的邮件被系统拦截了，发不过去，那就说明昨天的群发邮件传播的效果很好。正因为传播效果好，所以学校那边会考虑到影响，有所行动。"

我愣愣地看着他在电脑键盘上弹跳的十指。

"我果然被拦截了，说明有效果了！"他的双眼闪着兴奋的光，"而且错误回显里的内容暴露了是谁在拦截我的邮件。按照他们学校官网公开的MBA部门教职人员信息，拦截我的人并不是学校里专门负责IT的技术人员，而是MBA班的一个班主任，叫Daisy Wang。哎，迢迢，你知道什么是错误回显吧？"

"应该是……你被拦截后收到的那封邮件？就是系统通知你，你的邮件由于某些原因发送不了？"

"聪明！具体来说，错误回显指的是那封邮件里最底部的几行字符串，是普通人不会注意到的部分。但恰恰是这些字符串，能透露许多重要信息。比如，字符串里会显示，被拦截的邮件中转到了谁的邮箱。这个你明白吗？虽然我的邮件没能发送给MBA班的师生，但是依然有人收到了。通常来说，这个人很可能是网管。"

我思考片刻，才说："明白了，一般情况下，网管虽然拦截了你的邮件，使它不能发给其他人，但同时还是把邮件收了一份在自己那里，算是留底。"

"你的理解没有问题。好，我继续说，所以现在我知道了是谁在执行拦截我的邮件这个命令，我刚才说了，拦截我的人并不是什么网管，而是一个叫Daisy的班主任。根据中秦官网的资料，以及我最近对中秦的教学方式和组织结构做的研究，他们的带班班主任更像是一个班级的小管家，不负责教学，而是负责每天通知大家什么课程临时换教室了，该交什么作业了，该领什么资料了，接下来有什么外出学习的安排需要大家缴费，等等。"

双闻在一旁，安静地凑向小野，盯着笔记本电脑的屏幕。

"那这个Daisy对咱们有什么用？"她蹙着眉问小野。

"能有什么用？"我抢在小野之前发了话，"知道是她在拦截你又怎样？能推理出中秦的网管不作为？还是说中秦压根就没有专职网管，拦截邮件的事需要一个班主任来做？"

"用处肯定不在这些无聊的事上。"小野撇了撇嘴，"我感兴趣的是，错误回显暴露出的命令执行人的邮箱，竟然是Daisy Wang自己的QQ邮箱，而不是她在中秦的工作邮箱。这算是她的一个失误，也是个漏洞，而这个漏洞对我来说真是太妙了！既然她暴露了自己的QQ邮箱地址，那么我可以根据她的QQ邮箱地址，知道她的QQ号……"他说着，摸出手机，快速地在手机上打字。

没过一分钟，他挑着眉说："在微信添加好友一栏中输入她的QQ号，就能出现她早期使用这个QQ号注册过的微信。曾经有一个阶段，你无须使用手机号注册微信，用已有的QQ号就可以注册，这个你懂吧？"他抬起头问我。

"我懂，毕竟是同一个公司开发的产品。所以，你加她微信了？"我对他的兴奋感到莫名其妙。

"不，目前我并不需要加她微信跟她沟通，我只想了解她更多的信息。她这个微信吧，一看就是好几年以前注册的，现在不一定用了，因为头像看起来就像是刚上大学的小姑娘。"他板起脸，"不过，对照中秦官网上她穿西装的证件照来看，她的模样和发型变化都不大，就是她没错了。她的微信名叫'西西是空谷幽兰'，我觉得可以碰碰运气，再去微博上找找她。"

"对啊！"双闻忽然喊起来，并推了一下小野的肩膀，"在微博输入'西西是空谷幽兰'试试，看看她是不是那种习惯反复使用同一个网名的人。"

"嗯，有些人习惯在不同的网络平台用同样的名字。"小野拍拍双闻的手背。

他俩默契地都挺直了上身，一起盯住电脑屏幕。结果，他们很快就发现，微博上的确有这个用户，而且是个老用户。他们对着微博研究了大约十五分钟后，满脸快意地看了看彼此，又看向我。

"我看了一下那个微博发过的照片以及最近展示出的一些定位，定位常常在中秦校园内和附近街区。"小野气定神闲地对我说，"经过与已知信息的交叉对比，我确定这个西西就是中秦的那个Daisy。现在咱们再看一下数据库。"

我别了别脸，不想看他。

一时间，没有人说话。听着小野敲打键盘的声音一直持续，我还是忍不住把目光又转向他。

"好！"小野对着电脑露出微笑，"与这个微博相关联的手机号以及其他信息，更加证实了我的判断。这个手机号应该是用Daisy本人的身份证登记注册的，姓王……咱们再输入她的几个关键信息，去几个职场社交平台查查……好，我找到她的详细简历了！她本名叫王英，分江师范大学汉语言文学专业毕业，入职中秦当班主任不过三年时间，之前在分江一家语言培训机构做课程销售。"

"知道这些又如何？"我抚了抚胸口。

"别急。咱们现在对她有了初步了解，可以试着模仿她的口吻去……"小野抿抿嘴，没往下说。

"去做什么？"双闻赶紧问。

他看了看双闻，说："刚才我在数据库里找信息的时候，还发现了这个王英的惯用密码。她应该是以前在外面使用中了病毒的电脑时不知不觉泄露了密码。我刚刚用这个密码试了一下，可以进入她在中秦的工作邮箱。现在，咱们可以利用她的邮箱来尽情发挥一下。"

"你要怎么发挥？"我问他。

"比如，以王英的身份群发一封邮件，就说，吴建同学，最近你可要专心上课啊，别撩妹了！我作为班主任可是要好好监督你的！"

"你这文案水平也太低了。"我鄙夷地笑了。

"那就写一个水平高的，这还不容易？"小野没有看我，而是偏过头，再次看了看双闻。

"嗯，写个有水平的。"双闻神态自然地应和道。

"不行，你不能再进她的邮箱了！"我急了，上前直接抓住小野的手肘。

"怎么了？"小野奇怪地看着我。

"咱们这样不占理。"我大声说。

"理？"小野甩开我的手。

双闻凝视着我的脸："你现在跟我们说占不占理，请问理在哪儿？如果什么事都要占理才做，吴建这样的人还会存在吗？他还有机会做出那些事吗？他还可能在商学院里优哉游哉地往自己脸上贴金吗？"

"所以我们就要变得跟他一样卑鄙？这不光是道德问题，还涉及了美学问题。"我期待双闻能理解我。

"现在是讨论美学的时候吗？你嫌小野使用的手法不符合美学要求？你之前跟吴建在床上的时候，你给他转账的时候，美学要求去哪儿了？"她瞪着我说。

"双闻，你现在怎么这么不美好了？"

"我本来就不美好。我遇到过的事，比你遇到的什么吴建更恶心，我早就被毁了。"她说完，站起身，径直去了卫生间。

我听见她在卫生间里把水龙头开得很大，水声好像在掩盖我们各自的不满。

"我们是在帮你，也是在做应该做的事，我们都承担了风险。"小野忽然站到我身后。

我转过身，没去看他的脸，而是看了看他的手。他的姿态破除了使道德陷于两难境地的那种取舍，他的姿态使一个个独立而简单的事件变成了相对复杂的综合事件。在这种姿态里，行动的手段被凸显。手段本身，即使不转化为任何目的，也足以被强调和持续。他的手段为他提供了成就感吧？仅仅是手段制造出的成就感，就能将他悬置于一个强大场域的正中心。他在欲望、秘密、丑行以及对丑行的审视之间自如游弋。他让我想起一个人。我不知道那个人如今在做什么，他是否也会做出如小野这般的行动。不论那个人在做什么，我都很想念他。是的，肖亮，我想念他。我心中惘然，半天说不出一句话来。

"迢迢，你别生气。"双闻从卫生间出来后，脸上恢复了那种娴静的表情。她走过来，轻声对我说："会好的，都会好的，我们一起。"

我听懂了，她的话不是在鼓励我，而是在鼓励她自己。我若有怜悯，就不该再与她争执。什么美学，什么道理，眼下都不如呵护她的内心重要。她既然为我的悲伤而悲伤，我也该为她的苦痛去着想。

五

小野和双闻到底还是没用王英的电子邮箱去群发邮件。

一切都进展得太快，快到在嫌隙发生以前，他们手握的技术方法显得极其优越。而在嫌隙发生之后，他们也意识到，若继续使用那些方法的确有不妥之处。

即使我们都已有所顾虑，现实却似乎要打破表面平静的休眠期。前些天，双闻从吴建的通话记录里选出并用短信联系过的一个手机号归属地位于安徽的机主，本来没有一丝要回复的迹象，竟忽然之间主动给双闻发了短信。

"你是小姐姐还是小哥哥？是小姐姐的话，我可以给你打个电话吗？"一个清早，双闻收到了这样一条短信。她当时还没完全睡醒，只是被直觉领着，头天晚上把手机放在了枕头边。被短信的提示音唤醒时，她感到有种标志着危机的情绪被推到胸口。读了短信后，她打开手机里的录音软件，与对方通了电话。

对方叫安宁，四个月前与吴建在一个叫"吉姆"的交友软件上认识。两个人热聊了三个多月后，吴建去往安宁所在的南部沿海城市——滨海市，与她见面。他没有透露自己的真实姓名，也没有提自己将要读商学院的事。安宁只知道他的网名叫"第零号"，前不久刚从美国回来，平时住在畎城，家里是做生意的，很富裕，因此他无须找工作，拥有大把的闲暇时间。

那次见面对安宁来说是一场被过于美好的想象支撑起来的梦，同时也意味着梦的快速破灭。吴建来到安宁与另一个女孩合租的公寓时，已经是傍晚，只有安宁一个人在家。他与她说了几分钟的话，就开始吻她，她没躲闪。他告诉她，他有能力救她于困窘，并给她一个家。他每一句情话中透露出十足的慷慨，她禁不住那种诱惑，立即把身心都交给了他。当她在床上疲倦地想先睡一会儿时，他说，想下趟楼给她买份晚餐。他狠狠地吻了她的锁骨，留下印记，又摸着她的额头，让她闭上眼睛休息一下。她想不出理由不听他的话，于是怀着惬意蜷在被窝里，渐渐睡着。醒来时，她看看时间，已经过去了两个多小时，可他还没回来。她给他发微信，发现自己被拉黑了。她给他打电话，一直无人接听。她登录"吉姆"，发现已被"第零号"从好友列表中移除。

"她在一夜之间成熟，明白了这个世界上是没有救世主的。然而，她也由此认定自己不配被爱。她太年轻了，面对这种挫折，想法会比别的女孩更加幼稚和极端。"双闻在电话里始终用缓慢的语速对我讲述安宁的遭遇。

"她有多年轻？"

"小野查过了，安宁是她的真名。她老家在安徽南部的一个小城，今年只有十七岁，单亲家庭，从小跟着母亲过。母亲靠做建材批发的生意，让她过着不愁吃穿的生活。但据安宁自己说，母亲对她的控制欲很强，要求也很苛刻。她今年年初从老家的高中辍了学，离家出走，在滨海市和一个刚满十八岁的女孩一起租了套小公寓，两个人平时靠做平面模特和网络直播维持生活。我待会儿给你发个链接，你可以看看她的微博。"

"没想到吴建的目标对象里还有未成年的女孩。"一股强烈的厌恶感涌了上来，一时间我不想再说话。

挂了双闻的电话，我仔细听了安宁的录音。录音里，她的哭声有时像只垂死的小鸟，有时像一头在嘶吼的小兽。向双闻倾诉时，由于一直在抽泣，她吐出的每一个字都发着颤音。最后，她索性号啕大哭，像是已经忘了双闻的存在。

吴建带给她的经历，也许会让她对这个世界产生深深的恨意。她本来就视外部坏境为牢笼，现在她估计会认为自己走到天涯海角也触不到牢笼的边缘。不论她逃了多远，还是会有凶猛的捕食者将她擒住，只是为了玩弄她、伤害她。

我点开双闻发来的链接，看了安宁的微博。她在微博上每天都更新一组自己的照片。大部分照片上，她都化着浓妆，摆出各种与她年龄不符的魅惑姿势，略显生涩地向她的一万多名粉丝诠释何谓"性感"。在互联网上，她貌似已被贴上"不良少女"的标签，日复一日地在陌生网友的凝视下接受着并不礼貌的评判。

录音的末尾，安宁对双闻说："姐姐，你既然能找到我，说明你本事大。你本事那么大，能不能发个微博，能不能把吴建有多可恶发到网络上，让大家知道他的真面目？只是你别提我的事……"她大概清楚自己话里的矛盾，说到这里，一时语塞。而后，她语无伦次地与双闻道了别，说完"再见"两个字，还不忘再恳求几句关于发微博的事，只要有颗心的人都能听出来安宁对此寄托了多少希望。

可我感觉到，双闻并没有要帮安宁发声的意思。我也能够想象，像安宁这样的女孩，即使将她的姓名、年龄、籍贯隐去，即使将她被吴建玩弄的事公之于众，也不一定会有多少人真的同情她，更多的人只会指责她年轻叛逆，自作自受。

晚上，双闻约了我吃饭，她有心仪的餐厅，离我家不远。我与她说好，在我家附近的一个十字路口碰头。见到面时，她没什么笑容，我也一样。

她轻车熟路地领我走到市中心一条胡同里的融合菜餐厅。尽管光顾这里的人并不多，她还是提前预订了靠窗的座位。我们坐在布面的扶手椅上，点了沙拉、春卷、鹅肝酱葱油面和树莓蛋糕。

昏暗的灯光下，双闻惨白的面庞令人担心又紧张。她不断拿起放在膝上的餐巾，用力擦拭自己的嘴唇。看得出，她根本没在品味佳肴。我缓慢地挪动着刀叉，问她，是不是真的不打算帮安宁发微博。她说，是。

"安宁想发微博，无非是盼望成千上万的局外人能够做出相对公正的评判，可我对此想法并不感到乐观。"她垂下眼帘说。

"如果像她请求的那样，不提她的事，而是汇总一下其他受害者的事呢？"

"性质是一样的，还是指望局外人的评判。"

我们草草结束了这顿饭。双闻主动结了账，牵着我的手走出餐厅。初秋的晚风吹在我的脸上，我有些轻飘飘的，不知自己的步履将迈向何方。

"我们散散步，好吗？"她问我。

我自然是答应了。

她抓着我的手腕，与我并肩走在一起。夜色笼罩的胡同里，我们走了一小段路之后，她忽然松开我，自言自语了几句。她说的语言我听不清楚，只能判断出是意大利语。

我忽然想到《十日谈》，于是说："我后来去读了《十日谈》中第五天的第八个故事，很残忍。你喜欢那个故事？"

她没有回答。她的脸在黑暗中泛出青光。

我又问她："你让我不要相信别人，我现在也的确不再轻易信别人，除了你和小野。可是你似乎有那么多的秘密，我又该如何踏踏实实地相信你？"

她怪笑了一声，并不急于给我一个答案。过了一会儿，她紧紧握住我的小臂，发出不知是哭还是笑的声音。

"我感到痛，全身上下都痛。"她说。

"你没事吧？要不，我送你回家？"

"不用……"她嗫嚅着。

"真的没事？"

她不理会我，而是用意大利语念起什么来。直觉告诉我，那是《十日谈》里第五天的第八个故事。

我安静地听着，直到她不出声了，才问道："第五天的第八个故事对你来说有特殊含义吗？"

她看了看我，抖着嘴唇开了口。

我们没有完全停下脚步，慢慢往前挪着。她含糊地向我讲述了一个遥远的噩梦。

本科的最后一年，冬季到来的时候，双闻前往法国交换学习。那时她虽然已经历过朝三暮四的地铁站男孩，但仍然天真开朗。只是那次教训后，她愈发地恃才傲物，只会被出类拔萃、器宇轩昂的男孩吸引。

在法国的几个月，她认识了一个在当地留学的中国男孩。他眉清目秀，有一头栗色的自来卷，谈吐间透露出品位和学识。他操一口流利的法语，还会说意大利语和德语。他与她谈论意大利语歌剧和德语歌剧的不同魅力，送给她二手书店淘来的波德莱尔诗集。他出现在她面前时一向温文尔雅，眼神深邃。他们第一次亲昵时，他只轻轻地贴了贴她的额头。她觉得他身上没有散发出那种浓浓的荷尔蒙的气息，他的双眼透出对她极大的欣赏，却没有急不可耐地要得到她的架势。他让她觉得安全。

她讲到这里，语气还算平缓，只是每一句话末尾的颤音越来越明显。

"后来呢？"我小声问。

"某天晚上，我们发生了关系。"

"嗯。"我无端地紧张起来。

"那天我们都喝了酒，"她的嗓音有些沙哑，"然后就发生了。虽然我并没有想好要不要跟他在一起，但我已经喝得迷迷糊糊，很快就放弃了思考。早上醒来后，一切都变了。"她一下子不说话了。

"怎么了？"我有些惧怕地问。

"我意识到那不是正常的性。"

"为什么？"我的声音轻极了。

"他……"她停顿了好一会儿，"他……放入了不该放入的地方。我想象不出他是怎么做到的，我也想不起来过程中我到底有没有反抗，或者有没有配合。我只知道，醒来后，我身体的某个部位是那么痛。原来在现实中，在我的身上，还可以发生这样的事，竟然会发生这样的……这样的事，在我的……我的第一次性经验中。"她开始频繁地打磕绊。

我不确定自己是不是真的听懂了她的话。

"你说的不正常，是说……"我不敢往下讲。

"你知道古汉语中'谷道'指的是身体的哪个部位吗？"她低着头没有看我。

"知道了。"我马上回答，生怕她再多解释一句，会带给我更大的刺激。

"迢迢，你知道吗，痛苦的事，很久以后想起来，不会不痛，它还是痛。所谓时间治愈了人，只不过是时间长了，你想起某件事的次数少了那么一点点。"

"我不知道该说什么……其实说什么也没用，只希望你今后保护好自己。"我为自己白开水般的语言感到丧气。

"真正的自我保护是把真相多揭开一些，这样你才能换个视角看待某个人或某件事。不然，你对人和事的认识始终停留在表面，局限在某一个视角，那会更加痛苦。"

"所以……你也试过调查吗？"

"是，我调查过，我让小野帮我查过。"

我愣了愣："你过去的事，小野知道多少？你……把这件事告诉过你的家人吗？"

"小野并不清楚到底发生了什么，他也不敢问，只是帮我查了一些事。至于家人，我无法告诉他们，那太难以启齿了。更多的细节你也别问了，总之，揭开一个人真面目的过程，你明白的，必然充满了屈辱、愤怒，还有来自他人的中伤和诽谤。但我不后悔，因为不查清楚，我可能还以为那个男孩身上有哪怕一丝一毫的可取之处。查清楚后，彻底的幻灭让我完全清醒。只是那种刻骨铭心的痛苦，使我曾想过，你千万不要跟我一样。不到万不得已，你不要经历我所经历的那种令人崩溃和作呕的调查过程。可我没能阻止在你身上发生的那些伤害……也许一切都是被命运提前书写好的。既然吴建也是一个恶人，一个坏到骨子里、无药可救的恶人，那我还是要出面帮你。迢迢，我希望你好，我希望你的命运至少能够比我的好，我希望你能让吴建多付出一些代价。"她眼里闪着晶莹的光，那是快要溢出的泪水。

我握紧她的手。我能理解她，却找不到任何抚平她伤痛的方法。

"《十日谈》里的那个故事，每一次读我都能得到一种释放。在故事里，人能借助神力，狠狠地惩罚伤过自己的人。"她眨着眼睛说。

我不置可否。对那个血腥故事的解读我和她有所不同，然而，此刻，我的解读并不重要。

双闻和小野踏入了我生活这潭脏水之中。一开始，我以为他们在共同为我出谋划策，而现在我忽然想，说不定，所有的行动中，起主导作用的从来都是双闻。她身上的痛苦之源，是她的驱动力。她受过凌辱，她想要惩罚。或许因为她的惩罚没有在凌辱她的人身上充分实现，于是她把情绪和行动都转移到了吴建身上。她可能觉得这既合理又正确。我暗自想着，双闻，她真是可怜的天使。她在深思熟虑之后为我所做的，也在无形中加重她的哀伤。

我还在沉思，她又对我说："迢迢，进攻的同时肯定会被反击、会受伤，但我会陪你的。"

六

有时你会觉得厄运早已将你制服、撕成碎片，你可能曾被霹雳击中，成为无足轻重的灰烬。但是在灰烬中，另一个你必须要站立起来，你的精神必须以全新的形式从厄运中分离。这种分离需要把自己身上的危机当成诗篇，提取出其中的智慧结晶。当然，这是愿景，你不确定自己能不能以深刻的新意解说不幸的经验。如果有谁催我尽快实现这样的愿景，我恐怕会怪他麻木不仁。也正因如此，这段时间我没有写出任何像样的东西，却觉得这情有可原。

我拒绝了老沈来看我，已经拒绝了很多次。最近一次，我依然拒绝。她在电话里的语气有些焦急，又像是做了极大的克制。她问我，最近在忙什么。

"反正就是忙。"我知道自己的回答听起来没有底气。

"写剧本吗？"

"忙的肯定是正事。"我闪烁其词。

"真的？你忙的事不会还跟那个吴建有关吧？"

"没有，别担心。"我飞快地说。

"真希望你能成熟起来，别再像个小孩。你曾信誓旦旦地说要重新拥有自我，可别是三分钟热度，现在又没有那个追求了。"

见我没回话，她继续说："汉乙给你打过几个电话，你一直没接，也不回他。他跟我说，以你为灵感写了首诗，刚刚发在刊物上了。"

"是吗？"我想起来，这两天的确在手机上瞥见过汉乙的未接来电。只是我哪有心思跟他聊什么。

"有空的时候还是回复他一下吧。不管怎么说，要有起码的礼貌。"

"一定回。"我不假思索地答应。这不是敷衍，我真的打算这么做。

想到汉乙的身份，我忽然间有了主意。挂下老沈的电话，我立刻跑到电脑前开始整理有关吴建的材料。他向姚苏悦展示捏造的股权认购书、他与郑茉之间势利的交情、他对梁雨的虚情假意、他玩弄十七岁的安宁……我当然也没落下自己的荒唐经历，我再一次把报案自述材料翻出来，删删改改。我既要让汉乙看明白究竟发生了哪些有悖人性的事，又要顾及自身的尊严和老沈的面子。我得交代清楚吴建的家庭背景和求学经历，还得推敲陈梅在吴建行骗过程中所扮演的角色。我既要申明立场，又要避免偏见。我得梳理一系列事件的因果关系、总结其中的共性，又不能忘记每个局内人之间的差异。我对着一份几万字的文档和几十张重新筛选出来的微信截图，从白天改到晚上，改出了自己还算满意的一稿。

趁着尚未夜深，我抓紧时间给汉乙打了电话。

通话的一开始，我不得不先问起他的诗。他的确为我写了首诗，叫作《美好》。隔着手机，他抑扬顿挫地读起来："这城市在发酵，我总是留意各种味道。味道带着无数的回忆，让你从中分辨出场景。生活的镜像，是气味的分子，挥之不掉。我喜欢一个外表沉静的姑娘，她告诉我，她的香水，叫'黑色阿富汗'，原料来自中东的香料。她是这城市美好的一部分，即便我不再年轻，她也会变老，但时光是她香水的尾韵——"

"汉乙，你写得特别好，但是咱们今天不多聊诗歌了，好吗？"我实在按捺不住急切，还是打断了他。

"你有事要跟我说？"

"如果我告诉你，我被生活如何蹂躏，你就不会写出这样的诗了。"

"蹂躏也可以是美好的一部分嘛！"

听他这么一说，我不寒而栗。我想，人只有对自己的身外之事才会有这种轻松的表达。

"你大概心里在骂我了吧？"他挺有自知之明。

"是。而你的心里，想必依然是诗情画意。"

"你知道什么是诗？"

"我现在聊不了这些。"我直白地说。

"迢迢，"他的声音柔和而淡定，"我们的生活肯定要不停地遭遇痛苦。诗呢，就是一种让痛苦变得更成熟、更明朗的存在。它有时看起来是对痛苦的推波助澜，但它对你内在的成长是好的，它能给你精神方面的完满，因为它帮助你更美地表达了自身的挣扎。那些富有内涵的比喻，那些对患难的主体进行的刻画，都能对你有所帮助。你借助诗，能把那些在知觉领域没有被充分体验的情感，特别是糟糕的情感，重新体验一番了。这种道理，我想你不会不懂。你是写东西的人，创作是相通的。"

他的话，让我骤然添了几分对他的信任。

我开始向他倾诉，告诉他我遇到了难事。我虽在讲述时畏首畏尾，却也抱着强烈的希望。我给他发去冗长的材料，客气地说，他无须把每个字都看过去。

他显示出令我吃惊的爽快，表示要马上开始看材料，并让我不用挂掉电话。他提醒我，他做了多年记者，一份不过几万字的材料，他读起来并不会头疼。

之后，他很久没有说话。我默默祈祷着，但愿他最终不会给出让我失去信心的回答。

"汉乙，"良久，我还是忍不住先出了声，"你看能不能……以记者的名义向学校反映吴建的情况？"

"我相信你的材料，迢迢。我相信沈老师的为人，也相信你的为人。我首先不会质疑材料的真实性，但是你有想过那些受害人的处境吗？包括你自己。"

"我正是因为想过，才请你帮我。"

"你有没有考虑过，受害人往往比施害人更惧怕外界的评判？当受害人被评判时，有多么容易精神崩溃，你想过吗？我有同事曾做过类似的报道，跟你说的这个吴建的事有许多相似的地方。在那次报道中，其中一个被骗的女孩，接受采访前就想要轻生，而接受采访后，她轻生的念头更加强烈了。因为她发现，舆论不仅不会如她天真认为的那样，那些单纯是站在良知的一边去谴责伤害她的人，甚至还会反过去指摘她的短处。'苍蝇不叮无缝的蛋'，仅凭这一句话就可以把她击垮。关于'受害者有罪论'的讨论屡见不鲜，归因谬误在我们身边就常常发生。就算在证据确凿的情况下，对于受害者，人们也会不自觉地猜想，这个人是不是以前也做过什么坏事，是不是自身有什么问题才会那么惨？这是不是报应？"

我深吸一口气，一时回不出什么话来。

"不过我还是会联系中秦那边的，以恰当的方式。但是你不要把太多希望寄托在这上面。"他的语气多了些刚正，"老实讲，别的女孩我管不了那么多，我只想好好劝劝你。你试着把自己的智慧在更高的维度调动起来，用艺术的眼光回顾这一切，行不行？你是学戏剧的，但这不意味着你要把自己变成复仇女神的角色。你应该站在剧作者的角度，更加宏观地去理解事件的发展。"

汉乙的劝，可以一听，他的劝告与我的创作观不谋而合。那么就想一想悲剧吧，悲剧总会把事件的中心由外在转入内在，继而形成新的伦理意识，表现出人物内在新的形态。在悲剧中，最剧烈的冲突是自我的冲突。而在吴建制造的悲剧中，我是参与者、观察者、分析者……太多的角色在同一个自我中打架，要调停其中的不融洽，又需要多大的能量……

那天晚上，我一直没睡。也许是因为联想了太多戏剧的观念，也许是因为我仍然渴望汉乙能够做些什么，也许还因为——我的恐惧。我恐惧受害者即将遭到的道德审判，恐惧可能发生的不公。如果我的意识能消融在恐惧中倒也还好，可我又倔强地企盼着能够与恐惧对峙的事物降临。就这样，我睁着眼睛，直到天亮。

汉乙的办事效率之高超出我的预料。第二天中午他就给我打来电话，说他上午已经与中秦MBA事务部的一位负责人通过话。他报上自己的身份，称自己收到关于吴建的举报材料，材料中不仅涉及捏造的股权认购书，更有未成年人的性隐私，考虑到一系列潜在的社会危害，他想从校方这里进一步了解吴建的情况。

那位负责人十分圆滑地对汉乙说了一套不偏不倚的话，并很快把电话转接给吴建所在班级的班主任。这个班主任，正是小野查出来的那个王英。汉乙告诉我，王英说话比较鲁莽，并不在意事实真相究竟如何。她的立场很明显，那就是绝对地站在自己班级的学生那边。

"她一直说，学生的私生活她不管。而吴建平时给她的印象很好，是个真诚善良的男孩子。她还特意强调，吴建的爸爸是华南一带的大企业家，吴建屡次向她建议，可以安排同学们去他的家族企业参观。"汉乙向我复述王英的话时，不禁笑了一声。

"家族企业？"我也跟着他笑了，心想，王英是看过小野群发的邮件的，她是不相信邮件中涉及的陈梅与吴淳那尴尬的关系吗？

汉乙并不知道群发邮件的事，却也把话说到了点上："因为你给我的材料里提到了吴建的母亲和父亲的一些事，所以我还问了一下王英，知不知道吴建真实的家庭情况，比如他并非婚生子，他生物学上的父亲是吴淳，但吴淳的法定妻子和三个婚生子女均排斥吴建及其生母陈梅，也在阻止他们与吴家的企业产生利益联结。"

"我给你的材料里没写那么齐全吧？有些东西，是你自己推理出来的，还是查出来的？"

"网上公开的企业信息那么多，要查吴淳只要打开手机就能查。再说，咱可是记者，起码的推理能力还是要有的。结合你的材料，推出吴建的家庭关系网并不是难事，关键是要让王英知悉这些。只是她一个劲地说，不清楚这些事，也没兴趣了解，然后就以还有工作要忙迅速结束了跟我的对话。当然，她最后说了，任何时候如果有需要，我都可以再联系她。"

"那你会再联系她吗？"

"最近应该不会主动联系了。我做这件事主要是想让你心里好受些，但是现实结果呢，你也要正视，它就是这么不痛不痒的。我早就知道会这样，你也不要多想了。"

"谢谢你，汉乙，我尽量不多想。"我勉强地说。

"坚强一些吧，迢迢。记住，你不是复仇女神。"

七

汉乙很快就出卖了我，就像他很快为我去联系中秦一样，他同样迅速地联系了老沈。他告知老沈我拜托他所做的事，以及我可能存在的期盼。也可以说，他的"出卖"是出于一种保护，他或许担心我会引火烧身，怕我承受不了归因谬误导致的不公。

我在不安中推断，与汉乙一样行动迅速的，可能还有吴建。我们与吴建的目标对象们屡屡沟通，这无疑会给吴建的生活圈子不断制造麻烦，比如陈梅不得不为股权认购书的事向朱奇编出一套说辞。而小野的群发邮件，加上汉乙给中秦打的电话，就像为原本秘不示人的丑闻接连打开了两扇窗。从窗外射进来的阳光，使吴建为自己打造的光鲜人设有了瑕疵，他势必会采取行动遮盖这些瑕疵。我怕他会将事实扭曲、张冠李戴，从而使旁观者们的关注点从施害者的不道德转移到被害者的不完美上面来。

我的推断在两天之内就得到了应验，它来得太过猛烈，以致我尚未平复心情就不得不面临自证清白的困境。

老沈是在跟汉乙通过气后再给我打的电话。她开门见山地对我说，之所以打这个电话，不是为了指责我冒失地利用了汉乙，而是要向我宣布残酷的消息。

"吴建跟校方解释了，说你展示的一部分聊天截图是断章取义，另外一部分则是你伪造的。他跟他的班主任说你精神有问题，不可信。"老沈口吻严厉地说。她此刻似乎并未把我当成她的亲人，而仅仅是一个要为自己的愚蠢和轻率行为负责的年轻人。

"我要证明他在说谎。"

"怎么证明？把你们完整的聊天记录提供给中秦？把报警回执也扫描一份发过去？还是去公开你是怎么被他骗的，让自己成为笑话？"

"如果我不反驳、不辩护，才是个笑话。"

"你怎么那么幼稚啊！吴建还跟校方说，你已经被关到精神病院去了！难道你要跑到分江，跑到中秦去现身说法，证明自己状态很好吗？"

"你刚才怎么不先讲精神病院的事？你应该一上来就告诉我，他竟然这样血口喷人！再说，就算真的进精神病院，用'关'这个词合适吗？他在践踏精神障碍人群的人格尊严，这年头，谁也说不好自己或者身边的亲人一辈子会不会遭遇一次急性短暂精神障碍，他这种歧视暴露了他的无知和缺德，他就不该为社会所容！"我嚷嚷起来。

"你是想跟他说理去吗？说不过来的！更难听的话还有的是呢！你要怎么样？你和他交往过、发生过性关系。你一个女孩子，他如果去散布你的隐私，你就会完全处于被动状态。何况你还跟他说过咱们家里的事，他到时候以此大做文章，难看的是谁？他的脸皮可比你的厚，比咱们全家的都要厚。你要让咱们家变成一个大笑话吗？"她此时的激动倒是提醒了我，我们是一家人。

"我的确给家里丢脸了，我对不起你。"我忽然由衷地对她感到抱歉。

她沉默了几秒，说："你现在如果急于回应他的诬陷，那就是把自己降到了和他一样的位置，就是放低自己了。清者自清，你要注意姿态，也必须注意姿态。你要站高些、看远些。他这种小人，只敢在求自保的时候给你泼脏水。你不去激他，就什么事都不会有。让他自甘堕落去吧，你走你的阳关道，他过他的独木桥，你管他怎么活呢！他就是一条虫子，已经爬出你的视野范围了。"

"你不明白，我不能就这样算了。"

"是你不明白。你在路边遇到了一条野狗，看它对你摇尾巴，你就忍不住和它玩了一会儿，还喂它食物和水，它因此就不停地对你摇尾巴。你呢，贪玩了几天，总去老地方找它，又喂了它一些食物和水。结果这条狗有一天忽然对着你狂吠，还咬了你一口，这时候你难道要去搞清楚这条狗吃了你喂的食物后，每天都去哪里做了什么，在哪里留下过排泄物吗？你应该做的是自尊自爱，别把时间放在研究一条野狗吃什么、拉什么上面。"

她的话理论上没有错。她与汉乙一样，试图以纯粹的理性来规劝我，让我在反击的行动上止步。他们教给我一些有益的东西，但是没考虑到，对正在痛苦中挣扎的我来说，自我教育虽然重要，但自我教育的过程务必包括在绝境中保留感性。感性有时是一种必要的体验工具，没了这工具，人会变得漠然、迟钝，更加无法突破僵局。对我来说，完全将自己置身事外的那种理性，同逃避没有本质区别。我要带着感性，进入生命黑暗的通道，一步一步走完最艰苦的路程，寻找真正属于我的解放。

祸不单行。在老沈带来坏消息之后，小野的电话又打了过来。他说，双闻的情绪很差，她灌了半瓶烈酒下肚，并大把地扯下自己的头发，甚至扯出了血都不自知。

　　我一听，立马决定不把老沈刚刚告诉我的事说给小野听，只是紧张地问："为什么会这样，到底发生了什么事？"

　　"她按照吴建的通话记录又联系了一个女孩，李丽。她以为李丽也是一个被欺骗的受害者，却没想到李丽是心甘情愿地与吴建保持着互相利用的关系。吴建工作履历上那个双邈资产管理公司的工作证明，就是她给办的。而吴建给她的回报，是在她需要的时候以男朋友的身份出现在她身边，哄她开心。她认为自己把男女之间的事看得很通透，心态上比别的女孩更有优势。李丽反过来羞辱双闻，因为双闻和以往一样谎称自己也是一名受害者，而李丽对受害者没有任何同情。她和吴建可以说是同一种人。"

　　"等一下，你说的这个女孩是什么人？你再说一遍她的名字。"

　　"李丽，木子李，美丽的丽，英文名叫Emily。我查了一下，她今年二十五岁，广西人，父母务农，本科从外贸大学英语教育专业毕业后，进入惠立地产工作，目前的职位是总裁助理。她外在条件不错，看起来甜美可爱，实则心狠手辣。"

　　"你看了她的微博还是她的简历？"我一边问一边回忆着吴建是否向我提过这个女孩。

　　"都看了。心狠手辣这一点是从她的微博看出来的。最近有人在微博上留言骂她，说她在公司不择手段地往上爬，平日里欺软怕硬，算计过不少同事。她理直气壮地在网上跟人对骂，说自己就是蛇蝎美人，别人想做她这样的人还不见得能做呢。"

　　"我知道了，这个Emily吴建跟我说过，她是惠立地产老总的女儿！"我可算是想起来了。

　　"老总的女儿？老总的女人还差不多。吴建的鬼话，你当初还真信了？"

　　"我当初……没把心思放在辨析真伪上。"我懊悔极了。

　　"因为你的过失，所以现在双闻要替你受委屈。"小野平静地说。我知道，他此时必定是恨我的。虽然他的恨有些迁怒于人，他对我的指责也少了些道理可言，可我对此倒无所谓了，我现在更担心双闻。

　　"Emily，她怎么羞辱双闻了，可以给我讲讲吗？"我小心地问。

"我不想讲，你自己看她和双闻怎么说的吧。"小野瞬间把一份聊天记录发给我。

我看到Emily的微信头像：她披着一头棕色的卷发，五官被浓妆或是修图软件美化到已看不出真实的轮廓，脖颈和手腕上都戴着金光闪闪的首饰。在她与双闻的对话中，基本上都是她一条接着一条密集地打出长长的句子，而双闻只有简短的回复。她的语言粗暴肆意，那狂妄的势头与吴建面对警方时的姿态如出一辙。我读着她的话，胸腔里顿时有种撕扯感。难受，我越读越难受。

"你不觉得自己很脆弱吗？我估计你条件很一般，高攀了吴建，现在觉得委屈了，就自不量力地想要报复他？你还是想想自己到底有几斤几两吧！"

"吴建的爸爸可是成功的商人。他是小三生的不假，但他毕竟是富豪的私生子，你能拿他怎样？你最多也就找找吴建的熟人和朋友，讲讲自己被他搞得有多惨。如果你爸爸也是富豪，那你就不会做这些事了。如果你爸爸很有钱，你完全不需要亲自做什么，自然会有许多人替你出气。"

"你之所以被吴建骗，还不是因为自己也想图他什么？你敢说你不图他的美国国籍，不图他高大的身材，不图他在床上的表现？看看我，我就跟他保持了双赢的关系。看他跟别的女人周旋，我还觉得挺有乐趣呢！"

"你说的那个Sarah，还有什么临州的女孩，她们就是蠢。自己没有能力，被男人玩弄了就是活该。这个世界，你弱小，你就别想有什么公道，就等着被别人玩弄吧；你条件好，你强，就可以尽情地玩弄别人。"

……

这些字句，是Emily用来刺伤双闻的武器。她那粗陋的智慧，却能把双闻这个优雅的天使攻击得体无完肤。我能想象到双闻的惊诧与失语，而我只能任凭这种事发生。

我收起聊天记录，不想再多看。

"小野，我真的很抱歉。"我紧握着手机。

"你的抱歉对我没用，对双闻也没用。我要做一些事，我要为双闻做一些事。"他絮絮叨叨，好像根本不在乎我听没听。

"你要做什么？"

他没有回答，于是我又问了两遍。

良久，他才像回过神来一样，有些恍惚地说："我要让那个恶人中毒。"

我思量了一下他的措辞，猜测道："你要让吴建中木马病毒？"

"对。"

"别这么做，至少别急着这么做。你太疯狂了，你比我和双闻都要疯狂。你们这些黑客……大概是世界上最疯狂的人群之一。"

"我不是黑客，我还没到那个水平，我只是认识一群黑客。你很了解黑客吗？"

"说不上很了解，可我觉得，真正能提到台面上的黑客，我指的是白帽黑客，不会像你一样琢磨着怎么投放病毒。"

"你装什么道德卫士？那我该怎么做？我也想过给中秦这届MBA学生会的主席刘昆写邮件，毕竟我们是本科的校友。可我后来想明白了，在人群中，你并不知道哪个人的真实价值观是与李丽、吴建别无二致的，也许刘昆跟吴建是一丘之貉呢？"

我叹了口气，缓了缓才说："我现在觉得很累。我累，不是因为我们费劲做了什么事，而是我们在做这些事的时候面孔也变扭曲了。我疲于看到自己和我的朋友变成一副难看的样子。"

"所以你要藏在一副好看的面孔背后？你要保持所谓的姿态，要妥协，要认输？"

"不是，我也会行动的。"我定了定神，"语言既然能成为武器，别人在用，我也可以用。我可以发微博，我可以把吴建做过的事从心理学和社会学的角度进行分析，我可以尽量体面地把事情公布出来。我要勇敢一点，不能害怕被人评判。我既然经历了这些，就必须做好心理准备接受评判。我不会藏在什么好看的面孔背后，我会超越面孔。我会在揭露吴建的同时将自己的灵魂也摆上道德的手术台，被人们的目光切割。我可以扛住来自不知什么人的攻击和非议。"

他没有反应。我并不会将他的沉默视为感动。我仍然担心他执着于以他的方式采取行动。

果然，他开口道："那就你做你的，我做我的。你不傻，发微博的时候要注意什么我就不多嘱咐了，你自己小心。我还是要另外想办法，我要让吴建……我要让他道歉。"

"他不可能主动道歉的。"

"那就被动道歉。"

我只当他是说句玩笑话来缓解气氛。

"不早了，咱们各自忙吧。希望你真的有勇气去行动。"他略有迟疑地说。

"我当然有。"事实上，我已经开始在心里为将要发布的内容打草稿了。

挂了电话，我喝了几口水，就着手编辑文本。时间、人物、地点、动机、矛盾……我写着、改着，改着、写着，我要用语言的诚挚来反抗吴建对语言的滥用。我自知我几经堕落的灵魂离真理不近，但我要争取让真理的斗争发生的场所离我近一些。

深夜，我登录自己注册了五年的一个微博账号。这个账号几年来并不活跃，很少发布原创内容，基本上只是用来浏览新闻和关注一些文化艺术领域的博主。我用这个账号连发了三条微博，并配上几十张微信截图。为了保护受害者，我给每一个女孩的头像都打上了马赛克。而我自己的微信头像，我没有进行任何加工，当然，吴建的头像也没有。他的手段，他的虚假，他的病态，他的隐秘需求与原生家庭之间的联系，我在微博中逐一做了分析。为了双闻，为了安宁，为了我自己，为了许多人，我写下这些。我写下这些，并暴露自己。我暴露自己，不知谁会看到并审视我。我只知道，做这些的时候我没有恐惧。

八

我发的微博无人问津，这一点也不奇怪。除了小野，并没有人知道我会发微博，而我也没在网络上告知任何人。我的微博粉丝不过几十个人，他们既不是我的同学也不是我的同事，只是些身份不明的网友，且超过半数看起来已不怎么使用微博了。

我没有失落，也许我还没来得及体会失落。文字的发布像是只有我一个人在场的仪式，在仪式中我得以重新拥有那被剥夺过的真实。发布微博时，我尽可能地保证事件的真实性不被减损。发表内容的那一刻，真实借由我的表达被展示。真实不会因无人观看而不存在，也不会因不被传播而凭空消失，它始终都在那里。

小野没有马上追问有关微博的细节，而是打电话跟我商量如何入侵吴建在中秦的邮箱，他想以吴建的口吻群发一封道歉信。

原来这就是他所说的"被动道歉"。我明白了他要做的局，于是说："这样一封道歉信并不是出于吴建的本心，也就只能算是你的自我安慰，或者，像上次的群发邮件一样，是个恶作剧。"

"就是个恶作剧。一个恶作剧，至少能让人们持续关注吴建这个人的问题。能上商学院的都不是傻子，大家会展开想象，会议论吴建的为人究竟如何，他的日子不会好过。"

"好吧，你这样做也是为了双闻……"我内疚而心痛。我不敢问小野，双闻这两天怎么样了。

小野却主动开口交代："对了，双闻她稍微平静一点了，但是整天不出门，也不说话。你最好先别打扰她，我怕任何关于吴建的事都会让她产生应激反应。"

"知道了，那再有什么行动就咱俩计划吧。只是你的恶作剧，我总觉得起不到什么效果，它甚至算不上惩罚。"

"要做到惩罚，就需要更高超的技术，但是我现在技术上还不行，我连入侵吴建的邮箱都失败了。之前在数据库里就没发现他有密码泄露，算是他运气好。总之，我被困在了一个步骤上，暂时搞不下去了。"

我一时语塞，半晌才说："也许，我是说也许，现在就不是惩罚吴建的最好时机……"

"时机是靠个人创造的。"他飞快地打断我，"我已经在技术论坛上求助了那些很牛的黑客，问他们，该拿吴建这样的人怎么办。其中一个叫'猎刀'的和我长聊了一次。我跟他讲了讲我这边具体什么情况，也给他看了你还有别的女孩与吴建的一部分聊天记录。对了，我还跟他说了你要发微博的事。他好像还挺热心的，问我要了吴建的个人资料，还说想跟你本人聊聊。"

我愣了一下："这靠谱吗？"

"我总得找找新法子。你愿意跟他聊吗？"

"你看我的微博了吗？"我反问他。

"没有。我两天都没怎么睡觉，一直在琢磨道歉信的事。"

"那个'猎刀'会帮你做什么吗？他不会是打算教你怎么入侵邮箱吧？你可要三思。"

"你想多了，我们没聊到入侵那一步。但他既然想要跟你聊，说明他对这件事有兴趣，你应该试试看。"

"你认为他是什么人？正义之士？网上的罗宾汉？他有没有提需要什么回报？"我开始怀疑那个人的身份和目的。

"这些黑客都不缺钱。他们做事，有时还真是靠义气。你跟他聊聊吧，如果感动了他，他说不定就会帮我们了。"

"怎么帮？帮我抹平吴建带来的创伤，还是帮双闻忘记所有的痛苦？小野，你怎么会那么肤浅地理解人和事呢！"我忍不住说了心里话。

"啰唆那么多，你到底聊还是不聊？"

"你想让我聊那就聊吧，我倒要看看跟他聊了有什么用。"我赌气似的回应。

"我这就把你的微信号给他，你等他联系你吧，可别临阵脱逃啊！"他也赌气似的说。

那天，从上午到下午，我一直在等"猎刀"加我为微信好友。可我左等右等，也没有等来某个诡异的陌生人。本来没什么期待，眼下却因为这类似于爽约的情形，我心生一股焦急。焦急中我又去翻了翻自己的微博，逐渐颓丧起来。微博上的文字写得满满当当，却没有读者，这就好像我用心布置了一个舞台，观众席却是空的，又像是我修建了一条通往真实的路，可是没有过路者，甚至都没人发现路标。

孤独，我好孤独。在孤独中我又挨过了几个小时，直到夜幕降临。

晚上十一点多，微信上忽然提示有人要加我为好友。然而在好友验证申请中，那人一个字也没有写。我点开看对方的个人资料，只见头像是一片空白，昵称则又长又古怪，叫"巴基斯坦北部的大白牙猛犸象"。我心跳得越来越剧烈，直觉告诉我，这应该就是"猎刀"。我赶紧通过了他的好友验证。

"你好，我是猎刀。"他发过来的第一句话就无比直白。

"我可等你半天了，我就知道是你。"我也很直接，并对自己的判断沾沾自喜。

"我需要找一个临时的微信号来跟你聊天，所以耽误了些时间。"

"没事，我懂！"我不知怎的，一下子心潮澎湃起来，好像我们之间即将展开多么伟大的交谈。

我问自己为何会这么激动，难道是因为我寄托了什么不可思议的愿望在他身上吗？别傻了，许迢迢。这个人，他是男是女，是敌是友，甚至是不是一个机器人，都无法确定。我暗暗劝自己冷静。

"我已经看了你发的微博，关于吴建的。"

我假装镇定地说："哦，那你估计也通过微博查过我了吧？"

"查你一个普通女孩对我有何用？你高估自己了。"

"那你跟小野聊个什么劲？你又为什么要找我？为了消遣还是想要什么回报？"

他过了好一会儿才回复："不需要回报，需要的你也给不了。"

我一时间感到无话可说，而他也一言不发。

十几分钟过去了，他持续的沉默引起我莫名的愤怒，于是我对他说："猛犸象存在于冰河时期，早已灭绝了。巴基斯坦应该地处亚热带，而猛犸象是一种广泛分布在高寒带的大型动物，巴基斯坦哪来的猛犸象？"

他依然没说话。

"我明白了。"我自作聪明地说，"你就是想表示你是不存在的。好吧，我就当你是一个随时会消失的幻影吧！"

"这个微信号是临时跟你聊天用的，名字没什么意义，我是不是真的存在也没有意义。"他可算发了话。

"所以我们到底要聊什么？"

"没什么，你早点睡吧。"

"早点睡？这就完了？"

"你睡觉之前把我删掉就好。还有，转告你那个程序员朋友，别找我了。后续一切和你们无关，不要再过问。"

我呆住了，而后，认真思考起他最后说的几句话。

我没有再发消息给他，他也不再有任何音讯。我拿着手机，久久地盯着他空白一片的头像。他最后发来的话像是结束语，又像是某个新乐章隐含的前奏。我忽然觉得他有些可爱，以及……以及什么呢？我不停地对这个像气体般难以触及的人浮想联翩：他让我把他删了，那么我删还是不删？我得删。因为我有种感觉，他似乎有办法知道他想知道的大部分事。我若不删他，他不仅能看出来，更能洞察到我抱着怎样的侥幸，这会被他看不起。因为他肯定知道，侥幸背后总有贪婪。

凌晨时分，我带着不舍，把他从微信好友中删除。我爬上床，却并不想睡。他空白的头像在我眼前时隐时现。我听不到他的声音，看不到他的长相，可是很确定他是一个活生生的人，因为他让我感到熟悉。

我是不是在过度幻想？我嘲笑自己，由于受不了孤独才容易幻想，我也太脆弱了。黑暗里，我能听见自己的轻笑声。我渐渐有了困意，几乎睡着了。

......

白色，还有红色。白色，红色，我好像正在做梦，一个生动而连续的梦。

据说，梦的核心是愿望的达成。即便梦的表现形式有时显得不快乐，但它的内容里一定有你渴求的东西。

肖亮，他是我想念的人。在我的梦里，有我，有肖亮，有放学后我们会去玩耍的小花园。只是那个小花园，不仅是一个可以观察蚂蚁的地方，还是一个问题少年的聚集地。那些少年大约是上初中的年纪，总是成群结队地出现。他们挑染着头发，把校服裤子剪出破洞，斜着眼睛看路过的人。我和肖亮与那些少年一同出现在一个事件中。别误会，肖亮不是他们中的一员。虽然我那时觉得他也是有问题的男孩，但他绝不会找别人的麻烦。他太矮小、瘦弱，他看起来既无法攻击，也无法反抗。

那时我们正在上小学高年级，我和肖亮一个班。他老家是内蒙古的，说话有些口音，上课发言时经常被同学嘲笑。他是单亲家庭的孩子，我从来没见过他的母亲。他的父亲是安装防盗门的工人，经常周末也要工作，没时间陪伴他。由于个头太矮，他永远被老师安排坐在教室的第一排。课间休息的时候，他总是一个人看书，学习没人看得懂的中学数学教材。那些比他高大的男生，会在经过第一排的课桌时故意弄乱他的书本，然后对他做鬼脸。他从不去操场和男生们一起踢球，哪怕他们有时因人数不够而主动邀请他加入，他也只会低着头拒绝，因此得罪了不少人。而女生也不见得有多喜欢他，她们觉得他太矮、太瘦，且少言寡语，学习又一般，只有数学成绩突出却还不喜欢表现。被数学老师挑出来去黑板上解应用题时，他总是一脸不情愿。他穿的球鞋和背的书包，都廉价而过时。总之，他没有一点吸引人的地方。

但是我们却成了朋友。我喜欢特殊的人，而他在班里就是那个最特殊的人。我主动接近他，跟他说话。我告诉他，他很有趣，他比许多人都要聪明。我请他放学和我一起走，去小花园看蚂蚁。他问我，知不知道蚂蚁之间是靠什么来交流的。我自豪地说，当然知道，蚂蚁能够分泌出信息素来传递信息，蚂蚁的触角有感受和传达信息素的功能，《十万个为什么》和《百科全书》里都写过。他露出鲜有的笑容，又问我，我所谓的《百科全书》是不是儿童版的。我不好意思地承认了，我知道我不如他聪明。不过，他还是欣然接受了看蚂蚁的邀约。我提醒他，虽然小花园里总有些打扮得流里流气的中学生，但是别害怕，他们最多用眼神吓唬你，并不会做什么。再说，如果你能在他们挑衅的目光下悠然自得地观察蚂蚁，那你以后就更不用怕咱们班的人了。他点点头，信了我的话。

肖亮开始常常在放学后跟我一起去小花园看蚂蚁，一看就忘掉了时间。只是，小花园里奇装异服的少年总惹得他心神不宁。他们的眼神瞟过来时，肖亮就往我身后躲。我每次都笑他胆怯，他就低下头，不说话。

我们越来越要好，结伴的时间越来越多。我们无所不谈，我告诉他，我家常常天黑了也空空荡荡，我总是搬个板凳在家门口等爸爸妈妈回家，但是他们永远是全楼最晚回家的家长。他则告诉我，在他三番五次的请求下，他爸爸终于给他弄了一台二手电脑，他现在不仅有了属于自己的电脑，而且家里还能上网。过了几天，他又跟我说，他找到了游戏模拟器的源代码，他长大后要做一名黑客，一名白帽黑客。我懵懂地听他解释什么是源代码，什么是白帽黑客。渐渐地，我发觉自己听不懂他说的话了，他的话往往太抽象，我总是听得云里雾里。直到他向我炫耀，他破解了文曲星电子词典的内置程序，我明白了，黑客能做许多技术高超的事，但我还是不清楚那到底意味着什么。我看到的只是在学校的时候，他依然还是男生中最弱小的那一个。

忽然有一天，肖亮的眼神比以往勇敢了一些。他小声告诉我，他不那么害怕比他高大的人了，他书包的一个侧兜里放着把短柄水果刀，是防身用的。我笑他虚张声势，他却不再像以往那样总是低着头。放学后，他神气地说，走，咱们去小花园看蚂蚁。最近他都在埋头研究电脑，很少跟我去小花园了。听他这么说，我高兴极了，拉着他蹦跶了几下。放学后，在去往小花园的路上，他说话有些结巴，红着脸把他的文曲星递给了我。

"送你的。"他憨笑。

"为什么送我这个？我有自己的电子词典，而且你的词典没我的好。"我很不理解，"再说，这台不是被你弄坏了吗？"在我眼里，"破解"就等于"坏了"。

"就算你帮我收着吧，这是个纪念品，纪念我迈出成为白帽黑客的第一步。我以后要进步得更快些，不再花时间玩这些简单的东西了。"他不无骄傲地说。

那天，小花园的蚂蚁好像没有平时那样多。我们四目相对，有些无聊，又有些惬意。

一个头发染成蓝灰色、皮肤苍白的高个儿男孩带着他的伙伴们向我和肖亮走了过来。他问我："你的白衬衫和背带裤真好看，在哪儿买的？"

"不知道，我妈买的。"我看着他的眼睛回答，当时并没有意识到危险。

"看着真好，让我摸摸。"他说着，伸出手来。他的手放在我的额头上，接着往下移，他的手指在我的下巴和嘴唇上停留着。

我记得，我没有发抖也没有喊叫，只是全身僵硬地站着，一动不动。那男孩的手指又移到了我衬衫的领口处，我看到他眼神里露出恐怖的兴奋。其他的人，他的那些伙伴，都没有出声。他们沉默着，欣赏着，观看着。

我用余光扫扫肖亮，我在等待他做什么。我说不出话，直到高个儿男孩的手又挪到了我背带裤的肩带上，我也没有能说出一句话。我流了泪，但没发出任何哭声。

"今天就到这儿吧。哎，你好乖啊！"高个儿男孩用手心捂住我一侧脸颊的泪水，笑着对我说。

其他人也跟着他笑。

"你好乖啊！"他们模仿高个儿男孩说话。

我开始颤抖，尽力憋住哭声，但是忍不住流泪。泪水打湿了我的脸、脖子，还有领口。男孩们见我愈发狼狈的样子，起着哄跑开了。而肖亮始终站在我身后，什么也没有做。

"你的刀呢？"等那些男孩跑远了，我瞪着肖亮。

他低着头卸下肩上的书包，没吭声。

"你为什么没有保护我？"我抢过他的书包。

他还是不吭声。

"你的刀呢，为什么不拿出来？你带着它有什么用？"我把他的书包扔到地上。

他完全成了哑巴。然而这个哑巴还是蹲了下去，打开书包，拿出了那把没有用的水果刀。他在我完全没有防备的情况下使用了它，我甚至没看清他开始的动作。他忽然把刀尖对着自己的脖颈，就那样要往下按。我扑到他身上，想把刀抢过来。他的身体整个倒在了地上，手里还握着刀，死也不肯放。我去掰他的手腕，但是太晚了，刀尖晃动着扎到了他的下巴上。我觉得手背有些湿，好像我刚刚流的泪落在皮肤上的感觉，只是那泪滴是鲜红色的。原来，那不是泪水。他的下巴被划开一道有小拇指那么长的伤口，血滴吧嗒吧嗒地打在他身上、我手上、小花园灰白色的地砖上。

"咱们去医院！"我捂住他的下巴。

"我不去。"

"去！"

"我不去……"他呜咽着。

"去医院吧，好不好，去吧，求你了。"我开始哀求他。

他拨开我的手，从地上爬起来："我没有用，我不是你的朋友，你就当我死了，就当我不存在。"他的下巴还在滴血，也许他已经开始感到尖锐的痛，说话的时候，五官有些扭曲。

"我们是朋友，我刚才说错话了，我应该想到你那么弱小，连自己都保护不了，更别说保护别人了。你别难过了，好不好？咱们去医院！"

他没有理会我，起来背上书包，一个人走了。

……

梦结束了。

梦是愿望的达成。我的愿望却没有实现，我想念的人没有留下来，我们的友情戛然而止。所以，那不是梦啊，那是对真实的回忆。小花园里的事，是真真切切发生过的。

那天过后，肖亮没有来学校上课。我一开始并没多少恐惧，只是内疚地想，他也许在等下巴的伤口愈合。然而一个多月过去，他依然没来学校。我慌了，鼓起勇气去问老师。老师告诉我，肖亮搬家了。我这才意识到，有些事已经不可挽回了。他走了，彻底离开了。他搬家后音信全无，我无从打听他的下落。

小学毕业的那个暑假，我开始上网冲浪，试图在网络上寻找肖亮。我猜想，他会频繁地出现在互联网的各个角落，也许离我很远，也许离我很近。我变换着不同的关键词去搜索，指望着某些词语的组合能带我找到对的方向。公园，蚂蚁，鲜血……当我开始尝试这些词的组合时，我找到了一个背景色是暗红色的网页。在那上面，我读到了一篇日记。一个男孩，由于没能保护他的朋友，开始自责。他希望自己死掉，并想象自己会怎样死去：在雪地里，他的血滴与白色的雪花融在一起，又惨烈又美丽。这一定是肖亮，一定是他！我兴奋地在这篇日记下面留了言：肖亮，是你吗？真的是你吗？是不是你？你的文曲星我还收着，真的，我没扔。肖亮，我只想你出现一下，就一下。我一遍遍地留言，等待着回复。可是过了两天，当我再去访问那个页面时，那篇日记竟被删除了。又过了一个星期，那个网页已经无法显示。

那以后，我没再用类似的方式寻找他。我在等他来找我。我觉得他会找我，因为他知道我一定忘不了发生过的事。就算暂时遗忘，那也只是强迫自己把回忆从意识中移除，收藏到潜意识中。某一天，回忆会从潜意识里滑出，重新在意识中降临，提醒我，在我的经验中，还有未完成的情结。

在医院被抢救回来的时候，就是情结再次启动的时候。

肖亮，我启动了我的情结，等待你来找我。可你为什么一直不来呢？我已经明白了，人性中远远不只欲望、软弱和趋利避害，它有坚韧，它能拥抱痛苦，它也通过痛来产生能量。而痛苦对我来说，对想要创作的我来说，原来有着非常实际的意义——生命中本来不存在的一些灵感，靠着痛苦的发生，才擦出微弱的火花。凭借这些微弱的火花，才可能有未来耀眼的创造。

肖亮，我有许多话要和你说，可你为什么还不出现？我脑子里全是这样的问题。忽然之间，"猎刀"那空白的头像一闪而过。我想起他最后的话："后续一切和你们无关，不要再过问。"

我立即从床上爬起来，拿过手机，查看微博。我的直觉领着我看到了光。我发布的关于吴建的微博，每一条都被转发和点赞了十万余次。那些微博下面还出现了几百条留言，内容一条比一条生硬，一看就是机器人的语言："吴建是何人？""需要关注持美国护照的吴建""吴建正在中秦上学，认识一下呗"……我看着看着，很快看出了规律，每一条留言都包含吴建完整的名字。

是"猎刀"，肯定是他。他用网络社交机器人来给我的微博增加流量，使转、赞、评的数量在几个小时之内飙升。小野说得没错，"猎刀"对吴建的事感兴趣。但是他为什么感兴趣？因为他有正义感？因为他的良知？还是觉得这样做好玩？我尚不清楚。等一下，他的网名叫"猎刀"，这是不是太巧了？我想起给王天凡看过的故事大纲——《小亮与猎刀》。这些年，几个不同版本的故事大纲都趴在我电子邮箱的草稿箱里……难道，有谁通过我身边的人了解到《小亮与猎刀》的创作？会是谁呢？

我又在幻想了。我幻想着一种可能，那就是"猎刀"其实是认识我的。他也许早就认识我，他也许，早就想来找我了。

九

我打电话告诉小野，微博的流量被"猎刀"做上去了，他却没有显得多么欣喜。

"这算什么，用一群僵尸粉来给微博助阵，他不用付出什么成本，也就是给你个心理安慰。"他悻悻地说。

"这事你不能这么简单地看。僵尸粉，也就是网络社交机器人，能够在网络上接收指令并模仿正常人类用户的行为。这几年社交网络上出现了大量的机器人伪装成正常用户，发布博文或与账号建立社交关系从而影响舆论。一群僵尸粉能达到什么样的舆论效果还真不好说。"

"呦，"他在电话里嗔怪着，"你还真懂啊！是'猎刀'教你的?"

"跟他没关系，我这两天又查了些资料。"

"好吧，既然你那么好学，那你有没有了解到社交机器人助力微博，一般会在SEO方案中用到，通常在为品牌或产品做推广时使用。"

"什么是SEO？"他说到了我完全陌生的知识点。

"SEO，Search Engine Optimization，即搜索引擎优化。简单点说，就是在搞清楚搜索引擎算法规则的前提下，使客户的内容更容易被搜索到，以达到推广宣传的效果。而机器人托起来的流量，能够帮到客户，一般来说也就是品牌方，将与他们产品相关的内容在搜索引擎内的自然排名提高。哎，也许这个'猎刀'平时是靠接SEO类的活儿为生呢？也许他根本不是多么厉害的黑客，水平也就比我高一点点呢？怪不得他没有在道歉信的事上助我一臂之力，他可能压根就没有那个技术。"他起劲地猜着，声音洪亮了许多。

"我觉得'猎刀'不帮你应该不是技术能力的问题，是你那主意实在太自欺欺人了，管不了什么用。而且，就像你之前的群发邮件一样，我其实挺看不上的。"

"你是真清高还是假清高？如果你真的清高，又怎么会遇到吴建那样的人？"他毫不客气地说。

"我不清高，现在我只想真正地解决问题。"我压抑住情绪，琢磨了一下，"有件事我觉得不太对。微博的流量变成现在这样，吴建为什么没有反应？他完全可以来投诉博主，也就是我，指责我侵犯了他的隐私权之类的。我可是点名道姓地在说他，他的微信头像我也没打马赛克。"

"也许他还没来得及发现，也许……有什么人震慑过他。"

"什么人？"

"让你的流量一夜之间有了变化的人吧？"

"你是说'猎刀'？"

"他让你把他删了，还让你不要再过问，这不是'此地无银三百两'吗？如果你的微博被悄悄地守护着，不是他做的还能是谁做的？"

"他为什么要这样做，行侠仗义吗？"

"行侠仗义？你这话说得太早了。如果真的仗义，他怎么不帮我弄道歉信？他目前是没有索取任何回报，但是你别忘了，不要随便相信别人，尤其是互联网上的陌生人。'猎刀'究竟是谁，是一个人还是几个人，咱们都不清楚。过两天他如果来跟你要什么好处，我可不会感到奇怪。"

"我相信他，我也不知道为什么，就是相信他。"我说出的话让我自己都吃惊。

"经历了吴建的事，你还这么容易就相信陌生人？"

我沉默了。人活着，总要有一点相信。可我确实想不通，用机器人做出来的流量有什么用？就算小野刚刚给我普及了一下有关SEO的知识，对某些因果关系我还是看不明白。那就等等吧。什么事会有什么用，现在看不出来，可能过几天就见分晓了。

挂电话之前，小野忽然说，他在浏览我的微博，在众多机器人的留言中发现了一条貌似特殊的："要留一点余地，给别人纠错的机会。"

"你说这条留言是什么意思？不会是在替吴建说话吧？"他没好气地说。

"机器人的话不用那么在意。"我敷衍道，心里却在假设各种可能。

尽管我对"猎刀"的行为感到困惑，并不断冒出想要重新联系他的念头，但我还是忍住了没再找他。我总觉得，就算我不找他，有些事也尚未完成。在走向完结的过程中，他说不定会以某种形式再度出现。

大约一周后的某个下午，有一个头像是卡通兔子、网名为Amy的微博用户给我发了私信："你好，我认识你说的这个吴建，想跟你聊聊。"

"你是怎么找到我的微博的？"我一边回复一边感到震惊。

"我抱着试试的想法在网上搜了一下吴建的名字，结果你的微博一下子就被搜出来了。我一开始真的没抱什么希望，因为觉得他又不是名人，肯定搜不出什么东西的。可我没想到，一搜就搜到你这里了。"Amy的回答显得很坦诚。

我脑子里飞快地转着有关事物的本末始终的种种规律，再结合眼前的事，总算想出了一点眉目：我的微博刚刚发布时无人问津，现在却有人能通过搜索的方式找过来，这是因为"猎刀"指挥着成千上万个社交机器人为微博增加了流量，流量导致了某些关键词的排名在搜索引擎算法中被优化。而上百条机器人的留言，也在促进这种优化。也就是说，当有人在搜索引擎中搜吴建的名字，就能立刻找到我的微博。如果有人专门通过网络查询吴建，那么就很有可能会在输入吴建名字的同时，也输入"中秦"或"美国"等关键词，那么，搜索结果甚至有可能把我的微博排在第一名的位置。

我在搜索引擎上用几组不同的关键词试了几遍。果然，只要把吴建的名字写对了，就一定能找到我的微博，且我的微博在每一次的搜索结果中都排在前几名的位置。

我终于弄清了"猎刀"的用意：他要让那些正在对吴建感到怀疑的人，更加方便地找到我的微博，从而看清真相。

Amy在微博上继续发私信问我，可不可以留个电话或微信。她直言不讳地说："我有很多事想跟你聊，最好是通话，因为我不想留下文字记录被你放到网上。虽然你这么做很勇敢，也确实能帮到被吴建欺骗的女孩，但是我不想让自己跟吴建的事被当成素材。"

我自然是先照顾她的感受，于是在私信中给她发了手机号。不出几秒，我就接到了电话。

"你好。"她的声音很甜美，听起来很年轻。

"你好，怎么称呼你？"我虽这么问，但已料想她必然不会告诉我真名。

"叫我Amy就行。你是被吴建骗过的女孩吗？你是微博中提到的哪一个受害者？"

"某一个受害者。都是受害者，这一个和那一个又有什么区别？"我狡猾地说。

她似乎是急切的，并不那么在意我是谁以及我身上发生过什么，她更在意自己的经历。她需要一片无人的林地，把自己的秘密放置一下，然后再一把火烧个干净。

她告诉我，她觉得自己年纪不小了，已经过了二十五岁，在一家建筑公司做普通职员。她说得太具体了，以至于我差点以为她是来交心的。然而我还是想错了。她忽然清清嗓子，对我说："我其实不太喜欢分享自己的事。当我看了半天微博，仔细看了你写的每一个字，点开每一张截图，确认了你微博中提到的这个吴建就是我认识的那个吴建时，我是蒙的。现在也是，我还是很蒙。

有句话说在前面，我不想被你当作案例。真的，我挺在意尊严的。我跟你说的事，你不要写出来放到网上，隐去姓名也不行，好吗？"

"当然，我答应你。"我的手指正停留在录音软件的图标上，终于还是没去点开它。

她不得不信任我，因为她太需要一吐为快了。比此时更早的时刻，她可能已经决定了要把这番话说出来给我听。她吐字模糊地说："我刚才在开车，开到一半直接把车停到路边，我哭了。我早上看的微博，中午还以为自己可以表现得很淡然，结果还是在车里痛哭了一场，我不知道遇到这种事该怎么办。其实我并不是那种很想谈恋爱的女孩，平时对异性挺冷的。我不想说我是用哪个交友App认识吴建的，我要面子，我不想最后一点面子都不剩了。我记得最开始的时候，他一天在App上发几百条信息，跟我说，我很特别，给他很不一样的感觉。他说他到该结婚的年龄了，很想有个家。我反应很冷淡，也拒绝跟他见面。可是他真的在坚持，每天都是几百条信息发过来给我，每天。他很真诚地跟我说他的事，童年的漂泊、优秀的学历、复杂的家庭背景、金融行业的工作经验，等等。我觉得一个男人学历那么高，又有事业心，还那么舍得花时间给我发信息，还告诉我那么多家里的事，他应该是认真的。我真的没想到会遇到电视剧里说的那种人，那种反面角色。我就是个普通家庭的女孩，不明白为什么会被这种人选为目标。前几天我还抱着手机想，我做错了什么，怎么他忽然就不理我了？一个曾经每天给我发那么多信息的人，怎么在跟我确定关系之后，一下子就变了？我还想，是不是我要求太多了？是不是我太任性、不懂事？我记得有一次我们吵架，因为他又无缘无故地失联了几天，我就吵着要跟他分手，结果他气得哮喘病都要发作了。他怪我太作了，都不知道心疼他。他还说，他以前在加州交过一个女朋友，脾气很差，每隔两三天就要跟他闹一次，所以他不到半年就跟那个女孩分手了。但与我相比，那女孩都算脾气好的了。他那么说，搞得我反思了好几天，特别自责。我意识到我真的很怕跟他分手，尤其害怕因为我做得不够好而导致他离开我。我现在明白了，不是我的问题，至少不全是我的问题。他说的一切我都不应该当真，那都是为了控制我而编的谎话吧。可知道了真相，我都不知道该高兴还是该生气。虽然今天晚上我想起这些可能还是会哭，但是，我以后不会跟任何人说起吴建的事了。"她说完，呼吸变得急促了起来，很久都没有再说话。

我也没有说话，只是听着她的呼吸声。

"有没有人告诉吴建你在做这些？"她忽然打破了沉默。

"不知道，也许有吧，也许会有女孩在气愤地找他对峙时把我说出去吧，谁知道呢。"

"如果有人那么做，就太坏了，那么做会导致你被骂的。"

"没关系，我不怕。不过，你是我接触的跟吴建有关的女孩里第一个说出这种话的人，谢谢你。"

她顿了一下，然后以一种尖尖的音调小声地说："先别谢我。我是想善良一点的，但是，我可能会忍不住去找吴建吵架，然后跟他说你发微博的事。我可能过一会儿就会给他打电话，我不确定能不能控制自己。"

"没关系，就算你那么做了，我也能理解。"

"你是真的善良，还是因为可怜我，所以顺着我的话说？"

"要留一点余地，"我用极轻的声音对她说，"要给别人留一点余地。"

没等她回应，我先挂了电话。

眼泪毫无征兆地从我的眼角流出，滑过脸颊。"要留一点余地，给别人纠错的机会。"我现在才明白，这句话大概不是让我给吴建留什么余地，而是隐晦地指向我小时候的事。

我应该给肖亮留一点余地。在任何时候，你都没有权利去要求你的朋友、要求你在乎的人是完美的，所以要给对方的弱点留出空间，在对方因克服不了弱点而无意中让你受伤时，也要尝试给予包容和原谅。否则，某个情结很可能会由此扎根于心，成为一个"未完成"事件，长久地困扰你。而对于并不是朋友的人，甚至是故意要伤害我们的人，是否也要留出这样的余地？是否要给行恶的人纠错的机会？我还没有获得对这个问题的终极理解。我或许会为了寻找答案而彷徨，但我不会再回避对任何一个"未完成"事件的思考了。如果我的人生中还有"未完成"事件，那么我一定要充分地察觉它、触碰它、表达它。

我直接躺倒在床，任眼泪在脸上干涸，就这样慢慢地睡了过去。醒来时，窗外已是黑黢黢的一片，我的心里却似有光明。

我打开电脑，手指仿佛不听我的使唤，它们自动在键盘上输入密码，登录了电子邮箱。我看到收件箱里有一封孤零零的未读邮件，发件人是我自己。这是我写给自己的一封信吗？我不记得我这样做过。

这封信里，红色的斜体字铺开几段话：

苗苗，我很抱歉，小的时候不能用身体保护你，因为我的肉身太局限和弱小。好在下巴上的那条小伤疤总是在提醒我，我要强大起来，要利用自己的优势做一个能帮到别人的人。

今天，我更想和你谈你的优势，而不是我的。你学了那么多文化和艺术，应该知道，文艺的价值常常在于传播。你的想法，你的思考，你认为仅仅是你自己生出的智慧吗？不是。是你得到的帮助，是你得到的社会资源构成了你的深刻。你应该回馈社会，把你的思考公布出来，让更多人知道你对问题的分析，而不是简单地去惩罚什么人。只有这样，所有苦痛的经历才能发挥出最大的价值。你有能力去传播这些价值，不是所有人都有这个能力，不是所有人都具备你现在的条件，所以你更要躬身为之。

你要相信环境中的美好，相信你自身的美好，否则你就会懒惰、颓废、自暴自弃直至消亡。世界总是被那些相信美好的人推进着，也被那些什么都不信的人毁灭着。请你心存最大的诚意，将你的才华和教训融合在一起。去创造，去表达吧！只是别像《小亮和猎刀》的故事那样半途而废了。

我看了看这封邮件的发送时间，是某一天的早上六点。哪一天？是"猎刀"在微信上与我说话并让我把他删掉的那一天。

肖亮说过，密码设置是有鄙视链的，字母加数字的组合是弱口令。他还说过，他的密码可以在瞬间完成输入，因为那不是难记的字符串，而是形状。他会在键盘的某个区域画一个正三角形，再画一个倒三角形，至于在什么区域画，是凭借肌肉记忆来寻找。手指知道它们应该摸在哪儿，错误的位置会让它们感到别扭。这是一种强口令。

我的邮箱密码就是他所说的强口令。而我的电子邮箱，是小的时候他手把手带我注册的，多年来我最常使用的依然是这个邮箱。邮箱密码，也是他手把手带我设置的，与他为自己设计的强口令极其相似，只是起始位置不同。先在键盘上以字母X为起点，画一个正三角形，再以数字1为起点，画一个倒三角形。这密码，我从来没有改过。

我全神贯注地看着电脑，悲喜交加。手机在振动，是小野。我慢腾腾地接了电话，听见小野喘着粗气说："我问了技术论坛上几个跟'猎刀'认识比较久的黑客，他们告诉我，'猎刀'这两年利用技术协助过警方破案。所以咱们不要灰心，真的有可能是'猎刀'在守着你的微博。而除了微博，他肯定还会再帮咱们做些什么的！"

"他应该会的。"

"你怎么一点都不惊讶？"

"我就是相信他。他会帮助有需要的人，但什么时候帮，用什么方式帮，那就不一定了。我们不要指望别人，该去做自己的事了，你应该去照顾双闻，我应该去写东西。"

"照顾双闻那是肯定的，可我还是想再联系联系'猎刀'。"

"你别去烦他了，他不会赞成发道歉信的烂主意，他不喜欢自欺欺人。"

"你怎么知道他的想法？你才认识他几天啊！"

"我认识他很久了，我认识他很久很久了。就说到这儿吧，明天我要早起写东西。"说完，我挂了电话。

我放下手机，走到阳台，推开窗，让夜晚清凉的空气尽可能地飘进来。我很清醒，也很踏实。我向过去敞开，获得了前所未有的解脱。